Astrid Scholte

Into Dark W

Astrid Scholte

into dark waters

Roman

Aus dem australischen Englisch
von Diana Bürgel

PIPER

Wenn Ihnen dieser Roman gefallen hat, schreiben Sie uns unter Nennung des Titels »Into Dark Waters« an *empfehlungen@piper.de*, und wir empfehlen Ihnen gerne vergleichbare Bücher.

Von Astrid Scholte liegen im Piper Verlag vor:
Four Dead Queens
Into Dark Waters

Unser Versprechen für mehr Nachhaltigkeit
Klimaneutrales Produkt
FSC®-zertifiziertes Papier
Hergestellt in Europa

FSC
www.fsc.org
MIX
Papier aus verantwortungsvollen Quellen
FSC® C083411

Deutsche Erstausgabe
ISBN 978-3-492-70586-8

Titel der australischen Originalausgabe:
»Vanishing Deep« bei G.P. Putnam's Sons, New York, 2020

Satz: Satz für Satz, Wangen im Allgäu
Gesetzt aus der Adobe Caslon
Druck und Bindung: CPI Books GmbH, Leck
Printed in the EU

Für Andrew –
für dich würde ich alle Ozeane überqueren.

Palindrom: *Ein Wort, eine Zahl, ein Satz oder eine Reihe von Symbolen oder Elementen, deren Bedeutung vorwärts wie rückwärts gelesen dieselbe bleibt.*

Wir beginnen, wie wir enden;
wir enden, wie wir beginnen.
So ist das Leben.
Es ist die Mitte,
an die wir uns halten müssen.

Tempest

Sonntag, 8:00 Uhr

Ich wollte meine Schwester nicht wiedererwecken, weil ich sie liebte.

Ich wollte keinen endgültigen Abschied. Ich wollte keine klärenden, bisher ungesagt gebliebenen Worte wispern, um mein Gewissen zu beruhigen. Ich wollte nicht ihre Stimme hören, die ein letztes Mal meinen Namen aussprach: *Tempe.*

Ich wollte die Wut lindern, die in mir tobte. Eine Wut, die ihr Eigenleben entwickelt hatte, die mich gepackt hielt und vorwärtstrieb, selbst dann, wenn ich genug hatte von diesem bruchstückhaften Leben.

Ich wollte meine Erinnerungen an ihr langes, dunkles Haar, das im Wasser wogte, ertränken, während sie vor mir in die Tiefe tauchte. Sie hatte immer gewusst, wo sie als Nächstes suchen musste. Ich wollte die Erinnerungen an die tänzerischen Bewegungen ihrer Arme über ihrem Kopf auslöschen, wenn Stürme in der Nähe getost hatten. Ich wollte ihre glockenhelle Stimme vergessen, die nun ein für alle Mal zum Schweigen gebracht worden war.

So wütend mich der Gedanke an ihren Namen auch machte, noch wütender machte es mich, dass ich ihn vielleicht nie wieder hören würde.

Zwei Jahre waren seit ihrem Tod vergangen, und der

Nachhall ihres Namens war allmählich leiser geworden wie das letzte Donnergrollen eines Sturms. Am Anfang hatten unsere Freunde – die im Grunde alle Elyseas Freunde gewesen waren – nur von *meiner Schwester* gesprochen, so als würde ihr Name eine neue Flut von Tränen über meine ohnehin schon geröteten Wangen schicken. Dann, als Tage zu Wochen wurden, tauchte ihr Name wieder auf, leise und vorsichtig ausgesprochen, wie um mir zu verstehen zu geben, dass es an der Zeit war, weiterzumachen. Aus dem Bett aufzustehen und mein Leben zu leben.

Als Wochen zu Monaten wurden, hörten die Leute schließlich ganz auf, über sie zu sprechen. So als hätte es sie nie gegeben.

Dann hatte ich etwas gehört, das alles veränderte. Etwas, das meine Trauer in Wut verwandelte.

Nun musste ich ihre Stimme ein letztes Mal hören. Ich musste die Wahrheit erfahren. Und dafür musste ich sie wiedererwecken

Sonst würde keine von uns beiden Frieden finden.

Das Boot schaukelte auf den Wellen. Ich balancierte mich neu aus, um nicht ins Meer zu stürzen. Die *Sunrise* war das Boot meiner Eltern gewesen. Es hatte sie zur Arbeit und zurück gebracht. Klein, aber schnell. Das muschelfarbene Deck war dreieckig, unter dem Heck schwangen sich zwei »Flügel« ins Wasser hinab, die das Boot auch bei voller Geschwindigkeit stabil hielten. Darunter hing eine vollgestopfte Kabine, deren Bauch in die Wellen tauchte, als wäre sie ein dicker Familfisch.

Ich blickte in die dunkelblauen Wasser hinab. Tief unten konnte man eine leichte Verwirbelung erkennen – etwas anderes als Sand, Salz und endlose See.

Eine versunkene Stadt. Die Stadt, die ich schon seit Jahren plünderte und aus der ich nie mit leeren Händen zurückgekehrt war. Meine olive Haut sprach von den Jahren, die ich auf und unter dem Meeresspiegel zugebracht hatte, auf meiner Suche nach Überbleibseln, die noch einen Wert besaßen.

An diesem Tag würde ich zum letzten Mal hinabtauchen. Elysea hatte diesen Ort entdeckt, als ich zwölf gewesen war, und nach fünf Jahren kannte ich jede Biegung und Wendung in diesem Labyrinth aus Stahl, Glas und Stein. Nur ein Raum war unberührt geblieben, und ich würde nicht gehen, bevor ich ihn erkundet hatte. Danach würde ich mir einen neuen Ort suchen müssen, in der Hoffnung, dass er nicht bereits geplündert worden war wie so viele der versunkenen Städte in diesem Bereich des Meeres.

Ich zog die Riemen meiner Tauchflossen straff. Sie waren aus stumpfen Klingen der Alten Welt gemacht. Die rostigen, dünnen Metallplatten protestierten knirschend, als ich den Fuß beugte und streckte, um die Beweglichkeit zu testen.

»Ach, seid still«, sagte ich. Die Flossen hatten einmal meiner Mutter gehört, und ich konnte mir keine neuen leisten. Ich würde keine Noten auf irgendetwas anderes verschwenden als auf die Wiederbelebung meiner Schwester und das Auffüllen meines Atemgeräts.

Ein letzter Tauchgang. Ich schob mir das Mundstück des Atemgeräts zwischen die Lippen und zog mir die biegsame, durchsichtige Haube über den Kopf. Als ich sie am Kragen meiner Tauchhaut befestigt hatte, blies sie sich auf.

Ein letzter Abschied. Eine weitere Erinnerung, die ich wegräumen konnte. Eine weitere Verbindung zu Elysea, die für immer durchtrennt wurde. Der Gedanke hätte eine frische Welle der Trauer mit sich bringen sollen, aber ich empfand nur kalte, stählerne Entschlossenheit. Schon bald würde auch ich Elyseas Namen vergessen können.

Ich holte flach Luft, um den Füllstand des kleinen Zylinders an meinem Gürtel zu prüfen.

Das Atemgerät piepste zweimal.

Wenig Sauerstoff.

Ich riss mir die Tauchhaube vom Kopf und spuckte das Mundstück aus. Neben Nahrungsmitteln gehörte Tauchgas zu den teuersten Gütern. Es erlaubte uns, nach Relikten aus der Alten Welt zu suchen – nach irgendetwas, das in der Neuen Welt von Nutzen sein konnte. Mit dem, was ich beim Tauchen fand, konnte ich kaum meinen Lebensunterhalt auf Equinox bestreiten, dem Riff, auf dem ich wohnte, und wenn doch etwas übrig blieb, legte ich es für die Wiedererweckung meiner Schwester beiseite. Ich hoffte, ich würde im letzten Raum etwas entdecken, das wertvoll genug war, um von dem Erlös mein Atemgerät wieder auffüllen und eine Weile nach einer neuen Ruine suchen zu können, ohne dafür meine Ersparnisse antasten zu müssen.

Ich steckte mir das Mundstück wieder zwischen die Lippen und zog mir die Tauchhaube über den Kopf. Der Füllstand würde eben reichen müssen.

Ich ließ ein paar schwarze Steine in der Handfläche klappern. In ihren Tiefen wirbelten irisierende blaue Spiralen wie winzige Galaxien. Einen der Steine ließ ich ins Meer fallen und sprach dabei ein Gebet an die Götter der Tiefe, damit sie mir gestatteten, ihre Welt, ihr Heiligtum zu betreten – und lebend wieder zu verlassen. Es war eine kindische Angewohnheit. Als Elysea und ich noch sehr jung gewesen waren, hatten wir geglaubt, es wären die Götter der Tiefe, die sich in einem Sturm die Seelen der Menschen von den Booten holten oder die Luft aus den Lungen der Taucher. Damals hatten wir noch nicht begriffen, dass allein dumme Zufälle, Unglück oder Ungeschicklichkeit beim Tauchen dafür verantwortlich waren. Die Gefahren unserer Welt.

Gemeinsam hatten wir gelernt, wie man den Ozean eroberte. Jedenfalls hatte ich das geglaubt. Bis Elysea ertrunken war, vor ziemlich genau zwei Jahren.

Bevor mir weitere Zweifel kommen konnten, schnappte ich mir meine Öltuchtasche, befestigte sie an meinem Tauchergürtel und ließ mich rückwärts vom Boot fallen.

Das Wasser war kalt, aber das spürte ich nur an den Fingerspitzen. Mein Körper wurde von meiner Tauchhaut geschützt – einem Anzug aus dünnen, gummiartigen Plättchen, die man zu einer Art Fischschuppenmuster zusammengefügt hatte. Ich trug meine Tauchhaut stets unter der Kleidung. Ich vollführte einen Beinschlag, und die schweren Metallflossen zogen mich hinab.

Atme flach und gleichmäßig. Ich konnte nicht verhindern, dass ich die Stimme meiner Schwester im Kopf hörte. Immerhin hatte sie mir beigebracht, wie man tauchte.

»Der freie Fall ist einfach«, hatte sie gesagt. »Spar dir deine Luft für den Aufstieg. Wenn du sie brauchst. Folge mir in die Dunkelheit, Tempe.« Nie hatte sie mich bei meinem vollen Namen genannt – Tempest –, weil sie der Meinung war, dass es ein zu herber Name für ihre kleine Schwester war. »Tempiii klingt viel niedlicher«, hatte sie gesagt.

Ich konnte mich kaum noch an das kleine Mädchen erinnern, das ich einmal gewesen war.

Eine Wolke aus strahlendem Licht tauchte am Rande meines Gesichtsfelds auf. Mein Wegweiser in der Welt der Tiefe. Ich schwamm darauf zu, während ich weiter hinabsank. Kurz darauf war alles um mich in Blau, Lila und Rosa getaucht. Leuchtende Flecken an langen, rostigen Metallspieren. Nach dem Hereinbrechen der Großen Wellen vor etwa fünfhundert Jahren waren biolumineszente Korallen auf den Ruinen der Städte gewachsen. Sie erleuchteten den Weg zum Meeresboden. So wie die Lichter der Alten Welt früher einmal Kopfsteinpflasterstraßen erhellt hatten. So wie die Sterne den Nachthimmel erstrahlen ließen. Eine versunkene Konstellation.

Bei diesem Anblick stockte mir jedes Mal der Atem. Obwohl das Gebäude unter mir längst tot war, leuchtete es doch vor Leben. Es war schön.

Ich folgte dem Weg nach unten.

Als ich an einem rotbraunen Metallturm vorbeikam, bog ich leicht nach links ab. Rostzapfen hingen wie versteinerter Seetang von jeder Kante. Die Löcher, die früher einmal Türen und Fenster in eine lebendige Welt gewesen waren, erinnerten nun an seelenlose Augen eines lauernden Unterwassergrabs.

Eine verlorene Stadt. Eine ertrunkene Gesellschaft. Ein perfekter Ort für die Ernte.

Wieder gab mein Atemgerät einen Piepston von sich. Ich atmete flacher und hoffte, dass mir die Götter wohlgesinnt waren. Schon viele Taucher hatten nach den Göttern der Tiefe gesucht. Nach einem Tempel, einem Schrein, einem Palast. Nach *irgendetwas.* Doch die Götter blieben unentdeckt. Was ihre Leugner nur noch mehr in dem Glauben bestätigte, dass es keine Götter gab.

Aber in einer Welt, die fast gänzlich aus Wasser bestand, brauchten wir Führung. In der Alten Welt hatte man an die Götter im Himmel geglaubt und war bei Reisen über Land den Sternen gefolgt. Nun, da es fast kein Land mehr gab, war es sinnlos, den Blick zum Himmel zu richten. Unser Herr und Meister war das Wasser.

Ich wünschte, wir hätten mit den unteren Stockwerken des Gebäudes begonnen, als wir es entdeckt hatten. Allerdings war es damals mein erster Tauchgang gewesen. Elysea hatte näher an der Oberfläche bleiben wollen, obwohl ich darauf beharrt hatte, dass ich zu allem bereit war. Sie war nur zwei Jahre älter als ich gewesen, trotzdem hatte sie sich nach dem Tod unserer Eltern eher wie meine Beschützerin verhalten, nicht nur wie meine Schwester. Damals hatten mir die Flossen meiner Mutter kaum gepasst.

»Du wächst schon noch rein«, hatte Elysea gesagt und die Riemen um meine kleinen Füße so fest gezogen, wie es ging. »Es ist gut, dass sie so groß sind, so halten sie länger.«

Ich hatte nicht widersprochen, so sehr hatte ich mich auf den Tauchgang gefreut.

Nach fünf Jahren gehörte ich nun zu den besten Tauchern auf Equinox. Während andere Kinder zur Schule gingen, mit ihren Eltern segelten, mit ihren Freunden schwammen oder mit ihren Geschwistern tanzten, tauchte ich. Ich tauchte und tauchte.

Für mich gab es an der Oberfläche nichts mehr.

Ich sank noch tiefer hinab und atmete weiter flach, um Sauerstoff zu sparen.

So sehr ich es vermisste, mit Elysea zu tauchen, so sehr genoss ich es, allein zu sein. Nur die Wellen, die mich leiteten, die Götter der Tiefe, die mich beschützten und meinen rastlosen Geist, meine Wut besänftigten.

Elysea hatte Glück gehabt, als sie diese Ruine entdeckt hatte. Sie musste sich während der Zeit der Großen Wellen von einem größeren Gebäudekomplex gelöst haben. Die meisten versunkenen Städte waren voller Taucher und es gab nur noch wenige Relikte, die man finden konnte. Doch dieses Gebäude war anders. Diese Ruine gehörte ganz mir.

Sie lag ganz in der Nähe der Insel Palindromena, und die meisten Taucher hielten sich von den brutalen Wellen fern, die gegen die felsige Küste schlugen. Zu viele Menschen waren hier schon ertrunken. Außerdem waren die Bewohner von Equinox abergläubisch. Die Insel war in eine geheimnisvolle Aura gehüllt und befleckt vom Tod.

Ich hatte jedoch keine Angst vor Palindromena. Die Einrichtung war stets ein Geist in meinem Leben gewesen, hatte mich jedoch nie direkt berührt. Wie ein lauernder Schatten.

Als ich den Meeresboden endlich erreicht hatte, schwamm ich durch eines der Fenster. Korallen waren rings um den Rahmen gewachsen und erleuchteten den Eingang. Viele Menschen glaubten, dass wir den Göttern der Tiefe für die Korallen danken mussten, die in den Jahren nach den Großen Wellen aufgetaucht waren und uns den Weg zu den versunkenen Schätzen zeigten. Ohne die Götter und ihre Korallen wäre die Alte Welt verloren gewesen.

Mein Atemgerät ließ ein neuerliches warnendes Piepsen hören. Ich musste mich beeilen. Das Erdgeschoss des Gebäudes bestand aus einer Reihe winziger Geschäfte, die alle miteinander verbunden waren. Im Innern schimmerten weitere Korallen und erhellten die Räume. Das erste Geschäft war eine Art Restaurant. Umgestürzte Tische und Scherben von Keramiktellern und Gläsern mehrten den Schutt im Wasser.

Eilig durchquerte ich den Raum und hielt dabei die Augen nach Gegenständen offen, die mir bisher vielleicht entgangen waren. Nach irgendetwas Kostbarem. Alte Tassen waren zwar interessant, aber nicht viel wert. Ich brauchte etwas, das mir dabei half, an mehr Tauchgas heranzukommen und Elyseas Wiedererweckung zu finanzieren. Hier unten waren Skelette ein so gewöhnlicher Anblick wie die gelben Familfische, die zu Hunderten am Riff von Equinox vorüberschwammen. Korallen waren in den Gelenkspalten der Knochen gewachsen, hielten die Skelette zusammen und schützten sie vor weiterem Verfall. Die Toten schwebten durch Türen und Räume, so als wären sie immer noch lebendig, auch wenn sich Fleisch und Haut längst aufgelöst hatten.

Als ich zum ersten Mal so ein glühendes Patchwork-Skelett gesehen hatte, war ich zwölf gewesen. Stoff für eine ganze Woche Albträume. Inzwischen waren die Toten meine Freunde. Ich hatte ihnen Namen, Geschichten und Persönlichkeiten gegeben. So waren sie weniger gruselig. Ein bisschen weniger gruselig.

Es war mir noch nie leichtgefallen, Freundschaften zu schließen, aber die Skelette hier unten hatten keine andere Wahl.

Ich nickte Adrei zu. Sein rosaroter verkalkter Schädel ruhte auf dem Tresen, die Knochenhand hatte er neben sein Gesicht gelegt, als würde er intensiv nachdenken. Am Meeresboden gab es kaum Bewegung, keine Fische oder Strömungen, die ihn störten. Als ich an ihm vorbeischwamm, sandten meine Metallflossen eine leichte Woge durchs Wasser, woraufhin seine leuchtenden Finger klackerten, als wollte er mir Hallo sagen.

Ich schwamm in den nächsten Raum.

»Hey, Celci«, sagte ich zu einem Skelett, das zwischen zwei Korridoren hing. Ich hatte es nach meiner alten Tante benannt, die an einer Kristalllunge gestorben war, als ich noch ein kleines Mädchen gewesen war. Ich erinnerte mich noch daran, dass ihre Zähne zu groß für ihr Gesicht gewesen waren, genau wie bei diesem Skelett. Sanft versetzte ich Celci einen Schubs, damit sie in das Restaurant zu Andrei trieb. Nicht einmal die Toten sollten allein sein.

Das Geschäft nebenan war ein Buchladen. Ich durchquerte ihn, ohne genauer hinzusehen. Bevor ich die Tür aufgebrochen hatte, war der Raum versiegelt gewesen. Es war mir zwar gelungen, ein paar der Bücher zu bergen, doch die anderen hatten sich rasch aufgelöst und ihre Überreste trübten nun das Wasser. Die Bücher, die ich an die Oberfläche gebracht hatte, waren nicht viel wert gewesen. Sobald sie der feuchten, salzigen Luft ausgesetzt waren, begannen die Seiten zu zerfallen. Vielleicht wäre es besser gewesen, sie einfach hier unten zu lassen, ihre Worte gefangen zwischen den Buchdeckeln, ihre unerzählten Geschichten sicher verwahrt.

So viel von unserer Geschichte war verschwunden. Die meisten Sagen der Alten Götter hatte man vergessen, was Platz für die Neuen Götter geschaffen hatte. Die Menschen glaubten, dass sich die Alten Götter von uns und unserem Egoismus abgewandt und uns deshalb nicht vor der Gefahr gewarnt hatten.

Als die Großen Wellen dann über uns hinweggerollt waren, hatten die Menschen nur mit Mühe an ihrem Glauben festhalten können.

Erst als die Korallen erschienen waren, hatten wir wieder Hoffnung gefasst, dass wir nicht allein waren. Dass die Götter uns doch nicht im Stich gelassen hatten. Wie die Sterne am Himmel führten uns die Korallen in der Tiefe zu den Dingen, die wir brauchten.

Mithilfe der Überreste aus der Vergangenheit konnten wir in der Neuen Welt überleben.

Meine Mutter hatte an die Götter der Tiefe geglaubt, mein Vater dagegen nicht. War es Dads fehlender Glaube gewesen, der zu ihrem Tod geführt hatte? Hatte er das unruhige Wasser und den dunklen Himmel falsch gedeutet, bevor der Sturm losgebrochen war und ihr Boot zerstört hatte? Aber, Elysea …

Mein Atemgerät stieß ein paar schrille Pfeiftöne aus. *Ich hab's gehört,* dachte ich. *Aber ich bin hier noch nicht fertig.*

Ich erreichte den letzten, noch unberührten Raum und hebelte die Tür mit meiner Tauchzange auf. Ich hielt den Atem an, nicht um Tauchgas zu sparen, sondern aus gespannter Erwartung. Doch hinter der Tür konnte ich nichts erkennen. Ich brach mir ein Stück Koralle vom Türrahmen ab und schwamm in den Raum.

Enttäuscht stieß ich einen Mundvoll Luft aus.

Fetzen aus einst farbenprächtigem Stoff hingen von rostigen Stangen herab, die früher einmal an den Wänden gehangen hatten.

Ein Bekleidungsgeschäft.

Ich hatte gehofft, dass dieser Laden, der sich so weit hinten im Gebäude befand, von der Strömung geschützt geblieben war, so wie der Buchladen, doch die Fenster des Geschäfts führten in einen Innenhof, und das Glas war längst verschwunden.

Ich hob Stofffetzen auf, in der Hoffnung, darunter Schmuck oder wenigstens Nippes zu finden. Irgendetwas. Doch die Großen Wellen hatten alles Leben aus diesem Raum gespült.

Mein Atemgerät piepste nun immer energischer, mir blieben nur noch wenige Minuten, und ich hatte meinen Aufstieg an die Oberfläche, der gestaffelt werden musste, um der Dekompressionskrankheit entgegenzuwirken, nicht einmal begonnen. Sobald ich wieder oben war, würde ich Tauchgas kaufen und hoffen müssen, dass ich bald eine weitere Plünderungsstätte finden würde.

Da sah ich etwas. Es lag eingebettet zwischen leuchtend rosa Korallen. Etwas Grünes. Eine seltene Farbe, vor allem hier unten.

Ich schwamm durch das leere Fenster des Geschäfts hinaus und sah nach oben. Ein Teil des Gebäudes war eingestürzt und hatte den Innenhof versiegelt. Kein Wunder, dass er bisher unentdeckt geblieben war.

Doch das war es nicht, was meine Aufmerksamkeit geweckt hatte.

Ich schwamm weiter, mein Herz pochte im Rhythmus der Piepstöne meines Atemgeräts. *Das kann nicht sein. Das kann nicht sein.*

Als meine Fingerspitzen das wachsartige Grün berührten,

holte ich gefährlich tief Luft. Mein Atemgerät heulte auf, aber ich bemerkte es kaum.

Es war eine Pflanze. Eine Pflanze! Bei den Göttern der Tiefe!

Mein Atem ging nun stoßweise. Eine Pflanze war Hunderte, Tausende von Noten wert.

Ich wäre endlich bereit. Bereit, zur Insel von Palindromena zu gehen. Bereit für einen endgültigen Abschied von Elysea.

Meine Hände schwebten über der Pflanze, ich hatte Angst, dass sie bei meiner Berührung zerfallen würde.

Wie war das möglich? Natürlich hatten schon einige Taucher Pflanzen gefunden, doch meistens war es Seegras oder etwas in der Art gewesen. Das hier war etwas anderes. Seegras konnte hier unten ohne Licht nicht wachsen. Dies hier war eine Landpflanze. Und irgendwie hatte sie überlebt.

Vorsichtig befreite ich die Pflanze von Schutt und Schlamm. Etwas war auf sie gestürzt und hatte die Blätter zum Großteil bedeckt. Etwas Organisches, der körnigen, weichen Struktur nach zu schließen. Ein Baum! Er musste in den Wellen umgestürzt sein und die Pflanze vor dem Zerfall bewahrt haben.

Wieder schnappte ich nach Luft, doch da war nichts mehr. Das Atemgerät heulte nun laut und unablässig.

Das Tauchgas war leer.

Rasch grub ich die Finger in die Erde und suchte nach den Wurzeln. Da! Sanft zog ich an der Pflanze, und sie löste sich ganz leicht. Trotzdem brachen ein paar der Zweige und Blätter ab. Es wäre ein Wunder, wenn ich sie intakt zur Oberfläche bekommen würde.

In meiner Brust breitete sich ein Brennen aus, während ich einen transparenten Beutel aus der Tasche an meinem Gürtel zog und die Wurzel darin verpackte. Hitze rauschte durch meinen Körper, schoss durch meine Adern und blubberte an meinen Lippen.

Luft. Ich brauche Luft.

Durch die Geschäfte zurück würde ich es nicht schaffen. Ich brauchte einen schnelleren Weg zur Oberfläche.

Ich sah nach oben. Es war meine einzige Chance.

Ich klemmte mir die Pflanze unter den Arm und trat nach unten. Mit aller Kraft. Das Brennen war auf meine Muskeln übergesprungen.

Oberfläche. Sofort.

Ich schwamm hinauf, erreichte die Trümmer, die den Innenhof absperrten. Es war eine umgestürzte Gipsplatte. Ich stieß mit der Schulter dagegen, in der wilden Hoffnung, dass sie nachgeben und den Weg zum Licht frei machen würde.

Dieses Gebäude war gut zu mir gewesen. Bestimmt würde es mich nicht im Stich lassen. Nicht jetzt.

Das Atemgerät hatte aufgehört zu heulen, da jede Warnung mittlerweile überflüssig war. Entweder war ich tot oder an der Oberfläche. Doch mir blieb noch etwas Zeit. Das jahrelange Tauchen hatte meine Lunge geweitet. Da war noch ein kleiner Rest Sauerstoff in meiner Brust. Ein paar Momente hatte ich noch.

Die Gipsplatte bröckelte unter meinem Ansturm, die Jahrhunderte unter Wasser hatten sie porös gemacht. Endlich sah ich das Glitzern der Sonne. Die Oberfläche!

Ich schwamm durch das entstandene Loch, doch für einen gestaffelten Aufstieg blieb mir keine Zeit. Wenn ich es nach oben schaffte, dann würde ich eine der Dekompressionstabletten schlucken müssen, um die Bläschen zu neutralisieren, die sich in meinen Muskeln und in meinem Blut formten. Das war allerdings meine geringste Sorge.

Der kleine Rest Sauerstoff in meiner Brust war verbraucht. Meine Lunge war am Ende. Meine Beine waren am Ende.

Ich dachte an Elysea. So hatte sie sich in ihren letzten Augenblicken gefühlt. Blau, überall um sie herum. Blau, überall um mich herum. Das Brennen. Der Schmerz. Die Panik.

Mich würde hier unten jedoch niemand finden. Es war niemand mehr da, der mich finden konnte. Ich hätte im Restaurant bleiben sollen, bei Andrei. Ich wollte nicht allein sterben, so wie meine Schwester.

Ich trat nach unten, immer wieder, doch das Licht war zu weit entfernt. Ich versuchte, Luft zu holen, aber da war nichts mehr. Geschlagen spuckte ich das Mundstück in die Taucherhaube.

Dies waren sie also, meine letzten Momente. Ich dachte an Mom und Dad.

Und an Elysea – sogar nach dem, was sie getan hatte. Ich hoffte, dass ich sie alle wiedersehen würde in dem, was nach dem Tod kam.

Als meine Sicht verschwamm, rang meine sture Lunge ein letztes Mal nach Atem.

Luft! Fast hätte ich mich daran verschluckt. Natürlich! Eine kleine Menge Luft hatte die Kuppel gefüllt.

Erleichtert dehnte sich meine Lunge. Damit war der Sauerstoff schon wieder verbraucht.

Aber es reichte.

Ich schwamm zur Oberfläche.

2 Lor

Sonntag, 14:00 Uhr

Ich versuchte, nicht auf die Leichen zu achten, die mich aus ihren Tanks heraus anstarrten. Jedes verfluchte Mal versuchte ich es.

Ich hasste diesen Ort. Ich hasste den Geruch. Ich hasste die schummrige Beleuchtung. Ich hasste alles, wofür es stand. Am allermeisten hasste ich den Tod. Die Leichen hasste ich nicht. Es war nicht ihre Schuld, dass sie in einem wissenschaftlichen Projekt von Palindromena gefangen waren, mit dem die Welt gerettet werden sollte. Die Wissenschaftler glaubten, sie würden unsere Zukunft in Händen halten, weil sie die Feldfrüchte pflegten und anbauten. Wenn die Feldfrüchte starben, dann starben wir alle.

Eigentlich müsste ich mittlerweile an diesen Ort gewöhnt sein. Zwei Jahre arbeitete und lebte ich nun schon in den Kellern von Palindromena, im Aquarium, wie es die anderen Beschäftigten liebevoll nannten. Doch an den Tod würde ich mich nie gewöhnen.

Man hatte die Insel von Palindromena nach der wissenschaftichen Einrichtung benannt, in der ein Verfahren entwickelt worden war, mit dem man Ertrunkene wieder zum Leben erwecken konnte. Allerdings nur für vierundzwanzig Stunden. Die meisten Menschen wünschten sich eine letzte

Chance, sich von ihren Liebsten zu verabschieden, und Palindromena konnte ihnen genau das geben. Wenn man sich die dreitausend Noten leisten konnte. Diejenigen, die gezahlt hatten, behaupteten jedenfalls, es sei das Geld wert gewesen, aber mir war das immer wie Wucher vorgekommen.

Ich wusste, dass die anderen Arbeiter hier das Verfahren für ein Wunder hielten – für ein Geschenk der Götter der Tiefe –, aber es war nichts Wunderbares an dem Wiederbelebungsprozess. Letztendlich war der Tod ein Mistkerl, und er spielte niemals fair.

Warum ich dann entschieden hatte, mich mit dem Tod zu umgeben?

Weil ich es nicht verdient hatte, unter den Lebenden zu sein.

Es war an der Zeit, meine Niederlage hinzunehmen und aufzustehen. Seit den frühen Morgenstunden hatte ich wach gelegen. Nach meinem immer wiederkehrenden Albtraum. Nachdem ich diesen Traum nun schon seit zwei Jahren träumte, hätte er doch eigentlich an Wirkungsgewalt verlieren müssen. Trotzdem wachte ich jedes Mal davon auf, dass ich Calens Namen schrie. Es gab kein Entkommen. Nicht einmal im Schlaf. Was ich auch nicht verdiente. Mein Unterbewusstsein erinnerte mich nur allzu gern daran, was ich getan hatte. Die vergangene Nacht war keine Ausnahme gewesen.

Nachdem ich endlich gegen vier Uhr in einen betäubenden Schlaf gesunken war, konnte jener vergangene Tag wiedererwachen, strahlend wie der Sonnenaufgang. Es war, als wäre es erst gestern gewesen und nicht vor zwei Jahren.

Ich befand mich an den Klippen von Palindromena. Nur beim Felsenklettern fühlte ich mich ganz wie ich selbst. Dann war ich nicht der »Inseljunge«. Sondern einfach nur Lor. Beim Klettern konnte ich mein eigenes Tempo vorgeben, meinen eigenen Weg gehen und mein Ziel selbst wählen. Ein Gefühl von Selbstbestimmtheit, das mir sonst verwehrt blieb. Niemand, der meine Bewegungen kontrollierte, niemand, der etwas von mir erwartete. Dies gehörte nur mir. Etwas, das ich wollte. Ganz im Gegensatz zur Insel von Palindromena, auf der ich mich wie ein Gefangener fühlte.

Mein bester Freund Calen war kein sonderlich selbstsicherer Kletterer, aber er blieb stets an meiner Seite und ahmte meine Bewegungen nach. Manchmal sah er anders aus – dann war sein Haar kurz, schwarz oder braun statt lang und blond –, und manchmal wusste ich sogar, dass ich träumte, aber er war immer da. In jedem Traum. Jede Nacht.

Seit unserer frühen Kindheit waren wir Freunde gewesen und hatten die Insel gemeinsam erkundet, während unsere Mütter zusammen arbeiteten. Während die meisten Beschäftigten der Einrichtung auf dem nahe gelegenen Riff von Equinox lebten und täglich mit dem Boot nach Palindromena kamen, blieben unsere Familien in ihren kleinen Häusern auf der Insel, um die Einrichtung im Auge zu behalten. Irgendwann zog Calen nach Equinox, um dort zur Schule zu gehen, doch ich blieb bei meiner Mutter auf der Insel. Ich hatte meinen Großeltern versprochen, auf sie aufzupassen, wenn sie nicht mehr da waren. Ich war alles, was sie noch hatte.

Calen kam jedes Wochenende zu Besuch. Oft brachte er Freunde vom Riff mit, um ihnen die berüchtigte Einrichtung zu zeigen, und allmählich begann er, sich für Mädchen, Boote und Partys zu interessieren. Ich hingegen wollte die Insel erobern. Die letzte Herausforderung war Hallowed Mountain – die höchste Klippe auf Palindromena. Ganz oben gab es einen leichten Überhang, weshalb das Klettern an dieser Felswand streng verboten war, doch uns schreckte nichts ab.

Im Traum wie im echten Leben sahen unsere Freunde uns

von unten zu. Sie riefen nach uns, als düstere Wolken die Insel einzukreisen begannen.

»Wir sollten lieber wieder runterklettern«, sagte Calen, die Angst in seinen Augen war nicht zu übersehen.

Doch genau wie vor zwei Jahren antwortete ich: »Wir sind fast oben. Das schaffen wir noch, bevor das Gewitter losgeht.«

Ich kletterte weiter, ich wollte unbedingt die Welt jenseits der Insel sehen. Und Calen war mit dem Sicherungsseil an mir festgebunden. Doch ich hatte mich geirrt.

Wir schafften es nicht.

Warm ergoss sich der Regen über uns. Ich wischte mir mit dem Handrücken über das Gesicht und schmeckte Salz auf den Lippen. Ich sah auf meine Hände hinab. Sie waren überzogen von Blut.

Mein Blick huschte zu Calen, doch ihn hatte der Blutregen nicht berührt. Als er sich auf meine Höhe hinaufzog, rutschte er ab. Das Blut hatte den Felsen glitschig gemacht. Einen Moment lang versuchte er noch hektisch, irgendwo Halt zu finden, dann stürzte er ab. Unsere Freunde unter uns schrien auf.

Mit einem Ruck, der mich beinahe von der Felswand riss, straffte sich das Sicherungsseil.

»Halt dich fest!«, rief ich, während er hilflos in der Luft baumelte.

Er antwortete nicht, sein Gesicht wirkte ausdruckslos, in seinen Augen war jeder Funke von Leben erloschen. Da begriff ich.

Dies hier war ein Traum. Calen war längst tot. Trotzdem versuchte ich verzweifelt, den Ausgang zu ändern.

Ich versuchte, das Seil einzuholen und Calen wieder an die Felswand zu ziehen, aber meine Hände konnten das Seil nicht packen, sie waren zu glitschig vom Blut.

»Es ist deine Schuld«, sagte Calen mit grässlich leblosem Gesicht.

»Nein, nein, nein, nein!«

Das Seil erschlaffte. Und wie immer war Calen fort. Er stürzte ins Meer unter uns, nicht weit von unseren Freunden entfernt, die entsetzt zusahen.

Ich war dumm gewesen. Arrogant. Kindisch. Egoistisch. Davon überzeugt, ich könnte jede Klippe auf der Insel erklimmen. Ich könnte Palindromena erobern. Und danach die ganze Welt.

Dabei war nur ein nasser, glatter Felsen nötig gewesen. Ein langer Sturz ins Wasser. Und mein bester Freund war gestorben. Wegen meiner Überheblichkeit. Wegen mir.

Als ich aufgewacht war, hatte ich erleichtert festgestellt, dass ich mich im Aquarium befand. Ich schloss die Augen nicht wieder, um nicht noch einmal zur Felswand zurückkehren zu müssen.

Ich kreiste meine Schultern, um die Anspannung darin zu lockern, dann griff ich nach einem der Bücher, die auf dem Regal hinter meiner Liege standen. Diese Büchersammlung hatte früher einmal meinen Großeltern gehört. Eine vielseitig aufgestellte Sammlung aus der Alten Welt. Geschichten über Orte, zu denen man laufen oder wandern konnte – ohne ein Boot zu brauchen. Damals war es anders gewesen. Es war nicht nur darum gegangen, wie man überlebte. Sondern darum, wie man lebte. Richtig lebte.

Dieses verfluchte neue Leben drehte sich nur um den Tod.

Um mich abzulenken, wählte ich ein Buch über die architektonischen Wunder der Alten Welt aus. Darin wurde beschrieben, wie die Regierungen die Städte angewiesen hatten, höhere Bauwerke zu errichten, um Lebensraum für die Überbevölkerung zu schaffen. Einige dieser Gebäude ragten tausend Stockwerke in die Höhe, Natürlich waren sie die ersten, die unter der Wucht der Großen Wellen in sich zusammenbrachen.

Dann begann ich meine tägliche Routine. Ich schritt die Gänge des Aquariums ab und hielt die Augen nach Lecks offen. Dabei ließ ich das Buch nie sinken. Hier unten gab es Hunderte von Ertrunkenen, die darauf warteten, sich ein letztes Mal von ihren Liebsten zu verabschieden. Das turbulente Meer, die gefährlichen Tauchgänge und die zahlreichen Stürme hatten zur Folge, dass das Ertrinken seit den Großen Wellen zur häufigsten Todesursache geworden war. Und wer ertrunken war, konnte wiederbelebt werden. Die Einrichtung bewahrte die Leichen zehn Jahre lang auf, dann wurden sie entsorgt. Es gab nur noch wenige Inseln, und Platz war ein Luxusgut. Palindromena konnte die Toten nicht für immer aufbewahren.

Selbst wenn sich die Angehörigen der Toten eine Wiedererweckung nicht leisten konnten, oder wenn jemand nicht durch Ertrinken gestorben war, gehörten die Körper der Toten der Einrichtung. Dies war Teil der Abmachung mit den Konservatoren der Riffe. Im Gegenzug dafür, dass die Riffe der Einrichtung menschliche Versuchsobjekte für wissenschaftliche Forschungsprojekte überließen, erhielten sie frische Feldfrüchte und dringend benötigte Medikamente für das Leben auf dem Wasser. Ein fairer Handel, oder? Immerhin brauchte man seinen Körper ja nicht mehr, nachdem man gestorben war.

Während ich die leuchtenden Gänge abschritt, hielt ich den Blick fest auf mein Buch gerichtet und versuchte, nicht auf die Bewegungen am Rande meines Gesichtsfelds zu achten. Die Toten trugen ihr Haar zwar unter eng anliegenden, durchsichtigen Hauben, aber einige Strähnen lösten sich unweigerlich irgendwann und trieben wie Seetang um die leblosen Gesichter. Das schimmernde Wasser in den Tanks war mit zermahlenen Korallen versetzt, was verhinderte, dass die Leichen verwesten. Scheinbar lebendig trieben sie in der Flüssigkeit umher.

Am schlimmsten waren ihre Augen. Offen starrten sie vor sich hin, die Iris farblos, die Pupillen auf Stecknadelgröße geschrumpft. Als ich um eine Ecke bog, blinzelte plötzlich eines dieser Augenpaare.

Ich stolperte zurück, ließ mein Buch fallen und krachte gegen einen Rollwagen voller Chemikalien. Die Flaschen klirrten und kullerten über den Boden, doch glücklicherweise zerbrach keine davon.

Im ganzen Kellergewölbe hallte der Lärm meines Missgeschicks wider. Die Leiche brach in schallendes Lachen aus.

»Raylan!«, schnauzte ich, als ich begriff, dass das Gesicht zu jemandem gehörte, der sich hinter dem Tank befand, nicht darin. Ich hob mein Buch auf und steckte es in die hintere Tasche meiner Hose. »Was bei allen verfluchten Wassern soll das?«

Raylan trat hinter dem Tank hervor, er krümmte sich vor Lachen. Seine hellbraune Haut schien im Licht der Tanks fast zu leuchten, und seine raspelkurzen schwarzen Locken schimmerten bläulich. »Du hättest mal dein Gesicht sehen sollen!« Er griff sich an die Brust und riss die Augen auf, um mich nachzuäffen. Er trug eine Wächteruniform. Auf dem beigebraunen T-Shirt war vorn ein Logo zu sehen, bestehend aus zwei zu einer Schale geformten Händen, die ein Blatt hielten. In dem Versuch, dem Ganzen etwas Inselflair zu verleihen, hatte sich Raylan eine schwarze Kordel um den Hals gebunden, an der ein gewaltiger Hornrobbenzahn hing. Das Ding sah eher nach einer Waffe als nach einem Schmuckstück aus und passte überhaupt nicht zu Raylans breitem Grinsen, das normalerweise auf meine Kosten ging.

»Mit den Toten spielt man nicht, Ray.« Aber ich konnte

meine Freude, ihn zu sehen, nicht verbergen. Jemand, mit dem man sich unterhalten konnte. Jemand, der nicht bereits tot war. Obwohl Ray achtzehn Jahre alt war und uns somit nur ein Jahr trennte, wirkte er viel jünger als ich. Das passierte wohl, wenn man immerzu Schuldgefühle mit sich herumtrug und nur die Toten zur Gesellschaft hatte. »Warum treibst du dich hier unten rum?«, wollte ich wissen.

»Ich wollte dir ein paar Fischfrikadellen bringen«, antwortete er und hielt mir eine Metallschüssel als Friedensangebot hin. »Ich dachte, du würdest meine neueste Kreation vielleicht gern probieren.«

Ich musste mich zusammenreißen, um ihm die Schüssel nicht aus den Händen zu reißen und den gesamten Inhalt auf einmal hinunterzuschlingen. Rays Fischfrikadellen waren das Beste in dieser durchnässten Welt.

»Danke«, sagte ich durch einen Mund voll Fisch hindurch, weil ich mich einfach nicht beherrschen konnte. »Die sind köstlich.«

Er grinste. »Die habe ich für die Party gestern Abend gemacht. Du hättest kommen sollen.«

Meine Schultern verkrampften sich, und ich schluckte schwer. »Ich hab's dir doch gesagt, ich hatte zu tun.«

»Zu tun? Was denn?«

»Das, was ich immer zu tun habe: den Keller bewachen.« Es gefiel mir nicht, ihn anzulügen, aber die Wahrheit darüber, warum ich hier unten war, konnte ich ihm nicht sagen. Meine Freunde hatten an jenem Tag damals alles gesehen. Ich hatte Calen dazu gezwungen, diesen Berg hinaufzuklettern, und ich hatte nicht auf ihn gehört, als er umkehren wollte. Während mein Unterbewusstsein gern noch einige blutige Details hinzufügte, waren meine Träume stets nervtötend akkurat. Oft fragte ich mich, ob die Erinnerung wohl jemals verblassen würde oder ob ich gezwungen sein würde, sie für den Rest meiner Tage immer und immer wieder zu durchleben.

Vor dem, was geschehen war, konnte ich mich nicht verstecken, vor allen Menschen, die ich kannte, dagegen schon. Also war ich einfach aus der Welt dort oben verschwunden.

Ray musterte mich eine Weile, bevor er fragte: »Warum kriegst du nie einen Abend frei? Ich weiß ja, dass die Direktorin ziemlich Furcht einflößend sein kann, aber das würde sie doch sicher verstehen. Du brauchst auch ein Leben da draußen, außerhalb dieses Kellers.«

Genau das war jedoch der Grund dafür, dass ich hier unten war. Ich konnte – ich würde – das Aquarium nicht verlassen. Ich verdiente kein Leben jenseits dieses feuchten, düsteren Kellers. Ich verdiente es nicht, die Welt dort draußen zu genießen, nachdem ich Calen alles genommen hatte. Im Grunde verdiente ich auch Rays Freundschaft nicht, allerdings schien ich ihn aus irgendeinem Grund einfach nicht fortstoßen zu können.

Als er zum ersten Mal vor sechs Monaten das Aquarium betreten hatte, war er auf der Suche nach einem Versteck gewesen. Er war zum ersten Mal bei einer Wiedererweckung dabei gewesen. Die Trauer der Familie des Patienten war zu viel für ihn gewesen. Mein erster Impuls war gewesen, Ray einfach zu ignorieren, aber stattdessen war ich, ohne darüber nachzudenken, aus den Schatten getreten, um ihn zu trösten. Ich hatte ihm erklärt, dass es an diesem Ort lag. Er bewirkte, dass sich der Tod von uns angezogen fühlte wie die Flut vom Strand. Wir konnten nichts weiter tun, als auf den nächsten Tag zu warten und zu hoffen, dass er besser werden würde.

Eine ironische Aussage, wenn man bedachte, dass ich mir niemals gestatten würde, den Keller wieder zu verlassen. Hier unten zu hausen, weit fort von – fast – allen Menschen, war meine Strafe.

»Ich habe ein Leben«, sagte ich schließlich. »Außerdem brauche ich das Geld.« Eine kümmerliche Ausrede und kein bisschen wahr, aber ich hoffte, dass Ray sie trotzdem akzeptieren würde. So wie sonst auch.

»Wofür denn? Für noch mehr Bücher aus der Alten Welt? Ich glaube, diese Wälzer hast du so ziemlich alle durchgewälzt.« Er grinste. »Wälzer gewälzt, kapiert?«

»Das ist kein bisschen lustig.« Trotzdem musste ich lächeln. Es war einfach unmöglich, ernst zu bleiben, wenn Ray in der Nähe war.

Er gab mir einen Klaps auf den Unterarm. »Du bist so blass, dass du langsam schon aussiehst wie die da!« Er stammte von den Riffen – vom Equinox –, und der Ockerton seiner Haut war von den Jahren auf dem Wasser noch dunkler geworden.

»Herzlichen Dank auch, Ray.« Das hatte ich von ihm schon öfter gehört. *Blass wie der Tod.* Oder meine Lieblingswendung: *Leichenblass.*

Sein Lächeln verblasste. Hatte ich ihn zu lange auf Distanz gehalten? Immerhin waren wir seit einem halben Jahr befreundet, irgendwann mussten ihn meine Ausflüchte überstrapazieren. Also sagte ich: »Nächstes Mal vielleicht.« Obwohl es nie so weit kommen würde.

»Super!« Zum Glück war es nicht schwer, ihn zufriedenzustellen. Ich fürchtete mich vor dem Tag, an dem er Antworten verlangen würde.

»Und, wie war die Party?«, fragte ich, um das Thema zu wechseln.

»Der Hammer.« Er strahlte. Jedes Mal, wenn er über Equinox sprach, erschien dieser Ausdruck auf seinem Gesicht. »Da war so ein echt süßer Typ. Du hättest wirklich kommen sollen, die Mädchen waren auch ziemlich nett.«

»M-hm«, gab ich vage zurück. Keine Ahnung, ob ich

überhaupt noch wusste, wie man sich mit einem Mädchen unterhielt, von Flirten ganz zu schweigen.

Ray folgte mir mit schweren, schlurfenden Schritten. Vor ein paar Jahren hatte er einen Unfall gehabt. Zwei Angelboote waren zusammengestoßen, und der Knöchel seines linken Fußes war zwischen ihnen zermalmt worden. Er kam zwar gut vorwärts, aber am Ende eines langen Tages sah ich ihm an, dass er Schmerzen hatte.

»Alles klar bei dir?«, fragte ich.

»Bei mir?« Er lächelte. Die Lücke zwischen seinen Vorderzähnen war sein Markenzeichen. »Mir geht's immer gut, Buddy.«

Ich wusste zwar, dass er nicht gern über seinen Unfall sprach, aber es machte mir zu schaffen, seinen Schmerz zu sehen. Nicht den Schmerz seiner Verletzung, sondern den Schmerz über seinen Verlust. Denn der Unfall hatte ihm das genommen, was ihn zu dem machte, der er war.

Rays Leidenschaft für den Ozean ging auf seine Vorfahren zurück, die sogar schon vor den Großen Wellen zur See gefahren waren. Ray war ein Speerfischer gewesen. Er hatte mehr Zeit tief unter der Meeresoberfläche verbracht als darüber. Doch nach dem Unfall hatte er nicht ins Meer zurückkehren wollen, weil er wusste, dass er nicht mehr so schwimmen konnte wie früher. Er brauchte die Balance aus zwei starken Füßen, um mit den Tiefseeflossen zurechtzukommen. Das hatte er mir jedenfalls erzählt. Die beschädigten Sehnen und Bänder in seinem Fuß mussten heilen, und der beste Ort, um nach Heilung zu suchen, war Palindromena.

Die Wissenschaftler hier hatten zwar einen Weg gefunden, das zerstörte Gewebe im Gehirn und in den Lungen der Ertrunkenen zu heilen, doch es war nicht von Dauer. Nach nur vierundzwanzig Stunden stellte sich der ursprüngliche Zustand wieder ein. Wenn Ray nicht gerade als Wächter arbeitete, verbrachte er den Großteil seiner Freizeit damit, in der medizinischen Abteilung auszuhelfen, in der Hoffnung, dass man irgendwann einen Weg finden würde, das Verfahren, mit dem man die Toten wiedererwecken konnte, dafür einzusetzen, die Lebenden zu heilen.

»Wer war heute dein Kunde?«, fragte ich, um ihn abzulenken.

»Eine sehr nette Dame«, sagte Ray mit aufrichtiger Wärme. Obwohl er ständig vom Tod umgeben war, fühlte er noch immer mit den Kunden und Patienten. Ich fragte mich, ob das im Laufe der Zeit wohl vergehen würde. Die Arbeit an diesem Ort führte bei vielen dazu, dass sie den Tod irgendwann als etwas sehr Gewöhnliches betrachteten – als etwas Alltägliches. Nicht als etwas, das Familien und Zukunftsträume zerstörte.

»Und der Patient – der Wiedererweckte?«

»Ihr Sohn.« Dieses Mal klang seine Stimme eindeutig weicher. »Ist vor einem halben Jahr ertrunken. Die Mutter wollte mich am Ende dabeihaben.«

»Wirklich?« Normalerweise wollten die Kunden mit ihren wiedererweckten geliebten Menschen allein sein.

»Ich habe ihr erklärt, dass es so nicht funktioniert. Dass wir die Patienten nicht wissen lassen wollen, was da vor sich geht. Außerdem weißt du ja, dass ich nicht gern in der Nähe der Wiedererweckten bin.« Er zog eine Grimasse. »Das ist echt unheimlich.«

Ich hob eine Braue. »Wie oft muss ich dir denn noch sagen, dass die Wiedererweckten nicht riechen? Sie sind lebendig. Vollkommen. Vierundzwanzig Stunden lang.« Und dann auf einmal nicht mehr.

»Für mich riechen sie anders.« Er tippte sich an die Nase. »Meine Mutter sagt, ich habe einen Riecher für so was.«

»Deine Mutter hat Angst vor ihrem eigenen Schatten.«

Er hielt einen Finger hoch und öffnete den Mund, um zu widersprechen, doch dann sagte er: »Auch wieder wahr.«

Ray hatte mir einmal erzählt, dass seine Mutter immer noch an die Alten Götter glaubte. Sie verabscheute Palindromena, und sie verabscheute es, wie aus den Toten Kapital geschlagen wurde. Sie hatte Ray einmal besucht, kurz nachdem er hier angefangen hatte, und ihn angefleht, zu kündigen und nach Equinox zurückzukehren. Doch schon nach einer Stunde war sie auf ihr Boot zurückgekehrt. Sie hatte behauptet, die ganze Insel stinke nach Tod. Wahrscheinlich war es jedoch der Geruch der Feldfrüchte, der ihr so unvertraut war.

Trotzdem war das, was sie sagte, nicht falsch. Die Insel war der Tod, und der Tod war diese Insel. Man konnte sie nicht voneinander trennen.

Ich glaubte weder an die Götter der Tiefe noch an die Alten Götter. Das war reine Zeitverschwendung. Wir waren für unser Schicksal selbst verantwortlich. Niemand wusste das besser als ich.

»Wenn ich schon mal hier bin …«, setzte Ray an und räusperte sich. »Ich muss dich um einen Gefallen bitten.«

»Nein«, antwortete ich, ohne ihn anzusehen.

»Ach, komm schon!« Er schlang mir einen Arm um die Schultern, wofür er sich auf die Zehenspitzen stellen musste. »Ist echt keine große Sache, Mann.«

»Das bezweifle ich irgendwie.« Aus dem, was Ray mir erzählt hatte, schloss ich, dass er immer irgendwie in Schwierigkeiten steckte. Seine ungezwungene Offenheit passte so gar nicht zu der Geheimniskrämerei auf Palindromena.

»Doch, ehrlich. Ich schwöre es bei den Göttern der Tiefe.« Aller Übermut war aus seiner Stimme verschwunden, und seine sonst so ehrliche Miene wirkte seltsam vorsichtig.

Er machte sich Sorgen über meine Reaktion. Das konnte nichts Gutes heißen.

»Also los«, sagte ich. »Raus damit.«

Sein Blick huschte zu dem Verbrennungsofen hinter mir. Wir befanden uns im hintersten Teil des Aquariums, wo die zuvor wiedererweckten Körper gelagert wurden, bevor man sie im Tempel am Meeresgrund beisetzte. Da es nur noch so wenig Land gab, war es eine Ehre, dort bestattet zu werden, doch nur wenige konnten sich den Preis leisten, den die Einrichtung dafür verlangte. Was eine Kluft zwischen den Riffbewohnern und den Arbeitern auf der Insel schuf, die dafür genug verdienten.

Die Toten konnten kein zweites Mal wiedererweckt werden, das machte ihr Herz nicht mit. Wenn es sich die Angehörigen nicht leisten konnten, sie im Tempel beisetzen zu lassen, wurden sie in dem Ofen hinter mir entsorgt. Glücklicherweise gehörte dieser Teil jedoch nicht zu meiner Arbeit. Nessandra, die Direktorin Palindromenas, kümmerte sich darum.

»Ähm.« Ray sah überall hin, nur nicht zu mir. »Ich habe morgen eine Kundin …«

»Auf keinen Fall.« Ich stieß die Hände in die Hosentaschen, nachdem ich zwei und zwei zusammengezählt hatte.

»Komm schoooon, gib dir einen Ruck! Nur bei dieser einen Kundin. Eine einzige lausige Kundin. Du musst nur ein bisschen babysitten. Ist ganz leicht. Das geht alles automatisch.« Lächelnd tippte er auf den metallischen Echolink an seinem Handgelenk. Die Technologie eines Wächters: Damit ließ sich die Wiedererweckung eines Patienten verfolgen. Ich konnte diese Dinger nicht ausstehen.

»Gut, dann kannst du es ja morgen selber machen.« Ich ging weiter.

Ray stolperte. »Du musst für mich die Kundin in Empfang nehmen, dafür sorgen, dass alle ruhig bleiben, und …«

»Ich halte die Tanks instand, ich bin kein Wächter. Du

weißt genau, dass das gegen die Regeln ist.« Als Wächter war man während der Dauer der Wiedererweckung für den Patienten verantwortlich. Man musste dafür sorgen, dass er weder die Einrichtung verließ noch begriff, dass er schon tot gewesen war. Die Arbeitsplätze in Palindromena waren begehrt, da man fünfmal so viel verdiente wie in jedem anderen Job. Aber das hatte seinen Preis. Was Ray als Wächter in Ausbildung sehr wohl wusste. »Ich kann nicht fassen, dass du mich das überhaupt fragst. Nessandra würde dir den Kopf abreißen.«

»Die Direktorin muss es ja nicht erfahren«, gab er leise zurück.

Nessandra oder die Königin der Toten, wie die Angestellten sie oft nannten, hatte strikte Regeln, um ihr Unternehmen vor jeder Kritik der Riffbewohner zu schützen. Abgesehen von Ray war sie die Einzige, die wusste, dass ich hier unten war. Ich durfte nicht riskieren, mein Versteck zu verlieren.

»Nein.« Ich sah dem Tod hier unten schon genug in die Augen, ich musste ihn nicht auch noch als Wächter von Nahem sehen. Was Palindromena tat, war falsch. Die Einrichtung tarnte sich als ein Unternehmen, dem die Verluste der Leute am Herzen lagen. Doch so war es nicht. Die Trauer der Hinterbliebenen war nur Mittel zu einem profitablen Zweck. Jeder zahlte den Preis. Die Toten und die Lebenden.

»Bitte, Lor«, sagte Ray, seine Stimme war leise, eindringlich.

Ich blieb stehen und drehte mich zu ihm um. Ray war nicht oft ernst. »Was ist denn los?«

Er runzelte die Stirn. »Eine Ärztin von den Nördlichen Riffen besucht Equinox. Ich habe schon vor Wochen einen Termin mit ihr ausgemacht.« Er holte tief Luft. »Sie ist auf Rehabilitation spezialisiert.«

Mein Blick fiel auf seinen linken Fuß. Bevor Ray nach Palindromena gekommen war, hatte er jeden Arzt im Umkreis von zweitausend Meilen aufgesucht. Keiner von ihnen hatte eine Lösung gehabt. Ray hoffte zwar, dass er seinen Fuß hier würde heilen können, doch dies war das erste Mal, dass er von Reha sprach anstatt von einer Heilung. War er bereit, weiterzuziehen? Hatte er begriffen, dass er nicht in der Vergangenheit verharren musste? Dass er nicht so sein musste wie ich?

»Eigentlich sollte ich morgen überhaupt nicht im Dienstplan stehen«, sagte er. »Aber gerade wurde eine Wiedererweckung gebucht. Ich bin dafür am besten geeignet, weil ich in einem ähnlichen Alter bin wie die Kundin und weil alle anderen jungen Wächter schon anderweitig beschäftigt sind. Ich würde dich nicht darum bitten, wenn es nicht sein müsste, aber ich habe sowieso schon Stress mit der Direktorin. Ich darf meine Stellung hier nicht verlieren.«

Die geheimnisvolle Aura, die Palindromena umgab, war durchaus beabsichtigt. Die Wissenschaftler wollten, dass der Wiederbelebungsprozess in gewisser Weise mystisch wirkte. Gesegnet von den Göttern der Tiefe. In der vergangenen Woche war Ray offiziell verwarnt worden, weil er einer Kundin erzählt hatte, dass die Körper binnen weniger Stunden begannen, sich zu zersetzen, und sich schließlich einfach in Flüssigkeit auflösten, wenn man sie aus den Tanks nahm und nicht umgehend wiedererweckte. Je länger sie bereits tot waren, desto schneller setzte der Verwesungsprozess ein. Dieses Detail hatte ich ihm einmal nebenbei in einem Gespräch verraten. Raylan hatte die Kundin nicht erschrecken wollen, aber sein loses Mundwerk hatte Nessandra eine Einnahmequelle gekostet. Viele auf Equinox waren der Einrichtung gegenüber ohnehin schon misstrauisch. Mundpropaganda war alles. Die Leute mussten das Gefühl haben, dass man hier gut auf ihre Toten achtgab und dass ihre Steuergelder gut angelegt wurden.

»Tut mir leid«, antwortete ich. »Aber ich kann meinen Posten hier nicht verlassen.« Jahrelang war Calen meine Verbindung zur Welt jenseits der Insel gewesen. Nun, da er tot war, schien diese Welt einfach nicht mehr zu existieren.

Ray war meine einzige Erinnerung daran, was jenseits dieser Kellermauern lag.

»Bitte.« Er legte die Handflächen gegeneinander, fast sah es so aus, als würde er beten. »Nur vierundzwanzig Stunden, dann kannst du wieder in diesen schäbigen Keller zurückkehren und dich weiter vorm Leben verstecken.«

Ich verschränkte die Arme vor der Brust. »Ich verstecke mich nicht.«

»Wirklich nicht? Warum verlässt du das Aquarium dann nie?« Seine Stimme hatte einen herausfordernden Klang angenommen.

Ich hatte gedacht, ich hätte ihn täuschen können. Vielleicht hatte ich ihn unterschätzt.

»Natürlich verlasse ich das Aquarium.« Ich zwang mich zu einem Lachen. »Ständig. Das ist doch lächerlich.«

»Lor«, sagte er langsam und behutsam. »Ich habe deine Pritsche dort hinten gesehen.«

Ich wollte ihn anschnauzen, ich wollte ihm sagen, er solle verschwinden. Dass er sich irrte. Dass ich nicht hier unten lebte. Doch ich geriet ins Stocken. Die Lügen kamen mir nicht über die Lippen.

»Ich werde es niemandem verraten«, versicherte er rasch, als er die Angst in meinem Gesicht erkannte. »Bei mir ist dein Geheimnis sicher. Ich verstehe es, wenn du nicht darüber sprechen möchtest.«

Ich stieß einen höhnischen Laut aus. Er verstand überhaupt nichts. Wie könnte er auch? Immerhin hatte ich ihn in den vergangenen sechs Monaten nur belogen – ihn, meinen Freund. Einen Freund, der mich um Hilfe bat.

Ich erkannte die Verzweiflung in seinem Blick, als er seine einzige Chance auf einen Termin bei dieser Ärztin schwinden sah. Ich wusste, wie es sich anfühlte, von seiner Vergangenheit gehetzt zu werden. Ich wünschte, ich könnte ihn davon befreien.

Ich hätte Nein sagen sollen. Ich hätte ihn fortstoßen, ihn nie mehr wiedersehen sollen.

Doch der Gedanke an eine stille Zukunft, die sich Jahr um Jahr vor mir erstreckte, riss einen klaffenden Abgrund in mir auf. Ich brauchte etwas, woran ich mich festhalten konnte. Und das war Ray.

Wenn ich ihm bewies, dass ich das Aquarium verlassen konnte, dann würde ich seine Freundschaft vielleicht noch ein wenig länger halten können. Mir war klar, dass ich diese Scharade nicht ewig aufrechterhalten konnte, aber zumindest würde es so noch ein Morgen geben.

»Also gut«, willigte ich schließlich ein. »Ich decke dich. Aber nur dieses eine Mal.«

Sein Gesicht leuchtete auf. »Wirklich?«

Ich nickte, als wäre das keine große Sache. Als würde ich nicht Calens Andenken verraten, wenn ich mein selbst gewähltes Gefängnis verließ. Als er gestorben war, hatte ich geschworen, ihn nie zu vergessen. Ich hatte geschworen, dass ich dafür bezahlen würde, ihm das Leben genommen zu haben.

»Danke!« Ray schlug mir auf den Rücken. »Tu einfach vierundzwanzig Stunden lang so, als wärst du ich. Als Wächter musst du die Kundin durch den Wiedererweckungsprozess führen und zur Stelle sein, falls irgendetwas schiefgeht. Was nicht passieren wird. Das wird ein Spaziergang, Alter. Das reinste Kinderspiel.«

Es würde sich zeigen, ob ich diese Entscheidung bereuen musste.

3 Tempest

Montag, 16:30 Uhr
Zwei Stunden vor der Wiedererweckung

Ich konnte noch immer nicht fassen, dass die Konservatoren auf Equinox meine Pflanze für atemberaubende viertausend Noten gekauft hatten. Normalerweise musste ich fast betteln, damit mir überhaupt jemand meine Funde abnahm. Durchnässte Bücher, Scherben, Stofffetzen – alles mehr oder weniger wertlos. Aber eine Pflanze … eine Pflanze war ein Hauptgewinn. Sie war mehr wert als das, was ich in den vergangenen fünf Jahren zusammengekratzt hatte, zusammen. Elysea wäre stolz auf mich gewesen.

Davon dass die Pflanze irgendetwas Essbares hervorbrachte, ging ich nicht aus, aber sie bewies, dass dort unten etwas überlebt hatte. Das würde den Konservatoren Hoffnung geben. Die Feldfrüchte auf Palindromena ernährten die umliegenden Riffe, darunter auch Equinox, aber wegen der wachsenden Bevölkerung stießen wir allmählich an Grenzen. Wir brauchten eine neue Nahrungsquelle. Wenn Pflanzen unter Wasser überleben konnten, wären wir nicht mehr nur von Palindromena abhängig.

Auf Equinox kämpften wir schon seit Jahren ums Überleben. Wir waren der Insel zwar am nächsten, brauchten aber Tauschware für die Nahrung von dort. Sämtliche Tauchstätten in der näheren Umgebung waren längst geplündert. Uns blieben noch Fisch und Algen, die wir aus der Tiefe holten. Ausreichend, aber wenig zufriedenstellend. Kein Vergleich zu den südlicheren Riffen, die noch immer über unangetastete versunkene Städte verfügten und sich damit Wurzelgemüse, Reis, Früchte und Kräuter leisten konnten. Allesamt auf Palindromena geerntet.

Ich wusste nicht, ob Equinox die nächsten zehn Jahre überleben würde. Aber das war nicht mein Problem. Jedenfalls nicht jetzt.

Als ich die Pflanze gestern zur Mittagsauktion gebracht hatte, waren die Konservatoren auf Equinox begeistert gewesen. Sie hatten mich mit Fragen bombardiert.

Hast du neues Land gefunden?

Wo hast du die Pflanze her?

Gibt es noch mehr davon?

Bring uns dorthin. Sofort!

Okay, es waren nicht alles Fragen gewesen.

Ich gab ihnen die Koordinaten der Tauchstätte. Ich würde sowieso nicht mehr dorthin zurückkehren.

Die körperliche Arbeit wurde den Bürgern von Equinox überlassen, aber wenn es einmal etwas wirklich Wertvolles gab, riegelten die Konservatoren sofort die Tauchstätte ab und schickten ihre eigenen Teams los, um sicherzugehen, dass das Objekt mit aller Sorgfalt geborgen wurde. Binnen einer Stunde würde mein Gebäude von Tauchern umschwärmt sein. Nicht dass sie noch irgendetwas finden konnten.

Ich wünschte meiner kleinen Pflanze noch alles Gute, als ich sie den Konservatoren übergab. Das wächserne grüne Gewächs hätte mir mehr bedeuten müssen als die gebleichten, aus Algen gewebten Scheine in meiner Hand, aber so war es nicht. Noten waren das Einzige, was jetzt noch wichtig war.

Das meiste Geld würde ich für Elyseas Wiedererweckung

ausgeben. Jede Entscheidung, die ich während der vergangenen zwei Jahre getroffen hatte, drehte sich darum, meine tote Schwester zurückzuholen. Wer ich sein würde, wenn ich die Erinnerung an sie hinter mir gelassen hatte, konnte ich mir nicht vorstellen. Ich wusste ja nicht einmal, wer ich sein wollte.

Ich schüttelte den Kopf. Über morgen konnte ich mir später immer noch den Kopf zerbrechen. Heute hatte ich einen Termin auf Palindromena.

Ich hatte in der Nacht kein Auge zugetan. Mein ganzer Körper stand unter Spannung. Ich würde Elysea wiedersehen. Endlich würde ich die Wahrheit über meine Eltern erfahren.

In meinem kleinen Quartier schüttete ich das Geld aus meiner Tasche aufs Bett. Dann zählte ich dreitausend Noten ab und stopfte sie in meine Schmuckmuschel. Die verbleibenden tausend Noten ließ ich durch die Finger gleiten. Kein Stöbern mehr nach schimmligen Algen und Fischresten im Müll der Kantine.

Ich steckte die Schmuckmuschel in meine Tasche aus Öltuch und ließ den Blick noch einmal durch den Raum schweifen. Mittlerweile hatte ich die meisten von Elyseas Gegenständen entfernt, aber sie war auf schmerzhafte Weise noch immer sehr präsent. Sie hatte die rostigen Metallwände mit Algenpaste grün gestrichen, um uns an Zeiten zu erinnern, als es noch Wälder und nicht nur ein paar vereinzelte Bäume auf den Inseln gegeben hatte. Oder Blumenwiesen. Aber das lag Jahrhunderte zurück. Blau war unsere neue Realität. Wasser unser Zuhause. Das Grün war in seinen Untiefen verschwunden. Zumindest war ich davon ausgegangen, bis ich die Pflanze gefunden hatte.

Selbst die Art, wie die Tassen auf dem schmalen Metallregal angeordnet waren, erinnerte mich an sie. Sie hatte mir immer vorgehalten, dass ich die Tassen richtig herum ins Regal stellte und ihr geliebter Kaffee dann vom herumfliegenden Staub salzig schmeckte. Wenn man die Tassen verkehrt herum hinstellte, konnte sich der Salzstaub nicht in ihnen sammeln.

Ich verstand das Problem nicht. Wieso war salziger Kaffee schlecht? Alles in unserer Welt war nicht nur blau, sondern auch voller Salzkristalle. Alles knirschte, staubte, war trocken und hart. Unsere Mutter hatte uns beigebracht, jeden Abend den Kristallstaub aus den Laken zu schütteln, auch wenn man nicht verhindern konnte, dass sich das Salz über Nacht auf den Lippen sammelte und die Augenlider zuklebte.

Ich nahm Elyseas Lieblingsmuscheltasse und drehte sie mit der Öffnung nach oben. Elysea würde mich sowieso nie wieder ausschimpfen. Und sonst auch niemand.

Ich verließ mein Quartier und machte mich auf den Weg zum belebten Hafen.

Die Sonne stand hoch am Himmel, und die Luft war schon schwer vor Feuchtigkeit und Salz. Man hatte das Gefühl, durch eine feuchte Decke zu atmen. Meine Lunge arbeitete nur schleppend, fühlte sich matt und schwer an, als würde ich unter Wasser die Luft anhalten. Ich strich mir die salzverkrusteten Haare hinter die Ohren.

Ich lief auf einer der rostigen Landungsbrücken entlang, die einst zum Skelett eines Gebäudes aus der Alten Welt gehört hatte. Nach den Großen Wellen hatten sich Überlebende aus aller Welt auf den wenigen verbleibenden Inseln versammelt. Verschiedenste Kulturen wurden zusammengewürfelt. Aber bald beschloss man, das Land für die Landwirtschaft zu reservieren, und baute die Riffe aus den Resten der Städte der Alten Welt, die man aus der Tiefe holte. Riesige Anker verbanden die schwimmende Metallstruktur mit dem Land, das meine Vorfahren einst ihre Heimat nannten.

Heute existierten etwa fünfzehntausend Riffe, in Zonen eingeteilt, zugehörig zu der nächstgelegensten Insel. Zumindest innerhalb eines Radius von fünfhundert Meilen. Alles, was darüber hinaus lag, konnte nicht mit Feldfrüchten versorgt werden. Equinox war das größte Riff seiner Art und beherbergte mehr als zehntausend Menschen.

Ich ging am Zentrum von Equinox vorbei, einem kreisförmigen Gebäude mit der Konservatorenhalle im Erdgeschoss und einem Atrium darüber, in dem sich die kommunale Kantine befand. Auf dem Dach thronte ein riesiger Blitzableiter, der den Strom für die Turbinen unter Equinox lieferte – unsere einzige Elektrizitätsquelle. Vom Hauptgebäude gingen mehrere ausufernde Arme ab, übersät mit Häusern aus Metall. Die Häuser hatten gewölbte Dächer wie die Rückseite eines Löffels, um Regenwasser, das als Trinkwasser und für die Wäsche genutzt wurde, besser auffangen zu können.

Kinder im Vorschulalter mit Angeln in den kleinen Händen säumten die Gangways, die kreuz und quer zwischen den Armen aus Wohnquartieren verliefen. Sie mussten viel Glück haben, um überhaupt einen winzigen Zuckerfisch zu erbeuten. Man musste schon den Hafen verlassen, um überhaupt etwas Vernünftiges zu fangen; die Fische mieden das Heulen der Turbinen.

Die älteren Kinder gingen alle in die Gesamtschule auf Equinox, eine Freiluftschule, die man an eine Seite der Konservatorenhalle geschraubt hatte. Der Klassenraum war überfüllt, man konnte kaum den Gitterrost sehen, auf dem die Kinder saßen. Ich hörte den Lehrer den Namen »Ilani« sagen, als ich vorbeilief. Die Eisnation.

Meine Vorfahren hatten einst in der Nähe von Ilani gewohnt und somit an einem Ort, der als einer der ersten untergegangen war. Zuvor hatte die Alte Welt am Rande eines

Kriegs gestanden. Die Preise für Land waren ins Unermessliche gestiegen, und alle Nationen litten unter starker Überbevölkerung. Das einzige unberührte Land lag unter einem Eispanzer – Ilani – und hatte einst mehr als ein Drittel des Planeten bedeckt.

Die Regierungen kamen überein, das Land zu befreien und so die weltweite Bevölkerungs- und Ressourcenkrise zu beenden. Sie wollten einen Teil von Ilani auftauen, aber die Brandbombe war zu stark gewesen. Das gesamte Eis schmolz auf einmal, ließ den Ozeanpegel weltweit ansteigen und brachte Milliarden von Menschen den Tod.

Manche sagten, die Regierungen hätten damit genau das bekommen, was sie wollten: einen Bevölkerungsrückgang. Aber ich wagte nicht, die Toten mit so etwas zu beleidigen.

Als ich noch zur Schule gegangen war, hatte ich Bilder des Landes gesehen, auf dem meine Vorfahren gelebt hatten, und es war schwer, etwas so Großes und Trockenes überhaupt zu begreifen. Auf dem gewaltigen Kontinent hatte es unterschiedliche Klimazonen gegeben, übersät von Millionen und Abermillionen Gebäuden.

Jetzt war nichts mehr von diesem Land übrig, abgesehen von den fünfzig neuen Inseln, die entstanden waren, als die Großen Wellen über uns zusammenschlugen. Sie waren einst Berge gewesen, Felsklippen, die es geschafft hatten, den Kopf über Wasser zu halten. Die meisten Inseln gehörten heute privaten Forschungsinstituten, die hofften, einen Weg zu finden, unser Leben auf dieser wasserdurchtränkten Welt zu verlängern.

Eine dieser Inseln war Palindromena – mein Ziel an diesem Tag.

Meine Eltern waren Angestellte auf Palindromena gewesen. Mein Vater hatte das Wächterteam und das Wiedererweckungsprogramm geleitet, meine Mutter hatte als Chefbotanikerin die wenigen Nutzpflanzen gepflegt, die diesen Teil der Welt ernähren sollten. Obwohl beide auf der Insel gearbeitet hatten, sprachen weder Mom noch Dad im Detail darüber. Mom sagte, ich solle nicht über den Tod nachdenken, sondern nur über das Licht. Dann steckte sie mir eine Blume hinters Ohr – eine, die sie auf den Feldern von Palindromena gepflückt hatte.

Kurze Zeit später starb sie mit meinem Vater in einem Sturm. Elysea ertrank drei Jahre darauf. Ich wünschte, Mom hätte mir mehr über den Ort erzählt, den ich nun besuchen würde. Es hätte mir vielleicht geholfen, einen Teil der Panik zu unterdrücken, die mir den Rücken hinaufkroch.

Die *Sunrise* stach aus den Hunderten von vertäuten Booten im Hafen hervor. Die meisten Schiffe waren aus Resten von Landfahrzeugen aus der Alten Welt zusammengestückelt, die *Sunrise* dagegen war windschnittig und glänzte. Ein teures Boot aus der Flotte von Palindromena. Ein Abschiedsgeschenk meiner toten Eltern. Sie waren abends auf unserem alten Tauchboot unterwegs gewesen, als sie in einen Sturm gerieten und seitlich gegen das Riff geschleudert wurden. Vermutlich konnte man sagen, dass ich Glück gehabt hatte, weil sie das alte Boot genommen hatten. Aber ich glaubte nicht an Glück. Ich glaubte an die Götter in der Tiefe und an das, was sie für meine Zukunft geplant hatten. Wieso sie beschlossen hatten, mir meine Eltern und meine Schwester zu nehmen, verstand ich allerdings nicht.

Ich hoffte, es heute herauszufinden.

Alles, was meiner Familie gehörte, hatte ich verkauft, aber von der *Sunrise* konnte ich mich nicht trennen. Es hingen so viele Erinnerungen an diesem Boot wie Seepocken an seiner Unterseite. Früher waren meine Eltern mit meiner Schwester und mir bei Sonnenuntergang hinausgefahren, um den silberhellen Hornrobben beim Springen aus dem Wasser zuzusehen. Nach dem Tod meiner Eltern verbrachten Elysea und ich unsere Tage damit, die Füße ins Wasser baumeln zu lassen und uns ein anderes Leben zu erträumen. Ein besseres.

Die *Sunrise* zu verkaufen würde die Verbindung zur Vergangenheit kappen. Das stete Schwanken des Boots unter meinen Füßen war wie ein Herzschlag für mich. Ohne ihn ging es nicht.

Ich kletterte an Deck und schaltete den Motor an. Wie die meisten Boote lief auch die *Sunrise* mit Solarenergie. Als ich das Dock verließ, wurde automatisch ein Vibrationssignal über das Wasser geschickt – ein Signal, das den Wachturm erreichte. Niemand verließ oder betrat Equinox unbemerkt.

»Equinox Wachturm«, kam eine angenehme Frauenstimme über den Transmitter, noch bevor ich die *Sunrise* überhaupt aus dem Liegeplatz herausmanövriert hatte. »Equinox Wachturm an Pier B 20. Bitte bestätigen.«

»Hier ist die *Quicksilver Sunrise*«, sagte ich. »Bestätigt.«

Der Wachturm registrierte das Kommen und Gehen der Boote und achtete darauf, dass die schwimmende Metallinsel das Gewicht von zehntausend Menschen aushalten konnte. Die Gewichtsbeschränkungen mussten genau beachtet werden, bis hin zur täglichen Fangmenge von Fisch und wie viele Kinder eine Familie haben durfte. Die Konservatoren konnten nicht riskieren, dass Equinox zu den Gebäuden der Vergangenheit auf den Boden des Ozeans sank.

Wenn eine Familie mehr als zwei Kinder bekam, blieb ihnen die Wahl: Sie konnten versuchen, auf eigene Faust zu überleben, ohne Verbindung zu irgendeinem Riff, oder hoffen, dass ein anderes Riff neue Bewohner aufnahm. So oder so, Equinox mussten sie verlassen.

»Wie lautet Ihr Fahrtziel heute, *Sunrise*?«, fragte die Stimme.

»Palindromena«, sagte ich und seufzte schwer. Ich wartete auf ihre Antwort. Die meisten Einwohner von Equinox hatten entweder Angst vor der Einrichtung, oder sie verabscheuten sie. Die Erzeugnisse der Insel und die medizinischen Produkte wie etwa Rekompressionstabletten wurden zwar gebraucht, das Erwecken der Toten hielt man aber für eine Beleidigung der Götter. Der Alten und der Neuen. Bis wir jedoch gelernt hatten, wie man unter Wasser Nutzpflanzen anbaute, lag alle Macht bei den Inseln.

»Verstehe.« Ihre Stimme klang kühl. Ich war nur eine weitere Person, die Palindromena genau das gab, was die Einrichtung wollte. Mehr Geld. Und mehr Macht über Equinox' Zukunft. »Wann werden Sie zurück sein?«

»Vor morgen Abend.«

»Die Zeit Ihrer Rückkehr ist notiert«, sagte die Frau. »Wir erwarten Sie dann.«

Sie musste es nicht aussprechen. Wenn ich nicht rechtzeitig zurück war, würde mich niemand suchen. Wenn mein Boot in Seenot geriet, wenn ich in die tobenden Fluten geworfen wurde und im Rachen eines Tieres landete, war das nicht Equinox' Problem. Viele Menschen verschwanden in den Wellen bei dem Versuch, ein besseres Leben zu finden. Das Meer zwischen den Riffen war unberechenbar, und überall lauerten Stürme. Es war leicht, den Weg in ein Wassergrab zu finden.

Außerdem gab es noch Geschichten über etwas anderes. Irgendetwas tief in den Wassern, dessen Hunger unstillbar war. Das waren jedoch nur Geschichten. Das Meer war auch so schon gefährlich genug. Niemand brauchte noch die wilden Fantasien der Betrunkenen beim Fest der Springflut, um es zu fürchten.

Wenn ich nicht bis morgen Abend wieder auf Equinox war, würde man annehmen, dass ich tot war, mein Eigentum beschlagnahmen und mein Zimmer jemand anderem zuteilen. Niemand würde auch nur mit der Wimper zucken. Die Konservatoren würden es sogar als weiteren Beweis dafür ansehen, dass man von Palindromenas Diensten lieber die Finger ließ.

»Bestätigt«, sagte ich.

»Dann gute Fahrt, *Sunrise.*«

Als ich die vertäuten Schiffe im Hafen hinter mir gelassen hatte, sah ich zurück. Mit den vielen Wohnarmen, die von der Konservatorenhalle im Mittelpunkt des Riffs ausgingen, wirkte Equinox wie ein Meerestier mit langen Tentakeln. Trotz der gewaltigen Anker schaukelte die schwimmende Stadt leicht auf den Wellen.

Südlich von Equinox konnte man eine Reihe silbern blinkender Bojen sehen, die Palindromenas Sonargrenze und damit die Grenze ihres Hoheitsgebiets markierten. Während andere Inseln Trackingsysteme nutzten, um die Aktivitäten von Booten zu überwachen, setzte Palindromena dieses Mittel ein, um fremde Boote aus anderen Regionen fernzuhalten. In den Jahrzehnten vor Bestehen der Grenze hatten immer wieder Boote an Palindromenas Strand angelegt. Die Besatzung hatte die Arbeiter überfallen und die Ernte gestohlen. Seitdem war es per Gesetz nur Schiffen der Einrichtung mit eingebauten Sensoren gestattet, die Demarkationslinie zu überqueren, alle anderen sahen sich einer bewaffneten Flotte gegenüber.

Hinter den silbernen Bojen lag die einzige freie Meerespassage, die Ungebundene See. Sie wurde von Remoranern beherrscht, skrupellosen Nomaden, die Schiffe überfielen und eine Spur aus gesunkenen Wracks hinter sich herzogen. Man musste schon sehr verzweifelt oder sehr dumm sein, um sich dort hineinzuwagen.

Ich wandte mich wieder Palindromena zu. Die atemberaubende Insel konnte man jetzt schon durch den salzigen Nebeldunst erkennen. Vier Felsklippen ragten jäh aus dem Wasser auf wie Finger, als hätte das Land mit seinem letzten Atemzug nach dem Himmel gegriffen. In der »Handfläche« wuchsen die Nutzpflanzen, die alle nahe gelegenen Riffe ernährten. Mom hatte oft stundenlang von ihren Pflanzen geredet, als wären es ihre Kinder. Dass sie alle unterschiedlich viel Wasser, Licht und Nahrung benötigten. Als ich klein war, wollte ich wie sie Botanikerin werden. Der Gedanke, etwas wachsen zu lassen, gefiel mir.

Ich biss die Zähne zusammen und verdrängte die Erinnerung. Heute würde ich meine Antworten bekommen. Ich würde endlich herausfinden, was meinen Eltern zugestoßen war.

Ich fragte mich, ob Elysea irgendwie ahnte, dass ich kam. Ob sie meine Wut spürte.

4 Tempest

Montag, 17:30 Uhr
Eine Stunde vor der Wiedererweckung

Nach einer Stunde erreichte ich das Dock von Palindromena. Mein Herz dröhnte in der Brust wie der Motor unter meinen Füßen.

Wumm. Wumm. Wumm. Wumm. Wumm.

Ich befürchtete schon, es würde einfach stehen bleiben, aber wenn das hier mein letzter Augenblick war, konnte ich kaum an einem passenderen Ort sterben. Wer wusste mehr über Leben und Tod als Palindromena?

Auf Equinox interessierte sich niemand für vermisste Bürger, auf Palindromena schon. Sie suchten ihr ganzes Territorium nach jenen ab, die ein schreckliches Ende gefunden hatten. Die Bergungsflotte Palindromenas war an verschiedenen Orten um die Sonargrenze stationiert und streifte jede Nacht umher, um Leichen aus dem Wasser zu bergen. Diese wurden in Tanks konserviert. Dann wartete man auf die Angehörigen.

So war es bei Elysea. Aber nicht bei meinen Eltern. Eine ganze Nacht war vergangen, bevor man die Überreste ihres Boots gefunden hatte, und bis dahin waren ihre Leichen verschwunden. Wahrscheinlich wurden sie von irgendeinem Meerestier gefressen.

Und Elysea war schuld daran.

Vier Monate nach Elyseas Tod fand ich heraus, dass sie unsere Eltern gesehen hatte, bevor ihr Boot an Equinox zerschellt war. Das hatte sie mir nie gesagt. Ich musste es erst von ihrem besten Freund erfahren. Schlimmer noch, sie hatte ihm verraten, dass sie für den Unfall verantwortlich war.

Sie war der Grund dafür, dass meine Eltern tot waren.

Heute würde ich herausfinden, was wirklich passiert war.

Ich schickte ein Stoßgebet nach unten und hoffte, dass mein Herz lange genug durchhielt, um Elyseas Gesicht noch einmal zu sehen. Ich biss mir auf die Innenseite der Wange und beschwor meine ganze Wut herauf, um die Aufregung zu vertreiben. Ich konnte nicht zulassen, dass mich meine Gefühle davon abhielten, zu bekommen, was ich brauchte.

Auf dem Weg zum Dock leiteten mich staksige Metallarme durchs Wasser. Palindromena erwartete mich, hatte den Puls meines Boots genauso deutlich erkannt wie das Licht der Korallen unter uns.

Das Dock bestand aus poliertem Recyclingmetall, ähnlich wie die *Sunrise*. Das viele Silber glänzte blendend hell in der Sonne. Ich schaltete den Motor ab und hob die Hand, um das grelle Licht abzuschirmen. Von der Einrichtung hinter den Felsklippen konnte ich nichts sehen, aber das Gebäude konnte nicht weit sein. Die ganze Insel hatte einen Durchmesser von kaum mehr als fünfzehn Kilometern.

Die Anlegestelle war voller Schiffe, darunter zwei schwere Bergungsboote mit Netzen auf beiden Seiten. Mir lief es kalt den Rücken hinunter, als ich mir vorstellte, wie Elysea von so einem Boot aus dem Wasser gefischt worden war. Kein Wunder, dass meine Eltern uns die unschöne Wahrheit über Palindromena vorenthalten hatten, damit wir nicht ständig über die Gefahren des Ozeans nachdachten und darüber, dass der Tod nur einen einzigen Atemzug entfernt sein konnte.

Sobald der Rumpf der *Sunrise* die Anlegestelle berührte, schlossen sich die Metallarme darum und schützten das Boot so vor dem Anbranden der Gezeiten.

Eine Frau mit glänzend schwarzem Bobschnitt trat an mein Boot. Sie trug einen beigefarbenen Hosenanzug, der fast identisch mit ihrer Gesichtsfarbe war. In der Vormittagshitze glühten ihre Wangen hellrosa.

Ich fühlte mich schäbig in meinem Wickelkleid aus gesponnenem Seetang, das nicht viel von meiner Taucherhaut verdeckte.

»Hallo«, sagte die Frau. Sie sah auf ihr Tablet, und ihre braunen Augen wurden schmal. »Tempest Alerin?« Vermutlich überprüfte sie mich gerade anhand der Formulare, die ich gestern bei Palindromena eingereicht hatte.

Ich hatte Glück, so schnell einen Termin bekommen zu haben. Gleich nachdem ich meine Pflanze verkauft hatte, besuchte ich die Vertreterin von Palindromena auf ihrem Boot, das nicht weit vom Riff entfernt vor Anker lag. Die Konservatoren gestatteten Palindromena nicht, direkt auf Equinox ihren Geschäften nachzugehen. Nachdem ich der Vertreterin alle Daten gegeben hatte, bekam ich ein Begrüßungspaket, das ich am Abend durchlesen sollte. Es beinhaltete Informationen, mit deren Hilfe ich Elysea vorgaukeln sollte, dass sie noch am Leben war. Etwa das Datum ihres Todes, das Wetter, die aktuellen Schlagzeilen des Tages. Es war wie ein Blick in die Vergangenheit. Eine Vergangenheit, in die ich nur zu gern zurückgekehrt wäre. Damit ich meine Schwester davon abhalten konnte, auf das Boot zu steigen.

»Das bin ich«, sagte ich und griff nach meiner Tasche.

»Ich bin Selna.« Sie schenkte mir ein warmes Lächeln, während ich aufs Dock trat. »Willkommen auf Palindromena. Hier.« Sie hielt mir zwei milchige Kapseln hin. »Das sind Landbeine. Sie helfen gegen die Landkrankheit.«

Ich sah verwirrt auf meine Beine hinab. Da spürte ich einen Zug zur Seite. Ich stolperte, und Selna hielt mich am Arm fest.

»Passiert hier andauernd«, sagte sie und drückte mir die Landbeine in die Hand. »Sie lösen sich unter der Zunge auf. Das hilft.« Sie tätschelte mir den Arm, während ich versuchte, gerade zu stehen. »Wirklich.«

Abgesehen von den Rekompressionstabletten hatte ich wenig Kontakt mit Medikamenten gehabt. Auch wenn Mom auf Palindromena gearbeitet hatte, glaubte sie nur an das, was die Erde uns gab: Fischeier für die Abwehrkräfte und Seetangpulver gegen die Kristalllunge. Dad durfte keinerlei Medikamente in unser Quartier bringen.

Ich hielt eine Kapsel gegen die Sonne. »Was ist da drin?«

»Magie«, erwiderte Selna lächelnd und zwinkerte mir zu.

Mit fünf Jahren hatte ich noch an Magie geglaubt, als ich die Schwärme von Flimmerfischen für versunkene Sternschnuppen gehalten hatte. Ich hatte mit baumelnden Beinen neben meinen Eltern an Deck gesessen und zugesehen, wie sie vorbeischwammen. Seit dem Tod meiner Eltern verschmolz das Licht der Flimmerfische mit der Dunkelheit – es war bedeutungslos wie die Sternkonstellationen, die unsere Vorfahren einst verehrt hatten.

»Hast du die Bezahlung?«, fragte Selna.

»Ja.« Ich gab ihr die Scheine aus meinem Schmuckkästchen. So viel Geld würde ich nie wieder auf einmal zu Gesicht bekommen.

Sie zählte die Scheine und tippte etwas auf ihrem Tablet ein.

»Komm mit«, sagte sie und steckte das Tablet in ihre Hosentasche. Dann führte sie mich vom Dock auf das satte Grün zwischen den Felsen zu.

Ich versuchte ihr zu folgen, fiel aber beinahe rückwärts ins

Boot. Selna lächelte nur. Ein paar stolpernde Schritte später legte ich mir die beiden Kapseln unter die Zunge.

Selna brachte mich zu einem geparkten Land Rover, eins der Landfahrzeuge der Alten Welt. Auf beiden Seiten ragten Arme heraus, die über Schläuche mit einem rostigen Tank hinten auf dem Wagen verbunden waren. Ein Sprühfahrzeug für Nahrungsmittellösung? Hatte meine Mom eins davon gefahren? Wieso kam es mir so bekannt vor?

»Steig ein«, sagte Selna, als sie mein Zögern sah. Ich folgte ihrer Aufforderung.

Der Staub, den der Land Rover auf der trockenen Straße aufwirbelte, ließ mich husten. Das Surren des Motors ähnelte dem Geräusch der *Sunrise* unter meinen Füßen. Es war irgendwie beruhigend.

»Das erste Mal an Land, was?«, rief Selna über den Motor hinweg.

Ich wollte etwas erwidern, aber der Hustenreiz siegte.

»Keine Sorge, der Staub legt sich gleich.«

Sie hatte recht. Wir bogen ab und fuhren in ein weites Feld mit Nutzpflanzen.

Eine Obsidiankuppel lag eingebettet zwischen den Felsklippen, eine schwarze Perle im Griff der Insel. Aber sie war nicht das, was meine Aufmerksamkeit erregte. Ich hatte noch nie so viel Grün auf einmal gesehen. Höchstens in meinen Träumen.

Mom nannte sie immer die Vergessenen Träume – Erinnerungen unserer Vorfahren, die vererbt wurden, um uns an vergangene Zeiten zu erinnern. Woher sonst sollte ich den würzigen Geruch eines Waldes kennen? Oder den Anblick einer großen, mit violetten Blumen übersäten Wiese?

Dad glaubte nicht an meine Träume oder die Götter in der Tiefe. »Wie können wir wissen, dass Tempes Träume wirklich die Alte Welt zeigen? Wie können wir wissen, dass sie Grün so sieht, wie du Grün siehst?« Er hatte mir lachend auf die Stirn getippt. »Vielleicht ist das, was sie sieht, so rosa wie eine Seepocke.«

Mom brachte ihn zum Schweigen, steckte mich zurück ins Bett und sagte, ich solle weiter von früher träumen. »Eines Tages werden wir in diese Welt zurückkehren«, flüsterte sie mir ins Ohr. »Sei glücklich in deinen Träumen, kleine Tempe.«

Und lange Zeit war ich das auch.

Als wir die Kuppel erreicht hatten, hielt Selna an. Das war es also. Palindromena.

Durch das getönte Glas konnte man nichts erkennen. Ich schluckte mehrere Male, um meine trockene Kehle zu befeuchten.

»Du musst keine Angst haben«, sagte Selna und kam um den Wagen gelaufen, um mir herauszuhelfen. »Wir werden dich die ganze Zeit unterstützen.«

Aber ich hatte keine Angst. Jedenfalls nicht so, wie sie dachte. Ich hatte keine Angst davor, Elysea Lebewohl zu sagen. Ich hatte Angst, nicht zu bekommen, was ich wollte.

Selna begleitete mich durch die Security und in das hohe, gewölbte Foyer. Ich blieb stehen und war wie gebannt von dem, was vor mir emporragte.

»Wunderschön, nicht wahr?« Selna kam zurück. Sie drückte die Handflächen aufeinander. »Gepriesen seien die Götter, dass sie unsere Insel beschützt haben.«

Ich schlug sprachlos die Hand vor den Mund.

In der Mitte des kuppelartigen Foyers stand ein gewaltiger Baum. Die schwarzen Äste wanden sich wie Arme und zeigten auf verschiedene Ebenen, die sich über der Eingangshalle erhoben. Die Äste waren gewunden und ganz anders als die scharfen Metallkanten auf Equinox. Auch die Luft roch ganz anders.

Nicht so salzig.

Ich atmete tief ein und genoss den frischen Sauerstoff, der ganz leicht in meine Lunge strömte. Das ganze Jahr über war die Luft auf dem Riff so feucht, als würde man durch ein nasses Tuch atmen. Hier fühlte ich mich leichter, schwebend – ein ganz ähnlich wunderbares Gefühl wie bei einem Tauchgang.

Blumen und Rankpflanzen wuchsen an den riesigen weißen Säulen und an glitzernden, gefliesten Wänden empor. Hatte Mom hier die Blume für mich gepflückt? Durch das Blattwerk des Baums konnte ich den blauen Himmel über dem Glasdach sehen. Grün und Blau miteinander vereint.

Wie bei meiner Pflanze.

»Aber wie?« Ich starrte gebannt nach oben. »Wie hat dieser Baum überlebt?«

Selna lächelte verlegen. »Das erklären wir dir bei der Einweisung.«

Bevor ich mich weiter umsehen konnte, führte sie mich zu einem halbdunklen Kinosaal. Sobald ich eintrat, ging die Leinwand an und zeigte Schrift in roten Buchstaben.

Ein sterbender Planet.

Um mich herum dröhnte laute Musik.

»Setz dich«, raunte mir Selna zu und deutete auf einen leeren Sitz. Ein paar wenige andere saßen im Saal und waren von der flackernden Leinwand gefesselt.

Das Video zeigte die Katastrophe der Großen Wellen, die unsere moderne Gesellschaft so gut wie zerstört hatte. Gebäude stürzten ein, Technologie versagte, Tiere verendeten, und wir Menschen waren gezwungen, das wenige zusammenzusuchen, mit dem wir eine neue Welt auf dem Meer aufbauen konnten.

Doch die Neue Welt ist nicht grausam.

Darüber konnte ich nur lachen. Das sollten sie mal meinen Eltern, meiner Schwester und allen sagen, die in der turbulenten See ihr Leben verloren hatten.

Mit dem steigenden Meeresspiegel erhob sich auch eine neue Macht. Die Götter der Tiefe. Sie haben unsere Insel gesegnet. Sie haben uns Palindromena gegeben. Sie haben einen neuen Anfang ermöglicht. Der Tod ist kein endgültiger Abschied mehr.

Das kannte ich schon. Einmal hatte ich spätabends gehört, wie Mom und Dad hitzig über Palindromenas Grundsatz diskutierten, man müsse den Göttern der Tiefe dafür danken, dass man die Ertrunkenen zurückholen konnte. Dad meinte, er habe nie irgendeinen Beweis für diese Götter unter Wasser gesehen. Götter, von denen Palindromena behauptete, sie hätten die Insel vor der Zerstörung bewahrt. Er meinte, der Wiedererweckungsprozess sei reine Wissenschaft und sonst nichts.

Ich fragte mich, ob ihnen die Zeit geblieben war, an die Götter in der Tiefe zu denken, als ihr Boot kenterte und sie in die kalten Fluten stürzten. Oder galten ihre letzten Gedanken ihrer verräterischen Tochter? Hatten sie überhaupt Zeit, an mich zu denken?

Der Rest des Films drehte sich um die Phasen der Trauer und welche Gefühle mich erwarteten, wenn ich meiner Angehörigen gegenüberstehen würde, die für kurze Zeit wieder am Leben sein würde. Aber es erklärte nicht, wie der Wiedererweckungsprozess wirklich funktionierte. Obwohl ich bereits wusste, dass es das Wasser in den Tanks war, das die Leichen vor der Zersetzung bewahrte.

Nach dem Video brachte mich Selna in ein Wartezimmer, das neben Elyseas »Aufwachraum« lag. Bilder von glücklichen, lächelnden Gesichtern umgaben mich. Familien, die zusammenkamen. Wiedervereinte Geliebte. Ich wandte mich ab und merkte, wie mein Körper schwankte und mein Kopf dröhnte. Ließ die Wirkung der Landbeine schon nach?

Ich war erst wenige Minuten in dem Raum, als eine andere Frau eintrat. Sie war hellhäutig, hatte kurzes, blondes Haar, feine Gesichtszüge, hohe Wangenknochen und weit auseinanderstehende blaue Augen. Sie war auffallend hübsch, wirkte nur ein wenig ernst.

Sie fuhr mit den Händen über ihren weißen Blazer. »Tempest Alerin. Als ich dich das letzte Mal gesehen habe, warst du so klein«, sagte sie und hielt ihre Hand auf der Höhe ihrer schwarzen Hose.

»Verzeihung?«

»Du erkennst mich nicht?«

Ich schüttelte den Kopf.

»Tut mir leid.« Sie presste die Lippen aufeinander. »Du warst wohl noch zu jung. Ich habe mit deinen Eltern zusammengearbeitet.« *Mom und Dad haben mich mit hierhergenommen?* »Ich bin Nessandra«, fügte sie hinzu. »Die Direktorin von Palindromena.«

»Wirklich?« Wenn meine Eltern von ihrer Chefin gesprochen hatten, hatte ich mir immer eine weißhaarige Person mit wettergegerbter Haut vorgestellt. Eine Wissenschaftlerin im Kittel.

Aber sie schien von der Sonne völlig unberührt zu sein. Sie verbrachte ihre Zeit nicht auf Booten und beim Tauchen nach Überbleibseln. Palindromena schien es ausgezeichnet zu gehen. Sie machten Geld mit den Toten. Wie meine Eltern einst.

»Ja.« Sie lächelte. »Ich habe das Vorrecht, diese gesamte Operation zu leiten.« Ihre Stimme klang warm vor Stolz, und ihre Wangen bekamen etwas Farbe.

»Oh.« Ich wusste nicht, was ich sagen sollte. Dass ich gleich jemand so Wichtigen wie die Direktorin von Palindromena treffen würde, damit hatte ich nicht gerechnet. Ich hoffte, dass sie meine Tarnung als trauernde Schwester nicht durchschaute. Hoffentlich gehörten Vernehmungen nicht zum Alltagsgeschäft dieser Firma.

»Als ich hörte, dass du kommst, wollte ich dich persönlich begrüßen.« Sie nahm behutsam meine Hände. »Mein herzliches Beileid.«

Ich wollte schon fragen, welchen Todesfall sie denn genau meinte, aber sie würde meinen schwarzen Humor sicher nicht zu schätzen wissen. »Danke.«

»Du wirst hier sicher finden, wonach du suchst.« Als ich sie verdutzt ansah, fügte sie hinzu: »Einen Weg, um abschließen zu können.«

Es gefiel mir nicht, wie ihre blauen Augen hin- und herschnellten und sie mein Gesicht studierte. Ich zog meine Hände zurück und schob sie unter die Arme.

»Du hast es dir hier anders vorgestellt, nicht wahr?« Sie deutete auf unsere Umgebung. »Palindromena?«

»Ja.« Ich konnte mich nicht daran erinnern, als Kind hier gewesen zu sein. Gingen all meine Träume von Wäldern einfach nur auf diesen Baum und die Felder draußen zurück?

»Ah.« Sie merkte, wie ich immer wieder durch die offene Tür zum Baum sah. »Er ist wunderschön, nicht wahr? Die letzte Schwarzrinde und über fünfhundert Jahre alt. Meine Eltern haben diese Einrichtung um ihn herum gebaut; sie waren die Gründer von Palindromena«, sagte sie mit geschichtsverklärtem Blick. »Vor fünfzig Jahren entdeckten sie ein Protein in Korallen, das totes organisches Material nicht nur daran hinderte, sich weiter zu zersetzen, sondern sogar regenerieren ließ. Und diese Heilung verstärkte sich um das Zehnfache, wenn man den Lebenszyklus eines Organismus zurücksetzte und sein Herz neu startete.« Sie lächelte mich an, als müsste ich das alles verstehen. Ich verstand es aber nicht. »Wusstest du, dass Bäume einen Puls haben?«, fragte sie.

»Bäume haben ein Herz?«

Sie lachte, freundlich, aber nicht gehässig. »Nein, aber einige Bäume haben einen Herzschlag.« Sie legte ihre Hand auf die Brust. »So wie das Blut durch uns fließt, werden auch durch den Baum in einem Vierundzwanzig-Stunden-Rhythmus Flüssigkeiten gepumpt. Das alles wird von einem Kommandozentrum aus Zellen gesteuert, das unserem Gehirn ganz ähnlich ist. Während meine Eltern versuchten, abgestorbene Nutzpflanzen zu revitalisieren, fanden sie heraus, dass das Kommandozentrum eines Baums wieder seine Arbeit aufnimmt, wenn der Puls des Baums neu gestartet wird. Das ›Gehirn‹ wird geheilt. Aber das neue Leben hält nur für die Dauer eines Tag-Nacht-Zyklus an. Und vierundzwanzig Stunden reichen bei Bäumen nicht, um Früchte zu tragen.« Sie lachte wieder.

Als ich nicht einstimmte, fuhr sie fort: »Und deshalb überlegten sich meine Eltern andere Anwendungsmöglichkeiten, in denen vierundzwanzig Stunden Lebenszeit kostbar sind und keine Enttäuschung bedeuten. Trotzdem geben wir nicht auf. Wir werden weiterforschen, bis es eines Tages keinen Rückfall mehr gibt. Für Pflanzen und, wer weiß, vielleicht eines Tages auch für unsere Patienten.«

Sowohl Palindromena als auch die Riffe hatten ein Ziel: Nutzpflanzen unter Wasser anzubauen. Aber keiner von beiden hatte bisher Erfolg gehabt.

»Aber das ist nicht der Grund, warum du hier bist, oder?«, fragte die Direktorin. Man merkte ihr an, wie gerne sie diese Geschichte erzählte, auch wenn sie es schon unzählige Male getan haben musste. »Bist du bereit für die kostbarsten vierundzwanzig Stunden deines Lebens?« Sie deutete auf eine Tür hinter mir mit der Zahl 16 darauf.

Ich wusste nicht, was ich darauf erwidern sollte.

»Natürlich bist du bereit.« Sie lächelte, aber ihre Augen

blieben ernst. Brachte sie mein Schweigen aus der Fassung? »Dein Wächter kommt gleich, und er wird die ganzen vierundzwanzig Stunden an deiner Seite bleiben. Er heißt Raylan Bassan. Und er kommt von Equinox wie du. Vielleicht kennst du ihn? Er war früher Speerfischer«, raunte sie verschwörerisch, als müsste mich das beeindrucken. »Einer der besten.«

Ich kannte niemanden mit dem Namen Raylan. Elysea und ich hatten nur wenig mit Gleichaltrigen zu tun, nachdem wir die Schule nach dem Tod unserer Eltern abgebrochen hatten. Außerdem wollte ich niemanden bei mir haben. Ich musste mit meiner Schwester unter vier Augen sprechen.

Die Direktorin verstand mein Schweigen offensichtlich falsch. »Du brauchst keine Angst zu haben, Tempest.«

Ich zuckte mit den Schultern und nickte zugleich.

»Aber«, setzte sie mit ernstem Blick an, »du musst mir versprechen, alles daranzusetzen, vor deiner Schwester zu verheimlichen, dass sie eigentlich tot ist.«

»Wieso?« Ich hatte nicht vor, ihr das zu verraten.

»Das ist für alle Beteiligten weniger traumatisch«, antwortete sie. »Stell dir vor, wie du dich fühlen würdest, wenn du nur noch vierundzwanzig Stunden zu leben hättest.«

»Was wird sie denn denken, was passiert ist? Unsere Eltern haben auf Palindromena gearbeitet. Wird sie nicht eins und eins zusammenzählen?«

»Wenn sie erwacht, werden die Ärzte ihr sagen, dass es einen Unfall gab. Sie werden ihr erklären, dass sie ein paar Tage im Koma lag und zur Beobachtung in der Klinik auf Equinox bleiben muss. Ihr Raum ist so gestaltet, dass sie glauben wird, sie befände sich noch auf dem Riff.«

»Und das funktioniert?« Ich hatte meine Zweifel. Ganz Equinox wusste über Palindromena Bescheid. »Sie wird nicht ahnen, dass etwas nicht stimmt?«

»Wir erwecken Menschen von überall auf der Welt«, sagte die Direktorin. »Die meisten kennen unseren Service natürlich nicht so gut wie die Bewohner von Equinox. Deswegen geben wir den Patienten, die in der Nähe gewohnt haben, etwas, um ihr Kurzzeitgedächtnis zu unterdrücken. Sie werden sich nicht an das erinnern, was während ihrer letzten Stunden passiert ist. Elysea wird nicht mehr wissen, dass sie ertrunken ist. Vertrau mir.«

Ich hoffte, dass sie sich wenigstens an die Nacht erinnerte, in der meine Eltern starben. Wozu sonst das Ganze? »Und was, wenn sie doch darauf kommt?«

»Dann werden die Wissenschaftler sie ruhigstellen, damit sie nicht panisch wird. Das ist natürlich nicht gerade ideal, schließlich möchten wir, dass ihr eure gemeinsame Zeit optimal nutzen könnt. Es ist am einfachsten, wenn sie die Wahrheit nicht herausfindet. Aber ich kann dir versichern, dass wir auf alle Situationen vorbereitet sind. Wir sind hier, um deine Trauer zu lindern.« Sie lächelte gütig. »Ich hoffe, den Tod eines Tages ganz zu besiegen. Dann wird es kein Leid mehr geben.« Ich konnte ihr ansehen, dass auch sie schon jemanden verloren hatte. In ihren Augen spiegelte sich der Schmerz.

In so einer Welt würde ich gern leben.

»Nun warte bitte hier«, sagte sie und wirkte wieder geschäftsmäßig. »Dein Wächter wird gleich da sein.«

»Danke.«

Sie drückte mir die Hand. »Du erinnerst mich sehr an deine Mutter.« So wie sie es sagte, sollte es mich wohl trösten, aber es führte nur dazu, dass ich sie noch mehr vermisste.

»Danke«, wiederholte ich.

Sie nickte mir verständnisvoll zu. »Nun wirst du deine Schwester bald wiedersehen.«

5 Lor

Montag, 11:00 Uhr
Eine Stunde vor der Wiedererweckung

Montag. Der Tag, an dem ich aus dem Schatten des Aquariums treten würde. Wenn ich mich dazu bringen konnte, überhaupt aufzustehen.

Ich rührte mich nicht und blieb im Bett, als Nessandra mir eine Schüssel mit Beeren an den Eingang stellte. Sie ließ mir immer etwas zu essen da, bevor sie mit der Arbeit anfing, weil sie wusste, dass ich nicht nach oben in die Kantine der Angestellten ging. Nur weil ich den Keller als mein Versteck nutzte, bedeutete das nicht, dass ich guthieß, was ihr Unternehmen tat. Wie immer stellte ich mich schlafend, als sie vorbeikam.

Fast zwei Jahre lang hatte ich jedes Gespräch mit ihr vermieden. Sie hatte mich dazu gezwungen, die Wiedererweckung mit Calen durchzumachen, weil sie meinte, es würde uns den Abschied erleichtern – einen Abschied, den sie mit ihren Eltern nie hatte. Doch die Angst in Calens Augen, als er begriff, was passieren würde, verfolgte mich und würde mich für den Rest meines Lebens verfolgen. Das Wissen, dass man nach vierundzwanzig Stunden einfach aufhören würde zu sein, hatte noch niemand einfach so hingenommen.

Angst war das letzte Gefühl, das er erlebt hatte. Auch

wenn es einfach war, Nessandra Vorwürfe zu machen, war ich der eigentliche Schuldige.

Die Sache heute widersprach allem, was ich mir vor zwei Jahren geschworen hatte. Ich war fest entschlossen, als Strafe hier unten zu bleiben, außer Sicht, als Lebender unter den Toten, bis zum Ende meiner Tage. Aber Ray hatte mich um Hilfe gebeten. Und dieses Mal hörte ich auf ihn. Ich wollte sein Wohlergehen über meines stellen, so wie ich es bei Calen hätte tun sollen. Ich konnte mich bessern.

Weil es nur etwa fünfzig Wächter gab – und man schnell merken würde, dass ich nicht dazugehörte –, hatte Ray die Vorbereitungsprozedur für die Wiedererweckung mit den Wissenschaftlern schon gestern Nacht vorgenommen. Sie hatten den Echolink und das Tablet mit den Daten über den Tod der Patientin bereitgestellt. Ray hatte beides hiergelassen. Ich hatte die Geräte unter mein Kopfkissen geschoben und gehofft, sie am nächsten Morgen nicht mehr vorzufinden. Ich hatte gehofft, dass alles nur ein böser Traum war.

Doch ich hatte gar nicht erst einschlafen können, und mein Kissen war noch immer ausgebeult.

Irgendwann setzte ich mich auf und zog den Echolink und das Tablet aus ihrem Versteck. Ich starrte auf den tintenschwarzen Bildschirm des Echolinks und sammelte Mut, um ihn anzulegen. Danach gab es kein Zurück mehr. Ich hielt ihn über mein Handgelenk und zögerte. In mir tobte ein Kampf. Ich hatte erst ein einziges Mal so ein Gerät getragen: an dem Tag, an dem ich mich von Calen verabschieden musste.

Davor hatte ich an das Wiedererweckungsprogramm und die Götter der Tiefe geglaubt. Ich war auf der Insel groß geworden und hatte von den wunderbaren Dingen gehört, die Palindromena tat. Infrage gestellt hatte ich es nie. Nach dem Unfall auf dem Heiligen Berg konnte ich es jedoch nicht mehr ertragen, was dieser Ort den Menschen zumutete. Ich wollte den Echolink in tausend Stücke zerschmettern.

Aber es ging nicht nur um mich. Mir war Rays gespenstischer Blick nicht entgangen. Ich konnte nicht zulassen, dass er so wurde wie ich. Traurig, verbittert und einsam. Ray brauchte das heute. Er hatte schon seit langer Zeit keinen Hoffnungsschimmer mehr gesehen. Und manchmal brauchte man einen, um wenigstens über den Tag zu kommen.

Ich biss die Zähne zusammen, als sich die zwei Nadeln unten am Armband durch meine Haut bohrten und in meine Blutbahn einklinkten. Ein blauer Lichtkreis um das Display strahlte auf, als sich der Echolink mit meinem Puls verband.

Vor den Großen Wellen war die Elektrizität in der Erde gewesen. Sie brachte Strom in die Häuser und Straßen. Aber jetzt hatten wir nur die Sonne, den Wind und das Wasser, um Strom herzustellen. Und unsere Körper.

Bei dem Versuch, die Ertrunkenen wiederzubeleben, hatten die Wissenschaftler von Palindromena entdeckt, dass Menschen ihre eigene Elektrizität herstellten. Wenn man sich in die Blutbahn einklinkte, konnte man den Puls, der den Menschen am Leben hielt, auch dafür verwenden, kleine Geräte wie den Echolink zu betreiben. Er war verlässlicher als die Sonne. Wenn man nicht tot war, natürlich.

Lange Zeit wollte ich nicht auf den Bildschirm schauen. Ich tat einfach, als wäre das Ding ein Schmuckstück und nichts weiter. Schnell zog ich das beigefarbene Palindromena-T-Shirt an, das Ray mir dagelassen hatte, und stopfte das Tablet hinter ein Buch in meine Gesäßtasche.

Ray hatte mir zum Abschied den Tipp gegeben, einfach Ruhe zu bewahren, dann würde alles schon gut gehen. Das war wenig hilfreich.

Ich ermahnte mich selbst, dass ich hier schließlich das Richtige tat. Ray wollte nichts lieber, als das Speerfischen wieder aufzunehmen. Er hatte den Jagdinstinkt im Blut. Vor etwa zehn Jahren hatte sein Vater eine gigantische Hornrobbe erjagt, an der sich ganz Equinox einen Abend lang gütlich tat, und die Überreste hatte man bei Palindromena gegen wertvolle Medikamente wie Rekompressionstabletten getauscht. Rays Vater wurde zum Helden.

Die Geschichte der Hornrobbe wurde in Rays Kindheit immer und immer wieder erzählt, bis sie ein Teil von ihm war. Als hätte er sie selbst erlebt. Niemand konnte ihm einen Vorwurf daraus machen, dass er seine Umgebung völlig ausblendete, als er den Schatten eines Leviathans unter seinem Boot hindurchtauchen sah. Er war so konzentriert auf dieses Wesen gewesen, dass er das entgegenkommende Schiff erst zu spät gesehen hatte.

Ich hoffte, dass Ray heute einen Schritt in Richtung Zukunft gehen konnte. Nicht, dass ich seinen Wunsch, in die Vergangenheit zurückzukehren, nicht verstand. Ich wollte ja selbst nichts lieber, als zwei Jahre zurückzuspringen und wieder auf den Klippen zu sein.

Doch ich konnte nicht zurück, und vorwärts wollte ich nicht. Trotzdem war ich kurz davor, einen Schritt hinaus in die Welt zu tun.

Hier unten war es leichter zu vergessen, was ich getan hatte, auch wenn ich von Toten umgeben war. Dort oben in der Welt würde mich alles nur daran erinnern, wie es einst gewesen war. Wie ich die Tage bis zum Wochenende gezählt hatte, an denen ich Calen und seine Freunde aus Equinox wiedersehen konnte. Wie wir mit Rovern am Strand herumkurvten, wie wir Fische über dem Lagerfeuer brieten und bis spät in die Nacht über die Welt jenseits der Insel redeten. Ich träumte davon, die Welt zu bereisen. Oder zumindest die Insel zu verlassen. Jetzt traute ich mich noch nicht einmal aus dem Keller.

Ich sollte die Abmachung mit Ray einfach vergessen. Die Kundin würde auftauchen, doch der Wächter würde fehlen. Also würde der Termin abgebrochen werden, und Nessandra würde einen neuen Zeitpunkt vereinbaren. Ray würde bestraft werden. Wahrscheinlich würde man ihn entlassen, und seine Zukunft – zusammen mit der Vergangenheit, nach der er sich so sehnte – wären vollends unerreichbar für ihn.

Das konnte ich ihm nicht antun.

Ich schnappte mir ein weißes Tuch aus dem Vorratsschrank und ging nach oben, bevor ich die Nerven verlor. Aus dem Stoff band ich mir ein provisorisches Kopftuch, um mein strohblondes Haar zu bedecken. Den unteren Teil meines Gesichts versteckte ich hinter einem Mundschutz. Es war nichts Ungewöhnliches für einen Wächter, mit Mundschutz herumzulaufen. Die Kunden und Patienten zu schützen war Palindromenas oberstes Gebot.

Vor der Tür holte ich tief Luft. Meine zitternde Hand ließ den Türknauf klappern. Ich musste das hier tun. Für Ray. Es war das Richtige. Etwas Selbstloses. In vierundzwanzig Stunden konnte ich zurück ins Aquarium, und dann würde alles wieder so sein, wie es sollte.

»Sei kein Feigling«, raunte ich mir zu.

Ich zwang meine schlotternden Beine, sich zu beruhigen, und ging aufs Foyer zu. Meine Bewegungen waren steif, als hatte ich vergessen, wie man ging. Ich ballte die Fäuste. Augen zu und durch.

Ich musste blinzeln, als ich das Foyer betrat. Die Sonne schien durch das Dach und die Glasfront. Ich hatte vergessen, wie hell es hier war. Kurz musste ich stehen bleiben. Erinnerungen an die Sonne versengten mir den Verstand, sie waren so lebendig, dass ich spüren konnte, wie meine Haut verbrannte.

Meine Mutter hatte mich stets gerügt, wenn ich keine langärmligen T-Shirts trug. Ich war hellhäutig und bekam leicht und schnell Sonnenbrand, aber ich mochte einfach das Gefühl der warmen Strahlen auf den Armen.

»Verzeihung«, sagte eine Frau, die mich im Vorbeigehen versehentlich gestreift hatte.

Ich zuckte zusammen. Meine Erinnerungen durften mich jetzt nicht ablenken.

Die Wächter hatten sich um die Schwarzrinde versammelt. Als Kind hatte ich Bäume geliebt. Stundenlang war ich auf die wenigen verbliebenen Bäume auf der Insel geklettert. Als das langweilig wurde, fing ich an, an den Felswänden emporzuklettern.

Die gedämpften Stimmen der Wächter hallten durch den Raum. Mein Handgelenk vibrierte und signalisierte mir, dass meine Kundin auf mich wartete.

»Erweckt sie aus der finstersten Tiefe«, sangen die Wächter. »Bringt sie ans Licht. Schenkt ihnen einen letzten Abschied, bevor sie wieder in eure wasserreiche Umarmung sinken. Wir glauben an euch. Wir gehorchen euch. Heute und in Ewigkeit.«

Ein Wächter mit tiefbrauner Hautfarbe und langen Locken bemerkte mich, als ich vorbeilief, aber er lächelte nur. Ich beeilte mich, zu den Aufwachräumen zu kommen, bevor mich irgendjemand ansprechen konnte. Trotz Mundschutz und Kopftuch durfte mich niemand zu genau ansehen. Nur Ray und Nessandra wussten, dass ich im Keller lebte, und so sollte es auch bleiben.

Als ich Tür sechzehn fast erreicht hatte – mein Posten für die nächsten vierundzwanzig Stunden –, hörte ich eine bekannte Stimme im Flur.

Nessandra.

Mist! Sie durfte mich nicht sehen. Sie würde mich trotz

Maske und Kopftuch sofort erkennen. Ich hechtete zurück hinter die Ecke.

Während sie einer Kundin erklärte, wie kostbar die nächsten vierundzwanzig Stunden waren, knirschte ich mit den Zähnen. Das Wiedererweckungsprogramm war reine Augenwischerei. Es half niemandem. Den Toten nicht und den Lebenden auch nicht.

Ich kauerte hinter der Ecke, bis sich das Klickklack ihrer Schritte im Flur entfernt hatte. Erst dann näherte ich mich meiner Kundin.

Tempest Alerin.

6 Tempest

Montag, 11:30 Uhr
Dreißig Minuten vor der Wiedererweckung

Mein Fuß wippte im Rhythmus der tickenden Uhr an der Wand. Es waren erst wenige Minuten vergangen, seit die Direktorin gegangen war und ich auf den Wächter wartete, aber es fühlte sich an wie Stunden.

Immer wieder ballte ich meine Hände zu Fäusten und öffnete sie wieder, um etwas Spannung abzubauen. Obwohl ich die Erzählungen über Palindromena seit so vielen Jahren kannte, kam es mir fremd vor. Ich konnte mir nicht vorstellen, wie meine Eltern hier über die Korridore gegangen waren. Noch nicht einmal ihre Gesichter sah ich vor mir. Manchmal hatte ich Angst, dass ich sie ganz und gar vergessen würde. Die Zeit wusch die Erinnerungen davon wie alles andere auch.

Irgendwann schließlich ging die Tür zum Korridor auf, und ein groß gewachsener junger Mann trat ein. Ich fühlte mich wie ein frisch gefangener Fisch, der von einem zum anderen durchgereicht wurde.

Nach dem zu urteilen, was ich sehen konnte, war er nur wenige Jahre älter als ich. Sein Gesicht war von einem Mundschutz verdeckt. Seine Haut hatte denselben Perlmuttton wie die der Direktorin, aber er hatte ein Sammelsurium von Sommersprossen auf der Nase.

Seine strahlend blauen Augen waren auf mich gerichtet. Einen Augenblick lang starrten wir einander nur an.

»Hi«, sagte er schließlich und hielt mir die Hand hin. Sie zitterte leicht. »Ich bin L…« Er schluckte. »Lustigerweise heute dein Wächter.«

Ich schürzte die Lippen. *Lustigerweise, soso.* Nach Lachen sah er überhaupt nicht aus. Auch wenn der größte Teil seines Gesichts verborgen war, sah ich seine Kiefermuskeln arbeiten.

Er war viel jünger, als ich erwartet hatte. Ich hatte gedacht, alle Wächter wären wie mein Vater: ein großer, schlanker Mann mit einem freundlichen Lächeln. Er konnte für Ruhe sorgen, ohne herablassend zu sein, konnte Ratschläge erteilen, ohne zu predigen, und er gab einem das Gefühl, man wäre schon immer mit ihm befreundet gewesen. Ich hatte sein Talent bewundert, sich mit Leuten zu unterhalten, die er eben erst kennengelernt hatte, während ich nicht einmal eine einzige Freundin für die Dauer eines Schuljahres halten konnte.

Zu still. Zu ernst. Zu sensibel.

Elysea und ihr bester Freund Daon – der sich gezwungenermaßen mit mir abgab, weil er so verschossen in meine Schwester war – waren meine einzigen Freunde gewesen. Wenn es einmal besonders schlimm gewesen war und ich im Bett lag und an die Decke starrte, fragte ich mich, wie ich es anstellen sollte, anders zu sein – freundlicher, besser. Außerdem fragte ich mich, ob Elysea überhaupt meine Freundin war. Oder ob sie einfach Zeit mit mir verbringen musste, weil wir Schwestern waren.

War ich ihr die ganze Zeit nur lästig gewesen?

»Raylan«, sagte der Wächter und brach das Schweigen. »Raylan Bassan. Du bist Tempest, oder?«

»Tempe«, berichtigte ich und war schließlich bereit, ihm

die Hand zu geben. Ich wusste, dass andere sich in meiner Gegenwart oft unwohl fühlten, aber dadurch hatte ich gelernt, dass man nur einen Augenblick länger als erwartet schweigen musste, und schon verriet einem sein Gegenüber mehr, als es wollte. Manchmal brauchte ich diesen zusätzlichen Moment auch, um meine Gedanken zu sortieren.

Raylan sah auf unsere Hände, meine sonnengebräunten im Gegensatz zu seinen blassen Fingern. An seinem Handgelenk erkannte ich ein hübsches Metallarmband mit einem runden, eingelassenen Display. Das Display war, abgesehen von einem blauen Kreis, leer. Ich schnappte nach Luft und ließ seine Hand los.

Ein Echolink.

Ich hatte zuletzt einen gesehen, als mein Vater noch lebte. Nur Wächter trugen diese Geräte, um die Wiedererweckung der Toten zu überwachen. Als Kinder hatten sowohl Elysea als auch ich sie mit einer Mischung aus Faszination und Angst betrachtet. Dad ließ sie uns nicht einmal anfassen.

»Das ist nichts für Kinder«, hatte er gesagt.

»Was kann man damit machen?«, fragte ich.

Jedes Mal tauschten Mom und er wissende Blicke aus, bevor er sagte: »Nichts, über das du dir Gedanken machen müsstest.«

Elysea und ich glaubten damals, der Echolink habe die Macht über Leben und Tod, und wenn man ihn anfasste, wurde das Herz so schwarz wie das runde Display, eine eingefallene Höhle in der Brust. Als Kinder hatten wir uns gegenseitig dazu angestiftet, uns ins Zimmer unserer Eltern zu schleichen, während Dad schlief, und das Display zu berühren. Aber immer, bevor wir ihm zu nahe kamen, waren wir wieder geflüchtet.

Raylan räusperte sich, und ich löste den Blick von seinem Handgelenk.

»Ich bin hier, um dich während der Wiedererweckung deiner Schwester zu begleiten.«

Was wusste dieser Junge schon von Trauer und Tod? Seine Hand hatte schlaff in meiner gelegen, schwach. Ich brauchte ihn nicht.

Ich zog die Augenbrauen hoch und wartete darauf, dass es weiterging.

»Hat man dir die Landbeine gegeben?« Seine Stimme wurde von der Schutzmaske leicht gedämpft.

»Ja.« Ich beschloss mitzuspielen. »Als ich die Insel betreten habe.«

»Gut.« Mehr sagte er nicht. Er schien genauso wortkarg zu sein wie ich. Ich hatte geglaubt, Wächter müssten empathisch sein. Ich dachte an Dad und wie er es geschafft hatte, dass sich jeder wichtig und gesehen fühlte.

Wie oft Dad nach einem schlechten Schultag abends an meinem Bett gesessen hatte, konnte ich nicht mehr zählen. Ich erzählte ihm von den Kindern, die mich gehänselt hatten, die behauptet hatten, ich sei ansteckend, weil meine Eltern auf Palindromena bei den Toten arbeiteten, während die meisten anderen Eltern tauchten, auf Booten oder als Angler arbeiteten. In einem Schuljahr verbreiteten meine Klassenkameraden das Gerücht, ich sei in einem Tank geboren worden – ein verunglücktes Experiment.

Mein Dad erklärte mir, dass sich die Leute immer über das lustig machten, was sie nicht verstanden, über Menschen, die anders waren. Besonders. Und dass ihre Angst dazu führte, dass sie ausfällig wurden. Er sagte, ich sei sein wunderschöner Flimmerfisch, der den finstersten Ozean zum Leuchten brachte. Dass er das jetzt immer noch sagen würde, bezweifelte ich.

Ich verdrängte den Gedanken und konzentrierte mich auf Raylan.

»Der Aufwachraum ist hinter dieser Tür.« Er zeigte auf den Durchgang hinter mir. »Dort wird deine Schwester die ganze Zeit über bleiben.«

Ich wünschte, ich hätte so einen letzten Augenblick mit Dad. Um ihm zu sagen, wie sehr ich ihn liebte. Aber Elysea hatte mir das genommen.

»Ich habe das auch schon durchgemacht«, sagte er und zeigte auf unsere Umgebung. »Ich weiß, dass es nicht einfach ist.«

»Du hast jemanden verloren?« Ich konnte sehen, wie nah ihm das ging. War das ein Einstellungskriterium für die Wächter von Palindromena? Vermutlich stieg so das Einfühlungsvermögen für die Kunden. Vielleicht kannte er Trauer tatsächlich aus eigener Erfahrung. Wie sie jeden Moment des Tages einfärbte. Am schlimmsten war es nach dem Aufwachen, wenn man die Trauer beim Schlafen endlich für eine Weile vergessen konnte, waren die Stunden nach dem Aufwachen umso schmerzhafter.

Hatte auch mein Vater diesen Prozess mit einem geliebten Menschen durchgemacht? Schließlich war auch er ein Wächter gewesen. Er hatte nie davon erzählt. Sowohl seine Eltern als auch seine ältere Schwester waren an einer Kristalllunge gestorben und konnten nicht wiedererweckt werden.

Raylan nickte. »Dank dieses Programms hatte ich noch ein wenig mehr Zeit mit einem Freund.«

Ich konnte seine Traurigkeit sehen oder vielmehr spüren. »War es all das wert? Ihn noch einmal zu sehen?«

Sein Atem kam stoßweise, die Maske verstärkte es noch. »Ja.«

Er klang wenig überzeugend.

Er hob die zitternden Finger an sein Kopftuch, so als wäre er nervös.

»Wie viele Wiedererweckungen hast du schon begleitet?«, fragte ich. Es machte fast den Eindruck, als wäre er derjenige, der hier die vierundzwanzig Stunden vor sich hatte. Vielleicht machte ich ihn aber auch so nervös? Für Dad war ich zwar sein besonderer Flimmerfisch gewesen, aber die anderen meinten immer, ich würde den Leuten zu lange in die Augen sehen oder nicht lange genug. Andere Kinder hielten mich für komisch, weil ich so leise und ernst und in mich gekehrt war. Sie wussten nicht, was ich dachte. Also gingen sie vom Schlimmsten aus. Sie umzingelten mich, warfen mir Sand in die Haare und riefen *Wasserhexe, Wasserhexe, Wasserhexe.* Dabei rannten sie um mich herum. Sie wollten Schutz von den Göttern. Vor mir.

Dabei hatte ich ihnen nie etwas Böses gewollt. Oft hatte ich überhaupt nicht über sie nachgedacht – ich war gefangen in meiner eigenen Welt und fragte mich die ganze Zeit, wie ich auf diese Kinder zugehen sollte, die mich offensichtlich jetzt schon nicht leiden konnten. Wie ich ihnen zeigen konnte, dass ich genauso war wie sie. Und während dieser stillen Überlegungen hatten sie schon beschlossen, dass ich komisch und gruselig war und dass sie nichts mit mir zu tun haben wollten.

»Zehn Wiedererweckungen habe ich überwacht«, sagte Raylan. Ich hatte die Frage fast schon vergessen.

»Ist zehn viel?« Dad hatte ich nie gefragt, wie viele er begleitet hatte. Schließlich hätte ich nie geglaubt, dass mir nur ein begrenztes Zeitfenster blieb, um Fragen zu stellen. Ich dachte, ich hätte noch mein ganzes Erwachsenenleben, um mich an meinen Eltern zu erfreuen und sie kennenzulernen. Um die Dinge zu fragen, die einem als Kind nie eingefallen wären. Ich hatte meine Eltern nie als etwas anderes gesehen als die Menschen, die mich lieb hatten und aufzogen. Als Minda und Deren kannte ich sie nicht – als das Paar, das sich auf Palindromena kennengelernt und ineinander verliebt hatte. Und jetzt war es zu spät.

»Ja«, erwiderte Raylan und riss mich aus meinen Gedanken. »Ich arbeite erst seit sechs Monaten hier.«

»Du kommst von Equinox?« Das hatte Nessandra gesagt, aber Raylan kam mir nicht bekannt vor. Jetzt, da ich näher vor ihm stand, konnte ich leichte Stoppeln hinter der Maske am Kiefer sehen. Wahrscheinlich war er ein paar Klassenstufen über mir gewesen. Ich hatte mit zwölf die Schule abgebrochen, als meine Eltern starben. Weil kein Geld mehr da war, fingen Elysea und ich an zu tauchen, damit wir unsere Steuern bezahlen konnten. Steuern, die Elysea die letzten zwei Jahre in einem Tank konserviert hatte.

»Ja«, sagte er.

Ich beäugte verwirrt seine helle Haut. Die meisten Leute, die auf dem Riff lebten, konnten wegen der ständigen Sonneneinstrahlung nicht so blass bleiben.

»Ich weiß, was du denkst – blasser als ein Knochenfisch, stimmt's?« Er hielt mir seine Arme hin, und ich lächelte schwach. »Ich schätze, das passiert, wenn man sich die meiste Zeit drinnen aufhält und lernt, um ein Wächter zu werden.«

»Aha.« Obwohl ich mir ziemlich sicher war, noch nie jemanden gesehen zu haben, der so hellhäutig war. Selbst die Klassenzimmer auf Equinox waren nicht vor den Naturgewalten geschützt.

»Es ist schon fast Mittag«, sagte Raylan und deutete auf den Aufwachraum. Er schien mich loswerden zu wollen. »Auf Palindromena werden die Patienten mittags wiedererweckt«, erklärte er. »Das ist eine Art Insiderwitz, weil das englische Wort für Mittag, ›Noon‹, ein Palindrom ist.«

Ich fand das nicht witzig und nickte nur.

»Ein Palindrom ist ein Wort, das man vorwärts und rückwärts lesen kann und das dabei seine Bedeutung behält«, erklärte er mir. »Diese Einrichtung heißt Palindromena, weil der Tod wieder zum Leben umgekehrt wird, bevor der Patient in den Tod zurückkehrt.«

Ungehalten atmete ich aus. »Ich weiß, wieso es Palindromena heißt.«

Er straffte die Schultern und räusperte sich. Er fühlte sich in meiner Gegenwart unwohl, so viel stand fest, aber es war mir egal.

»Okay, also, deine Schwester wird in dieses Zimmer gebracht. Ich werde im Warteraum bleiben. Falls du mich brauchst.«

»Vierundzwanzig Stunden lang?«, fragte ich. »Musst du nichts essen? Oder schlafen?« Als er nicht reagierte, setzte ich nach: »Pinkeln?«

Er lachte, fast zögerlich. »Nicht, wenn du mich brauchst.«

Okay. Das schien mir etwas zu viel des Guten, aber was wusste ich schon? Vielleicht brauchten die Leute diese ständige Unterstützung? Im Einführungsvideo hatte es geheißen, es könne einen Schockzustand hervorrufen, wenn ich meine Schwester sah. Aber ein Schock gehörte nicht zu meinem Plan. Ein Schock wäre eine Ablenkung.

»Bist du bereit?« Er hielt den Daumen über den Echolink. Gab er damit den Wissenschaftlern das Signal, Elysea aufzuwecken? Ich wünschte, Dad hätte mir die Prozedur in seinen Einzelheiten erklärt.

Ich stellte mir meine Schwester vor, wie sie auf einem Bett lag, blaue Lippen, milchige, leere Augen, die an die Decke starrten. Und Seepocken, die ihre Haut wie einen Ausschlag bedeckten. Was würde sie zuerst bewegen? Die Augen? Die Finger?

Etwas umkrallte mein Herz. *Angst. Es ist nur Angst.*

Als ich es schließlich schaffte zu nicken, mit staubtrockenem Mund, berührte Raylan das Display, und ein zweiter blauer Kreis erschien. Raylan schloss die Augen, als würde er nachdenken. Kurz ließ er die Schultern sacken. Dann öffnete er die Augen.

»Sie ist auf dem Weg.«

7 Lor

Montag, 19:00 Uhr
Zehn Minuten vor der Wiedererweckung

Ein Blick von Tempest Alerin und ich wollte wieder zurück ins Aquarium flüchten.

Ihre Augen verfolgten jede meiner Bewegungen. Kritisch und ernst. Ich fühlte ihren Blick auf mir. Das Gefühl hatte ich seit fast zwei Jahren nicht mehr gehabt. Okay, Ray kam manchmal vorbei, aber dieses Mädchen sah mich an. Mich.

Ihre Augen schimmerten in einem warmen Braun, aber in ihrem Blick lag keine Wärme. Ihr schmales Kinn war nach vorn gestreckt. Sie war dünn, ihre Schlüsselbeine ragten hervor, und ihre Wangenknochen waren deutlich zu sehen. Ihr olivenfarbener Teint war von einem Leben auf dem Wasser noch dunkler geworden, ihr langes Haar hatte die Farbe eines sternenlosen Himmels. Sie war eines der schönsten Mädchen, die ich je gesehen hatte. In einem anderen Leben, meinem alten Leben, hatte ich sie vielleicht sogar gebeten, mit mir auszugehen.

Ich wusste nicht genau, was ich von einer Kundin zu erwarten hatte, aber mit ihrem Verhalten stimmte etwas nicht. Irgendetwas brodelte in ihr. Ich konnte nur nicht genau sagen, was.

Hör auf. Du wirst auffliegen. Sie wird merken, dass du gar kein richtiger Wächter bist.

Oder vielleicht hatte ich nur vergessen, wie es war, mit anderen Menschen als Ray zu sprechen. Von ihnen angeschaut zu werden. Von ihnen berührt zu werden. Ich wäre fast zurückgezuckt, als sie meine Hand geschüttelt hatte. Ihre Hand war klein, aber ihr Griff war fest. Bis sie den Echolink sah. Ihrem erschrockenen Gesichtsausdruck nach zu urteilen, wusste sie, dass der Echolink für die Wiedererweckung ihrer Schwester stand. Aber woher? Sie benahm sich nicht so, als hätte sie all das schon einmal durchgemacht.

Dann war der Augenblick vorbei, und es war, als könnte ihr nichts etwas anhaben. Als würde sie nicht kurz davor stehen, ihre tote Schwester zu sehen. Ihr Blick war durchdringend, aber ihre wahren Gefühle schien sie zu verstecken. Hatte sie Angst, vor einem Fremden zu weinen? Traurig schien sie nicht zu sein. Sie schien … überhaupt nichts zu sein. Aber irgendetwas musste sie doch fühlen. Niemand stellte sich der Trauer so furchtlos entgegen. Oder so herzlos.

»Ist sie schon wach?«, fragte Tempest. Sie reagierte ganz anders, als Ray es mir vorhergesagt hatte. Ich hatte Tränen erwartet, Aufregung, schwache Nerven. Aber nicht sie.

Sie war zu ruhig. Sie war zu kontrolliert. Das brachte mich aus der Fassung.

»Ja«, sagte ich und drehte mein Handgelenk hin und her, um Spannung abzubauen. Der Echolink fühlte sich an wie ein schwerer Anker. Ich wollte den Bildschirm nicht ansehen, ich wollte nicht auf die zwei Kreise starren. Längst wusste ich, was sie bedeuteten. »Elysea wird bald hier sein.«

Ich drückte auf einen Knopf neben der Tür, um sie zu öffnen. Als wir in den Aufwachraum getreten waren, glitt sie hinter uns wieder zu. Es gab ein schmales Bett in der Mitte des Raums und ein Fenster an der hinteren Wand, durch das man auf das Meer blicken konnte, nicht auf die Felswände, zwischen denen die Einrichtung eingebettet war. Der Ausblick, der Elysea Alerin erwarten würde, wenn sie nach einem Unfall in der Klinik auf Equinox aufwachen würde. Ein grausamer Trick wie diese gesamte Prozedur.

Ich verabscheute es, ein Teil davon zu sein, aber zugleich sogen meine Augen den Ausblick gierig auf – eine Abwechslung zu dem feuchten Dunkel des Aquariums.

Tempest ließ den Blick schweigend durch den Raum schweifen, die Hände auf dem Rücken verschränkt.

Warum sagte sie nichts?

Ich zog das Tablet aus meiner Gesäßtasche und blätterte durch die Akte ihrer Schwester, nur um irgendetwas zu tun.

VERSTORBENE: ELYSEA ALERIN
ALTER: SIEBZEHN
MUTTER: MINDA, VERSTORBEN
VATER: DEREN, VERSTORBEN
GESCHWISTER: TEMPEST (F), ZWEI JAHRE JÜNGER
TODESURSACHE: ERTRINKEN, VON BERGUNGSBOOTEN AUS DEM WASSER AUFGENOMMEN. VERMUTLICH VOM STURM AM VORABEND VOM BOOT GEWEHT.
LEICHENZUSTAND: GUT
LEICHNAM SECHS STUNDEN NACH TODESEINTRITT KONSERVIERT
WIEDERERWECKUNG GENEHMIGT

Dazu gab es Dutzende Bilder von Elysea. Tot. Leerer Blick. Die braunen Haare klebten an den Schultern. Weißliche Haut. Blaue Lippen.

Ich schaltete den Bildschirm aus, bevor Tempest etwas sehen konnte.

Um das Schweigen zu brechen, zeigte ich auf das Silbertablett und sagte: »Dort ist etwas zu essen, falls deine Schwester Hunger hat. Und wenn du sonst etwas brauchst, dann drück einfach auf den Knopf hier an der Tür, und ich entriegele sie von der anderen Seite.«

»Okay.« Ihre Stimme klang abwesend.

Mein Handgelenk vibrierte und ließ meinen ganzen Arm zucken. Ich sah zur Tür, die in den nächsten Raum führte. Der Durchgang zum Wiedererweckungsflügel. Ein Licht über der Tür schaltete von Rot auf Gelb.

»Deine Schwester ist gleich da«, sagte ich. Tempest wurde bleich. Das war das erste Anzeichen von Sorge bei ihr, und ich ging unweigerlich einen Schritt auf sie zu. »Das wird schon.«

Sie wich zurück wie ein scheuer Fisch. »Es geht mir gut.«

Ich hätte gehen sollen, aber ich wollte nicht, dass sie das allein durchmachen musste.

»Ich weiß, wie sich das anfühlt«, sagte ich, aber sie hörte gar nicht mehr zu. Wie gebannt starrte sie auf das gelbe Licht.

»Was dauert da so lange?«, fragte sie.

»Es geht gleich los.« Ich wünschte, ich könnte bei ihr bleiben, für den Fall, dass sie mich brauchte. Aber Ray hatte ganz klar gesagt: Verschwinde, bevor die Patientin eintrifft. Hüte das Geheimnis.

Trotzdem fiel es mir schwer, meine Füße zu bewegen. Lag es daran, dass mich der Geruch in diesem Raum an den Tag vor zwei Jahren erinnerte, als ich Calen zuletzt gesehen hatte?

Ich verdrängte die Bilder seines leblosen Körpers und konzentrierte mich auf Tempest. Ihre Augen waren glasig. Sie blinzelte nicht.

»Dort drüben ist eine Toilette.« Ich zeigte auf eine schmale Tür in der Ecke. »Und wenn du jemanden zum Reden brauchst, bin ich draußen. Abgesehen davon bist du hier allein.«

»Allein?«

Wollte sie, dass ich blieb? »Mit deiner Schwester natürlich.«

Sie presste die Lippen aufeinander und wandte sich zurück zur Tür.

»Sobald Elysea eintritt, beginnt der Countdown.« Tempest zuckte zusammen, als ich den Namen ihrer Schwester nannte. »Wir werden sie kurz vor Ende der vierundzwanzig Stunden wieder abholen.« Sie sollte ihre Schwester nicht noch einmal sterben sehen.

Endlich schaffte ich es, mich in den Warteraum zu bewegen. »Viel Glück, Tempest.«

Sie riss sich vom gelben Lämpchen los und warf mir einen kurzen Blick zu, bevor ich den Raum verließ.

Mein Gefühl sagte mir, dass mich ihr Blick noch lange verfolgen würde.

8 Tempest

24 Stunden, 00 Minuten
Montag, Mittagsstunde

Mein Atem wurde in meinen Ohren immer lauter und lauter, bis er in ein einziges Rauschen mündete, wie das Rauschen des Ozeans. Das letzte Geräusch, das Elysea gehört hatte.

Elysea.

Meine einzige Schwester. Meine Schwester, die mir das Tauchen beigebracht hatte. Die mir Schlaflieder vorgesungen hatte, während der Sturm die Wände unseres Quartiers erzittern ließ. Die das Leben für mich irgendwie erträglich gemacht hatte, nachdem unsere Eltern gestorben waren.

Und trotzdem war sie voller Geheimnisse und Lügen. Ich musste sie noch einmal sehen. Ich musste hören, wie sie die Worte sagte.

Der Grund, wieso Mom und Dad tot sind, bin ich.

Ich schluckte alle Gefühle hinunter. Ich war stark. Ich schaffte das. Auf diesen Moment hatte ich hingearbeitet. Meine langen Tauchgänge, das Überleben mit fast nichts. Überleben und Einsamkeit.

Reiß dich zusammen, Tempe. Brich jetzt hier nicht zusammen. Denk dran, wieso du hier bist. Denk dran, wie viel Schmerz sie dir verursacht hat. Du hast die Wahrheit verdient.

Meine Beine fingen an zu zittern, und je mehr ich versuchte, das Zittern zu stoppen, desto schlimmer wurde es. Ich grub die Fingernägel in die Handflächen.

Du schaffst das.

Das gelbe Licht schaltete auf Grün.

Meine Schwester. Hier. Lebendig.

Nichts passierte. Dann hörte ich es hinter mir klicken. Ich fuhr herum. Die Uhr an der Wand hatte begonnen, sich zu bewegen. Was nur eins bedeuten konnte …

»Hallo, Tempe.«

Meine Schwester stand im Türrahmen.

Sie sah genauso aus wie an dem Tag, an dem sie ertrunken war. Ihre Lippen waren rot, ihre Wangen trotz der olivenfarbenen Haut rosig, ihr kastanienbraunes Haar fiel in glänzenden Wellen über ihre Schultern. Sie sah nicht nur lebendig aus, sondern sogar gut. Es war schwer, sie sich überhaupt anders als lebendig vorzustellen. Als wären die vergangenen zwei Jahre nur ein furchtbarer Albtraum gewesen.

»Hallo, Elysea.« Meine Stimme zitterte ein wenig.

»Ich hoffe, ich habe dich nicht erschreckt«, sagte sie und trat auf mich zu.

Weil sie von den Toten auferstanden war? Also daran war doch nichts Erschreckendes.

Ich musste ein paarmal durchatmen. Ich durfte mir jetzt nichts anmerken lassen. Das, was ich seit Jahren geplant hatte, lag jetzt vor mir. Ich musste mich davon distanzieren. Das war nicht meine Schwester, nicht meine echte Schwester – das hier war nur ein Mittel zum Zweck.

»Haben sie dir gesagt, was passiert ist?«

Verwirrung breitete sich auf ihrem Gesicht aus. Sie sah an ihrem blassblauen Krankenhausnachthemd herab und nestelte am Klinikbändchen an ihrem Handgelenk herum. »Der Arzt hat mir gesagt, dass ich vor zwei Tagen in einen Bootsunfall verwickelt war und seitdem im künstlichen Koma lag.«

»Du bist ertrunken.«

Sie hustete, als könnte sie sich daran erinnern, wie das Wasser ihre Lunge füllte. Vielleicht konnte sie das sogar. In meiner Brust brannte Mitgefühl.

»Fast«, stellte sie mit einem Lächeln richtig.

»Genau«, sagte ich schnell. »Du bist fast ertrunken.«

Sie ging zum Bett und setzte sich darauf. »Irgendwie ist alles so verschwommen«, sagte sie und tippte sich nervös gegen die Stirn. »Aber der Arzt hat gesagt, das ist eine Folge des Komas. Sonst geht es mir gut.«

»Das ist doch schön.«

»Geht es dir denn gut?« Sie zog die Knie an die Brust. Das lange Nachthemd bauschte sich um ihre Knöchel. »Du schaust mich so komisch an.«

»Ich habe mir Sorgen gemacht.«

»Natürlich!« Sie schlug sich die flache Hand auf die Stirn. »Du musst dich furchtbar erschreckt haben, weil du dachtest, dass du jetzt allein bist. Es tut mir so leid.«

»Ja, ich stehe noch unter Schock.« Ich wusste, dass ich mich ziemlich reserviert anhörte, aber ich hatte keine Ahnung, wie ich mich normal verhalten sollte, ohne zu viel zu verraten.

War jetzt der richtige Zeitpunkt, um nach Mom und Dad zu fragen? Vielleicht brauchte ich nur ein paar Minuten der vierundzwanzig Stunden? Wieso fühlte sich meine Zunge dann an wie ein toter Fisch?

Elysea kniff die Augen zu. Es war besser, wenn sie mich nicht ansah. Dann fiel es mir leichter zu lügen.

»Ich wünschte, ich könnte mich erinnern«, sagte sie sanft. »Was ist denn nun passiert?«

»Du bist abends noch rausgefahren. Dein Boot wurde mit dem Kiel nach oben gefunden.« Die Wahrheit war am einfachsten.

Sie riss ihre grünen Augen erschrocken auf. Sie waren so

lebendig wie die Pflanze, die ich gefunden hatte. »Wieso bin ich allein rausgefahren?«

War das nicht die große Preisfrage? Aber Nessandra hatte gesagt, dass Elyseas letzte Erinnerungen schwammig sein würden. Hoffentlich hatte sie sonst nichts vergessen.

»Wie haben sie mich gefunden? Die Konservatoren suchen doch nicht nach Vermissten.« In ihrem Blick lauerte Angst. Sie wusste es. Nein. Sie konnte es nicht wissen.

Ich holte tief Luft und sagte die Geschichte auf, die ich mir zurechtgelegt hatte.

»Es war noch ein anderes Boot in der Nähe.« Auch wenn es gefährlich war, nachts rauszufahren, hieß das nicht, dass niemand das tat. Flimmerfische glommen schließlich nur wie Geister unter der Wasseroberfläche, wenn der Mondschein auf das Wasser fiel. Ein so dicker Fisch konnte zehn Menschen ernähren. Es war das Risiko wert. Vor allem vor dem Hintergrund der aktuellen Schwierigkeiten auf Equinox. »Sie haben dich dann gefunden.« Das Bergungsschiff von Palindromena war es gewesen, das sie schließlich aus dem Wasser gezogen hatte. »Du hattest viel Glück.« Ich lächelte und hoffte, dass es echt aussah.

»Oh.« Ihre Stirn glättete sich. »Und sie haben mich wiederbelebt?«

Ich nickte und wandte mich ab. Ihrem Blick konnte ich nicht standhalten. Es war so heiß hier im Zimmer. Zu heiß. Ich wünschte, es gäbe ein richtiges Fenster, das man aufmachen konnte. Ich wünschte, ich hätte nicht die Tauchhaut unter dem Kleid. Die dünnen, gummiartigen Platten waren nicht atmungsaktiv.

»Wieso klingst du so kühl?« Sie klang ängstlich.

Ich musste mich mehr anstrengen. Sie musste davon überzeugt sein, dass sie lebte und auch weiterleben würde. Wenn sie Verdacht schöpfte, war mein Vorteil verspielt.

Ich lächelte reumütig. »Du kennst mich. Ich hasse den Geruch der Equinox-Klinik. Und du stinkst einfach danach.«

Sie ließ ihr kristallklares Lachen erklingen. »Komm her, kleine Tempe.«

Ich stöhnte auf. »Ich bin nicht klein«, murmelte ich und schlurfte zu ihr hinüber. Ich war es wirklich nicht. Seit meinem zwölften Geburtstag war ich größer als Elysea. Fünf Zentimeter Körpergröße waren unser deutlichstes Unterscheidungsmerkmal. Aber wenn man genauer hinsah, waren wir auch sonst ziemlich verschieden. Ich kam nach Dad mit seinen braunen Augen, den schwarzen Haaren und der langen Nase, während sie Moms Augen und rundliche Wangen hatte.

Ich setzte mich auf ihre Bettkante und griff nach ihrer Hand, wobei ich versuchte, das Zittern zu unterbinden. Seit zwei Jahren hatte ich sie nicht mehr gesehen. Zwei Jahre, seit wir uns zum letzten Mal berührt hatten. Ich wusste nicht, wie sie sich anfühlen würde.

Als ihre warmen Finger meine umschlossen, stieß ich bebend die Luft aus.

»Ist schon gut«, sagte sie mit Tränen in den Augen. »Ich bin ja da. Ich gehe nirgendwohin.« Nicht wie Mom und Dad – sie musste es noch nicht einmal sagen.

Aber sie hatte mich verlassen. Und das Schlimmste war, dass sie es noch nicht einmal wusste.

Sie fühlte sich an wie immer, sah aus wie immer, roch wie immer. Ein Teil von mir war wütend. Ich wünschte, sie wäre anders. Es würde alles einfacher machen. Es würde sich weniger so anfühlen, als würde jemand auf meinem Herzen herumtrampeln.

Denk dran, sie hat dich angelogen. Du bist nur wegen ihr so allein.

»Ich will auch endlich raus hier«, sagte sie, seufzte und wackelte mit den Zehen. »Du bist nicht die Einzige, die diese Klinik nicht ausstehen kann.« Als ich Tauchen gelernt hatte, war ich oft von den Ärzten zusammengeflickt worden, immer mit Elysea an meiner Seite. Palindromena hatte die Krankenzimmer wirklich gut kopiert. »Ich will zurück in unser Quartier«, sagte sie. »Und tanzen, heute Abend.«

Ohne es zu wollen, stellte ich mir Elysea auf Equinox vor und merkte, wie sehr sich das Leben seit ihrem Tod verändert hatte. Ihr Freund Daon befand sich in einer neuen Beziehung. Ihr Zimmer war leer, all ihre Besitztümer waren für das wenige, das sie wert waren, verkauft. Ihren Tanzunterricht gab die Zweitbesetzung. Und ich, nun, ich war auch nicht mehr dieselbe. Nicht weil sie gestorben war. Aber weil ich etwas gehört hatte, was ich nicht mehr aus meinem Kopf löschen konnte. Die Wahrheit.

Erst vier Monate nach Elyseas Tod hatte mir Daon das Geheimnis verraten, das sie bis zu ihrem letzten Atemzug vor mir geheim gehalten hatte. Sie war in der Nacht mit dem Boot rausgefahren, als unsere Eltern ums Leben gekommen waren. Sie war verantwortlich für ihren Tod. Das veränderte nicht nur, wie ich über ihren Tod dachte, sondern trübte auch all meine Erinnerungen an sie. Aus meiner Trauer wurde Wut, und im Laufe der Jahre hatte mich diese Wut von innen heraus verzehrt, bis nichts mehr übrig war als Asche.

Davor hätte ich alles gegeben, um mehr Zeit mit meiner Schwester zu haben. Jetzt ging es mir nur noch um die Wahrheit.

»Wo ist Daon?«, fragte sie, als hätte sie meine Gedanken gelesen. »Er ist doch bestimmt auch hier.«

Ich zuckte die Achseln. »Er arbeitet. Du weißt doch, wie er ist.«

Sie lächelte, und irgendetwas zerrte an meinem Herzen.

Sie mochte ihn, aber nicht auf diese Art. Aber sie hatte ihm nie gesagt, was sie wirklich für ihn empfand, weil sie Angst hatte, ihn dann als Freund zu verlieren.

Oft hatte ich mir gewünscht, dass sie ihm endlich die Wahrheit sagte. Aber wer war ich schon, ihr vorzuschreiben, was sie zu tun hatte? Immer hatte ich die Hoffnung, dass sie von sich aus reinen Tisch machen würde. Aber dann war sie gestorben.

Sie drückte mir die Hand. »Danke, dass wenigstens du da bist.«

Ich musste fast lachen, so absurd war es. Ich war der Grund, wieso sie überhaupt hier war.

Wie schafften die Leute das? Wie konnten sie ihre verstorbenen Angehörigen ansehen, die auf einmal wieder lebten? Wie konnten sie vierundzwanzig Stunden lang so tun, als würden sie einfach zu Besuch sein und dann am nächsten Tag wiederkommen? Ein Tag, der nie kam?

Hielten sie ihre Angehörigen die ganze Nacht wach, weil sie keine Sekunde verpassen wollten? War das nicht verräterisch? Oder sahen sie ihnen beim Schlafen zu und hofften, dass diese stillen Augenblicke bis in eine Zukunft reichten, die es doch nicht geben würde?

Ich verstand jedenfalls, wieso die List aufrechterhalten werden musste. Ich brauchte jede Sekunde mit ihr.

Einst hatte Elysea mir alles bedeutet, und auch wenn sich mein Herz in den vergangenen zwei Jahren verhärtet hatte, war ich auf das hier nicht vorbereitet gewesen. Ich hätte nicht gedacht, dass ich ihr nahe sein und sie berühren wollte. Aber sie war wie immer. Sie war Elysea. Meine große Schwester und in den letzten Jahren meine Beschützerin.

Ich starrte auf unsere ineinander verschränkten Hände. Meine waren dunkler als ihre von den zwei zusätzlichen Jahren auf dem Meer. Ich ließ ihre Hände schnell los und versteckte meine unter der Bettdecke. Hoffentlich hatte sie den Unterschied nicht bemerkt.

»Ich habe dich fast verloren.« Meine brüchige Stimme musste ich nicht vortäuschen, als ich an den Augenblick dachte, als man mir sagte, dass sie gestorben war. Ich hatte zwei Wochen lang das Bett nicht verlassen. Daon hatte mir jeden Tag zu essen gebracht und mich gezwungen, nicht aufzugeben. Elysea hätte gewollt, dass ich stark blieb, hatte er gesagt.

»Es tut mir leid«, sagte Elysea und zog die Mundwinkel nach unten. »Ich hätte nicht rausfahren sollen. Ich kann mich an überhaupt nichts in den letzten zwei Tagen erinnern.« Ich wünschte, es wäre anders. Jetzt, da ich sie bei mir hatte, wollte ich wissen, wieso sie es getan hatte. Wieso sie das Risiko eingegangen war, nachts rauszufahren und, ohne es zu wissen, ihr Leben geopfert hatte.

»Wie Mom und Dad«, sagte ich.

»Was?« Ihr Kopf schnellte hoch. »Nein, das hier war anders.«

»Woher willst du das wissen?« Ich betrachtete ihr Gesicht genau und wartete auf den kleinsten Hinweis. »Weißt du, wieso sie in jener Nacht rausgefahren sind?« Ich ließ den Satz wie einen Köder vor ihr baumeln und hoffte, dass sie ihn schluckte. »Du hast immer gesagt, du weißt es nicht.«

Sie wandte sich ab. »Weiß ich auch nicht.« *Lügnerin.*

»Du hast gesagt, du hast erst am Morgen herausgefunden, dass sie tot sind, als wir aufgewacht sind und sie weg waren.« Ich holte Luft. »Aber du hast gelogen. Du warst dabei. Streite es nicht ab.«

»Wovon redest du?« Ihre sanfte, beruhigende Stimme war scharf und defensiv geworden. Sie sah aus wie Mom, wenn sie verärgert war.

»Daon hat mir dein kleines Geheimnis verraten.« Ich

beugte mich vor, wollte ihr die Worte entgegenspucken. »Du warst mit auf dem Wasser in dieser Nacht, aber nur du bist nach Hause gekommen.«

Die Anschuldigung hing über uns wie ein gebrochener Mast, der kurz davor war, uns beide unter sich zu begraben. Ich zitterte vor Wut, aber Elysea war unbeweglich und still. Still wie der Tod.

Ich ertrug das Schweigen nicht mehr. »Du bist verantwortlich für ihren Tod!«

»Nein.« Sie schüttelte heftig den Kopf. »So war es nicht.«

»Dann sag mir, wie es war!«

Ich dachte, meine Worte würden einen Redeschwall auslösen, und alle Geheimnisse, die sie jahrelang gehütet und mit ins Grab genommen hatte, würden nur so aus ihr herausströmen. Aber sie sagte nichts. Jedenfalls nicht gleich. Sie sah mich verwundert und durchbohrend an, und ich begriff, dass ich in Schwierigkeiten steckte.

»Wieso fragst du mich das?« Sie hob die Augenbrauen. »Wieso jetzt, nach all dieser Zeit?«

»Daon hat mir das erzählt, als du … im Koma lagst. Er hat mir gesagt, dass du sie in der Nacht gesehen hast und verantwortlich bist für ihren Tod.«

Ihre Schultern wirkten angespannt. Ihr Atem ging schneller.

»Wieso fragst du mich jetzt?« Ihre Blicke schossen durch den Raum, als wollte sie sich nicht auf mich konzentrieren.

»Weil«, ich sprach betont ruhig, »ich genau wissen möchte, was mit ihnen passiert ist. Wieso hast du Daon die Wahrheit gesagt und nicht mir? Deiner Schwester! Es waren auch meine Eltern!«

Ihre Augen richteten sich auf mich. »Welcher Tag ist heute, Tempe?«

Ich spürte, wie wir beide die Luft anhielten. Stille breitete sich zwischen uns aus. Wir wussten, welcher Augenblick sich hier gerade auftürmte wie der Kamm einer Welle, die in Kürze brechen würde. Der Augenblick der Wahrheit.

Sie wusste, dass sie tot war. Mein Vorteil hatte sich in Luft aufgelöst.

9 Lor

23 Stunden, 30 Minuten
Montag, 12:30 Uhr

Jede vergehende Minute, die ich nicht unten im Aquarium verbrachte, kratzte wie winzige Nadeln über meine Haut. Zuerst hatte ich geglaubt, es wäre eine allergische Reaktion auf das Tageslicht, das durch die Glasdecke hereinfiel. Dann begriff ich, dass es Angst war.

Ich war nie ein ängstlicher Mensch gewesen. Ich hatte meine Tage an einer Felswand hängend tausend Meter über den rauen Klippen der Küste zugebracht, während mir nur meine Fingerspitzen und Zehen Halt boten. Ruhe und Gelassenheit waren lebensnotwendig gewesen. Nun schwitzte ich vor Nervosität und spürte ein Kribbeln auf den Armen. Hoffentlich würde ich nicht einfach umkippen.

Ich führte die Atemübungen aus, die ich vom Klettern kannte, und tatsächlich hörten meine Hände allmählich auf zu zittern, und das Gefühl der Nadelstiche auf der Haut ließ nach.

Ich würde nicht sterben. Jedenfalls nicht heute.

Nach einer halben Stunde gewöhnten sich meine Augen an das Licht, so als wären nur ein paar Tage, nicht zwei Jahre vergangen, seit ich die Sonne zuletzt gesehen hatte. Ich erinnerte mich daran, dass schon nach einem einzigen Tag im Freien Sommersprossen auf meinen Schultern und Armen erscheinen würden. Ich erinnerte mich an den Schmerz in den Muskeln, wenn ich mich auf den Kamm einer Klippe zog.

Danach hatte ich immer dort oben gesessen, so lange es ging, und hinausgeblickt in die Welt, die mir so viel interessanter erschien als die Insel, an die ich gekettet war. Was für eine Ironie, dass ich nun ausgerechnet in einem Keller gelandet war! Ich mochte das Meer und die stürmische See nicht besonders, die Palindromena umspülten. Früher hatte ich davon geträumt, die Welt zu bereisen – oder das, was davon übrig war. Ich hatte die Kavalkade-Inseln besuchen wollen – die Partyinseln, die knapp außerhalb des Einflussbereichs von Palindromena lagen. Ich hatte die wandernden Riffe im Westen sehen wollen, deren Bewohner nirgends verweilten und nie Anker warfen, sondern immer weiter umherstreiften, auf der Suche nach Vorräten. Ein Kampf gegen die Zeit.

Ich wollte irgendwohin, wo meine Familie nie gewesen war. Ich hatte frei sein wollen.

Nun konnte ich es nie mehr sein.

Während meine Sommersprossen im Laufe der vergangenen beiden Jahre fast vollständig verblasst waren, hatten die Erinnerungen an Calen und meine letzte Klettertour überdauert.

Ich versuchte, in meinem Buch zu lesen, aber ich war zu fahrig. Meine Augen wollten sich einfach nicht auf die verblassten alten Buchstaben konzentrieren.

Ich ließ meine Schultern kreisen. An so langes Sitzen war ich nicht gewöhnt. Im Aquarium blieb man besser in Bewegung. So verschwammen die Gesichter hinter den Tanks.

Aus den anderen Wartezimmern drang kein Laut. Was taten die anderen Wächter, während sie warteten? Waren sie wie Ray, der mithilfe des Tablets so viel wie nur möglich über das Leben und den Tod herausfinden wollte? Oder vertrödelten sie ihre Zeit, weil sie nicht begriffen, wie kostbar das Leben wirklich war?

Sosehr ich es auch versuchte, ich bekam Tempests Gesicht einfach nicht aus dem Kopf. Hier herumzusitzen und nichts zu tun, half dabei auch nicht. Nun verstand ich, warum Ray mich so oft besuchen konnte, dies war nicht gerade ein aufregender Job.

Ich atmete tief durch. Wenigstens roch die Luft hier oben nicht nach Chemikalien. Menschen, die an Atemproblemen litten, bewarben sich oft um einen Arbeitsplatz auf Palindromena, in der Hoffnung, dass ihnen die saubere Luft hier helfen würde. Bei der Einrichtung gingen so viele Bewerbungen ein, dass nur diejenigen angenommen wurden, die bei der Zulassungsprüfung die hervorragendsten Leistungen erbrachten. So wie Ray.

»Es hat auch nicht geschadet, dass ich die Insel mit Ragar versorge«, hatte Ray mir einmal erklärt. Ich hatte dieses fermentierte Getränk aus Meeresalgen zwar selbst noch nie probiert, aber ich wusste, wie beliebt es war. Trotzdem spielte Ray mit diesem Einwand nur seine Intelligenz herunter. Schon Monate bevor ihm der Job als Wächter in Ausbildung angeboten worden war, hatte er recherchiert, wie man tote Zellen und Nerven reparieren konnte.

Ray hatte hier eine sichere Zukunft, aber er wollte sie nicht. Er wollte das Meer. Er wollte in die Fußstapfen seines Vaters treten. Er wollte in Verbindung mit seinen Ahnen leben. Der Ozean war ein Teil seiner selbst, und ohne ihn fühlte sich Ray nicht vollständig. Die Ausbildung zum Wächter war eine Notlösung. Eine Möglichkeit, sich ein paar Noten zu verdienen und gleichzeitig von den besten Ärzten und Wissenschaftlern der Welt zu lernen. Er war eine optimistische Nervensäge. Manchmal arbeitete sein Optimismus jedoch gegen ihn. Er hoffte immer noch, eines Tages in sein früheres

Leben zurückkehren zu können, doch heute tat er den ersten Schritt nach vorn. Er erwartete, dass ihm die Ärztin bei der Rehabilitation helfen konnte.

Ich tippte mit den Fingern auf das Display des Echolinks. Da es hier nichts gab, das mich ablenken konnte, dachte ich unwillkürlich über meine eigene Zukunft nach. Ich wusste, dass es das Beste wäre, Palindromena zu verlassen und irgendwohin zu gehen, wo man weder meinen Namen noch mein Gesicht kannte. Es wäre das Beste, niemals hierher zurückzukehren. Doch das konnte ich nicht. Welches Recht hatte ich, meinen Traum zu leben, während ich Calen jede Chance dazu genommen hatte? Damit würde ich ihm den Rücken kehren und meine Schuld an seinem Tod leugnen. Im Keller würde ich mich zwar nicht ewig verstecken können, doch die Insel würde ich niemals verlassen.

Wenn mir nur noch vierundzwanzig Stunden auf dieser Welt blieben, was würde ich dann ändern? Was *konnte* ich ändern?

Das spielte keine Rolle. Ich würde diesen Ort nicht verlassen. Mehr als dieses Leben würde ich nie haben. Meine Arbeit und die täglichen Besuche von Ray waren genug. Meistens.

Ein Teil von mir beneidete die Kunden in diesen Räumen. Der Grund für ihre Anwesenheit war Leidenschaft oder Liebe – oder sogar Schmerz. Ich konnte mich nicht einmal erinnern, wie sich das anfühlte.

Das digitale Tablet in meinem Schoß piepste, und der Bildschirm erwachte zum Leben.

Sag mir, dass Du es noch nicht vermasselt hast. Eine Nachricht von Raylan.

Ich stieß ein leises Lachen aus.

Wie war's bei der Ärztin?

Nach ein paar Minuten erschien seine Antwort.

Sie war süß. Hätte Dir gefallen. Du solltest nach Equinox kommen. Wie geht's der Kundin?

Ich holte tief Luft. Das bedeutete, dass der Termin nicht gut gelaufen war. *Verdammt.*

Die ist auch süß.

Es hatte keinen Sinn, Ray weiter zu drängen. Wenn er nicht darüber reden wollte, dann würde er es auch nicht tun. Etwas, das wir gemeinsam hatten.

Gut, schrieb er zurück. Die vierundzwanzig Stunden sind im Handumdrehen vorbei.

Da war ich mir nicht so sicher.

Bist Du schon auf dem Rückweg?, fragte ich.

Bald. Seine Antwort kam schnell. *Ich wollte noch meine Familie sehen, da ich schon mal hier bin. Könnte etwas dauern. Du weißt ja, wie meine Mom sein kann.*

Ich wünschte, ich könnte ihm moralische Unterstützung leisten. Seine Mutter liebte ihn, zweifellos, aber sie machte ihm das Leben ganz schön schwer, weil er seine Familie verlassen hatte. Sie verstand einfach nicht, warum er auf Palindromena arbeiten wollte. Sie verstand seine Besessenheit davon, seine Verletzung zu heilen, nicht, damit er zur Fischereiflotte zurückkehren konnte. Sie hielt es für wichtiger, bei seiner Familie zu sein.

Hast Du alles im Griff, Buddy?, fragte Ray.

Am liebsten hätte ich ihm von Tempests seltsamen Verhalten erzählt, aber ich wollte ihn nicht beunruhigen. Wahrscheinlich reagierte ich über. Ich kannte dieses Mädchen überhaupt nicht. Ich hatte keine Ahnung, ob sie sich wirklich seltsam oder für ihre Verhältnisse ganz normal verhielt.

Hab's im Griff, schrieb ich zurück.

10 Tempest

23 Stunden, 15 Minuten
Montag, 12:45 Uhr

Nein, nein, nein, nein, nein. Elysea durfte die Wahrheit nicht erraten. Nicht nach allem, was ich geopfert hatte, um jetzt hier zu sein. Nicht einmal eine Stunde war vergangen, seit sie wiedererwacht war.

Ich wich vor ihr zurück. Ich erinnerte mich an den Tag, an dem sie ertrunken war, als wäre es erst gestern gewesen. Zwei Mitarbeiter von Equinox hatten an meine Tür geklopft und mich über ihren Tod informiert. Ihre Mienen waren ernst, aber nicht überrascht gewesen. Da Tauchfunde immer seltener wurden, verhielten sich die Leute immer unvorsichtiger. Einige von ihnen brachen auf der Suche nach einem besseren Leben zu einem der anderen Riffe auf. Andere durchquerten die Ungebundene See, in der Hoffnung, bisher unentdeckte Tauchstätten zu finden. Mit hoher Wahrscheinlichkeit endeten sie schließlich im Bauch irgendeines Untiers, ihre Knochen nur noch ein Splitter zwischen den Zähnen der Kreatur.

Ich brauchte einen Moment, bis mir wieder einfiel, dass Elysea mich nach dem heutigen Datum gefragt hatte.

»Zwanzig Tage bis zur Vollmondflut«, sagte ich ohne weiteres Zögern, da mir das Informationsmaterial wieder einfiel, das mir Palindromena am vergangenen Abend nach dem

Ausfüllen der Formulare mitgegeben hatte. »Du lagst zwei Tage lang im Koma.«

Sie umfasste meine Hand. »Bist du in der Ruine getaucht?« Ihr Blick schien etwas in meiner Miene zu suchen, aber was? Glaubte sie mir nicht? »Während ich geschlafen habe?«

Ich nickte und achtete nicht auf das Sirren meiner angespannten Nerven. »Viele Grüße von Adrei.«

Sie schenkte mir ein schwaches Lächeln und lehnte sich dann in die Kissen zurück. »Ich möchte nicht mit dir streiten, Tempe.« Auf einmal klang sie sehr erschöpft.

»Natürlich nicht.« Soweit sie wusste, war ich immer noch ihre fünfzehnjährige kleine Schwester. Ihre Schwester, die sie liebte. Doch so vieles war geschehen in den zwei Jahren seit ihrem Tod. Wut loderte in mir empor.

Trotzdem durfte ich sie nicht wieder erschrecken. Ich hatte sie zu schnell zu heftig bedrängt. Ich musste ihr das Gefühl geben, dass alles in Ordnung war.

Ich durfte nicht versagen.

Ich trat an ihre Seite. »Geht es dir gut?«

Sobald ich es ausgesprochen hatte, wurde mir klar, dass ich das gleich am Anfang hätte fragen müssen. Ich verhielt mich nicht wie die liebevolle Schwester, die ich einmal gewesen war. Ich wusste nicht einmal, ob ich mich an dieses Mädchen überhaupt noch erinnerte. Equinox hatte keinerlei Verwendung für sie. *Ich* hatte keinerlei Verwendung für sie. Elysea dagegen schon.

»Mir tut nichts weh.« Sie lächelte. »Was wahrscheinlich ein gutes Zeichen ist, oder? Keine schweren Verletzungen?«

Ich drückte ihr die Schulter. »Du tanzt im Handumdrehen wieder auf dem Fest zur Springflut.«

Da setzte ein Brennen hinter meinen Augen ein. Ich war hergekommen, um Antworten zu finden, aber ich war nicht darauf vorbereitet gewesen, meine Schwester lebend zu sehen. Wie hätte ich das auch sein können?

»Sie werden unter Schock stehen«, hatte es im Video geheißen.

Palindromena hatte doch recht behalten. Ich hatte diesen Moment zwar geplant, aber ich hatte nicht planen können, wie meine Schwester reagieren würde. Was sie sagen und welche Gefühle sie damit bei mir wecken würde.

Sie war trotz allem noch meine Schwester.

Zum ersten Mal ließ ich es an mich herankommen. Sie war nicht irgendeine Fremde, irgendein wiederbelebtes Ding, das nur aussah wie meine Schwester. Dies hier war Elysea. Und auch wenn sie für den Tod meiner Eltern verantwortlich war, liebte ich sie.

Trotzdem musste ich sie belügen.

Warum kamen die Menschen nach Palindromena? Das hier war schmerzhaft, viel zu schmerzhaft. Wie konnte Raylan das jeden Tag durchstehen? Wie hatte es mein Vater gekonnt?

»Tempe?« Ihre Stimme klang verzagt. »Weinst du?«

In meinem ganzen Leben hatte ich erst ein paarmal geweint, meistens an der Schulter meiner Schwester. Ich konnte nicht anders, ich lehnte mich gegen sie.

»Du hast mir gefehlt«, sagte ich.

Sie schob mir eine Hand ins Haar. »Es tut mir leid, dass ich dir so einen Schrecken eingejagt habe.« Doch auch in ihren Worten schwangen Tränen mit.

»Tempe?«, fragte sie wieder.

»Hmm?«

»Du sagst mir immer die Wahrheit, richtig?« Ihre Stimme bebte.

Ich erstarrte. »Ja.« Auch wenn sie es nicht getan hatte.

Mein Haar fiel mir wie ein Vorhang vor das Gesicht und

verbarg es so vor ihr. Sie roch nach Salz und Blumen. Sie roch wie Elysea. Die Einzige, die mich wirklich verstand. Die nie gefunden hatte, dass ich etwas oder jemanden zu lang anstarrte, dass ich zu still oder zu seltsam war. Ich war immer ihre kleine Tempe gewesen.

»Gut«, antwortete sie. »Und ich werde dir immer die Wahrheit sagen.«

Bei diesen Worten löste ich mich von ihr. »Dann sag mir, was in der Nacht passiert ist, in der Mom und Dad gestorben sind.«

Traurig lächelte sie mich an. »Was ist mit mir passiert?«

»Was soll das? Ich dachte, sie hätten dir gesagt, was passiert ist.«

»Die Ärzte?« Sie hob eine Braue.

Ich nickte, vielleicht ein wenig zu enthusiastisch. »Genau.«

Ihre Unterlippe begann zu zittern. »Tempe.« *Oh, bei den Göttern der Tiefe, nein.* »Tempe, ich bin auf Palindromena, stimmt's?«

Alle Luft wich aus meiner Lunge. Sollte ich jetzt nach Raylan rufen? Wenn man sie sedierte, dann würde ich die Wahrheit niemals herausfinden. »Was redest du denn da?«

Tränen traten ihr in die Augen. »Deine Haut ist dunkler, und deine Haare sind ein bisschen länger als beim letzten Mal.« Ich hatte mir gestern das Haar geschnitten und gehofft, dass es nun etwa genauso lang wäre wie an dem Tag, an dem Elysea gestorben war, aber sicher sein konnte ich mir da nicht. »Außerdem schaust du mich anders an. Du siehst mich nicht mehr an, als wäre ich deine Schwester. Du siehst mich an, als wäre ich …« Ihre Stimme erstarb, und sie konnte den Satz nicht zu Ende bringen.

Ich hätte wissen müssen, dass sie es herausfinden würde. Immerhin wussten wir mehr über die Wiedererweckungen als die meisten anderen. Unsere Kindheit war von einem bestimmten Wort geprägt. *Palindromena.*

»Sei nicht albern.« Ich tätschelte ihr die Hand. »Du bist noch verwirrt von deinem Unfall. Du weißt doch, dass ich die Klinik nicht ausstehen kann.«

»Du hast gesagt, du würdest mich nicht belügen.«

»Du hast auch gesagt, du würdest mich nicht belügen.« Ich würde nicht zulassen, dass sie den Spieß umdrehte. Nicht nachdem ich fast zwei Jahre gespart und alles verkauft hatte, was wir einmal besessen hatten. Nachdem ich unablässig getaucht war, den ganzen Tag, jeden Tag. Nachdem ich so allein gewesen war. Dies war ebenso meine Wiedererweckung wie ihre. Sie würde nicht alles verderben.

»Was ist in der Nacht passiert, in der unsere Eltern gestorben sind?«, beharrte ich. »Du warst dort draußen. Was hast du gesehen? Was hast du *getan*?«

Elysea sprang aus dem Bett und rannte zur Tür. Sie zog am Türgriff, doch die Tür war verschlossen.

»Was machst du da?« Ich rührte mich nicht vom Fleck. »Warum weichst du meinen Fragen aus?«

Sie drehte sich um, Tränen rannen ihr über die glatte olivenfarbene Haut. »Warum weichst *du* mir aus?«

»Sag es mir.« Ich hatte genug von diesem Spiel. Ich hatte so lange gewartet, um die Wahrheit zu erfahren. Auch ich sprang auf. »Was ist in dieser Nacht passiert? Was hast du getan?«

Sie umklammerte den Stoff ihres Nachthemds und drückte ihn sich an die Brust. »Was ist mit mir passiert? Bitte sag mir, dass das nicht wahr ist. Bitte sag mir, dass ich wirklich in der Klinik bin. Sag mir, dass ich nicht gestorben bin. Ich will nicht tot sein.«

»Bist du nicht. Du *bist* in der Klinik. Schau dich doch mal um!«

Sie schnaubte, Rotz sammelte sich in ihrer Kehle und Nase. »Du warst schon immer eine ganz miese Lügnerin.«

Ich ballte die Hände zu Fäusten. Das alles war falsch. Warum konnte es nicht einmal so laufen, wie ich es mir erhofft hatte? Warum konnte sie mir nicht einfach die Wahrheit sagen, nur dieses eine Mal?

Ich machte einen Schritt auf sie zu. »Was hast du in dieser Nacht da draußen getan?« Noch ein Schritt. »Was hast du zu Mom und Dad gesagt?« Schritt. »Was hast du getan?« Schritt.

Sie sah mich nicht an. Stattdessen betrachtete sie ihre Hände. »Ich fühle mich lebendig, Tempe. Aber das bin ich nicht, oder? Nicht wirklich.«

Ich hatte es satt, sie zu beruhigen. »Sag mir die Wahrheit!«

Noch immer liefen ihr Tränen über die Wangen. Sie wischte sie nicht fort. »Du zuerst, kleine Schwester. Was ist passiert? Wann bin ich ertrunken?«

Ich wandte den Blick ab, ich konnte ihr nicht in die Augen sehen. Ich war nicht mehr ihre kleine Schwester. Mittlerweile war ich älter als sie.

Sie kam auf mich zugeeilt und packte mich an den Armen. Ihr Blick wirkte vollkommen verwirrt. »Warum solltest du mir so etwas antun? Warum solltest du mich zurückholen, nur um mich dann wieder fallen zu lassen? Wie etwas, das man nicht mehr braucht?«

Ich stolperte zurück. »Hör auf! Es geht dir gut. Du bist hier. Du lebst.«

»Nein.« Sie schüttelte den Kopf. »Nichts ist gut. Du verhältst dich nicht wie meine Schwester.« Sie musterte mein Gesicht. »Wie lange bin ich schon tot? Ein paar Wochen? Monate?«

Druck baute sich in meiner Brust auf wie eine Blase unter der Wasseroberfläche, die jeden Moment zu platzen drohte. Aber ich hatte keine Kraft mehr, ihr zu widersprechen.

Schock. Ja, es war ein Schock. Ich war nicht bereit dafür gewesen, meine Schwester wiederzusehen, und ich war nicht bereit dafür, dass sie die Wahrheit wusste. Der Schock hatte mich voll erwischt und mir alle meine Pläne aus dem Kopf gefegt. Genau das, wovor man mich im Video gewarnt hatte.

Ich rannte zur Tür und drückte den Exit-Knopf.

Augenblicke später öffnete sie sich.

Ich huschte hinaus, schloss die Tür hinter mir und sperrte meine Schwester ein.

11 Lor

22 Stunden, 45 Minuten
Montag, 13:15 Uhr

Ein Funke blitzte auf meinem Handgelenk auf und ließ mich wissen, dass Tempest den Exit-Knopf gedrückt hatte. Sie war erst seit etwas über einer Stunde bei ihrer Schwester. Ich sprang auf und entriegelte die Tür.

Tempests Wangen waren rot, ihre Augen nass.

»Was ist los?«, fragte ich.

Dann verriegelte ich die Tür hinter ihr wieder. Sie öffnete den Mund, um zu antworten, doch da erscholl eine andere Stimme aus dem Raum hinter ihr.

»Lass mich raus! Tempe! Lass mich nicht hier drinnen sterben!« Das musste Elysea sein.

O Scheiße. Sie wusste Bescheid.

Tempest glitt zu Boden und schlang die Arme um sich.

Einen langen Moment starrte ich sie nur an. Am liebsten wäre ich geflohen. Dies hier war nicht meine Schlacht.

Ich warf einen Blick auf mein Handgelenk, wo mir die beiden leuchtenden Kreise schreiend in Erinnerung riefen, dass ich jetzt nicht weglaufen konnte. Ich hatte die Verantwortung in dem Augenblick angenommen, in dem ich den Echolink angelegt hatte. Ich hatte es Ray versprochen.

Ich setzte mich neben sie und fragte: »Alles in Ordnung?« Ich wusste nicht, wie man sich als Wächter verhielt, aber als jemand, der dies schon einmal durchgemacht hatte, wusste ich, wie sie sich vielleicht fühlte. So, als hätte man sie in zwei Teile gerissen. Es gab das Leben vor Palindromena und das Leben danach. Ein Leben, zu dem ihre Schwester nicht mehr gehören würde. Das war etwas, das Palindromena in diesem kleinen Video nicht erwähnte.

Ich biss die Zähne zusammen. Ich fand es unerträglich, was Tempest durchstehen musste, und ich hasste Palindromena dafür, dass es den Trauernden noch mehr Schmerz zufügte.

Tempest schüttelte den Kopf und verbarg ihr Gesicht an ihren Knien.

Elysea schrie und trommelte weiter gegen die Tür. Ich wusste nicht, ob man den Lärm in den anderen Räumen hören konnte. Ich musste die Lage unter Kontrolle bringen. Und zwar schnell.

Rasch las ich die Informationen auf dem Tablet durch. Sie waren ziemlich eindeutig: Wenn ein Patient begriff, dass er tot war, dann musste man die Wissenschaftler rufen, damit sie ihn sedierten. Doch es musste noch einen anderen Weg geben. Tempest hatte den Schmerz, ihre Schwester wiedererweckt zu sehen, bereits durchlitten. Jetzt sollte sie es auch durchziehen. Irgendetwas Gutes musste einfach dabei herauskommen.

»Du musst sie davon überzeugen, dass sie sich irrt«, sagte ich und las dabei vom Bildschirm ab. »Sag ihr, dass sie verwirrt ist. Dass sie sich bei dem Unfall den Kopf gestoßen hat.«

Tempest rührte sich nicht. Wahrscheinlich hatte sie nicht einmal gehört, was ich gesagt hatte.

Ich hätte wissen müssen, dass ich es vermasseln würde. Ich war nicht wie Ray. Ich verbrachte meine Tage damit, mir über die Toten Gedanken zu machen – was wusste ich schon von den Lebenden? Selbst in meinem früheren Leben war ich nie sonderlich gut darin gewesen, Menschen zu lesen. Vielleicht, weil ich mich mehr darauf konzentrierte, was ich wollte.

Eigentlich hätte ich Ray darum bitten müssen, sofort zurückzukehren. Doch ich rührte mich nicht. Ich wollte ihm die Zeit mit seiner Familie nicht nehmen, nur weil ich versagt hatte.

Ich ließ zu, dass Elysea weiter gegen die Tür hämmerte, während Tempest leise neben mir weinte. Ich wollte den Arm ausstrecken und sie berühren, sie beruhigen, aber ich hielt mich zurück. Es musste noch etwas anderes geben, das ich tun konnte, um zu helfen.

»Es tut mir leid«, flüsterte ich. Keine Ahnung, wofür genau ich mich entschuldigte. Für ihren Verlust, für ihre Schwester oder dafür, dass ich nicht wusste, wie ich die Situation erträglicher machen konnte.

Doch, genau das wusste ich. Tempest trauerte, und ich wusste, wie sich diese Trauer anfühlte. Trauer war die eine Sache, die ich in- und auswendig kannte. Sie verging niemals ganz, egal, was Palindromena behauptete. Sie war wie eine Wunde, die schon beim leichtesten Druck wieder zu schmerzen begann.

»Erzähl mir, was da drin passiert ist«, bat ich.

»Was passiert ist?«, fauchte sie und sah auf. »Elysea ist gestorben. Das ist passiert!«

Ich rückte ein Stückchen näher an sie heran. »Vergeude diese Zeit nicht, Tempest. Du willst es später doch nicht bereuen.«

Ich hatte die letzten Stunden mit Calen vergeudet. Ich hatte Nessandra vorgebetet, wie falsch es war, den Wiedererweckungsprozess einzusetzen, um zu versuchen, das, was ich getan hatte, in Ordnung zu bringen. Dabei hätte ich mich auf das konzentrieren sollen, was wirklich zählte. Darauf, wie Calen sich in den Stunden vor seinem Tod fühlte.

Diese verlorenen Stunden verfolgten mich noch immer.

»Du musst deine Schwester beruhigen«, sagte ich. »Du musst sie anlügen.«

Tempests Miene wurde verzweifelt.

Wie stand Raylan das nur durch? Ich wollte den Blick von ihrem tränenfleckigen Gesicht abwenden, doch ihre Augen zogen mich an, als würde ich in einem Strudel stecken.

»Ich kann nicht.« Ihre Stimme klang rau vom Weinen. »Es gibt nichts, was ich sagen könnte, um sie zu trösten.«

Da irrte sie sich. Es gab einfach zu viel zu sagen, wenn man wusste, wie begrenzt die Zeit und die Worte waren. Genau jetzt war der Zeitpunkt gekommen, einfach alles zu sagen.

Wieder fragte ich sie, was denn passiert war, aber sie legte nur den Kopf zurück auf die Knie, um ihr Gesicht vor mir zu verbergen. Sie musste mir vertrauen. Sie hatte sonst niemanden. Doch vertrauen fiel ihr eindeutig nicht leicht. Sie musste sich so allein fühlen.

Doch das war sie nicht. Eigentlich nicht. Sie hatte ihre Schwester, wenn auch nur vierundzwanzig Stunden lang. Elysea brauchte Tempest genauso sehr, wie Tempest sie brauchte. So viel wusste ich. Es war nicht fair, für keine von beiden. Der Tod hatte sich Elysea viel zu früh geholt. Trauer hatte Tempests Leben zerstört. Und Palindromena hielt sie beide zum Narren.

Tempest brauchte mich nicht. Diese Schwestern brauchten einander.

Ich zog mir den Mundschutz vom Gesicht. Zuerst würde ich ihr zeigen, dass ich ihr vertraute.

»Elysea braucht dich jetzt. Du bist alles, was sie hat.« Ich begriff, was getan werden musste. Etwas, vor dem ich zu viel Angst gehabt hatte, um es zu tun. »Lüg sie nicht an, Tempest. Sag ihr die Wahrheit. Sag ihr, was passiert ist.«

Sie hob den Kopf und sah mich verwirrt an. »Aber die Direktorin hat gesagt …«

»Mach dir darüber keine Gedanken.« Meine Hand schwebte über ihrer Schulter. »Sag ihr, dass du sie vermisst hast. Sag ihr, wie du dich wirklich fühlst.« Ein Kloß formte sich in meiner Kehle. Ich würde nicht weinen. »Lass nicht zu, dass sie in ihren letzten Momenten allein ist. Wenn nicht für dich, dann tu es für sie. Sie hat Angst vor dem Sterben. Aber du kannst ihr helfen. Du kannst sie beruhigen. Lass nicht zu, dass sie in ihren letzten Augenblicken Angst hat.«

»Wie damals, als sie ertrunken ist«, flüsterte Tempest. Sie rang mit sich, ihr Blick ging durch mich hindurch.

Die Angst raubte einem alles. Man konnte die Dinge nicht mehr klar sehen. Man konnte nicht mehr das Beste aus dem machen, was man hatte. An jenem Tag an den Klippen hatte ich solche Angst gehabt. Ich hatte einen schrecklichen Fehler begangen, und ich bezahlte immer noch dafür. Ich würde nicht zulassen, dass Tempest ihre Entscheidungen bereute.

Nichts zerstörte das Leben mehr als Reue.

»Palindromena ist nicht nur für die Kunden da. Nicht nur für dich«, sagte ich. »Sondern auch für die Wiedererweckten. Es ist ihre letzte Chance zu leben. Ihre letzte Chance, ihre Lieben zu sehen. Du kannst das. Nur du kannst dies hier verändern.«

Der Blick aus ihren braunen Augen wankte. »Ich weiß nicht, ob ich das kann.«

»Du kannst.« Nun legte ich ihr die Hand auf den Unterarm. Ich wollte sie wissen lassen, dass ich für sie da war. Dass ich sie verstand. »Du bist die Einzige, die es kann. Ich weiß es. Du bist stark. Sonst wärst du nicht hier.« Das glaubte ich wirklich. Sie war auf eigene Faust hierhergekommen, und sie hatte es irgendwie fertiggebracht, den lächerlich hohen Preis aufzubringen, den die Einrichtung verlangte. Ich dachte wieder daran, was ich in Tempests Akte gelesen hatte. »Du hast die vergangenen zwei Jahre ohne deine Schwester und ohne deine Eltern überlebt. Du kannst das.«

»Ich dachte, ich könnte es«, sagte sie leise und senkte den Blick. »Aber sie fehlt mir so. Ich will mich nicht verabschieden.«

Elysea hatte aufgehört, an die Tür zu hämmern. Irgendwie war die Stille noch schlimmer.

Ich verstand den Wunsch, sich vor dem Schmerz des Lebens verstecken zu wollen. Immerhin versteckte ich mich nun schon seit zwei Jahren im Aquarium. Doch wir konnten uns nicht immer vor der Wahrheit verstecken. Manchmal mussten wir das annehmen, was uns am meisten wehtat. Manchmal mussten wir das Richtige für andere Menschen tun, auch auf unsere eigenen Kosten. So wie ich gerade für Ray eingesprungen war.

»Du hast dich schon verabschiedet«, sagte ich sanft, um sie nicht aufzubringen. »Indem du sie allein gelassen hast, stellst du deine Gefühle über ihre.«

»Nein, ich …«

Ich hob die Hand. »Ich will nicht gemein sein. Ich möchte dir nur klarmachen, vor welcher Entscheidung du stehst. Du hast die Chance, mit deiner Schwester zusammen zu sein. Ein letztes Mal. Du hast die Chance auf einen richtigen Abschied. Hattest du das vorher?«

Sie schüttelte den Kopf.

»Dann lass diese Möglichkeit nicht ungenutzt verstreichen.« Ich fand es grässlich, dass ich mich gerade tatsächlich anhörte wie ein richtiger Wächter – wie jemand, der an das Gute in Palindromena glaubte. Doch Tempest war schon so weit gekommen, sie musste jetzt einfach das Beste daraus machen. Sonst würde sie es sich nie verzeihen.

»Du solltest kein Leben voller Reue führen.« Die Worte kratzten in meiner Brust, als ich sie aussprach.

Tempest starrte mich an, ihr Blick schien mich zu durchbohren. Mein Herz hämmerte. Ich wollte dieses Mädchen kennenlernen. Ich wollte wissen, was mit ihrer Schwester geschehen würde. Ich wollte helfen.

Sie stand auf. »Okay.« Es klang etwas gefasster. »Ich gehe rein.«

»Du tust das Richtige.« Ich entriegelte die Tür für sie, und sie trat zurück ins Zimmer, ohne sich noch einmal umzusehen.

Ich seufzte tief und schloss die Augen.

12 Tempest

22 Stunden, 00 Minuten
Montag, 14:00 Uhr

Ich war ein grausamer Mensch. Raylan hatte es nicht aussprechen müssen, ich hatte es in seinem Gesicht gesehen. Er war entsetzt über mich. Die ganze Zeit hatte ich befürchtet, dass mich meine Trauer in jemand anderen verwandelt hatte, in jemanden, den meine Eltern nicht wiedererkennen würden. Nun kannte ich die Wahrheit.

Ich war grausam und verbittert und unfreundlich.

Vielleicht hatten mich meine Mitschüler damals zu Recht gemieden.

Elysea hatte aufgehört, gegen die Tür zu hämmern. Die Stille schmerzte mich in der Brust. Es war, als wäre sie bereits fort. Schon wieder.

Es war zwei Uhr nachmittags, was bedeutete, dass ich schon zwei Stunden ihrer Wiedererweckung vergeudet hatte. Ich wünschte, ich wüsste nicht, wie viel Zeit vergangen war, aber hier waren Uhren allgegenwärtig. Man wollte nicht, dass ich vergaß, wie viele »kostbare« Stunden mir noch blieben.

Kostbare Zeit, die ich nicht mehr so verbringen konnte, wie ich es wollte.

Jahrelang hatte ich mich auf diesen Moment vorbereitet. Alles umsonst. Die zahllosen Stunden bei der Tauchstätte, allein. Die vielen Noten, die ich ausgegeben hatte. Ich würde die Wahrheit über den Tod meiner Eltern nie erfahren.

Jetzt würde mir Elysea mit Sicherheit keine meiner Fragen mehr beantworten.

Sie war aufgebracht. Wütend. Auf mich. Und ich konnte es ihr nicht verübeln. Ich konnte mir nicht einmal vorstellen, was es für ein Schock für sie sein musste. Zu erfahren, dass man gestorben war und nur vierundzwanzig Stunden hatte, bevor man in diesen leeren Schlaf zurückglitt. Trotzdem brauchte ich die Wahrheit. Elysea hatte mich nicht nur über meine Eltern belogen, sie hatte mich in jener Nacht auch verlassen. Sie schuldete es mir.

Dennoch konnte ich ihr nicht den Rücken kehren. Raylan hatte recht. Ich konnte sie in ihren letzten Stunden nicht einfach im Stich lassen. Seine Worte hatten sich wie ein Fischernetz um mich gelegt und hielten mich darin gefangen. Seine blauen Augen waren hart, doch zugleich freundlich. Er verstand, was ich gerade durchmachte.

Dies hier war meine Chance. Meine einzige Chance. Elysea konnte kein zweites Mal zurückgebracht werden. Ihr blieben noch zweiundzwanzig Stunden, bevor ihr kurzes zweites Leben endete.

Ich würde für sie da sein, aber ich würde auch meine Antworten bekommen.

Elysea hatte sich auf das Bett zurückgezogen und die Arme um sich geschlungen. Ihre Augen und Wangen waren rot. Ihr Haar war zerzaust, so als hätte sie daran gerissen. Sie sah schrecklich aus.

»Sagst du mir jetzt die Wahrheit?«, fragte sie. Ihre Stimme bebte, und ihr Körper zuckte vor Anspannung.

Ich nickte schwach. »Ich möchte dir einen Handel vorschlagen.«

»Was denn für einen Handel?« Sie sah entsetzt aus.

»Erzähl mir von Mom und Dad, dann sage ich dir alles, was du wissen willst«, ich machte eine Geste, die den Raum um uns einschloss, »über diesen Ort. Darüber, was passiert ist.«

»Über meinen Tod?« Ihre Miene wurde düster.

Ich zögerte. »Ja.«

Bebend stieß sie einen Mundvoll Luft aus. »Ich wusste es. In dem Moment, in dem ich das Zimmer gesehen habe. Ich wusste es einfach.« Sie sah mich an. »Du hast mich also zurückgeholt, um herauszufinden, was mit Mom und Dad passiert ist?« Schwang da ein verletzter Unterton in ihrer Stimme mit? Weil ich nicht einfach nur Zeit mit ihr hatte verbringen wollen?

»Und warum du weggegangen bist in der Nacht deines Todes.«

Sie fuhr sich mit beiden Händen durchs Haar. »Ich erinnere mich an nichts mehr aus dieser Nacht. Ich wünschte, es wäre anders.«

Ich hoffte, dass ihre Verwirrung nachlassen würde, nachdem ich ihr nun die Wahrheit gesagt hatte. Ich wollte Antworten auf all meine Fragen.

»Dann fang damit an, dass du mir von Mom und Dad erzählst.«

Schwerfällig erhob sie sich vom Bett. Es sah aus, als würden ihre Arme und Beine von Ankern hinabgezogen. Die sonst so typische, aufrechte Tänzerinnenhaltung war dahin. »Was möchtest du wissen?« Vorsichtig näherte sie sich mir, so als wäre sie unsicher, wie ich reagieren würde. Hatte sie Angst, ich würde wieder davonrennen?

»Alles.« Meine Stimme klang fest.

»Du hast gesagt, ich wäre für ihren Tod verantwortlich?«

»Daon hat mir erzählt, du hättest dich ihm anvertraut. Er hat gesagt, du wärst in der Nacht, in der Mom und Dad gestorben sind, draußen beim Tauchen gewesen. Er hat gesagt, du wärst der Grund dafür, dass sie tot sind.«

Zu meiner Überraschung nickte sie. Endlich, die Wahrheit. Ich wappnete mich.

»Ja«, sagte sie langsam und vorsichtig. »Aber es ist nicht so, wie du denkst.«

»Dann erklär es mir!«

Sie strich sich das Haar aus dem Gesicht. Ihre Hände waren vom Hämmern gegen die Tür rot. »Ich will nicht, dass du mich hasst.«

Ich hob eine Braue. »Dann glaubst du also, dass ich dich im Moment liebe.«

Ihre Züge verzerrten sich, und Tränen traten ihr in die Augen. »Es tut mir so leid, Tempe.«

Ich biss die Zähne aufeinander. »Lass es. Sag mir die Wahrheit.«

Das Atmen schien ihr mit einem Mal schwerzufallen. »Ich war an diesem Abend draußen beim Tauchen. Ich wollte etwas für deinen Geburtstag finden. Eine Halskette aus der Alten Welt oder ein paar hübsche Steine. Ich wollte dich überraschen.«

Ich wurde ganz still. Mein Geburtstag war in ein paar Tagen. Seit fast zwei Jahren hatte ich nicht mehr an ihn gedacht. Ohne meine Familie war er vollkommen bedeutungslos.

Elysea schloss die Augen, als sie fortfuhr: »Als ich aufgetaucht bin, lag Moms und Dads Boot neben meinem. Sie hatten die *Sunrise* mit ihrem Positionsanzeiger ausfindig und auf dem Heimweg von Palindromena einen Umweg zu mir gemacht. Aber irgendetwas stimmte nicht mit ihnen. Sie sagten, wir müssten sofort weg.«

»Weg?«

Sie nickte. »Sie wollten Equinox verlassen.«

»Und dann wohin?« Equinox war seit Generationen die Heimat unserer Familie, und davor hatten wir auf dem Land unter dem Meer gelebt.

»Ich weiß es nicht. Sie haben gesagt, es ginge um Leben und Tod. Als ich sie gefragt habe, was das heißen soll, hat Dad nur geantwortet, wir hätten jetzt keine Zeit für Erklärungen. Ich sollte mit der *Sunrise* zurück nach Hause fahren, dich holen und ihnen dann folgen. Aber ich wollte nicht gehen. Ich habe gesagt, ich würde mein Leben auf Equinox lieben. Meinen Tanzunterricht. Ich«, sie deutete von mir zu sich, »*wir* waren glücklich dort. Wir waren zu Hause. Aber Mom und Dad haben mir versprochen, dass wir auch in unserem neuen Zuhause glücklich sein würden, solange wir nur zusammen wären.«

Sie zog an ihrem Haar. »Ich wusste nicht, was ich tun sollte. Ich war jung, ich war verwirrt. Ich hatte Angst. Mom und Dad haben sich so seltsam verhalten. Also habe ich schließlich eingelenkt. Sie haben mir eine ungefähre Karte gegeben, die Mom von unserem Zielort gezeichnet hatte.«

Die *Sunrise* war nur für höchstens drei Passagiere ausgelegt. Wir hätten nicht zusammen reisen können. Eine Karte hatte ich jedoch nie zu Gesicht bekommen. Ich hielt die Luft an und biss mir auf die Zunge, um auch den Rest der Geschichte noch zu hören. Um zu hören, warum dies zum Tod meiner Eltern geführt hatte.

»Als ich nach Hause gekommen bin, wollte ich dich wecken, aber du hast so friedlich ausgesehen. Du hattest einen miesen Tag in der Schule, und du brauchtest Ruhe. Also bin ich stattdessen schlafen gegangen. Ich dachte, wenn wir ganz früh am nächsten Morgen losfahren würden, wäre das kein großer Unterschied. Aber dann …«

»Dann sind unsere Eltern in dieser Nacht gestorben. In einem Sturm, der ihr Boot zerstört hat.«

Sie presste sich eine Hand auf den Mund. »Es ist alles meine Schuld. Wenn ich sofort aufgebrochen wäre, wie sie es gewollt hatten, dann wären wir nie getrennt gewesen.«

Deshalb hatte sie Daon also gesagt, dass sie sich für den Tod unserer Eltern verantwortlich fühlte. Sie glaubte, wir hätten sie vielleicht retten können, wenn wir in jener Nacht auch dort draußen auf dem Meer gewesen wären.

Etwas, das ich seit zwei Jahren mit mir herumschleppte, regte sich.

»Wir hätten auch alle in diesem Sturm sterben können«, sagte ich und trat einen Schritt auf sie zu. »Du hast uns gerettet, Ely.«

»Vielleicht.« Bevor ich noch etwas sagen konnte, fragte sie: »Nehmen die uns auf?«

»Was meinst du?«

»Können sie hören, was wir sagen?« Sie deutete auf die Tür, hinter der Raylan wartete. »Die von Palindromena?«

»Nein. Ich glaube nicht.« Niemand hatte irgendetwas von Aufnahmen gesagt. »Warum?«

»Es gibt da etwas, das ich dir sagen muss, aber zuerst«, sie senkte die Stimme, »musst du mich hier rausbringen.«

Ich war verblüfft. »Hast du zu viel Meerwasser geschluckt?«

Sie umfasste meine Hände und blinzelte frische Tränen zurück. »Bitte, Tempe!«

Ich entzog mich ihrem Griff. »Ich kann dich nicht hier rausbringen, und ich werde es nicht.«

Ihre Brauen senkten sich. »Weil ich dich angelogen habe? Weil ich dich auch verlassen habe?« Sie schüttelte den Kopf. »Es tut mir leid, Tempe.«

»Weil es keinen Weg nach draußen gibt!« Ohne Raylans Erlaubnis konnte ich nicht einmal dieses Zimmer verlassen. »Und morgen bist du wieder tot.«

Hoffnung flackerte in ihrem Gesicht auf, und wieder ergriff sie meine Hände. »Aber wenn es einen Weg gäbe, dann würdest du mich hier rausbringen?«

Ich schüttelte sie ab. »Sag mir erst, was du gerade erzählen wolltest.«

Ich erkannte, dass meine Zurückweisung sie verletzte, aber das war mir im Augenblick egal. Ich hatte es satt. Die vergangenen zwei Jahre hatte ich nichts als Verwirrung darüber empfunden, was mit meinen Eltern und mit meiner Schwester passiert war.

Elysea wickelte sich ihr braunes Haar um die Hand. Etwas, das sie immer tat, wenn sie nervös war. »Du wirst wütend sein.«

Ich bezweifelte, dass ich noch wütender werden konnte oder noch verwirrter, als ich es schon war, während ich mit meiner toten Schwester sprach.

Ich zuckte mit dem Kinn, damit sie weitererzählte.

»Alles, was ich dir gesagt habe, ist wahr«, fuhr sie fort. »Ich habe Mom und Dad an diesem Abend gesehen, und sie wollten, dass wir ihnen folgen, aber ich habe nicht auf sie gehört. Und dann sind sie gestorben.« Sie schüttelte den Kopf. »Ich habe das noch nie laut ausgesprochen, weil ich weiß, dass es unmöglich klingt. Aber ich muss es dir sagen …«

Ich fühlte mich, als hätte ich einen Mundvoll Meerwasser geschluckt, der nun in meiner Brust und in meiner Kehle blubberte. »Mir was sagen?«

»Mom und Dad. Sie leben noch.«

13 Tempest

21 Stunden, 45 Minuten
Montag, 14:15 Uhr

Unsere Eltern lebten?

»Was redest du denn da?« Meine Beine fühlten sich wie schlaffe Algen an. »Von ihrem Boot waren nur noch Splitter übrig. Das hätte niemand überleben können.«

»Genau das habe ich auch gedacht«, stimmte Elysea mir zu. »Bis ich zwei Jahre nach ihrem Tod Moms Kette gefunden habe.«

»Was?« Abgesehen von ihrem Ehering hatte meine Mom höchstens noch ab und zu Halsketten getragen. Ich erinnerte mich daran, wie ich als kleines Mädchen auf ihrem Schoß gesessen und eine Kette aus blauen Steinen in der Hand gedreht hatte, während Mom mir vorsang. Dann hatte sie die Kettenschnur zerrissen und mir die kleinen Steine in die Hand fallen lassen.

»Für dich«, hatte sie gesagt und mich auf die Schläfe geküsst. »Als Glücksbringer.«

Ich hatte die Steine behalten. Vor jedem Tauchgang ließ ich einen davon ins Meer fallen, in der Hoffnung, dass meine Mutter über mich wachte.

»Die Goldkette mit den schwarzen Perlen«, sagte Elysea. »Das war Moms Lieblingskette. Sie hat sie auch in der Nacht getragen, in der sie verschwunden ist.«

»Wo hast du sie gefunden? In der Nähe der Stelle, an der ihr Boot gesunken ist?«

»Nein.« Sie sprach so leise, dass ich mich zu ihr vorbeugen musste. »Das ist es ja gerade, Tempe. Ich habe sie Meilen weit entfernt davon gefunden. In der Tauchstätte. *Unserer* Tauchstätte.«

»Das ergibt doch keinen Sinn. Wie soll die Kette denn dorthin gekommen sein?«

»Genau!« Sie packte mich an den Armen, und zum ersten Mal strahlte ihre Haltung Selbstbewusstsein aus. »Verstehst du? Es war eine Botschaft. Eine Botschaft an uns, dass sie noch leben und dass wir sie finden sollen.«

»Ich weiß nicht …« Doch ich wollte an diese schöne Vorstellung glauben. »Vielleicht war es einfach nur eine sehr ähnliche Kette?«

Sie nickte ernst. »Zuerst habe ich befürchtet, ich würde Dinge sehen, die ich gern sehen wollte. Weil ich mir so gewünscht habe, sie hätten irgendwie überlebt. Dir habe ich nichts davon erzählt, weil ich dir keine falschen Hoffnungen machen wollte. Ein paar Monate später habe ich dann Dads Echolink gefunden.«

»Nein«, sagte ich, doch es war kaum ein Flüstern. »Das ist unmöglich.« Eine Kette hätte vielleicht von einer Welle davongespült werden können, aber ein Echolink war an der Haut befestigt. Es war sehr unwahrscheinlich, dass er sich löste, sogar bei einem Bootsunglück. Ich konnte mich nicht daran erinnern, Dad jemals ohne das Ding gesehen zu haben. »Wo …?« Ich brachte den Satz nicht zu Ende.

»Am selben Ort.« Ein Lächeln umspielte ihren Mund. »Noch eine Botschaft, da bin ich sicher. Nachdem ich den Echolink gefunden hatte, habe ich angefangen, mich nachts heimlich rauszuschleichen, um Zeit bei der Tauchstätte zu verbringen. Ich habe gehofft, ich würde sie dort treffen.«

»Wann war das?« Ich begann am ganzen Körper zu zittern.

»Vor einem Monat.« Ihre Arme sanken herab. »Oder eher einen Monat, bevor ich gestorben bin.«

»Das war vor fast zwei Jahren.« Jede Hoffnung war wieder verflogen. Falls unsere Eltern tatsächlich noch lebten, warum hatte ich dann nie etwas von ihnen in der Tauchstätte gefunden?

»Zwei Jahre?«, wiederholte sie fassungslos.

»Es tut mir leid.« Was sollte ich sonst sagen? »Ist das der Grund, warum du in der Nacht draußen warst, in der du gestorben bist?«

»Vielleicht.« Sie runzelte die Stirn. »Ich wünschte, ich könnte mich erinnern. Trotzdem muss es irgendeine Erklärung für das geben, was ich gefunden habe. Das waren Moms und Dads wichtigste Besitztümer.«

»Abgesehen von der *Sunrise*.«

»Stimmt.« Sie deutete auf mich. »Die sie in der Nacht ihres angeblichen Todes zurückgelassen haben. Es kann kein Zufall sein, dass sowohl die Kette als auch der Echolink ausgerechnet dort gelandet sind, wo ich jeden Tag getaucht bin. Vielleicht sind sie der Spur der *Sunrise* noch immer gefolgt?«

»Wenn sie noch leben, warum sind sie dann nie zurückgekommen? Warum sollten sie uns solche Hinweise hinterlassen?«

»Ich weiß es nicht.« Ihre Miene wurde hart. »Aber es gibt einen Weg, wie wir die Wahrheit herausfinden können. Bring mich hier raus, dann finden wir es gemeinsam heraus.«

»Ich …« War das alles nur ein Plan, damit ich ihr half zu fliehen? Zu welchem Zweck? Sie würde trotzdem nach vierundzwanzig Stunden wieder tot sein. »Ich weiß nicht.«

»Bitte, lass mich nicht hier sterben.«

»Du bist schon tot.« Meine Stimme klang so verzagt wie Gischtrauschen.

Der Blick ihrer leuchtenden Augen ruhte auf meinem Gesicht. »Ich fühle mich nicht tot.«

Ich schluckte meine Antwort hinunter. *Das wirst du aber wieder sein. Schon sehr bald.*

»Bitte, Tempe. Ich weiß, dass ich nicht viel Zeit habe, aber ich möchte während meiner letzten Stunden nicht hier gefangen sein. Ich möchte nach Hause.« Beim letzten Wort brach ihre Stimme, und meine Entschlossenheit geriet ins Wanken. Ein Teil von mir wollte das auch.

Ich war es nicht gewohnt, meine Schwester so gebrochen zu sehen. Ihr Haar strähnig, die Augen glasig. Sie war immer die Gelassenere von uns beiden gewesen. Die Starke. Eigentlich sollte sie mir Mut machen, nicht andersherum. Ich wünschte, wir könnten zwei Jahre in die Vergangenheit reisen. Bevor sie gestorben war und sich alles verändert hatte.

»Wie könnten wir es herausfinden, ob sie tatsächlich noch am Leben sind?«

»Mit der Karte.« Sie nickte. »Das ist der beste Ausgangspunkt.«

Ich warf einen Blick zurück über die Schulter. Wir konnten nicht entkommen, wenn Raylan uns nicht die Türen öffnete. Außerdem würde uns Palindromena auch nicht einfach durch den Haupteingang hinausspazieren lassen. Jedenfalls nicht, solange Elysea ein Krankenhausnachthemd trug. Die Direktorin hatte mir unmissverständlich erklärt, dass man Elysea sedieren würde, wenn sie die Wahrheit herausfand.

Doch ich konnte Elysea nicht hier drin lassen. Auch ich wollte glauben, dass unsere Eltern lebten und dass sie uns Botschaften hinterließen. Wenn ich es nicht schaffte, Elysea hier herauszubringen, dann würde ich mich ewig fragen, ob sie die Wahrheit gesagt hatte. Es würde mich von innen heraus auffressen.

»Wo ist die Karte?«, fragte ich.

»Ich habe sie an einem sicheren Ort versteckt.« Ihre Miene wirkte vorsichtig. Dies war ihr einziges Druckmittel. »Hol mich hier raus, dann bringe ich dich hin.«

Konnte ich ihr trauen? Nach all den Geheimnissen, die sie vor mir verborgen hatte?

»Ich wollte es dir sagen.« Sie deutete mein Zögern richtig. »Ich wollte dir alles sagen. Aber ich wusste nicht, wie. Ich dachte, wenn ich dir die Wahrheit über die Nacht sage, in der Mom und Dad gestorben sind, dann würdest du mich auch noch verlassen.« Bebend atmete sie aus. »Und dann habe ich dich verlassen. Ich kann verstehen, dass du mir nicht vertraust.«

Ich wollte es. Ich wollte es wirklich. Abgesehen davon würde ich diese eine Chance darauf, meine Eltern wiederzusehen, falls sie denn tatsächlich lebten, nicht vergeuden.

»Okay. Abgemacht.«

Elysea schlang mir die Arme um den Hals. »Danke, Tempe. Danke.«

Ich stieß sie fort. Ich war nicht bereit, mich den Gefühlen zu ergeben, die mich hinabzuziehen drohten.

Außerdem war es immer noch ein Problem, wie wir hier herauskommen sollten. Das einzige Fenster im Raum war ein Trugbild. Wir mussten durch den Haupteingang. Irgendwie mussten wir Palindromena davon überzeugen, dass wir kein Risiko darstellten. Dass Elysea keine Patientin war, die ausbrechen wollte. Dass sie nur eine weitere Besucherin war.

»Wo ist das Essen?«, fragte ich und sah mich nach dem Silbertablett um, das Raylan mir vorhin gezeigt hatte.

»Hast du Hunger?« Sie klang ungläubig, während ich mich dem Tablett näherte.

Ich lachte. Es klang fast hysterisch. »Wir müssen dir ein paar Klamotten besorgen, wenn wir dich wirklich nach draußen kriegen wollen.«

Ich hob den Silberdeckel ab und fand darunter eine Flasche mit Regenwasser, Algenchips und eine Schale mit püriertem Zuckerfischpudding – Elyseas Lieblingsessen. Was kein Zufall war. Am vergangenen Abend hatte ich diese Angabe auf dem Formular für ihre Wiedererweckung gemacht.

»Perfekt.« Ich griff nach dem milchig grünen Pudding, schmierte ihn mir vorne aufs Kleid und tupfte etwas davon auf meine Lippen.

Bevor Elysea mich fragen konnte, ob ich vielleicht zu viel Ragar getrunken hatte, rannte ich zur Tür und drückte auf den Exit-Knopf. »Raylan!« Ich ließ meine Stimme zittern. »Raylan!«

Er öffnete die Tür, und ich schlüpfte rasch hinaus.

»Alles in Ordnung?« Er hatte seine Maske nicht wieder aufgesetzt, und bei seiner besorgten Miene wand ich mich innerlich. Ich wollte ihn nicht belügen, aber mir blieb nichts anderes übrig.

Ich hielt mir die Hand vor den Mund und sprach durch meine Finger. »Es war einfach zu viel.« Meine Stimme brach. »Ich musste mich übergeben.«

Ein leicht angeekeltes Runzeln der Nase, als er mein beflecktes Kleid sah, dann wirkte seine Miene wieder verständnisvoll. »Das macht doch nichts«, sagte er. »Dann machen wir dich mal sauber.«

»Nein.« Ich legte die Hand an die Tür hinter mir. »Ich möchte nicht noch mehr Zeit verlieren. Du hattest recht. Elysea braucht mich.« Und nun brauchte ich sie auch.

Wahrscheinlich hielt er meine heftige Reaktion für ein Zeichen der Trauer, denn er lächelte mir mitfühlend zu. »Ich hole dir ein paar saubere Kleider.«

»Ja, bitte. Nur kein Krankenhaushemd. Ich möchte nicht mit einer Patientin verwechselt werden.«

Der Geist eines Lächelns erschien auf seinem Gesicht. »Natürlich nicht.«

Ohne weitere Fragen zu stellen, ließ er mich wieder in das Zimmer.

Jetzt hatte ich einen Ausbruchsplan.

Elysea lief auf und ab, die Arme um die Taille geschlungen. »Was hast du gemacht?«

»Ich habe ihn um ein paar saubere Kleider gebeten«, antwortete ich und suchte den Raum nach etwas ab, das uns bei unserer Flucht nützlich sein könnte. Die Möbel waren am Boden verschraubt. Da war nichts, das sich als Waffe gebrauchen ließ. »Wir müssen den Vorteil durch den Überraschungseffekt nutzen.«

Elysea schüttelte den Kopf. »Ich will nicht, dass du verletzt wirst.« Das war die Elysea, die ich kannte. Immer mehr um mich als um ihr eigenes Wohlergehen besorgt.

»Werde ich schon nicht.« Allerdings war ich mir alles andere als sicher, wie Palindromenas Sicherheitskräfte reagieren würden. Ich hatte für Elyseas Wiedererweckung bezahlt. Warum kümmerte es die Einrichtung, wie meine Schwester ihre letzten Stunden verbrachte?

Nun, so war es eben. Das Beharren der Direktorin darauf, dass ich Elysea belügen sollte, war der Beweis dafür. Obwohl Ray mir geraten hatte, ich solle ihr die Wahrheit sagen …

Es klopfte an der Tür, Elysea zuckte zusammen.

»Die Kleider«, sagte ich.

Keine Spur von Misstrauen war auf Raylans Gesicht zu lesen, als er die Tür öffnete. Er reichte mir locker sitzende, wasserabweisende Shorts und ein T-Shirt, auf dem hinten PALINDROMENA stand.

»Tut mir leid, ist beides etwas groß, aber die Shorts kann man mit einer Schnur zusammenbinden.« Er zuckte mit den Schultern. »Etwas anderes konnte ich nicht finden. Die Geschenkboutique ist gerade geschlossen.«

Geschenkboutique? Als ob diese Einrichtung den trauernden Kunden nicht schon genug Geld aus der Tasche zog. Ich schluckte meine bissige Antwort hinunter und nahm die Kleider entgegen.

Dann schenkte ich ihm ein schmallippiges Lächeln, damit er nicht skeptisch wurde. »Danke.«

»Wie geht es dir?« Seine Sorge kam mir echt vor. Sein Blick landete auf dem angetrockneten Pudding auf meinem Kleid. »Etwas besser?«

Ich fühlte mich furchtbar, weil ich ihn belog. Er wollte mir nur helfen.

»Ja.« Ich wich zurück. »Viel besser.« Gut, das beantwortete immerhin gleich beide Fragen.

»Bleib stark«, sagte er und gab mir mit einem Rucken des Kinns zu verstehen, dass ich ruhig zu meiner Schwester zurückkehren konnte.

Sobald die Tür zugeglitten war, warf ich Elysea die Kleider zu. »Zieh die an.«

Sie runzelte die Stirn. »Meine Haare sind länger und heller als deine.«

»Ich glaube nicht, dass ihm das auffällt. Es wird schon klappen.« Ich wusste nicht, ob ich damit meine Schwester oder mich selbst beruhigen wollte. »Halt einfach den Kopf gesenkt, okay? Ich muss ihn irgendwie dazu kriegen, die Tür zum Korridor zu öffnen.«

Sie drückte meine Hand. »Ich vertraue dir.«

Ich schob sie zur Tür und drückte den Knopf. »Raylan?

Kannst du die Tür bitte noch mal aufmachen?« Ich hätte gern länger gewartet, um ihn nicht argwöhnisch zu machen, aber wir hatten schon zwei Stunden verloren. Außerdem befürchtete ich, dass ich einen Rückzieher machen würde, wenn ich alles gründlich durchdachte.

»Ist alles in Ordnung?«, fragte er durch die Tür.

Ich bemühte mich um einen ruhigen Tonfall. »Ja, ich müsste nur mal zur Toilette.«

Ein kurzes Zögern. »Der angrenzende Raum ist ein Badezimmer.« War da Misstrauen in seiner Stimme?

Elysea drehte sich zu mir um, ihre Miene wirkte beunruhigt. Ich hob die Hand, um ihr zu signalisieren, dass sie still bleiben sollte.

»Ähm …« Ich überlegte. Da drang mir der säuerliche Geruch des Puddings in die Nase. »Dort habe ich mich vorhin übergeben. Es ist ziemlich widerlich.« Na also! Das war eine vernünftige Erklärung.

»Oh.« Die Spannung verschwand aus Raylans Stimme. »Klar, einen Moment.«

Die Tür klickte und öffnete sich.

»Mach dich bereit«, flüsterte ich Elysea zu.

Sie trat zu Raylan hinaus in den Warteraum. Doch Raylan musste uns auch noch die Tür zum Gang hinaus öffnen. Ich blieb in der Hocke. Als sich die Tür wieder zu schließen begann, schob ich rasch das Essenstablett in den verbliebenen Spalt, damit der Schließmechanismus nicht einrasten konnte. Ich wartete darauf, dass irgendwo ein Alarm ertönte.

Ich hielt den Atem an.

Nichts.

Dann spähte ich durch den schmalen Spalt. Raylan ging auf die Tür zu, die nach draußen zum Korridor führte. Ich grub mir die Nägel in die Handfläche, als er den Entriegelungsknopf drückte. Die Tür glitt auf, und Licht aus dem

Gang fiel herein. Fast konnte ich den Sonnenschein schmecken. Die Freiheit.

»Danke«, sagte Elysea und sprach etwas tiefer als sonst, um meinen Tonfall zu imitieren. Sie hielt den Kopf gesenkt, damit Raylan nicht merkte, dass sie nicht ich war.

Er deutete durch die Tür. »Die Gästetoilette ist dort drüben …« Er brach ab. »Hey, was ist denn aus deinen Schuhen geworden?«

Bei allen verfluchten Wassern! Daran hatte ich nicht gedacht.

Bevor ich reagieren konnte, stolperte Elysea nach vorn und fiel hin. Niemand verfügte über mehr Körperbeherrschung als meine Schwester. Ihr Sturz sah echt aus.

»Alles in Ordnung?« Raylan ging neben ihr in die Hocke, seine Hand schwebte über ihrer Schulter. Es gefiel mir nicht, seine Freundlichkeit so auszunutzen, aber ich zögerte nicht. Ich packte das Tablett und schob die Tür zum Warteraum auf. Widerstandslos glitt sie zur Seite.

Überrascht hob Raylan den Kopf. Er blinzelte mehrmals schnell, als er mich sah und begriff, dass das Mädchen neben ihm nicht ich war. Dann streckte er die Hand nach dem Türschloss aus.

Bevor er es erreichte, sprang Elysea in den Gang hinaus. Ich rammte das Tablett in die Knopfleiste neben der Tür. Funken sprühten, und es qualmte. Dann rannte auch ich hinaus in den Korridor, kurz bevor die Tür zuschnappte und Raylan hinter uns einschloss.

»Geh, Elysea!«, flüsterte ich.

Wir liefen den Gang entlang. Dabei versuchte ich, nicht an Raylans verwirrtes Gesicht zu denken.

»Lauf langsamer«, sagte ich zu meiner Schwester. »Sonst wirken wir verdächtig.«

Ihre Anspannung war nahezu greifbar. »Ist das ein …« Sie verstummte.

»… ein Baum«, beendete ich ihre Frage, als wir an der Schwarzrinde vorbeigingen, die sich durch das Gebäude wand. »Der letzte Schwarzrindenbaum in der bekannten Welt.«

Elysea riss den Blick von dem gewaltigen Baum los. »Bring mich raus, Tempe.«

Wir steuerten die Eingangshalle an, mit kurzen, aber raschen Schritten. Bildete ich es mir ein, oder folgten uns die Blicke der Sicherheitsleute? Bildete ich es mir ein, oder bewegten sich ihre Hände auf die Waffen an ihren Gürteln zu?

Als wir die Eingangshalle schließlich erreicht hatten, sah ich mich um, konnte jedoch weder die Direktorin noch Selna irgendwo erblicken. Hier war niemand, der uns wiedererkennen könnte. Wir würden es schaffen. Dafür mussten wir allerdings noch die Sicherheitsschleuse passieren.

Ich atmete ein paarmal tief durch, um mich zu beruhigen. Palindromena war es wichtiger, Einbrüche statt Ausbrüche zu verhindern. Hoffentlich.

Wir näherten uns einem Mann mittleren Alters mit gelocktem schwarzem Bart, seine Haut wies denselben Bernsteinton auf wie die Klippen Palindromenas. Er saß hinter einem glänzend weißen Schreibtisch, nicht weit vom Eingang entfernt, und lächelte uns entgegen. Ich entschied, dass ich am besten einen hilfsbereiten und möglichst harmlosen Eindruck machen sollte, obwohl meine Beine am liebsten einfach losgerannt wären.

»Tempest Alerin«, sagte ich.

Der Mann scrollte auf seinem Tablet nach unten.

»Und sie?« Er richtete den Blick auf Elysea. »Hier steht, dass du allein gekommen bist.«

Ich sah zu den Wachen hinüber, die zu beiden Seiten der Glastür postiert waren und uns den Ausweg versperrten. An ihren Gürteln hingen Schlagstöcke.

»Ich …« Aber ich wusste nicht weiter.

Wir waren so nah dran. Dort lag die Außenwelt. Die Freiheit.

Ich konnte nur hoffen, dass Palindromena mich nicht aufs Gefängnisriff schicken würde für das, was ich gerade zu tun versuchte. Aus dieser abgeriegelten schwimmenden Festung, umgeben von einem Schwarm aus ausgehungerten Messerfischen, würde ich niemals entkommen können.

Denk nach, Tempe. Denk.

Elysea trat einen Schritt auf den Tisch zu. Sie versuchte, tapfer und stark auszusehen, so als hätte sie nichts zu verbergen, doch ihre Schultern wirkten seltsam starr.

Dies war der Augenblick. Der Augenblick, in dem wir versagten. Der Augenblick, in dem *ich* versagte. Zum ersten Mal spürte ich Schuld. Wie eine Seeschlange wand sie sich sengend heiß durch meinen Bauch.

Was, wenn alles, was Elysea glaubte, wahr war? Was, wenn sie sich jahrelang für den Tod unserer Eltern verantwortlich gefühlt hatte, nur um dann Botschaften zu finden, die darauf hindeuteten, dass sie noch lebten?

Ich hatte meine Schwester zurückgeholt. Wegen einer Tat, die sie nie begangen hatte. Nun würde sie ihre letzten Stunden in einem Krankenhauszimmer verbringen müssen, in dem Wissen, dass der Tod auf sie wartete. Oder vielleicht würde Palindromena ihr wiederhergestelltes Leben auch einfach beenden, bevor sie zu ihrem sterilen Krankenhausbett zurückkehren konnte. War es das, was sie wirklich mit einer Sedierung meinten? War das die Strafe dafür, wenn man die Regeln brach? Hatten wir deshalb noch nie davon gehört, dass ein wiedererweckter Patient die Insel verlassen hatte?

Ich würde nicht zulassen, dass sie Elysea schnappten. Nicht jetzt. Ich hatte noch mein ganzes Leben vor mir, aber sie hatte nur vierundzwanzig Stunden.

Elysea straffte die Schultern, sie war bereit für alles, was nun kommen mochte. Da landete mein Blick auf ihrem Shirt mit dem Schriftzug von Palindromena auf dem Rücken. Sie sah nicht aus wie eine Patientin, sie sah aus wie …

»Meine Wächterin«, sagte ich und nickte Elysea zu.

Der Wachmann zuckte beiläufig mit den Schultern, überprüfte aber dennoch seine Daten. »Bei mir steht, dass Tempests Wächter ein gewisser Raylan Bassan ist«, sagte er und betonte den männlichen Vornamen. »Oh. Das ist seltsam.« Die beiden Wachmänner an der Tür blickten bei diesem Ausruf zu uns herüber.

Wir waren erledigt. Ein Blick auf das Foto des echten Raylan würde genügen, und schon würde er wissen, dass Elysea nicht der junge Mann mit dem sandblonden Haar und den kristallblauen Augen war.

Ich machte mich für seine Anschuldigung bereit.

Er tippte auf den Bildschirm. »Für die heutige Wiedererweckung gibt es keine Foto-ID.«

Ich warf meiner Schwester einen Blick zu. Konnten die Götter der Tiefe es wirklich so gut mit uns meinen?

»Eigentlich heiße ich Rayla.« Elysea stieß einen übertriebenen Seufzer aus. »Als ich auf Palindromena angefangen habe, wurde mein Name falsch eingegeben.«

»Wie nervig.« Ich lachte unbekümmert.

Elysea lächelte. Sie war eine viel bessere Schauspielerin als ich, all ihre Aufführungen hatten sie auf diesen Moment vorbereitet. »Sehr nervig. Und das Foto haben sie auch gemacht. Technologie!« Ergeben hob sie die Hände. »Was soll man machen?«

»Sie könnten die Direktorin rufen«, schlug ich in der Hoffnung vor, dass der Wachmann nichts dergleichen tun würde. Wenn ich richtiglag, dann belästigte man Leute wie Nessandra nicht mit Belanglosigkeiten. Ich zwang mich dazu, nicht zu meiner Schwester zu blicken. Sie war meine Wächterin. Mehr nicht.

Der Mann kratzte sich den Bart und verzog das Gesicht. »Ich möchte keine Umstände machen.« Ich holte tief Luft, hielt dann jedoch den Atem an, um keinen erleichterten Eindruck zu machen. »Wohin willst du denn?«, fragte er mich. »Ich habe dich bis morgen Mittag eingebucht.«

»Das ist noch ein Fehler«, antwortete ich. »Ich will die Wiedererweckung doch nicht durchführen lassen. Ich möchte nach Hause.«

»Wirklich?« Er sah mich an, als wäre ich nicht ganz bei Trost.

»Ja. Ich bin nicht bereit, mich von meiner Schwester zu verabschieden. Noch nicht.« Mein Tonfall war überzeugend. Niemand konnte mir vorwerfen, ich würde lügen, denn das tat ich nicht. Ich brauchte meine Schwester.

»Verstehe«, sagte er. »Tja, du bist jederzeit wieder hier willkommen.« Er drückte auf sein Tablet, und die Eingangstür öffnete sich. Die beiden Wachmänner traten beiseite, um uns durchzulassen.

Wir hatten es fast geschafft.

»Moment«, rief uns der Mann nach, bevor wir draußen waren. »Was ist denn aus deinen Schuhen geworden?«

Elysea lachte glockenhell, und hundert verschiedene Erinnerungen von uns beim Spielen im oder beim Meer füllten meinen Kopf. »Ich komme von Equinox«, sagte sie. »Barfuß kann ich die Balance besser halten.«

Er musterte sie einen Moment lang, dann grinste er. »Geht mir genauso. Ich habe gerade erst hier angefangen und kann mich einfach nicht an das starre Land gewöhnen.«

Ich lächelte ihm zu und winkte. »Danke!«

»Ich bin gleich zurück«, rief Elysea über die Schulter.

Wir hatten Glück. Fast zu viel Glück. Aber ich zweifelte nicht an den Göttern der Tiefe, und ich fragte mich auch nicht, warum sie an diesem Tag auf meiner Seite zu sein schienen. Ich nahm, was ich kriegen konnte.

Wir hatten etwa die Hälfte des Wegs zum Hafen zurückgelegt, als hinter uns ein Alarm losheulte. Raylan musste entkommen sein und die Autoritäten benachrichtigt haben.

Evakuierung, Evakuierung, Evakuierung, schrillte die Sirene. Elysea und ich waren ganz ihrer Meinung.

14 Lor

20 Stunden, 45 Minuten
Montag, 15:15 Uhr

Ich hatte versagt. Tempest gegenüber und Raylan gegenüber. Er hatte mir vertraut, doch ich hatte ihn enttäuscht.

Ich wünschte, ich könnte mir den Echolink einfach vom Handgelenk reißen, aber damit würde ich nichts ändern. In dem Augenblick, in dem ich den Echolink angenommen hatte, war mein Schicksal besiegelt gewesen.

Hätte Tempest ihre Schwester auch dann befreit, wenn sie die Wahrheit über den Wiedererweckungsprozess gewusst hätte?

Es gab einen Grund dafür, dass wir die Patienten in der Einrichtung einschlossen und ihnen nicht sagten, dass sie tot waren. Nessandras ganzes Gefasel darüber, dass es für Patienten und Klienten so am besten wäre, diente nur dazu, die Wahrheit zu verheimlichen.

Ein Wachter war mit seinem Patienten verbunden.

Wenn Elysea während der kommenden vierundzwanzig Stunden irgendetwas zustieß, dann würde mir dasselbe zustoßen. Unsere Leben waren untrennbar verbunden, aneinandergekettet durch meinen Herzschlag.

Wenn sie starb, würde auch ich sterben.

Das war es allerdings nicht, was mir Sorgen machte. Ich machte mir Sorgen um Ray. Es war seine Zukunft, die hier auf dem Spiel stand. Meine Zukunft hatte an jenem Tag geendet, an dem Calen seinen letzten Atemzug getan hatte.

Es lag in der Verantwortung der Wächter, dass die Patienten sicher und geschützt in der Einrichtung blieben. Ich wusste zwar nicht genau, welche Folgen diese Sache für Ray haben würde, aber sie wären mit Sicherheit ernst. Das war der Preis dafür, dass man hier arbeiten durfte. Man musste sicherstellen, dass das Wiedererweckungsprogramm glattlief, damit Palindromena seinen Anspruch auf die Insel behalten konnte. Die Konservatoren von Equinox suchten unablässig nach Gründen, um Nessandras Autorität infrage zu stellen. Wenn es genug Riffe gab, die ihre Methoden und Motive in Zweifel zogen, dann könnten sie sich verbünden und Nessandra absetzen.

Mir hätte von Anfang an klar sein sollen, was Tempest vorhatte. Manchmal hatte sie traurig oder verletzt gewirkt, doch die meiste Zeit war sie mir fest entschlossen vorgekommen. Konzentriert auf ihr Ziel.

Nun wusste ich auch, warum.

Sie hatte vom ersten Moment an vorgehabt, ihre Schwester zu befreien.

15:15 Uhr.

Mir blieben drei Möglichkeiten.

1. Alarm schlagen und damit sowohl Ray als auch mich ans Messer liefern.
2. Die vierundzwanzig Stunden abwarten und mich in mein Schicksal ergeben.

Oder …

Tja, eigentlich waren es nur zwei Möglichkeiten. Und keine von beiden war sonderlich vorteilhaft für mich. Selbst wenn ich schwieg, würde der Tank mit Elyseas Namen darauf leer bleiben, und Ray würde seine Stelle verlieren, wenn nicht Schlimmeres. Meinetwegen. Weil ich es nicht einmal schaffte, zwei Mädchen zu bewachen, die vierundzwanzig Stunden lang in einen Raum eingeschlossen waren.

Es sei denn ... Es sei denn, ich fand Tempest und brachte Elysea zurück, ohne dass irgendjemand erfuhr, was geschehen war. Dann wäre Rays Job gerettet. Mir blieben noch etwa zwanzig Stunden. Dann konnte ich in die Stille des Aquariums zurückkehren.

Ich musste raus aus diesem Raum. Ich musste diese Mädchen finden.

Ich stieß gegen die Tür, doch sie rührte sich nicht. Tempest hatte den internen Verschlussmechanismus zwar zerstört, aber es musste auch noch einen Weg geben, die Tür von außen zu öffnen, ohne die Sicherheitsmannschaft zu alarmieren. Ich scrollte durch die Informationen auf meinem Tablet auf der Suche nach einer Auskunft darüber, wie sich die Tür öffnen ließ. Das Einzige, was ich fand, bezog sich auf den möglichen Ausbruch eines Feuers. Ich hielt inne und las die Passage erneut.

BEI EINTRITT EINES NOTFALLS, WIE EINEM BRAND
IM GEBÄUDE, WERDEN DIE TÜREN DER EINRICHTUNG
ENTRIEGELT, WORAUFHIN SICH SÄMTLICHE
ANGESTELLTEN IM HOF EINFINDEN SOLLEN.
DIE PATIENTEN WERDEN IN DEN AUFWACHRÄUMEN
EINGESCHLOSSEN, UM SICHERZUSTELLEN, DASS SIE
NICHTS ÜBER IHR SCHICKSAL ERFAHREN. SOBALD
DIE GEFAHR VORÜBER IST, KEHREN ALLE ANGESTELLTEN
AN IHREN ARBEITSPLATZ ZURÜCK.

Ich blickte zur Decke. Dort, in der Mitte des Raums, befand sich ein Rauchmelder. Zu schade, dass ich nichts zu verbrennen hatte. Das Einzige, was in diesem Gebäude Feuer fangen konnte, war der Baum in der Eingangshalle. Oder Papier.

Natürlich! Mein Buch!

Ich zog es aus meiner hinteren Hosentasche und riss eine Seite heraus. Ich sah mich um, auf der Suche nach etwas, mit dem ich eine Flamme erzeugen könnte. Doch da war nichts, weder im Erholungs- noch im Warteraum. Da fiel mir der Türsensor wieder ein. Als Tempest ihn zerstört hatte, waren Funken aufgestoben.

Ich untersuchte die ruinierte Knopfleiste. Ein paar geschwärzte Kabel wanden sich umeinander. Ich packte das Tablett, das Tempest fallen gelassen hatte, und holte tief Luft.

Das ist sie. Meine einzige Chance.

Ich schlug zu, so hart ich konnte, in der Hoffnung, dass noch ein Hauch von Leben in der Elektronik steckte.

Der Lohn für meine Anstrengungen war ein winziger Funke. Ich schob das Papier an den Draht und blies vorsichtig darauf. Der Funke war zwar sofort wieder verglüht, doch die Hitze färbte das Papier allmählich braun. Ich presste die Lippen aufeinander, um nicht vor Freude zu jubeln. Kurz darauf begann das Papier zu rauchen.

Ich stieg auf einen der Stühle im Warteraum und hielt das Papier unter den Rauchmelder.

Einen Moment lang geschah nichts. Dann hörte ich das herrliche Heulen des Feueralarms.

Mit einem Satz war ich bei der Tür und versuchte, sie aufzuziehen. Doch sie gab nicht nach.

Verdammt. Vielleicht war auch das äußere Schloss zerstört.

Der Alarm hallte von den Wänden und im Innern meines Kopfes wider. Er war so laut, dass ich fast das Klicken der Türentriegelung überhört hätte.

Fast.

Wieder versuchte ich, die Tür aufzuziehen, und dieses

Mal glitt sie beiseite. Ich eilte den Gang entlang und verlor mich in der Menge, als die Angestellten das Gebäude verließen.

Ich rannte hinab in den Keller, wo ich mir Mundschutz und Kopftuch herunterriss. Für solche Täuschungsversuche war es längst zu spät. Die leeren Gesichter in den Tanks musterten mich, während ich zu meiner Liege eilte. Unwillkürlich kam mir der Gedanke, ob sie sich wohl fragten, ob ich auch sie entkommen lassen würde – falls sie denn wiedererweckt werden würden.

Sosehr ich das, was Palindromena tat, auch verabscheute, befand ich mich trotzdem nicht auf irgendeinem lächerlichen Kreuzzug, um allen ihre vierundzwanzig letzten Stunden im Sonnenlicht zu ermöglichen. Dafür war ich zu selbstsüchtig. Das war ich immer schon gewesen. Meine Mutter hatte einmal gesagt, dass das Einzige, was mir wichtig war, ich selbst war. Dass ich mir nur Gedanken darum machte, was mich direkt betraf.

In gewisser Weise hatte sie recht gehabt. Ich war selbstsüchtig. Trauer war selbstsüchtig. Ich verkroch mich in diesem Keller und trauerte um das Leben, das ich einmal gehabt hatte. Doch ich hatte versucht, mich zu ändern. Ich kümmerte mich um die Leichen in den Tanks, auf eine Weise, wie ich mich um Calen nie gekümmert hatte. Ich hatte meine Zukunft und meine Träume hinter mir gelassen.

Tempest war in ihrer Trauer jedoch selbstlos gewesen. Sie hatte sich in Gefahr gebracht, um ihre Schwester zu retten. Um ihr die Möglichkeit auf einen letzten Atemzug jenseits der Einrichtung zu geben. Zugegebenermaßen war das mutig.

Der hintere Teil des Kellers war still und dunkel. Einen Moment lang malte ich mir aus, wie es wäre, mich einfach hier zu verstecken und so zu tun, als hätten die vergangenen Stunden nie stattgefunden. Doch das würde auch nicht ungeschehen machen, was Tempest getan hatte. Die einzige Möglichkeit, alles wieder in Ordnung zu bringen, bestand darin, Elysea nach Palindromena zurückzubringen.

Ich schnappte mir ein paar meiner Habseligkeiten. Ich wünschte, ich hätte eine Waffe, doch Waffen mussten einem zugeteilt und am Ende eines Arbeitstags wieder bei der Security abgegeben werden. Damit würde ich andere allerdings darauf aufmerksam machen, dass ich hier unten lebte. Wenn ich unbemerkt in den Keller zurückkehren wollte, dann musste ich meine Verwicklung in Elyseas Wiedererweckung geheim halten.

Ich verließ das Gebäude durch den Hintereingang, durch den die Leichen in die Einrichtung gebracht wurden, bevor man sie in den Tanks versenkte. Palindromena wollte die Toten nicht vor den Kunden umhertragen.

Ich blinzelte gegen die Sonne. Hitze rollte über meine Haut wie rauer Sand. Der Alarm heulte weiter, sein Echo war auf der ganzen Insel zu hören.

Ich hätte loslaufen müssen, doch meine Füße schienen am Boden festgenagelt zu sein. Der Geruch nach Seegras und Erde sickerte in mich. Ich konnte das Salz in der Luft schmecken. Ein leichter Wind wehte die Haare um mein Gesicht. Flatternd schlossen sich meine Augenlider, und ich sog alles in mich auf.

Ich hatte vergessen, wie es sich anfühlte, draußen zu sein. Lebendig zu sein. Obwohl ich eigentlich keine Zeit hatte, um es zu genießen, hatte mein Körper seine eigenen Vorstellungen. Erleichtert weitete sich meine Lunge. Meine Schuhe gruben sich in die Erde. Meine Hände zuckten, sie wollten rauen Felsen unter den Fingerspitzen spüren. Sie wollten die Berge um mich herum erklimmen.

Doch das ging nicht. Wenn ich mir selbst gestattete, weiterzuleben, dann bewies ich damit, dass Calens Tod mir nichts bedeutete.

Der beharrliche Alarm rief mir in Erinnerung, warum ich hier draußen war. Im Augenblick hatte ich dringlichere Sorgen. Ich konnte die Sache nicht länger vor Ray geheim halten.

Ich tippte eine Nachricht auf meinem Tablet und schickte sie ab.

Du musst nach Palindromena zurückkommen. Sofort!

15 Tempest

20 Stunden, 30 Minuten
Montag, 15:30 Uhr

Ohne einen Land Rover rannten wir etwa eine Viertelstunde bis zum Hafen. Die *Sunrise* schaukelte auf den Wellen auf und ab wie ein verirrtes Kind, das in der Menge nach seinen Eltern suchte. Ich kletterte an Bord, zog mein schweißgetränktes, puddingbeflecktes Kleid aus und warf es ins Wasser. Darunter trug ich meine Tauchhaut.

Blauschwarze Wolken ballten sich am Horizont zusammen. Ein Sturm.

Ich ließ den Motor an, das Brummen beruhigte meine Nerven. Wir waren schon fast weg. Wir würden es schaffen.

Elyseas blickte zurück. Die Einrichtung konnten wir von hier aus zwar nicht sehen, aber das Heulen des Alarms hören. Bisher war noch niemand hinter uns her. Noch nicht.

»Keine Sorge«, sagte ich und gab Gas. »Ich bringe dich hier raus.« Ich wusste nicht, wem ich damit etwas vormachen wollte. Aus der Realität konnte ich keinen von uns beiden herausbringen.

»Wissen wir, wie viel Zeit uns bleibt?«, fragte Elysea. »Wie viel Zeit *mir* bleibt?«

Seit dem Verlassen der Insel waren wir nun nicht mehr überall von Uhren umgeben. Ich blickte zur Sonne, die allmählich hinter den Sturmwolken verschwand.

»Seit deiner Wiedererweckung sind erst ein paar Stunden vergangen«, antwortete ich. »Wir haben jede Menge Zeit.«

Jede Menge Zeit wofür? Damit Elysea beweisen konnte, dass unsere Eltern noch lebten? Wenn sie richtiglag, würden wir dann auch genug Zeit haben, um sie zu finden? Zeit für eine letzte Wiedervereinigung?

Mir stockte der Atem, so als wäre der Sauerstoff in meinem Atemgerät verbraucht.

»Alles in Ordnung?« Elysea legte mir eine Hand auf die Schulter.

Ich wollte Nein sagen. Seit ihrem Tod war nichts je wieder in Ordnung gewesen. »Wir müssen uns beeilen. Bevor …« Doch ich konnte es nicht aussprechen.

»Bevor ich sterbe.«

Ich antwortete nicht. Wir lösten uns vom Strand und ließen Palindromena hinter uns.

Die Wellen schlugen gegen den Bug und schwappten über unsere Füße und Beine. Ich wischte mir Gischt von der Wange. Genauso gut könnte ich gleich schwimmen.

»Wohin fahren wir?«, fragte ich und lenkte das Boot auf die schwarzen Wolken zu. »Wo ist die Karte?«

»Equinox«, sagte sie und musterte den Horizont, als würde dort gleich unser Zuhause auftauchen. »Ich habe sie an einem sicheren Ort versteckt.«

»Dann also zurück nach Equinox.« Ich lenkte das Boot nach Steuerbord.

»Palindromena wird uns Sicherheitskräfte hinterherschicken.« Sie drehte ihr langes Haar zu einer Seeschlange zusammen. »Wir haben die Regeln gebrochen.«

»Ich weiß.«

Ich drehte mich um und suchte den Strand hinter uns nach Bewegungen ab.

Nichts. Nur eine schmale Linie aus frischem, weißem Sand.

Das letzte Echo des Alarms und die Flottenboote im Hafen waren jedoch wie ein Versprechen. Palindromena würde kommen.

Die *Sunrise* war zwar nicht groß, aber schnell. Sie schnitt durch die Wellen wie ein Messer durch einen frisch geangelten Familfisch.

Fangt uns doch, wenn ihr könnt.

Elysea trat zu mir. »Wann bist du so erwachsen geworden, Tempe?«

Ich richtete den Blick auf das Meer. »Während du fort warst, Ely«, antwortete ich leise.

Ich spürte ihren Atem an meinem Hals.

»Es tut mir leid«, sagte sie. »Es tut mir leid, dass ich dich verlassen habe.«

Ich räusperte mich, bevor ich wieder etwas sagte. »Schon gut.« Ich wollte jetzt nicht darüber sprechen. Ich musste meinen letzten Rest Kraft schützten, meine Boje auf den stürmischen Wellen.

Elyseas Blick huschte über mein Gesicht, so als würde sie nach etwas suchen … nach etwas, um sich zu vergewissern, dass ich immer noch das Mädchen war, das sie gekannt hatte. Immer noch ihre kleine Schwester.

Aber das war ich nicht mehr. Ihr Tod hatte mich dazu gezwungen, jemand anderes zu werden. Ohne sie, ohne Mom und Dad, hatte ich schnell erwachsen werden müssen. Auf Equinox hatte ich sonst keine Familie mehr. Es war niemand mehr da gewesen, der sich um mich gekümmert hätte. Niemand außer mir selbst.

Ich sah wieder nach vorn. Ich wollte sie nicht enttäuschen.

»Bis nach Equinox brauchen wir etwa eine Stunde«, sagte ich.

Sie antwortete nicht. Sie spürte meine Distanziertheit. Obwohl sie zurück war – wenn auch nur für eine kurze Weile –, würde ich nicht wieder zu dem kleinen Mädchen werden, das sie gekannt hatte. Zu dem Mädchen, das sich immer seiner großen Schwester anvertraut hatte. Um diese vierundzwanzig Stunden zu überleben, musste ich selbst zum Sturm werden, statt ihm nachzugeben.

Aus dem Augenwinkel musterte ich Elysea. Sie hatte sich ins Heck gesetzt.

»Warum hast du die Karte überhaupt behalten?«, wollte ich wissen. »Wenn du geglaubt hast, dass unsere Eltern tot sind?«

Sie zog die Brauen zusammen. »Es war das Letzte, was sie mir gegeben haben. Natürlich habe ich sie behalten.«

»Aber mir hast du sie nie gezeigt.«

»Das habe ich dir doch schon erklärt. Ich habe mich schuldig gefühlt, weil ich nicht aufgebrochen bin, als sie es mir aufgetragen haben. Ich habe genau wie du geglaubt, sie wären in dieser Nacht gestorben – und ich dachte, ich hätte sie vielleicht retten können. Ich wollte nicht, dass du mir die Schuld gibst. Ich wollte dich nicht auch noch verlieren.«

Ich schluckte und sog die salzige Luft ein. Doch es half nichts. Ich brauchte einen klaren Kopf, nicht die schwüle Meeresluft.

»Es tut mir leid.« Sie ließ den Kopf hängen. »Ich dachte, ich würde das Beste tun. Ich war erst vierzehn. Ich habe einen Fehler gemacht.« Ihre Stimme wurde weicher. »Es tut mir leid, dass ich dir das vorenthalten habe.«

Ich schluckte den Schmerz in meiner Brust hinunter.

Nun, da ich wusste, dass sie nicht für den Tod unserer Eltern verantwortlich war, würde es noch schwerer werden, sie wieder gehen zu lassen.

Palindromena hatte gelogen.

Vierundzwanzig Stunden würden niemals genug sein.

16 Lor

20 Stunden, 00 Minuten
Montag, 16:00 Uhr

Ich hielt mich in den Schatten der Klippen verborgen, während ich auf Rays Ankunft wartete.

Früher einmal waren diese Klippen für mich ein heiliger Ort gewesen. Hier hatte ich die meisten meiner Tage verbracht. Nun ragten sie über mir auf wie der Schatten des Todes. Das Ende meines alten Lebens.

Nach einer Stunde näherte sich Ray auf seinem Fischtrawler und legte direkt am Strand an.

»Was ist passiert?«, rief er mir entgegen, während er auf mich zukam. Ich fand es unerträglich, dass ich ihn wegen dieser Geschichte hatte zurückholen müssen.

»Sie haben mich reingelegt«, sagte ich.

»Was meinst du damit?«

»Die Alerin-Schwestern. Sie sind ausgebrochen.« Ich ließ den Kopf hangen. »Es tut mir so leid, Ray.«

Er fluchte ausgedehnt. »Wohin sind sie?«

»Ich weiß es nicht.«

Ray fuhr sich mit beiden Händen übers Gesicht. »Du weißt, was das bedeutet.«

»Du verlierst deinen Job.«

Wieder fluchte er. »Schlimmer. Meine Familie verliert ihr Zuhause auf Equinox.«

»Was soll das heißen?«

»Als ich die Stelle als Wächter angenommen habe, musste ich der Direktorin versprechen, dass ich jeden einzelnen Patienten wie einen Teil meiner Familie behandeln würde. Wenn irgendetwas schiefgeht, muss ich meine Lebenssteuern in voller Höhe begleichen. So viel Geld haben meine Eltern nicht. Sie würden ihr Haus auf Equinox verkaufen müssen, um dafür aufkommen zu können. Das ist einer der Gründe, warum es meine Mutter so aufregt, dass ich hier arbeite – sie hält das Risiko für zu hoch. Weil mein Vater aber langsam älter wird und ich nicht mehr speerfischen kann, ist die Stelle hier meine einzige Möglichkeit.«

»Ich weiß nicht, was ich sagen soll«, flüsterte ich. »Es tut mir so leid.«

»Dir tut es leid?« Er warf einen Blick auf mein Handgelenk und hob die Brauen. »Du trägst den Echolink meinetwegen, und jetzt, wo die Patientin verschwunden ist, bist du …«

»Das ist mir egal.«

»Hast du Todessehnsucht?« Er schnaubte. »Wenn ihr da draußen irgendetwas zustößt«, er kniff die Augen zum Schutz vor der grellen Sonne zusammen, »dann bist du Fischfutter, Alter.«

»Ich weiß.« Bis zum Ablauf der vierundzwanzig Stunden war mein Schicksal an Elysea gebunden.

Ich schluckte ein paarmal schwer. Meine Kehle war rau. Ich brauchte Wasser. Die Sonne war heiß, und meine Haut fühlte sich jetzt schon an, als würde sie verbrennen.

»Ich muss die Sicherheitskräfte alarmieren«, sagte Ray. »Nur so können wir sie schnell und sicher wieder zurückholen.«

»Nein, dann verlierst du deine Stelle, und deine Familie verliert ihr Zuhause. Das kann ich dir nicht antun.«

Sein Atem ging schwer. »Was sollen wir denn sonst machen?«

»Wir können sie finden. Wir können sie zurückbringen.«

»Das ist viel zu gefährlich.«

»Es ist viel zu gefährlich, es nicht zu machen.«

Er legte mir die Hand auf den Arm. »Du möchtest mir meine Zukunft nicht kaputt machen, aber ich möchte deine nicht aufs Spiel setzen. Ich lasse es darauf ankommen, dass Nessandra mir verzeiht. Das Wichtigste ist, dass wir die Patientin zurückholen können. Mit Palindromenas Bergungsbooten stehen die Chancen dafür am besten.«

»Das geht nicht.« Wenn die Einrichtung herausfand, dass ich in die Geschichte verwickelt war, dann würde ich mich den Konsequenzen meiner Beteiligung an Calens Tod stellen müssen. Dafür war ich nicht bereit. Noch nicht.

»Warum?«, fragte er. »Was ist los, Lor?« Er nannte mich nicht oft bei meinem Namen. Was mich auf eine Idee brachte. Ich konnte ihm zumindest *etwas* sagen, ohne ihm gleich *alles* zu enthüllen.

»Ich bin Lor Ritter«, sagte ich mit einem schwachen Schulterzucken, mit dem ich die Stimmung etwas aufzuhellen hoffte. »Ich bin Nessandras Sohn.«

»Nessandra?« Ray blinzelte. »Die Direktorin?«

Ich nickte.

»Aber Nessandra hat keinen Sohn.«

Ich lachte auf. Natürlich erwähnte sie mich nie. Manchmal glaubte ich fast, dass Nessandra die Einrichtung mehr liebte als mich. Ihr wahres Kind. Meine Mutter hatte Palindromena von meinen Großeltern geerbt. Während den beiden allmählich Zweifel gekommen waren und sie die moralischen Grundsätze der Einrichtung hinterfragt hatten, war es bei meiner Mutter ganz anders.

Nachdem meine Großeltern draußen auf dem Meer gestorben waren, hatte meine Mutter den Entschluss gefasst, das Rätsel des Todes zu lösen, damit niemand je wieder seine Eltern, seine Kinder oder Freunde verlieren würde. Ein scheinbar edles Vorhaben, allerdings war sie bereit, alles und jeden zu opfern, um zu bekommen, was sie wollte.

Ray sah zu den Klippen hinter mir, so als könnte er durch sie hindurch die Einrichtung sehen. »Das soll doch wohl ein Scherz sein.«

»Ich wünschte, das wäre es.« Ich beneidete Ray um seine Kindheit. Er hatte nicht nur eine Mutter, die nicht die Königin der Toten war, er war außerdem auch zur Schule gegangen, hatte Freunde gehabt und Geburtstagspartys gefeiert – eine ganz normale Kindheit. Wohingegen ich meine jungen Jahre damit verbracht hatte, Leichen anzustarren, in die meine Mutter Nadeln steckte, um sie wieder zum Leben zu erwecken.

Ich war eine ständige Enttäuschung für sie. Ich verbrachte meine Tage lieber damit, die Klippen zu erklimmen, als mehr über die Wiedererweckungen zu lernen. Ich wollte Palindromena nicht erben, und meinen Vater hatte ich nie kennengelernt. Meine Mutter hatte mir nur gesagt, dass er irgendein Fischer gewesen war, doch er war längst von der Bildfläche verschwunden.

Während ich aufwuchs, hatte sich meine Entschlossenheit verfestigt, mich von der Insel zu befreien und die Welt zu entdecken. Nun wollte ich mich nur noch im Keller verstecken. Doch diese sichere, geschützte Zukunft stand plötzlich auf dem Spiel.

»Warum hast du mir das nie erzählt?« Er verschränkte die Arme vor der Brust. »Das verstehe ich nicht.«

»Meine Mutter und ich sind nicht derselben Meinung, was ihr Unternehmen angeht. Wir sollten die Toten in Frieden lassen. Meine Mutter glaubt allerdings, dass Palindromena den Frieden bringt. Sie darf nicht erfahren, dass ich eine Patientin habe entkommen lassen. Sie würde mich aus dem Aquarium werfen, und ich weiß nicht, wohin ich sonst gehen soll.« Hoffentlich würde er mich nicht fragen, warum.

Ray presste die Lippen aufeinander, schwieg jedoch.

»Ich wollte dich nicht enttäuschen, Ray. Lass mich die Sache in Ordnung bringen. Ich kann das schaffen.« Ich wollte nicht, dass wieder ein Freund unter meinen Fehlern zu leiden hatte. »Du kannst mir vertrauen.«

»Ich hätte dich gar nicht erst fragen dürfen, ob du für mich einspringst«, sagte er schließlich. »Es war eh alles umsonst.«

Ich wollte nicht nachhaken, aber ich konnte mich nicht zurückhalten. »Wie war es bei der Ärztin?«

Er sah nicht auf. »Sie hat gesagt, eine Schiene würde mir helfen, mich auf Equinox besser fortbewegen zu können, aber im Wasser kann ich die schlecht tragen. Sie würde sofort völlig verrosten.« Er schwieg einen Moment. »Also hat sie eine Aquatherapie vorgeschlagen, um meine anderen Muskeln zu stärken und den Schmerz etwas zu lindern, aber der Druck beim Tiefsee-Speerfischen kommt nicht infrage.«

»Tut mir leid.« Damit blieb ihm nur noch die medizinische Abteilung Palindromenas. Er brauchte seine Stelle. »Bitte lass mich dir helfen. Du kannst mir vertrauen.«

Ray antwortete nicht, sondern wandte sich zu seinem Boot um. Ich konnte ihm keinen Vorwurf daraus machen, dass er gehen wollte. Würde ich ihn jemals wiedersehen?

»Rein mit dir«, rief er über die Schulter. Als ich mich nicht rührte, legte er nach: »Jetzt steh doch nicht einfach da rum. Wir gehen fischen.«

Ich stolperte auf das Boot zu. »Es tut mir wirklich leid«, wiederholte ich. »Alles. Ich hätte …«

Er hob die Hand. »Ich bin derjenige, der dich in diesen Schlamassel reingeritten hat.«

»Du hast ja auch nicht gewusst, dass ich total unfähig bin.«

Seine Mundwinkel zuckten. »Ich hätte es wissen sollen.«

Trotz allem musste ich lachen. Ein Teil der Anspannung wich aus meinen Schultern. Er vertraute mir immer noch.

Sollte er aber nicht.

»Gehen wir Tempest suchen«, sagte ich und erstickte die trügerische Stimme in meinem Innern. »Sie können nicht weit gekommen sein.«

»Ist das die Kundin?«

Ich nickte, und er gab Gas. Mit einem Ruck befreite sich das Boot von der Küste, als wäre es ein gefangenes Tier, das man endlich von der Leine gelassen hatte.

Die Nachmittagssonne glitzerte auf dem Meer. Ich hielt den Blick gesenkt, um nicht direkt ins Licht zu schauen.

»Alles in Ordnung?«, fragte Ray und sah zu mir herüber. Die Hände hatte er fest um das Steuer gelegt. »Seekrank?«

Ich schüttelte den Kopf. Ich fühlte mich gut. Sogar großartig. Frei. Je kleiner die Insel hinter uns wurde, desto besser ging es mir. Ich wünschte, ich würde die Insel endlich verlassen, denn genau das war es, was ich wollte. Ich wünschte, ich würde nie mehr zurückkehren.

»Was ist genau passiert, Lor?«

Ich überlegte, ob ich lügen sollte. Ich überlegte, ob ich Ray sagen sollte, dass ich die beiden Schwestern nicht hatte auseinanderhalten können. Dass sie mich hereingelegt hatten. Doch sobald Elysea durch die Tür in den Warteraum getreten war, hatte ich gewusst, dass sie nicht Tempest war.

Tempest hatte mich den ganzen Morgen im Auge behalten, und ich hatte dasselbe mit ihr getan. Ich hatte gar nicht anders gekonnt. An ihr war irgendetwas. Ein Mysterium, das ich einfach nicht zu fassen bekam. Ein seltsames Puzzle.

Warum also hatte ich nicht sofort reagiert, als Elysea durch die Tür getreten war und nicht Tempest? Keine Ahnung. Vielleicht hatte mich die Tatsache gebannt, dass ich vor einem Mädchen stand, das vor wenigen Stunden noch tot gewesen war. Oder vielleicht wollte ich auch einfach nur sehen, was als Nächstes passierte? Oder vielleicht lag es daran, dass unsere Leben miteinander verbunden waren, was eine Art Zuneigung zu ihr hervorgerufen hatte?

Ich stützte mich mit beiden Händen auf die Reling. Meine Haut war beinahe durchsichtig. Die Wellen sprühten mir Gischt ins Gesicht und überzogen meine Lippen mit Salz. Ich erinnerte mich an den Geschmack. Von den Fahrten mit dem Land Rover am Strand. Ich erinnerte mich an den Wind in meinem Haar, wenn ich auf den Klippen stand. Ich erinnerte mich daran, wie es war, zu leben.

Ich kannte die Wahrheit.

Ein Teil von mir hatte gewollt, dass Elysea entkam, weil ich es nicht konnte.

Ray musterte mich ernst.

Er verdiente es, die Wahrheit zu hören.

»Ich glaube, ich habe sie gehen lassen«, sagte ich.

»*Was?*« Er schien das Steuerrad fast aus der Verankerung zu reißen.

Ich fuhr mir durchs Haar. »Ich habe Elysea vor mir gesehen, lebendig … und ich habe … gezögert, schätze ich, weil ich wusste, was sie erwartet.« Anders konnte ich es nicht beschreiben. Ich hatte nur zu genau gewusst, was auf sie zukam, weil ich den ganzen Prozess schon mit Calen durchgemacht hatte.

»Bei allen Göttern, Lor!« Es war das erste Mal, dass ich sein Gesicht rot vor Zorn sah. Es ließ ihn jünger wirken, und ich fühlte mich noch schlechter. »Du hast gewusst, dass ich meinen Job verlieren würde!«

»Es tut mir leid! Ich habe nicht klar gedacht.« Seit zwei Jahren hatte ich abgesehen von Ray mit niemandem mehr Kontakt gehabt.

»Du hast es zu nah an dich herangelassen«, sagte er seufzend. »Du hast es persönlich werden lassen. Du wolltest das Mädchen nicht sterben sehen.«

Das war es nicht. Ich hatte an meine eigenen Erfahrungen mit dem Wiedererweckungsverfahren gedacht. Daran, wie Palindromena Familien auseinanderriss, anstatt sie zusammenzuführen. Doch das würde Ray nicht verstehen. Er hatte den Prozess nie mit jemandem durchgestanden, den er liebte. Ich hoffte, dass er es auch niemals würde tun müssen.

»Das kriegen wir schon hin.« Er lächelte mir zu, wenn auch etwas angespannt. »Wir finden die Alerin-Mädchen und bringen Elysea nach Palindromena zurück. Nessandra wird nie erfahren, was passiert ist. Alles wird gut.« Sein Blick fiel auf den Echolink an meinem Arm. »Wie viel Zeit haben wir noch?«

Ich sah auf den Bildschirm.

»Neunzehneinhalb Stunden. Danach können wir versuchen zu vergessen, dass das jemals geschehen ist.«

Ray erwiderte nichts. Ich spürte, dass er noch mehr sagen wollte, sich aber zurückhielt. Was er sonst nie tat.

»Wie sollen wir sie finden?«, fragte ich.

Er tippte sich auf das nackte Handgelenk. »Wir können sie mit deinem Echo lokalisieren.«

»Super. Zeig mir, wie.«

Er grinste, und der gute alte Ray war wieder da. »Oh, das ist gar nicht nötig. Jedenfalls noch nicht.«

»Wie meinst du das?«

»Ich arbeite seit sechs Monaten bei Palindromena, und es

gibt einen Ort, wohin jeder Patient gehen möchte, sobald er wiedererweckt wurde.«

Ich begriff und nickte.

»Nach Hause«, sagten wir gleichzeitig.

17 Tempest

19 Stunden, 30 Minuten
Montag, 16:30 Uhr

Ich steuerte die *Sunrise* auf den Hafen von Equinox zu. Elysea schwieg. Sie musterte unsere Heimat so intensiv, als wollte sie sich das Riff für immer ins Gedächtnis einprägen.

Eine magnetische Schranke senkte sich herab und brachte das Boot zum Stillstand.

»Equinox Wachturm an *Quicksilver Sunrise*«, kam eine Stimme durch den Transmitter. »Bitte bestätigen.«

Ich drückte auf den Sendeknopf. »Bestätigt.«

»Sie sind früh zurück, *Sunrise*. Wir hatten Sie nicht vor morgen Nachmittag erwartet.«

Ich schluckte gegen meine Angst an. »Ja, unsere Pläne haben sich geändert.« Die Konservatoren gestatteten den Sicherheitsleuten von Palindromena keinen Zutritt zum Riff. Auf Equinox müssten wir sicher sein. Eigentlich.

Nach einem langen Moment sagte die Stimme: »Unsere Scans zeigen, dass sich zwei Personen an Bord befinden. Bitte bestätigen.«

Bei allen verfluchten Wassern. Daran hatte ich nicht gedacht. Hoffentlich war heute nicht viel los gewesen, und sie ließen uns anlegen.

»Bestätigt«, sagte ich mit einem raschen Blick auf Elysea. »Eine Besucherin von einem anderen Riff.« Ich wollte schon

»von Palindromena« sagen, doch damit hätte ich uns keinen Gefallen getan.

»Heute Abend ist Springflut«, bemerkte die Stimme. »Es ist einer der turbulentesten Abende hier. Wir haben Ihre Rückkehr nicht so früh erwartet.«

Ich wusste, worauf sie anspielte. Die Gewichtsbeschränkungen waren streng. Zwei Personen mehr oder weniger mochte sich nicht nach viel anhören, doch jedes Kilo zählte.

»Vier Stunden«, formte Elysea stumm mit den Lippen, als sie meine aufkommende Panik spürte.

»Wir bleiben nur für vier Stunden«, fügte ich hinzu. »Dann verlassen wir das Riff wieder bis morgen, so wie es geplant war.«

Elysea berührte mich am Ellbogen, um mir Mut zu machen, während wir auf die Entscheidung warteten.

»Danke, *Quicksilver Sunrise*«, sagte die Frau schließlich. »Ich kann Ihnen Zugang zu Equinox bis acht Uhr dreißig an diesem Abend gewähren, allerdings nicht länger. Sollten Sie bis dahin nicht wieder abgelegt haben, wird Ihr Boot vom Pier gelöst und auf das offene Meer hinausgeschickt werden.« Eine angemessene Strafe. Wer sein Boot verlor, der verlor damit auch seine Einkommensquelle. Damit wurde man praktisch zu einem Ausgestoßenen.

Die Schranke hob sich. Eine rote Boje trieb auf uns zu und berührte den Bug der *Sunrise*, dann schleppte sie uns in den Hafen. Sobald wir angelegt hatten, schaltete ich den Motor aus und sprang mit einem dumpf klingenden Geräusch auf den rostigen Metallsteg. Elysea blieb an Bord sitzen.

»Hey!«, rief ich. Sie zuckte zusammen und sah hoch, so als wäre sie tief in Gedanken versunken gewesen. »Wir haben keine Zeit zu verlieren, weißt du noch?«

Ihr Blick wirkte glasig und distanziert. Ich streckte die

Hand aus. »Alles in Ordnung?« Sie hatte noch so viel Zeit. Dem Informationsvideo zufolge konnte es lediglich in der letzten Stunde vorkommen, dass sich der Wiedererweckte müde oder benommen fühlte.

Sie ergriff meine Hand. »Alle hier halten mich für tot.«

Das war es, worüber sie sich Sorgen machte? »Bevor irgendjemand etwas merkt, sind wir schon wieder weg.«

Sie zitterte am ganzen Körper, als ich ihr aufs Dock half. Vielleicht war es nicht das, was sie wollte. Dies hier war ihr Zuhause. Das einzige Zuhause, das sie je gekannt hatte, und ich brachte sie zurück, nur um gleich wieder abzureisen.

Sie musste sich nicht nur von diesem Ort und von mir wieder verabschieden, sondern von ihrem ganzen Leben.

War es leichter, wenn einen der Tod ohne Vorwarnung holte? Oder war es besser, wenn man wusste, wann er zuschlagen würde, damit man seine letzten Stunden, Monate oder Jahre mit den Menschen verbringen konnte, die einem wichtig waren?

Palindromena schien Letzteres zu bevorzugen.

Im Hafen herrschte reges Treiben, die Boote und ihre Mannschaften kehrten allmählich von ihrem Tagewerk zurück. Eine kleine Gruppe müder Taucher blickte zu uns herüber. Sie waren gerade dabei, ihre Ausrüstung auf das Dock zu hieven. Die braune Haut der Männer glänzte vom Wasser, und ihr schwarzes Haar war salzverkrustet. Die düsteren Mienen verrieten, dass ihr Tauchgang erfolglos geblieben war.

Ich hoffte, dass sie Elysea nicht erkennen würden. Wenn doch, würden sie uns dann an Palindromena verraten, um schnell an ein paar leicht verdiente Noten zu kommen? Oder würden sie uns für den Rest unserer vierundzwanzig Stunden in Frieden lassen?

Die meisten Menschen auf Equinox wussten davon, wenn

jemand ertrunken war. Sicher würden sie uns in Ruhe lassen. Ich begriff immer noch nicht, warum es so wichtig war, dass die Wiedererweckten ihre letzten Stunden in einem Krankenhauszimmer verbrachten. Es sollte ihnen gestattet sein, ein letztes Mal nach Hause zurückzukehren. Lag es daran, dass Palindromena die Entsorgung der Leichen kontrollieren wollte? Um in der Grabstätte am Meeresgrund beigesetzt zu werden, musste man zu den jährlichen Steuern noch einen zusätzlichen Betrag bezahlen. Palindromena war immerhin ein Unternehmen. Vielleicht wollte die Einrichtung nur kein Einkommen verlieren?

Elysea blieb dicht an meiner Seite, während wir den Hafen durchquerten. »Alles sieht noch genau gleich aus«, sagte sie.

Ich zuckte mit den Schultern. »Hier verändert sich nichts.«

Sie sah mich nicht an, als sie antwortete: »Du hast dich verändert.«

Wieder zuckte ich mit den Schultern. »Es sind zwei Jahre vergangen.« Ich sah, dass meine Worte sie schmerzten. »Wo ist die Karte?« Ich musste das Thema wechseln.

Traurig lächelte sie mich an. »Zu Hause.«

Ein bitterer Geschmack breitete sich in meinem Mund aus. »Ich habe fast alles verkauft, was wir besessen haben, aber ich habe keine Karte gefunden.« Ich warf ihr einen Seitenblick zu. »Wo genau?«

»Ich zeige sie dir.« Sie presste die Lippen aufeinander und wollte eindeutig nicht mehr dazu sagen.

Hoffentlich war dies nicht nur eine List, damit sie Equinox ein letztes Mal sehen konnte.

Elysea bewegte sich langsam, fast träge, so als wollte sie alles in sich aufsaugen, bis wir den Eingang unseres Quartiers erreichten. Dann schob sie sich an mir vorbei, und etwas flackerte in ihr auf.

Im Hauptraum drehte sie sich um die eigene Achse, den Mund offen vor Schreck. »Was ist passiert?« Sie breitete die Arme aus. »Wo sind Moms und Dads Sachen? Wo sind *alle* Sachen?«

»Ich habe sie verkauft.« Mom und Dad hatten ein paar persönliche Besitztümer gehabt, doch abgesehen davon hatten sie nie viel besessen. Die Gewichtsbeschränkungen auf Equinox waren streng.

Es hatte mir zwar wehgetan, mich von den Dingen zu trennen und meine Eltern dadurch noch ein bisschen mehr zu verlieren, aber ich brauchte alle Noten, die ich kriegen konnte.

Elysea starrte die nackten Wände an »Die Bilder?«

»Verkauft.«

»Moms Schmuck?«

»Verkauft.«

Bevor Mom auf Palindromena angefangen hatte, war sie Teil des Teams auf Equinox gewesen, das sich darum bemühte, das Meer zu reinigen und Gegenstände zu bergen, die das Leben im Ozean gefährdeten. Sie hatte eine kleine Sammlung von Schmuckgegenständen von ihren Tauchgängen mitgebracht, die zwar nicht viel wert gewesen waren, die uns ihrer Meinung nach aber dabei geholfen hatten, uns mit unserer Vergangenheit zu verbinden. Sie hatte immer gesagt, dass wir nicht vergessen durften, woher wir kamen, sonst würden wir unweigerlich die Fehler wiederholen, die zu den Großen Wellen geführt hatten. Wie die Kämpfe um Land, Ressourcen und – am schlimmsten von allem – Macht übereinander.

»Das da haben die Konservatoren mitgenommen«, sagte ich und deutete auf die kahle Wand, die Elysea gerade traurig musterte. Sie hatte das Gemälde einer regennassen Stadtansicht immer geliebt. Ich dachte, es würde sie vielleicht freuen zu wissen, dass es nun im Konservatorium hing.

»Was ist mit Moms Schatztruhe?« Ihre Stimme wurde lauter, während sie sich in den leeren Räumen umsah.

»Die habe ich auch verkauft. Du weißt doch, dass da nie irgendwelche Schätze drin waren.«

Die Erzählung, wie Mom diese Truhe gefunden hatte, war eine unserer liebsten Gutenachtgeschichten gewesen.

»Ich war auf einem Tauchgang«, hatte Mom immer gesagt. »Nicht weit entfernt von Palindromenas Stränden, als ich etwas gefunden habe.«

»Einen Schatz!«, rief ich dann immer, weil ich die Geschichte so genau kannte, als wäre es eine meiner eigenen Erinnerungen.

Lachend deutete Mom auf mich. »Genau! Eine Schatztruhe. Ich dachte, die Götter hätten sie mir geschickt und ich würde ein Vermögen darin finden.«

»Aber dann hat sie doch nur mich gefunden«, mischte sich Dad ein und kitzelte Elyseas Füße. »Ich hatte die alte Kiste am Strand von Palindromena entdeckt. Sie war angetrieben worden. Nachdem ich festgestellt hatte, dass sie leer war, habe ich sie einfach ins Meer zurückgeworfen.«

»Genau auf Mom drauf«, erklärte Elysea grinsend.

»Ich habe ihn angeschrien, weil er mich mit dem Ding fast geköpft hätte«, sagte Mom. »Ich habe ihm gesagt, dass ich zum Team von Equinox gehöre, das damit beauftragt ist, den Ozean zu säubern, und da warf er einfach Relikte der Alten Welt ins Wasser, als wären sie Müll.«

Dad legte die Arme um Mom. »Sie hat mich einen ignoranten Landliebhaber genannt, und da wusste ich, dass ich für den Rest meines Lebens von dieser Frau beleidigt werden wollte.«

Dann küsste Mom ihn jedes Mal, so lange, bis wir Mädchen kreischten, dass sie damit aufhören sollten.

Obwohl Mom das Tauchen liebte, nahm sie eine Stelle auf Palindromena an, um in Dads Nähe sein zu können. Immerhin war das Meer unberechenbar und gefährlich, und sie wollten eine Familie gründen.

Mom hatte uns immer vor dem Tauchen gewarnt, doch als Elysea und ich auf uns allein gestellt waren, hatten wir kaum eine andere Möglichkeit gehabt. Keine von uns hatte einen Schulabschluss. Wir waren mit zwölf und vierzehn Jahren von der Schule abgegangen, weil wir Geld verdienen mussten, um unser Quartier halten zu können.

Selbst wenn ich einen Abschluss gehabt hätte, wäre ich nicht an einer medizinischen Ausbildung interessiert gewesen, um auf Palindromena arbeiten zu können. Genauso wenig, wie ich Historikerin werden, mich in der Politik der Konservatoren auskennen oder am Marktplatz ein eigenes Geschäft eröffnen wollte. Mir gefiel es unter Wasser. Dort konnte ich dem Spott und Hohn meiner Klassenkameraden entkommen. Dort fühlte ich mich mit mir selbst im Reinen.

Auch Elyseas Möglichkeiten waren beschränkt. Für sie waren das Lächeln ihrer Schüler und der Applaus des Publikums Lohn genug, weshalb sie jede Bezahlung ablehnte.

Es hatte mir zwar wehgetan, den Gegenstand zu verkaufen, der meine Eltern zusammengeführt hatte, aber die im Deckel der Truhe eingefassten Edelsteine waren ein paar Noten wert gewesen. Ich hätte auch die Metallstreben in der Decke unseres Quartiers verkauft, wenn ich sie denn irgendwie hätte herausreißen können.

Elysea ließ den Kopf in die Hände sinken und stöhnte.

»Die Karte war in der Schatzruhe, zusammen mit Moms Kette und Dads Echolink.«

»Nein. Da drin war nichts. Ich habe nachgesehen, bevor ich sie verkauft habe.«

Sie ließ sich auf mein Bett sinken oder besser auf das, was dieser Tage als mein Bett durchgehen musste. Ein Rahmen und ein paar Decken. Die Seegrasmatratze hatte ich schon vor Monaten verkauft. »Im Deckel ist ein Geheimfach«, sagte sie.

Verzweiflung überflutete mich »Nein …«

»Wir müssen sie zurückbekommen.« Ihre Hände begannen zu zittern. Wir spürten beide den Druck der verstreichenden Stunden. Es war gar nicht nötig, eine tickende Uhr vor der Nase zu haben. »Wir müssen …« Doch der Rest ihrer Worte ging in einem scharfen Einatmen und einem Zittern unter. Sie verlor die Fassung.

Elysea war immer die Stärkere von uns beiden gewesen. Sie hatte oft gescherzt, dass ihre Gefühle genauso stabil waren wie ihre Tänzerinnenhaltung, perfektioniert in den vielen Jahren, in denen sie auf Zehenspitzen balanciert war. Dieses gebrochene, verzweifelte Mädchen war nicht die Schwester, die ich kannte.

Ich würde Elyseas Anker sein müssen, so wie sie in den Jahren nach dem Tod unserer Eltern der meine gewesen war. In ihrem Zustand konnte sie keine Entscheidungen treffen. Nun war ich die ältere Schwester. Ich musste die Führung übernehmen.

»Elysea«, sagte ich, um ihre Aufmerksamkeit auf mich zu lenken. Das Fenster hinter ihr zeigte einen Himmel, der sich bereits verdunkelte. Ich verbannte alle Sorge aus meiner Stimme. »Wir finden heraus, wer die Truhe gekauft hat. Wir haben immer noch Zeit.«

Sie antwortete nicht. Während sie mich ansah, schien ihr

Blick durch mich hindurchzugehen. Ich wusste, dass sie ihren Tod sah.

Er kam, um sie zu holen, und sie konnte sich weder verstecken noch davonlaufen.

18 Lor

18 Stunden, 45 Minuten
Montag, 17:15 Uhr

Um Viertel nach fünf näherte sich Raylans Boot dem Riff von Equinox. Das am Meeresgrund verankerte Riff bestand aus einer großen, runden Metallkonstruktion, die wiederum mit Hunderten von kleineren Strukturen verbunden war. Das Metall war verrostet von der salzigen Luft und dem Meerwasser.

Das Riff hatte etwas Skeletthaftes an sich. Es wirkte wie das Rückgrat einer gestrandeten Hornrobbe. Hinter Equinox braute sich ein Sturm zusammen. Die Luft roch scharf nach Algen und Salz. Nicht sonderlich angenehm.

»Wunderschön, was?«, fragte Ray, während er sein Boot in den Hafen steuerte. Noch nie hatte ich so viele Boote gesehen. Auf Palindromena waren insgesamt zweihundert Leute beschäftigt, die nur selten alle gleichzeitig auf der Insel waren. Selbst aus dieser Entfernung konnte ich Musik hören. Menschen und Leben. Ein extremer Kontrast zu den stillen Gängen der Einrichtung und zum Aquarium.

Mein Herz schlug schneller. Allerdings vor Aufregung, nicht vor Angst.

»Ja.« Ich wusste nicht, was ich sonst sagen sollte.

Natürlich wusste ich von den Riffen, alle wussten von ihnen. Aber nie hätte ich mir so etwas ausmalen können. In meiner Vorstellung waren die Riffe kaum mehr als zusammengebundene Flöße gewesen. Seltsame und zerbrechliche Konstrukte. Vielleicht lag es daran, dass meine Mutter immer betonte, wie fortschrittlich Palindromena im Vergleich dazu sei – wie viel Glück ich doch hätte, weil ich auf festem Land leben durfte, umgeben von hoch entwickelter Technologie. Erst jetzt begriff ich, dass ich ihr auf eine gewisse Art offenbar geglaubt hatte.

Doch Equinox war eine solide, beeindruckende Struktur. Das Riff kam mir vor wie etwas aus einem Roman, wie es sich da aus dem Wasser erhob. Entschlossen und dreist, als wollte es jedem Spott trotzen.

Einen Moment lang vergaß ich die Alerin-Schwestern vollkommen.

Ray strahlte vor Stolz, während er seine Heimat betrachtete. Ein Gefühl, das ich Palindromena nie entgegengebracht hatte.

»Meine Vorfahren haben diesen Ort erschaffen«, sagte er. »Sie waren Seefahrer, schon vor den Großen Wellen, und sie haben immer auf dem Wasser gelebt. Weil sie die stärksten Schwimmer waren, konnten sie Wrackteile aus der Alten Welt an die Oberfläche holen.« Kurz runzelte er die Stirn. »Equinox war einmal das wohlhabendste aller Riffe, aber die Ressourcen sind nun mal beschränkt.«

»Was wird aus dem Riff, wenn da unten nichts mehr übrig ist?«, fragte ich.

Ray rieb sich über die Stirn. »Entweder verlassen wir dann unsere Heimat, oder wir brechen das Riff auseinander, lichten die Anker und machen uns auf die Suche nach neuen Tauchgründen. Aber wenn wir gehen, lassen wir damit alles zurück, was wir haben. Wir werden unsere harmonische Gemeinschaft verlieren.«

Ich hatte über die Aufteilung der Alten Welt gelesen und

darüber, wie oft es Kriege um Land und Ressourcen gegeben hatte. Die Großen Wellen waren zwar entsetzlich gewesen, doch sie hatten die Menschen gezwungen, sich zusammenzuschließen, um zu überleben. »Tut mir leid.«

Er hob eine Braue. »Warum entschuldigst du dich?«

»Meine Mutter.« Ich seufzte. »Wenn sie nicht alle dazu zwingen würde, so hohe Steuern zu zahlen, dann würde nicht so viel Druck auf Equinox lasten.«

Zu meiner Überraschung lachte er. »Wenn nicht deine Mutter, dann wäre es irgendjemand anderes.« Er versetzte mir einen Stoß in die Rippen. »So läuft das eben in der Wirtschaft. So sind die Menschen. Wir verteilen und bekommen nichts umsonst.«

»Du klingst ja so zynisch. Fast wie ...«

» ... du?« Er hob einen Mundwinkel. »Das kommt davon, wenn man mit dir abhängt, Buddy.«

»Ich hoffe, alles wendet sich zum Besten.« Für Equinox und für ihn.

»Wenn ich ins Wasser zurückkehren kann, dann kann ich meiner Heimat helfen«, sagte er leise. »Dann kann ich etwas Größeres aus dem Meer ziehen als ein paar Zuckerfische.« Er würde in die Fußstapfen seiner Ahnen treten. »Ich werde das Zuhause meiner Vorfahren beschützen, ich werde dafür sorgen, dass Equinox nicht untergeht.« Er grinste. »Das Wortspiel war Absicht.«

»Ich weiß.« Ich wollte daran glauben, dass er all das tun würde, selbst wenn es bedeutete, dass ich ihn nicht mehr jeden Tag auf Palindromena sah. Wenn es das war, was er wollte, dann wollte ich es auch – für ihn.

Meine Mutter sagte immer, dass sich die Dinge eben veränderten. Für jeden. Menschen veränderten sich. Menschen konnten Veränderungen bewirken. Aber das war Blödsinn. Veränderungen *passierten* einfach. Leben und Tod *passierten*, und es gab nichts, was man dagegen tun konnte. Entweder man fand Halt oder man wurde vom Sturm davongerissen.

Manchmal wünschte ich mir, ich könnte an die Götter der Tiefe glauben, doch es gab einfach zu viele tödliche Stürme, gefährliche Unfälle und ungeklärte Todesfälle in diesen verfluchten Gewässern. Warum sollte uns irgendeine Gottheit ein solches Leben zumuten? Oder war es die Strafe dafür, wie wir die Alte Welt und unsere Mitmenschen behandelt hatten? Würden wir auf ewig dafür zur Rechenschaft gezogen werden? War es überhaupt möglich, dass wir uns von den Gräueltaten der Vergangenheit befreien konnten?

Ich wünschte, ich wüsste die Antwort. Vielleicht würde es eine Zeit geben, in der ich nicht mehr von Calen heimgesucht werden würde. Von seinem letzten Wort an mich.

Mörder.

Rays Hand legte sich auf meine Schulter und riss mich aus meinen Gedanken. »Wir finden sie, Alter.«

Ich hoffte es. Für Ray.

»Oder machst du dir nur Sorgen darüber, du könntest ins Meer fallen?« Er grinste und dachte zweifellos an meinen ungeschickten Sprung auf das Boot. »Du kannst dich an mir festhalten, wenn du willst.« Spöttisch streckte er mir die Arme entgegen.

Ich versetzte ihm einen Schubs, wusste es aber zu schätzen, dass er versuchte, die Stimmung aufzuhellen. »Lenk einfach das Boot.«

Wir näherten uns einer Schranke zwischen zwei Wachtürmen, die uns die Einfahrt in den Hafen versperrte.

Das Boot erbebte und blieb dann stehen.

»Was ist los?«, fragte ich.

»Wir werden gescannt«, antwortete Ray und hielt sich einen Finger an die Lippen.

Der Transmitter knisterte, und eine Frauenstimme ertönte: »Equinox Wachturm an einlaufendes Boot. Wir haben zwei Personen an Bord ausfindig gemacht, obwohl es bei der Abfahrt an diesem Nachmittag nur eine Person war. Wie lautet Ihr Vorhaben? Bitte bestätigen.«

»Hier spricht die *Surf to Turf*«, antwortete Ray und lächelte verlegen, als ich ihm bei der Nennung dieses Namens einen verwirrten Blick zuwarf. »Wir sind im offiziellen Auftrag Palindromenas hier. Es wird nicht lange dauern.«

»Was für ein Auftrag?« Ihre Stimme klang mit einem Mal schärfer. Ich hatte schon gehört, dass Equinox es nicht schätzte, wenn Palindromena sich einmischte. Noch mehr als auf den anderen Riffen verabscheute man auf Equinox, was meine Mutter auf der Insel trieb. Ich konnte es niemandem verübeln.

»Rekrutierung«, sagte Ray unvermittelt. Er schrie es beinahe in den Transmitter. »Wir dachten, die Springflut wäre eine gute Gelegenheit, neue Rekruten zu finden.«

Ich zeigte ihm den hochgereckten Daumen. Das war besser als alles, was mir eingefallen wäre.

Stille echote am anderen Ende. Würden sie uns zur Insel zurückschicken? War dies der Augenblick unseres Versagens?

»Sie haben eine Aufenthaltsgenehmigung bis acht Uhr dreißig an diesem Abend«, verkündete der Wachturm. Die Schranke hob sich, und das Boot glitt vorwärts. »Nach Verstreichen dieser Frist wird Ihr Boot losgeschnitten. Wir erwarten den Höhepunkt der Springflut gegen neun.«

Ich warf einen Blick auf meinen Echolink. Es war jetzt halb sechs. Das Riff war nicht sonderlich groß. Mithilfe des Echolinks müssten wir Elysea eigentlich im Handumdrehen finden.

Ich nickte Ray zu.

»Bestätigt«, sagte er.

Ein bereits verblassender Sonnenstrahl brach durch die

Wolken, traf auf die Wellen und erhellte die Wasserwelt darunter. Fische flitzten davon, und größere Schatten verschwanden behäbig in der dunklen Tiefe.

Mir stellten sich die Nackenhaare auf. Noch nie hatte ich gesehen, was sich unter der Meeresoberfläche befand. Noch nie hatte ich gesehen, was von der Alten Welt noch übrig war. Instinktiv trat ich an die Reling, um genauer hinzusehen. Das Boot schaukelte, und rasch wich ich wieder zurück.

Ray grinste.

Ich biss die Zähne zusammen. Ich musste mich konzentrieren. Die Alerin-Mädchen finden. Und alles andere beiseiteschieben. Jetzt war nicht der richtige Zeitpunkt für Sightseeing.

»Schauen wir doch mal, wo Elysea ist«, sagte Ray und stellte den Autopiloten ein. Er verdrehte mir den Arm, um auf das Display des Echolinks blicken zu können. Dann drückte er darauf. Ein blinkender blauer Punkt erschien. »Das ist ein Echolocator – er ist für die Dauer der Wiedererweckung mit Elyseas Puls verbunden. Solange ihr Herz schlägt, können wir ihr folgen.« Da begriff ich, dass der Punkt im Rhythmus eines Herzschlags pulsierte. »Offenbar ist sie nach Osten unterwegs, irgendwo am anderen Ende des Hafens. Sie muss auf dem Weg zur Springflut sein.«

»Was ist denn die Springflut?«

Er grinste. »Ein Nachtmarkt mit Restaurants und Bars. Da hängt man auf Equinox so ab. Genau genommen gibt es auch einfach keine Alternative.« Er lachte. »Perfekt, wenn man den neuesten Fang ergattern will oder wenn man der neueste Fang *sein* will.« Er zwinkerte mir zu.

»Warum sollten sie ausgerechnet dorthin gehen?« Ich sah zu, wie sich der blaue Punkt über den Bildschirm bewegte.

»Zum Feiern? Ihnen bleiben nur noch neunzehn gemeinsame Stunden, bevor Elysea stirbt.« Er zuckte mit den Schultern. »Das würde ich jedenfalls tun. Früher habe ich nie eine Springflut ausgelassen, aber jetzt …« Er presste die Lippen aufeinander. »Es ist nicht ganz leicht, sich durch das Gedränge zu schieben. Und beim Tanzen sind meine Moves auch nicht mehr das, was sie mal waren.« Er stieß ein leises Lachen aus.

»Du glaubst, sie wollen feiern gehen?«

»Besser, als auf Palindromena die Stunden rückwärts zu zählen.«

Ich fragte mich, was Tempest in diesem Moment wohl dachte. Sicher wusste sie, dass wir ihnen folgten. War das den Ausbruch wert? Alles nur, damit Elysea das Riff noch ein letztes Mal sehen konnte?

Doch ich wusste nur allzu gut, dass Trauer einen dazu brachte, zu verzweifeln und Dinge zu tun, die eigentlich überhaupt nicht zu einem passten. Das gesamte Geschäftsmodell meiner Mutter basierte darauf. Trauer war wie eine Wolke, sie verdunkelte alles. Sie sank einem tief in die Knochen und zog einen hinab, und man konnte nichts tun, um die Last zu verringern.

Ray trat wieder ans Steuer. »Wir sollten jetzt mal langsam unseren Angriff planen.«

»Angriff?« Ich wollte diesen Mädchen nicht wehtun. Obwohl ich wusste, dass ich letztendlich genau das tun würde.

Er sah mich an und schüttelte den Kopf. »Was hast du denn erwartet? Dass Elysea freiwillig wieder mit zurückkommt? Dass Tempest einfach zulässt, dass wir ihre Schwester mitnehmen, nach allem, was sie getan hat, um Elysea da rauszuholen?«

Er hatte recht. »An was hast du denn gedacht?«

»Wir tun, was nötig ist.« Sein übliches Lächeln hatte einen wilden Zug angenommen. Er würde diese Mädchen nicht gewinnen lassen. Zu viel stand auf dem Spiel.

Ich musterte den Echolocator. »Sie ist stehen geblieben«, sagte ich und starrte auf den blauen Punkt. »Das ist fast zu leicht.« Ich zwang mich zu einem Lächeln.

Ich hoffte, dass ich damit recht hatte.

19 Tempest

18 Stunden, 30 Minuten
Montag, 17:30 Uhr

Elysea und ich steuerten auf das andere Ende von Equinox zu, um die kreisrunde Konservatorenhalle herum zu einem offenen Landungssteg, der zwischen zwei Wohnarmen aufgehängt war. Der Boden bestand aus einem Metallflechtnetz, durch das die kühlende Meeresbrise hereinwehen konnte, das Dach aus gewobenem Seegras schützte die Festlichkeiten vor den schlimmsten Wettereinbrüchen. Schalen voll fluoreszierender Korallen hingen von oben herab, um das Spektakel zu erleuchten. Die Springflut war ein Fest zu Ehren der Gezeiten, wenn Sonne und Mond im rechten Winkel zueinander standen, was zweimal im Jahr geschah.

Die Verkäufer und Händler, die ihre Waren tagsüber hier feilgeboten hatten, packten bereits wieder zusammen, um Platz zu schaffen für das Labyrinth aus kleinen Bars und Restaurants. Die Abtrennungen zwischen den Ständen bestanden aus Stoffen, weshalb sich die Düfte ungehindert zu jenem für die Springflut so typischen Geruch mischen konnten. Sardinen brutzelten in heißen Pfannen, gewürzte Algen hingen von der Decke, und in Muschelschalen dampfte heißer Ragar. Sein Geruch traf einen unvermittelt wie die Ausdünstungen eines bereits seit Längerem verstorbenen Familfisches.

In der Mitte des Marktes befand sich eine runde Bühne.

Einen Moment lang wünschte ich mir, ich könnte einfach so tun, als wäre ich ein kleines Mädchen und würde den Abend mit meiner Schwester verbringen. Als wären wir zum Essen, Trinken und Tanzen hier. Vielleicht würden wir danach noch schwimmen gehen, um uns den Schweiß von der Haut zu waschen. Wir würden einander Guppyfischchen nennen, weil sich keine von uns weiter hinaus auf das mondbeschienene Meer wagte. Wir würden uns erst dann Sorgen um die Kreaturen machen, die wir nicht sehen konnten, wenn wir ihre gigantischen Zähne direkt vor den Augen hatten. Doch jene Wesen lebten nur in Geschichten. Sie waren Fantasien. Genau wie jenes Leben eines einfachen Riffmädchens.

Bei dem scharfen Geruch nach Fisch und Salz zog sich mir der Magen zusammen. Ich hatte den ganzen Tag nichts gegessen, abgesehen von dem bisschen Pudding, das ich mir auf die Lippen geschmiert hatte. Als ich an einem Stand mit getrockneten Algen vorbeikam, brach ich mir ein Stück ab und reichte Elysea die Hälfte davon. Ich legte eine Note auf den Tresen und verschwand wieder, bevor mich irgendjemand sah. Jeder auf dem Fest der Springflut kannte Elysea, wir durften nicht auffallen. Ich glaubte zwar nicht, dass man uns wirklich an Palindromena ausliefern würde, aber wir durften das Risiko trotzdem nicht eingehen.

Ein Blitz zerriss den schwarzen Himmel. Die Gäste einer Bar neben uns stießen ein bewunderndes *Ooooh* aus. Die meisten schwülheißen Tage endeten mit einer solchen Gewitter-Show, ein weiterer Grund dafür, warum die Landungsstegbrücke keine Wände besaß. Freies Unterhaltungsprogramm.

Elysea verharrte vor der Bühne, die gerade ins Meer herabgelassen wurde, bis das Wasser knöchelhoch stand. Eine Vorbereitung für die Vorstellung an diesem Abend.

Ich zog an ihrem Arm. »Komm weiter.«

Wir schlängelten uns zwischen den Verkaufsständen hindurch, auf der Suche nach Daon. Elysea hatte sich ein Tuch um den Kopf gebunden, in der Hoffnung, so verschleiern zu können, wer sie war. Ich wünschte, sie wäre in unserem Quartier geblieben, aber sie hatte gesagt, sie wolle nicht allein sein. Ich wusste, dass dies nicht der wahre Grund war. Sie wollte einen Blick auf ihr altes Leben erhaschen. Ich hoffte, dass sie ruhig bleiben würde.

Tagsüber verkaufte Daon Gegenstände, die aus der versunkenen Welt geborgen worden waren. Abends schenkte er Ragar aus und bereitete das beste Ceviche auf ganz Equinox zu. Auf Equinox sagte man, wer Daon nicht mochte, war ihm nur noch nie begegnet.

Seine Bar befand sich am hinteren Ende des Landungsstegs und bot den besten Blick auf die wogende See und die wirbelnden Stürme.

»Bleib hier«, sagte ich und zog Elysea am Ellbogen in den Schatten zwischen zwei Ständen.

Ihre Augen blitzten. »Ich will hören, was Daon sagt.«

»Nein. Du willst ihn sehen. Aber dafür sind wir nicht hier.«

Sie biss sich auf die Unterlippe. »Geht es ihm gut?«

Ich schnaubte. Hatte ich es doch gewusst. »Ja, bestens. Und jetzt bleib hier.«

Sie widersprach nicht.

»Daon!«, rief ich über das Tosen des aufkommenden Sturms hinweg, ergriff die seltene Gelegenheit und setzte mich auf einen freien Barhocker. Zum Glück war es noch so früh am Abend. In einer Stunde würden sich die Betrunkenen um die wenigen Sitzplätze streiten.

»Tempe!« Daons Gesicht leuchtete auf, als er mich erkannte. »Wie schön, dich endlich mal wiederzusehen!«

Sein langes, strohblondes Haar war zu einem lockeren

Haarknoten hochgebunden, und ein paar Strähnen umgaben sein sonnengebräuntes Gesicht. Seine braunen Augen funkelten im Licht der Korallen, so als wüsste er etwas, was sonst niemand wusste. Daon hatte Elysea zwar nie dazu überreden können, offiziell mit ihm auszugehen, aber sie hatten ihre Abende gemeinsam beim Markt verbracht. Sie mit ihrer Tanztruppe und er hinter dem Tresen, von wo aus er dafür sorgte, dass niemand hungrig oder durstig sein musste. König und Königin der Springflut.

Ich kratzte mit dem Nagel an einer Schramme auf Daons altem Holztresen herum. »Ja, tut mir leid, dass ich gerade nicht oft hier bin.«

Er lachte schallend, so als hätte ich ihm soeben einen echten Brüller erzählt. »Du gehörst nicht gerade zu meiner Zielgruppe, Kleine.« Er deutete auf ein Schild hinter sich, auf dem stand: ERST AB ACHTZEHN JAHREN. »Oder habe ich deinen Geburtstag verpasst?« Sorge huschte über sein Gesicht.

Nach dem Verschwinden meiner Eltern war Daon für mich so etwas wie ein großer Bruder gewesen. Nach Elyseas Tod hatte er zwar versucht, mich zu trösten, aber die ständige Erinnerung an sie hatte ihm schwer zugesetzt.

»Nein, immer noch siebzehn«, beruhigte ich ihn lächelnd, in der Hoffnung, die entspannte Stimmung aufrechtzuerhalten. »Ein paar Tage lang noch.«

»Was kann ich dann für dich tun?« Er deutete auf die Schale eines Kunden, voll hauchdünn geschnittenem rohem Fisch. Zitrusduft erfüllte die Luft. »Ceviche?«

»Leider keine Zeit«, sagte ich, während mein knurrender Magen protestierte.

»Zum Essen ist immer genug Zeit.« Wieder lachte er, was meine Laune unwillkürlich hob. Für die Dauer eines Lidschlags verschwand der Druck des heutigen Tages.

Ich warf einen Blick über die Schulter, wo Elysea in den Schatten wartete, doch ich konnte ihre Silhouette nicht erkennen. »Ich muss dich was fragen, Daon.«

»Dann frag, während du isst.« Er wandte sich ab, um mir eine Schale vorzubereiten, und prompt knurrte mein Magen wieder. Weshalb ich beschloss, Daons Angebot anzunehmen und etwas für Elysea aufzuheben. Daon würde es hoffentlich nicht bemerken, wenn eine Schale fehlte. Ich griff in die Tasche und fischte ein paar Noten heraus.

Mit seinem langen Filetiermesser winkte Daon ab. »Die Alerin-Mädchen haben hier schon immer umsonst gegessen, und das wird auch immer so bleiben.«

Ich lächelte, und mir lief das Wasser im Mund zusammen. »Danke, Daon.«

»Kein Problem!« Er holte einen großen frischen Fisch aus einem Zuber unter der Theke und warf ihn schwungvoll auf seine kleine Arbeitsfläche. Rasch schnitt er mit ausladenden, geschmeidigen Bewegungen durch das zarte Fleisch. Wäre er ein Tänzer, dann wäre seine Klinge Teil der Vorführung. Er legte ein paar Fischstücke in eine Austernschale und sprenkelte getrocknete Algen darüber. Zu guter Letzt presste er etwas Zitronensaft über den Fisch. Die Zitronen stammten zweifellos von Palindromena.

Es war, als hätte mich ein Schwall kaltes Wasser getroffen, das mir nun durch die Haut in die Muskeln sickerte. Ein paar Sekunden lang hatte ich Palindromena ganz vergessen. Ich hatte alles vergessen. Übrig geblieben waren nur mein knurrender Magen und der Anblick und Duft des Essens.

»Ich muss dich was fragen«, wiederholte ich, während ich mir Fisch in den Mund schaufelte. Ich versuchte, langsamer zu essen, aber sobald das Fleisch meine Zunge berührt hatte, gab es kein Halten mehr.

»Langsam, langsam!«, rief Daon. »Lass wenigstens das

Besteck übrig!« Seine Miene veränderte sich, und er senkte die Brauen. »Wann hast du zum letzten Mal etwas gegessen?« Er kniff mir in den Arm, woraufhin ich die Gabel fallen ließ.

»Hey, das hat wehgetan!«

»Du isst nicht genug.« Seine Augen wurden schmal. »Du bist ja nur noch Haut und Knochen!«

»Und wie nennst du das hier?« Ich schob mir einen weiteren köstlichen Bissen Fisch in den Mund. Die Säure der Zitrone prickelte auf meiner Zunge, bevor das Fleisch dahinschmolz. Ich seufzte tief. Daons Ceviche war reine Perfektion. Ich wusste nicht mehr, wann ich zuletzt etwas gegessen hatte, das ich nicht zwischen den Abfällen hinter der Kantine zusammengesucht hatte. Und auf Equinox wurde nur sehr wenig Essbares weggeworfen. So etwas konnten wir uns nicht leisten.

Er deutete auf meine Schale. »Das zählt nicht.«

»Daon«, sagte ich und zwang ihn dazu, mich anzusehen. Ich schob die Schale beiseite, damit auch ich mich konzentrieren konnte. »Ich muss etwas wiederfinden, das ich dir verkauft habe.«

»Du tauchst in letzter Zeit ziemlich oft«, sagte er. »Sich zu beschäftigen hält gesund, was?«

Klar, sollte er doch denken, dass das meine Art war, mit Elyseas Tod umzugehen. Es war besser als die Wahrheit, dass ich nur genug Geld hatte zusammenkriegen wollen, um Elysea wiederzuerwecken, die in diesem Augenblick nur ein paar Meter hinter mir stand.

»Erinnerst du dich noch an die kleine Schatztruhe meiner Eltern, die ich dir verkauft habe?« Mit den Händen deutete ich ihre ungefähre Größe an. »Mit Edelsteinen auf dem Deckel. Sie war in keinem sonderlich guten Zustand. Du hast mir fünf Noten dafür gegeben.«

»Möchtest du sie zurückhaben?« Ich ahnte, was er dachte. Erst war ich alles losgeworden, und jetzt begriff ich, dass es ein Fehler gewesen war. Letztes Jahr hatte er versucht, mir die Verkäufe auszureden, aber ich hatte nicht auf ihn gehört.

Ich zog die Mundwinkel hinunter und hoffte, möglichst zerknirscht auszusehen »Ja. Weißt du noch, wer sie gekauft hat?«

Er runzelte kurz die Stirn, dann schnippte er mit den Fingern. »Das war Marsa Keena.«

Ich hob die Brauen. Marsa war einmal Lehrerin an der Schule gewesen, aber sie befand sich längst im Ruhestand. »Warum wollte sie das Ding denn haben? Die Edelsteine sind nicht einmal echt.«

Er zuckte mit den Schultern.

»Okay.« Wenigstens war es jemand, den ich kannte. Marsa würde mir sicher ohne viel Nachfragen erlauben, die Karte aus dem Geheimfach zu holen. »Danke.«

»Jederzeit, Kleine.« Er lächelte.

Gerade wollte ich vom Hocker rutschen, als sich jemand hinter mir räusperte.

»Tempest Alerin«, sagte dieser Jemand.

Ich erstarrte. Es war drückend heiß unter dem Seegrasdach, aber mir lief eine Gänsehaut über den ganzen Körper.

Bei den Göttern der Tiefe.

Er hatte mich gefunden.

20 Lor

18 Stunden, 00 Minuten
Montag, 18:00 Uhr

Sobald Ray und ich am Riff angelegt hatten, waren wir dem blinkenden blauen Punkt zur Springflut gefolgt.

Die Sonne war gerade untergegangen, und der Nachtmarkt wurde nur von herabhängenden Schalen voller Korallen erleuchtet. Es war so viel los, dass das Atmen schwerfiel. Die Luft war feucht, salzig und fischig. Stoffwände trennten die Marktstände voneinander. Hier wurde gesüßter Zuckerfischpudding verkauft, dort frische Fischinnereien. Es war sowohl widerlich als auch faszinierend.

Bevor ich mich selbst im Aquarium eingeschlossen hatte, war ich zum Essen immer in die Kantine von Palindromena gegangen, während meine Mutter arbeitete. Zwar hatte ich Zugang zu den besten und frischesten Produkten, aber die Portionen waren klein und wurden streng rationiert. Ein bisschen gedunstetes Gemüse und ein Fischfilet. Nichts, das auch nur annähernd so gut schmeckte wie Rays Fischfrikadellen. Nichts, das mit dem Aroma der Springflut mithalten konnte.

Meine Sinne wussten nicht recht, was sie daraus machen sollten.

Außerdem war es laut. Die Leute brüllten über den Lärm hinweg, um sich Gehör zu verschaffen. Auf der Insel war es still. Wenn jemand sprach, hörte man ihm zu. Wäre ich nicht so besorgt gewesen, wir könnten die Alerin-Schwestern verlieren, dann hätte ich mich nur zu gern im Labyrinth der Stände umgesehen.

Palindromena und Equinox trennten zwar nur ein paar Seemeilen, aber zwischen ihnen lagen Welten.

Hier drehte sich alles um Essen, Trinken und Kultur. Um das Leben.

Auf Palindromena ging es nur um den Tod.

Ich konnte es Ray nicht verübeln, dass ihm dieser Ort lieber war.

»Wo ist Elysea?«, fragte Ray. Sein Blick huschte umher, er konnte nicht stillhalten. Er wollte mitfeiern. Nicht mit mir festsitzen.

Ich hob das Handgelenk und warf einen Blick auf den Echolink. Die beiden blauen Kreise waren zwar zu sehen, der blinkende Punkt des Echolocators war jedoch verschwunden.

»Es funktioniert nicht mehr.« Ich schüttelte den Arm, als würde das etwas nützen.

Ray deutete auf die düstere Wolkenbank vor uns. »Die Elektrizität in der Luft bringt wahrscheinlich den Sensor durcheinander. Wir müssen uns aufteilen. Du übernimmst den Norden, ich den Süden. Wenn wir uns nicht wiederfinden, treffen wir uns in zweieinhalb Stunden beim Boot.«

Ich stimmte zu, und Ray verschwand.

Der Sturm toste über uns. Das Metallgeflecht unter unseren Füßen geriet ins Schwanken. War es nicht gefährlich, sich mitten in einem Gewitter zwischen so viel Metall aufzuhalten? Aber was blieb den Bewohnern von Equinox anderes übrig? Auf der Insel konnten sie wohl kaum nach Schutz suchen. Ray hatte mir einmal erzählt, dass seine Mutter den Donner für die Stimmen der Alten Götter hielt. »Sie sprechen nur, wenn wir nicht auf ihre leiseren Ermahnungen hören«, hatte er gesagt.

»Gibt es nicht fast jede Woche ein Gewitter?«, hatte ich gefragt.

Da hatte er gelacht. »Wir sind eben keine guten Zuhörer.«

Ich fragte mich, welche Botschaft Ray heute Nacht im Sturm hörte.

Blitze erhellten die Gesichter der Menschen, während ich mich durch die Menge schob.

»Haben Sie Tempest Alerin gesehen?«, fragte ich eine Dame mit rostbrauner Haut und einem geflochtenen schwarzen Zopf.

»Elysea Alerins Schwester?« Ihre Mundwinkel sanken herab. »Das arme Mädchen!«

Ich fragte nicht, welche der beiden sie damit meinte. »Haben Sie sie heute Abend gesehen?«

Sie wirkte verblüfft. »Sie ist tot.«

Ich stieß einen leisen, frustrierten Laut aus. »Haben Sie ihre Schwester gesehen? Tempest.«

Sie deutete zum anderen Ende des Landungsstegs, von wo aus man über das Meer blicken konnte. »Sie ist vor Kurzem in die Richtung da gelaufen.«

»Danke!«

Rasch eilte ich auf die Stände im hinteren Teil der Springflut zu.

Musik wummerte los, passend zum Flackern der Blitze. Alle hielten mitten in der Bewegung inne und wandten sich der Mitte des Marktes zu. Fast alle. Eine Person hatte sich nicht umgedreht.

Tempest. Sie saß an einer Bar am Rand des Landungsstegs.

Ich ließ den Blick über die Menge schweifen, konnte ihre Schwester jedoch nirgends sehen.

Als ich bei ihr war, räusperte ich mich. »Tempest Alerin.«

Sie erstarrte. Einen Moment lang rührte sie sich nicht, so als hoffte sie, ich würde mich einfach wieder in Luft auflösen.

Der breitschultrige Mann hinter der Bar hob das Kinn. Seine Muskeln spannten sich unter dem Hemd, in der Hand hielt er ein Messer.

Ich zwang mich zu einem Lächeln und setzte mich auf den Hocker neben Tempest. »Ist das Essen gut?«, fragte ich mit falscher Fröhlichkeit.

»Sie ist nicht hier«, fauchte Tempest. »Sie ist weg.«

Der Barkeeper trat zu uns, und ich zog ein paar Noten hervor. »Ein Ragar. Als Mutmacher. Danke, Kumpel.« Ich grinste und hoffte, der Typ würde denken, ich wollte mich nur an ein hübsches Mädchen an der Bar ranmachen. Ich versuchte, meine Verhaltensregeln zu entstauben und mich daran zu erinnern, wie man sich einfach normal verhielt.

»Klar«, antwortete er und lächelte Tempest wissend zu.

Sie wollte aufspringen, aber ich umfasste rasch ihr Handgelenk. »Möchtest du nichts trinken?«

»Ich bin minderjährig«, zischte sie, ihr Blick sprühte zornige Funken.

Ich ließ sie nicht los. »Ich möchte nur mit deiner Schwester sprechen.« Ich bemühte mich um einen lockeren Tonfall, damit eventuelle Mithörer es für bloßes Bargeplauder halten konnten.

»Sie ist nicht hier«, wiederholte sie durch zusammengebissene Zähne.

An der Bar wurde es allmählich voll, laute Stimmen riefen über den Klang der Musik und das Brausen des Sturms hinweg.

Unsere Unterhaltung ging im Lärm unter.

»Sag mir, wo sie ist, dann lasse ich dich los.«

Sie hob das Kinn. »Mit dir geht meine Schwester nirgendwohin.«

Trommeln untermalten das Donnergrollen.

Finde sie. Finde sie. Finde sie.

»Und ich gehe erst, wenn ich sie habe.«

Wütend funkelte sie mich an. »Warum? Warum könnt ihr uns nicht gehen lassen? Warum darf meine Schwester ihre letzten Stunden nicht in Frieden verbringen?«

Würde sie mit mir kommen, wenn ich ihr erzählte, dass mein Leben an das von Elysea gebunden war? »Das sind nicht die Bedingungen, denen du zugestimmt hast.« Ich konnte es nicht riskieren, ihr die Wahrheit zu sagen.

»Was willst du? Noten? Ich kann dir über tausend geben. Nimm alles.«

Woher hatte ein Mädchen in ihrem Alter so viel Geld?

»Ich wünschte, es wäre so leicht.« Das tat ich wirklich. Ich wünschte, wir alle könnten lebend aus dieser Sache herauskommen, aber das war es nun mal nicht, was Palindromena versprach.

»Noten machen alles leicht. Das solltest du doch wissen, immerhin arbeitest du auf Palindromena. Ihr interessiert euch für nichts außer Geld.«

Ich lockerte den Griff um ihr Handgelenk. »Tut mir leid, Tempest, wirklich. Es tut mir leid, dass deine Schwester gestorben ist, aber du wusstest, worauf du dich einlässt, als du Elyseas Wiederbelebung beantragt hast. Ihr habt eure vierundzwanzig Stunden in der Einrichtung, dann muss Elysea wieder so werden wie vorher.«

»Ein Wort von mir, und Daon schlitzt dich auf.« Sie ruckte mit dem Kinn zu dem Messer des Barkeepers hinüber.

»Während wir hier sprechen, legt die Flotte der Sicherheitskräfte aus Palindromena am Riff an«, log ich. »Ihr könnt nirgendwo hin. Euch läuft die Zeit davon.«

»Darauf lasse ich es ankommen.« Sie straffte die Schultern. »Und uns bleibt noch reichlich Zeit.«

Ich strich über den Echolink an meinem Handgelenk. »Ich habe einen Vorschlag für dich. Ihr kommt beide mit zurück nach Palindromena, wo du die restlichen Stunden mit deiner Schwester verbringen kannst, genau wie ursprünglich geplant. Es wird keine Strafe für das geben, was du getan hast.« Was vermutlich so nicht funktionieren würde, aber das musste sie ja nicht wissen.

Tempest dachte über mein Angebot nach.

»Ich mache dir keinen Vorwurf«, fuhr ich fort. »Der Wiederbelebungsprozess ist nicht einfach. Ich verstehe das wirklich.«

Sie nickte, und ich lockerte meinen Griff um ihr Handgelenk noch weiter. Da riss sie sich los, und wir stolperten beide von unseren Barhockern. Ich wollte sie wieder packen, aber da sah ich, dass jemand zu uns gekommen war.

»Hallo«, sagte Elysea, trat einen Schritt nach vorn und schirmte ihre Schwester vor meinem Blick ab. »Suchst du nach mir?«

Sie hatte sich irgendetwas um den Kopf gebunden, um ihre Identität zu verheimlichen, doch wenn sie neben ihrer Schwester stand, konnte es keinen Zweifel daran geben, wer sie war.

»Elysea.« Erleichtert stieß ich einen Mundvoll Luft aus.

Ich hatte sie gefunden, und wir hatten immer noch mehr als genug Zeit, um sie nach Palindromena zurückzubringen, bevor ihre Stunden verstrichen waren.

»Was soll das?«, fuhr Tempest ihre Schwester an.

»Ich dachte, ich komme mal vorbei und sage Hallo.« Elysea lächelte halbherzig, aber sie wirkte nicht annähernd so selbstbewusst, wie sie zu klingen versuchte.

Ich zog mein Tablet hervor, in der Hoffnung, genug Empfang zu haben, um Ray um Hilfe rufen zu können.

»Nicht«, flehte Tempest. »Lass uns gehen. Bitte.«

»Keine Sorge, Tempe«, sagte Elysea. Dann wandte sie sich an mich. »Ich komme mit dir zurück.«

Vielleicht war sie zu dem Schluss gekommen, dass sie genug Zeit in ihrem alten Leben verbracht hatte. Vielleicht hatte meine Mutter ja doch recht. Die Menschen mussten sich verabschieden dürfen. Es ging nicht darum, ewig zu leben, sondern darum, mit den Dingen abschließen zu können.

»Bevor wir gehen, habe ich aber noch einen letzten Wunsch«, fuhr Elysea fort. Sie löste das Tuch um ihren Kopf und erhob die Stimme. »Daon, kann ich eine Schale von deinem Ceviche bekommen?«

Lächelnd drehte sich der Barkeeper zu seiner neuen Kundin um. Als er sie jedoch erkannte, erstarrte er mitten in der Bewegung, die Spitze seines Messers nach oben gerichtet. Ein Blitz erhellte den Himmel. Daons scharfe Klinge leuchtete in der Nacht.

»E-Elysea?«, stotterte er. »Wie?«

Oh, verfluchter Mist.

»Nein«, flüsterte ich.

»Hast du mich vermisst?«, fragte sie lächelnd, obwohl sie eher so wirkte, als wollte sie weinen. »Tempe hat mir erzählt, dass es schon eine ganze Weile her ist.«

Der Barkeeper sah aus, als würde er jeden Moment in Tränen ausbrechen.

»Stopp!« Ich streckte die Hand nach Elyseas Arm aus.

»Was ist hier los?«, donnerte der Barkeeper.

Tempest deutete auf mich. »Er will uns umbringen!«

Die erschrockene Miene des Barkeepers verwandelte sich in einen Ausdruck wilder Wut. Seine Finger schlossen sich um das Messer, und er trat auf mich zu. »Du bedrohst meine Mädchen?«

Beschwichtigend streckte ich die Hände vor. »Nein, es ist nicht so, wie es aussieht. Ich komme von Palindromena, und Elysea …«

»Er hat mich schon einmal getötet!«, rief Elysea. »Lass nicht zu, dass er es noch einmal tut!«

»Was?«, brüllte der Barkeeper.

Es war eine glatte Lüge, aber es reichte. Der Barkeeper ging mit dem Messer auf mich los. Als die Klinge die Luft zerschnitt, schoss mir ein Gedanke durch den Kopf: Vielleicht verdiente ich das hier. Vielleicht sollten diese Mädchen entkommen.

Das Messer bohrte sich in den Tresen, schrammte über meinen Arm und nagelte mein Hemd am Holz fest.

Die Menge stob auseinander. Ein paar Leute schrien auf.

»Lauft!«, rief der Barkeeper zu Elysea hinüber. »Weg hier!«

Ich zerrte an der Klinge, um mich zu befreien, aber es war bereits zu spät. Die Alerin-Schwester waren verschwunden.

21 Tempest

17 Stunden, 00 Minuten
Montag, 19:00 Uhr

Wir rannten durch die Menschenmenge. Ich hielt Elyseas Hand fest, damit sie es sich nicht anders überlegen und an Daons Seite zurückkehren konnte. Vor der Bar schien niemand etwas von dem Tumult mitbekommen zu haben, der Sturm und die Musik verschleierten unsere Flucht. Die Menschenmenge war so groß geworden wie eine zum Bersten gefüllte Regenwolke.

Ich warf einen Blick über die Schulter. Tiefer Schmerz lag in Daons Blick. Er wollte Elysea nicht gehen lassen. Begriff er, dass er sie nie wiedersehen würde?

Elysea geriet ins Stocken, doch ich umfasste ihren Arm und zog sie weiter.

Das Klingeln von Glöckchen kündigte das Erscheinen der Tänzer an. Unwillkürlich lenkte Elysea ihre Schritte Richtung Bühne – als hätte der Klang der Glöckchen sie gerufen. Es tat mir weh, sie wegziehen zu müssen.

Der Rhythmus der Trommeln wurde schneller, und eine Formation von Tänzerinnen glitt durch den Markt. Sie waren in die Farben des Ozeans gekleidet, und die Glöckchen waren an ihre Handgelenke und Knöchel gebunden.

Zwischen den Tänzerinnen erspähte ich jemanden, der sich entschlossen durch das Gedränge schob. Sein schwarzes

Haar war kurz, seine Haut hatte die Farbe der untergehenden Sonne, und auf seinem T-Shirt prangte der Schriftzug von Palindromena. Während alle dem Einzug der Tänzerinnen zusahen, schien er mit festem Blick nach jemandem zu suchen.

Das musste die Verstärkung sein, von der Raylan gesprochen hatte. Der Wachmann blieb stehen, um mit ein paar Marktbesuchern zu sprechen, und sie deuteten auf Daons Bar.

Ich eilte hinter einen Stand und zog Elysea mit mir. Ich biss mir so fest auf die Lippe, dass ich Blut schmeckte. Zitronensaft vom Ceviche sickerte in die Wunde.

Wir hatten Palindromenas Regeln gebrochen, und sie würden mich – uns – nicht damit durchkommen lassen.

»Das ist nicht gut«, sagte ich und ruckte mit dem Kopf in Richtung dieser neuen Bedrohung.

In Elyseas Augen glänzten ungeweinte Tränen. »Meinst du nicht, dass wir uns an ihm vorbeischleichen können?«

»In den vergangenen beiden Jahren habe ich mit so gut wie jedem hier auf dem Markt gehandelt. Unerkannt komme ich hier nicht raus.«

Sie umfasste meine Hand. »*Wir* kommen hier nicht unerkannt raus.« Ich wusste es zu schätzen, dass wir zusammen waren, aber im Moment half uns das nicht weiter. Vielleicht sollten wir uns aufteilen und auf das Beste hoffen?

Ich spähte um den Stand herum. In der Mitte des Marktes hatte Elyseas frühere Formation mit ihrer Vorführung begonnen, ohne zu ahnen, dass ihre geliebte Lehrerin nur wenige Meter von ihnen entfernt stand.

»Marsa wohnt hier ganz in der Nähe«, sagte ich.

Elysea blinzelte die Tränen zurück. »Marsa?«

»Sie hat Moms Schatztruhe gekauft.«

Elysea nickte geistesabwesend. Sie zog sich in sich selbst

zurück. Die vergangenen Stunden waren zu viel für sie gewesen. Ich musste uns hier wegbringen.

Wir konnten versuchen, uns hinauszuschleichen, aber da nun alle nach uns Ausschau hielten und das Gedränge so dicht war, wären wir wie Fische in einem Fass. Leichte Beute.

Elysea wickelte sich das Tuch wieder um Kopf und Gesicht. Mich kannte hier tatsächlich jeder, aber das galt für Elysea genauso. Sogar noch mehr. Vor ihrem Tod hatte sie auf jedem Nachtmarkt getanzt.

Ich zog ihr die improvisierte Verkleidung herunter.

»Was soll das?«, fragte sie.

»Wir haben vielleicht ein paar Feinde hier.« Ich deutete auf den Wachmann aus Palindromena. »Aber wir haben auch Freunde.«

»Wie Daon.« Ihre Stimme klang leise, verletzt – ein Stich mitten ins Herz.

»Genau. Freunde, die alles tun würden, um dich zu beschützen, wenn sie wüssten, dass du lebst.«

Sie wrang das Tuch zwischen den Händen. »An was hast du denn gedacht?«

Die Tänzerinnen wirbelten blaue Stoffe an Bannern umher, um die Bewegungen des Meeres zu imitieren. Ihre Gesichter waren mit blauer Farbe bestäubt, ihre Augen funkelten wie schwarze Juwelen. Sie sprangen in die im Boden versenkte Bühne, dann wieder heraus in die Menge, dabei spritzten und spruhten sie Wasser umher, das von den Laternen und Blitzen erleuchtet wurde. Sie sahen aus wie Meereswesen aus einer anderen Welt. Ein Teil des Ozeans. Des Ozeans, der Leben gab und nahm. Genau wie er Elyseas Leben genommen hatte.

»Warte hier, ich habe eine Idee«, sagte ich.

Elysea befand sich noch genau dort, wo ich sie zurückgelassen hatte, versteckt in den Schatten eines Standes, der leuchtende alkoholische Getränke verkaufte – mit geriebenen Korallen versetzter Schnaps. Der Händler behauptete, dass man den Göttern der Tiefe näher kam, wenn man dieses Gebräu trank, was einen vor brutalen Stürmen und heftigen Fluten schützte.

»Wohin gehen wir?«, fragte die junge Tänzerin, die mir folgte. Sie trug eine Krone aus weißen Muscheln und goldenen Perlen, was im Kontrast zu ihrem schwarzen Haar und der dunkelbraunen Haut stand. Sie konnte kaum älter als zehn Jahre alt sein, und sie war dünn wie ein Seegrashalm. Trotzdem würde sie uns helfen. Ich hatte nur einmal Elyseas Namen erwähnen müssen, und schon war sie mir durch die Menge gefolgt. Elyseas Schüler waren ihr treu ergeben, sogar über den Tod hinaus.

Ich deutete auf die Schatten, in denen sich meine Schwester versteckte. Die Tänzerin starrte Elysea an, als diese ins Licht einer Korallenlaterne trat.

»Du lebst!« Die dunkelbraunen Augen des Mädchens leuchteten wie die mondhelle See.

Elysea streckte die Hand aus. »Wir brauchen deine Hilfe, Karnie.«

Karnie blickte zwischen uns beiden hin und her, dann hob sie das Kinn. »Was kann ich tun?«

»Tempe?«, fragte Elysea, die meinen Plan nicht kannte.

»Wir brauchen Kleider.« Ich deutete auf das Kostüm der Kleinen. »Und Schminke.«

»Eine Verkleidung«, sagte Elysea lächelnd, um das Mädchen nicht zu erschrecken.

Etwas zittrig holte Karnie Luft. »Steckt ihr in Schwierigkeiten?«

Elysea sah mich an, bevor sie antwortete: »Ein bisschen.

Wir müssen raus aus dem Markt, aber da suchen Leute nach uns.«

»Wer?« Vorwurfsvoll blickte Karnie mich an, so als wäre das alles meine Schuld. War es vermutlich auch.

»Sie wollen nicht, dass Elysea lebt«, gab ich tonlos zurück. »Sie sind der Meinung, dass sie eigentlich tot sein sollte. Wieder.«

Karnie schnappte nach Luft. »Dann warst du also *wirklich* tot, aber jetzt …«

Elysea hob den Mundwinkel zu einem schiefen Lächeln. »… lebe ich wieder.«

»Palindromena.« Karnies Stimme klang erstickt. Das Mädchen hatte eindeutig noch nie einen wiedererweckten Menschen gesehen. Gut für sie.

»Hilfst du uns jetzt oder nicht?«, fragte ich barsch.

»Natürlich«, antwortete sie, und schon war sie wieder in der Menge verschwunden, so als hätte sie ihre Vorführung nie unterbrochen.

»Du könntest etwas netter zu ihr sein«, tadelte mich Elysea.

Ich schnaubte. »Wir haben jetzt keine Zeit, um Freundschaften zu schließen.«

»Der einzige Grund, warum sie uns hilft, ist der, dass ich ihre Freundin bin.«

Ich wandte mich ab, ich wusste, dass sie recht hatte. Elysea war es schon immer leichtgefallen, nett zu sein. Sie wusste instinktiv, was sie sagen musste, während ich über meine Antworten grübelte und mich immer verhaspelte.

Als Karnie kurz darauf zurückkehrte, trug sie eine blaue Schärpe um die Taille. Sie schlug den Stoff auseinander und offenbarte zwei Kostüme.

»Ich habe mit der Truppe gesprochen, Elysea«, sagte sie, und ihre Augen leuchteten vor Aufregung. »Sie helfen dir und deiner Schwester, so gut sie können.«

Ich nahm eines der Kostüme entgegen. »Danke.«

»Für Elysea tun wir alles«, gab sie fest zurück.

»Danke, Karnie«, sagte Elysea. »Bereit?«, fragte sie mich.

Ich mochte es überhaupt nicht, im Mittelpunkt der Aufmerksamkeit zu stehen, zu leicht konnte ich alles falsch machen. Aber was hatte ich denn für eine Wahl?

»Bereit.«

Sobald unsere Gesichter mit blauer Farbe bedeckt waren, gingen wir auf die Bühne zu.

Elysea übernahm die Führung. Sie kannte die Schritte in- und auswendig, immerhin war sie es gewesen, die diese Choreografie entworfen hatte. Ich schwenkte ein Banner über dem Kopf, im Rhythmus der Trommeln, wobei ich mir lächerlich vorkam. Sicher fiel den Zuschauern auf, wie unfähig ich war. Ich war schon immer eine grässliche Tänzerin gewesen.

Das war eine furchtbare Idee.

Während sich Elysea ganz auf den Tanz konzentrierte, huschte mein Blick durch die Menge. Einige der Leute sahen uns aufmerksam zu, während andere das Unterhaltungsprogramm eher als Hintergrundrauschen wahrzunehmen schienen. Sie bestaunten die Blitze am Himmel oder betrachteten, tief in Grübeleien versunken, den Boden ihres Glases – eine vorübergehende Linderung aller Sorgen.

Elysea sah mich an, und ich erkannte, dass sie lächelte. Zum ersten Mal seit ihrer Wiedererweckung kam sie mir glücklich vor. Sie liebte es, im Rampenlicht zu stehen. Ein letztes Mal. Ich hatte sie nicht hergebracht, damit sie sich verabschieden konnte, aber nun war es trotzdem so gekommen. Und natürlich sah Elysea das Positive an der ganzen Situation.

Sie wirbelte die Hände über den Kopf und ließ dann die Schultern rollen, bewegte Arme und Beine so, als befände sie sich unter Wasser. Bildete ich es mir ein, oder waren ihre Bewegungen noch fließender als zuvor? War der Ozean ein Teil von ihr geworden, als er ihren letzten Atemzug geraubt hatte?

Kam es mir nur so vor, oder waren alle Augen auf sie gerichtet und konnten sich nicht von ihr lösen?

Trotz der blauen Farbe in ihrem Gesicht strahlte ihr Ausdruck Wärme aus. Glück. Leben. Dies war die Elysea, die ich kannte, nicht die eingeschüchterte Hülle eines Mädchens, mit der ich die letzten Stunden verbracht hatte. Elysea war nie die Allermutigste gewesen, aber sie war immer bereit, aus der Masse der Menschen herauszuragen.

Ich versuchte, Elyseas Bewegungen nachzuahmen, ihr Banner wogte wie kleine Wellen auf glatter Wasseroberfläche. Ich erinnerte mich daran, wie Elysea zahllose Male versucht hatte, mir das Tanzen beizubringen, als ich noch klein gewesen war. Sie hatte zwar niemals aufgegeben, aber ich war ein hoffnungsloser Fall. Niemand wurde ihrer Geschmeidigkeit gerecht. Selbst wenn man der Truppe nicht gesagt hätte, dass Elysea wieder da war, hätten die Darsteller sie erkannt. Ihr Tanz rief sie. Den Sog der Gezeiten imitierend bewegten sie sich auf Elysea zu und zogen sich dann wieder zurück.

Donner krachte. Die Zeit stand still. Alle Blicke ruhten auf den Tänzerinnen.

Da erkannte ich das ganze Ausmaß der Idiotie dieses Plans. Jeder auf dem Markt starrte Elysea an, während sie auf die versunkene Bühne hinabschritt. Darunter auch Raylan und der Wachmann aus Palindromena. Allerdings wusste ich nicht, ob sie Elysea erkannt hatten oder einfach fasziniert von ihrer Darbietung waren.

Ich stolperte auf meine Schwester zu, meine Schritte passten nicht zum Rhythmus. Sie wirbelte in der Mitte der Bühne umher, stampfte und ließ das Wasser spritzen. Die anderen Tänzerinnen blieben auf den oberen Ringen der Bühne und drehten Kreise um sie, eine blaue Barriere. Ich wurde schneller, passend zu meinem hektischen Atem.

Da begegnete ich Raylans Blick. Er zuckte sichtlich zusammen, so als erwachte er aus einer Starre.

Bei den Göttern.

Ich hatte es vermasselt. Eigentlich hatten wir den Tanz beenden und uns dann mit der Truppe zurückziehen wollen, doch nun saßen wir auf der Bühne in der Falle.

»Weg da«, schnauzte ich und wollte eine der Tänzerinnen beiseitestoßen, um die Stufen hinab zu Elysea zu kommen. Sie stieß ein leises Keuchen aus, blieb aber im Takt.

Das Publikum sah von oben zu, schloss uns ein. Das kalte Wasser leckte an meinen Knöcheln. Ich wedelte mit dem Banner herum und scherte mich immer weniger um die Vorführung.

»Elysea«, zischte ich. »Sie haben uns gefunden.«

Wieder suchte ich nach Raylan, konnte ihn oder seinen Kumpanen aber nirgends sehen. Hatten sie noch mehr Verstärkung gerufen? Wie sollten wir nur aus diesem Fischglas entkommen?

Elysea wankte nicht. Sie drehte sich um die eigene Achse und kickte hoch in die Luft.

»Sie kommen die Stufen herunter.« Ihr strahlendes Lächeln blieb fest.

Ich folgte ihrem Blick. Also waren die beiden doch nicht verschwunden.

Sie schoben sich zwischen den Tänzern hindurch. Unserer einzigen Barrikade.

»Was machen wir jetzt?«

»Zeit für das Finale!«

»Finale? Wir sind umzingelt! Wir sitzen in der Falle! Der

Tanz ist völlig egal!« Schweiß sammelte sich unter meiner Tauchhaut zwischen meinen Schulterblättern. Im Wasser hielt mich der Anzug zwar warm, aber jetzt erstickte ich darin fast.

»Keine Sorge.« Ihr Lächeln wankte noch immer nicht. »Das Finale ist immer das Beste. Ich habe einen neuen Trick, den ich heute zum ersten Mal vorführen will.«

»Nicht jetzt!«, brüllte ich über den Tumult der Menge hinweg – oder war es der Donner, der so in meinen Ohren dröhnte? Schweiß rann mir über die Stirn und in die Augen, ließ meine Sicht verschwimmen.

Die Tänzerinnen kamen auf uns zu, im Gleichschritt, die Banner hoch erhoben. Sie kreisten uns ein, enger und enger.

»Aus dem Weg!«, hörte ich jemanden über die Musik hinweg rufen. *Raylan.*

Die Luft vibrierte vor schwüler Elektrizität und Erwartung.

»Hast du dein Atemgerät in der Tasche?«, fragte Elysea und hob die Hände zur Decke empor.

»Ja.« Ich hatte es auf dem Markt auffüllen lassen, nachdem ich die Pflanze verkauft hatte. Mom hatte uns beigebracht, Equinox niemals ohne Sauerstoff zu verlassen, weil man nie wissen konnte, was draußen auf dem Meer passierte. »Warum?« Ich wusste, dass sie keines hatte. Das Grauen in meinem Magen wurde zu einem tosenden Strudel.

»Bleib einfach ruhig.«

Der Rhythmus der Trommeln steigerte sich weiter. Schneller und schneller und schneller. Die Tänzerinnen wirbelten um uns herum, und ich musste an die Kinder in der Schule denken.

Wasserhexe. Wasserhexe. Wasserhexe.

Ich wünschte, ich wäre eine. Dann könnte ich uns vielleicht hier herausbekommen.

Raylan stand am Rand der Bühne. Sein Blick schien mich zu durchbohren. Das Blau seiner Augen, das auf Palindromena so beruhigend gewirkt hatte, schien nun von innen heraus zu leuchten. Ein blauer Blitz.

Er würde nicht aufgeben, bis er Elysea hatte.

Ich ließ mein Banner zu Boden fallen. Wir waren verdammt.

Die Tänzerinnen wüteten wie eine Sturmwolke, Elysea in ihrer Mitte. Dann warfen sie ihre Banner hoch in die Luft und deckten die Laternenschalen ab. Es wurde dunkel. Die Menge keuchte auf. Raylan schrie meinen Namen. Die Tänzerinnen drehten und drehten sich. Das blaue Pulver auf ihrer Haut leuchtete, es war aus Korallenstaub gemacht.

Nun, in der Düsternis, offenbarte sich, wie kunstvoll die blaue Farbe aufgetragen worden war. Muster tanzten über die Haut der Mädchen, während sie sich umeinander herum wanden, bis die Linien verschwammen und sie in einen Fischschwarm verwandelten. In ihrer Mitte leuchtete Elyseas Gesicht. Ihre Augen waren schwarze Höhlen, ihr Lächeln schimmerte im Dunkeln.

Plötzlich hob sie beide Arme, und Donner krachte, so als hätte sie ihn gerufen.

Dann war sie verschwunden.

22 Tempest

16 Stunden, 30 Minuten
Montag, 19:30 Uhr

Gerade hatte Elysea noch vor mir gestanden, dann war sie fort. Wie damals, als sie ertrunken war. Sie war ein Teil meines Lebens gewesen. Sie war mein Leben gewesen, und dann war sie einfach nicht mehr da. Verschwunden.

Für immer.

»Elysea!«, schrie ich.

Etwas krampfte sich in meiner Brust zusammen.

Die Tänzerinnen wirbelten weiter über die Bühne, so als wäre nichts passiert.

»Beeil dich!« Jemand versetzte mir einen Schubs. Es war Karnie. »Runter da.«

»Was? Wohin?« Da sah ich es. Ein schwarzes Loch war in der Mitte der Bühne erschienen, genau dort, wo Elysea gerade noch gestanden hatte. Nein – kein Loch. Eine Öffnung im Boden. Eine Öffnung zum Meer darunter.

Nun begriff ich.

Ich zog mein Atemgerät hervor und schob es mir in den Mund. Für das Überstülpen der Haube blieb keine Zeit. Ich nickte Karnie knapp zu, um mich bei ihr zu bedanken, dann schloss ich die Augen und sprang in das Loch.

Das Meer war kühl und besänftigend – eine Erleichterung nach der Schwüle des Marktes. Noch immer hörte ich den Klang der Trommeln, der dort oben pulste und das Wasser vibrieren ließ.

Ich schrie auf, als zwei dunkle Augen in einem leuchtend blauen Gesicht vor mir auftauchten. Das Atemgerät fiel mir aus dem Mund.

Eine Hand hielt es mir wieder an die Lippen. Eine Hand, die mit leuchtend blauem Staub bedeckt war, der sich allmählich im Wasser auflöste. Elysea. Sie sah genauso aus, wie ich mir die Götter der Tiefe immer vorgestellt hatte: ätherisch, schön, mächtig und gelassen.

Durch das Atemgerät holte ich Luft.

Elysea machte mir ein Zeichen, damit ich ihr folgte. Ich wusste nicht, wie sie überhaupt irgendetwas sehen konnte, hier gab es keine Korallen, die einem den Weg wiesen. Es war unmöglich zu sagen, wie viel Strecke wir schon zurückgelegt hatten. Trotzdem schwamm Elysea einfach weiter, so als wüsste sie genau, wohin wir mussten.

Als ich nach oben sah, erhaschte ich ein kleines bisschen Licht, das durch den geflochtenen Boden fiel. Die Springflut ging weiter. Wurden wir verfolgt? Ich hörte nichts außer dem gedämpften Wummern der Trommeln. Würde Raylan uns ins Wasser nachspringen? Die Direktorin hatte gesagt, er wäre ein Fischer gewesen, also würde er keine Angst vor der dunklen Tiefe haben.

Elysea drehte sich zu mir um, die leuchtende Farbe war fast ganz von ihrem Gesicht verschwunden, doch auf ihrer Hand war noch ein winziges bisschen übrig, weshalb ich es sehen konnte, als sie nach oben deutete.

Wieder hob ich den Blick. Da war nichts als Schwärze. Als ich wieder meine Schwester ansah, war sie fort.

Rasch schwamm ich in die Richtung, in der sich hoffentlich die Oberfläche befand. Als mein Kopf die Wellen durchbrach, spuckte ich mir das Atemgerät in die Hand.

»Hier drüben«, rief Elysea. Im Mondlicht sah es aus, als würde sie auf dem Wasser stehen. Das konnte nicht stimmen. Sie deutete auf ihre Füße. Ich paddelte zu ihr hinüber, und plötzlich stießen meine Hände gegen etwas Hartes. Metall.

Es war ein Gitter, etwa einen Meter tief im Ozean versenkt. Ah! Jetzt wusste ich, wo wir waren: das Kinderbecken. Ich zog mich auf den Vorsprung. Das große rechteckige Metallgitter unter mir war kaum zu erkennen. Hier konnten Kinder lernen, wie man im Meer schwamm, wobei sie gleichzeitig vor der Tiefe geschützt waren.

»Was bei den Göttern der Tiefe war das?« Ich wrang mir das Wasser aus dem Kostüm und den Haaren.

Elyseas Zähne schimmerten im Mondlicht. »Meine neue Vorführung. Hat sie dir gefallen?«

»Gefallen?« Ich schnaubte. »Ich dachte, du wärst weg!«

Sie lachte. »Genau darum geht es ja auch.«

»Wie lange hast du schon daran gearbeitet, bevor …« Ich verstummte.

»Bevor ich gestorben bin?« Ich war nicht sicher, ob sie mein Nicken in der Finsternis überhaupt erkennen konnte. »Ich wollte die Nummer eigentlich im Sommer zum ersten Mal zeigen.«

»Wenn das Wasser wärmer ist.«

»Und nicht so dunkel.«

Natürlich. Im Sommer konnte man immer noch etwas sehen. Während man unter dem Landungssteg hindurchtauchte und zum nahe gelegenen Kinderbecken schwamm.

»Ich habe monatelang geübt.« Melancholie schwang in ihrer Stimme mit. »Es hat eine Weile gedauert, bis ich die Luft lange genug anhalten konnte, um es bis hierher zu schaffen.«

Nervös rieb ich mir über die Arme. »Das war gefährlich. Du hättest ertrinken können.« Noch einmal.

Wieder lächelte sie. »Aber es hat funktioniert.«

Kein Mensch schien in der Nähe zu sein. Natürlich brachte niemand seine Kinder im Dunkeln her, damit sie hier schwimmen lernten. Es war ein genialer Plan gewesen.

»Ich soll hier zehn Minuten warten und dann zurückschwimmen, um wieder aufzutauchen«, sagte Elysea und betrachtete die Blitze über dem Meer.

»Das soll doch wohl ein Scherz sein.«

»Natürlich lasse ich das heute.« Ich hörte die Traurigkeit in ihren Worten, auch wenn ich ihr Gesicht nicht sehen konnte.

Für Elysea würde es kein nächstes Mal geben. Sie würde ihre Aufführung niemals beenden können, sie würde nie den Schrecken auf den Gesichtern der Leute sehen, wenn sie unter donnerndem Applaus wieder aus dem Nichts erschien. Dieser Abend war alles, was sie hatte. Eine unvollendete Vorstellung, die aus Verzweiflung geboren war.

Aus dem verzweifelten Wunsch, noch ein paar Stunden länger am Leben zu bleiben.

Marsa wohnte auf einem der äußeren Riffarme, nicht weit vom Markt der Springflut entfernt. Es gab keinen Grund, warum uns Ray ausgerechnet dort suchen sollte. Niemand wusste davon, dass wir nach der Karte suchten, um das Ziel unserer Eltern ausfindig zu machen. Allerdings war Equinox nicht gerade riesig, und ich wusste nicht, wie viele der Wachen aus Palindromena uns verfolgten. Wir mussten uns die Karte holen und machen, dass wir davonkamen.

Wie jedem auf dem Riff hatte man Marsa zwei winzige Zimmer zugesprochen, doch seit ihre Kinder erwachsen waren, lebte sie allein darin. Als sie in der Schule unsere Lehrerin gewesen war, hatte sie als exzentrische, aber nicht unfreundliche Frau gegolten, die Steine in den verschiedensten Farben sammelte anstelle von Relikten, die man verkaufen oder eintauschen konnte.

»Steine sind Relikte«, sagte sie immer. »Jetzt, da nur noch so wenig Land übrig ist, sind Steine doch das Allerwichtigste, oder?«

Die Leute sagten, dass sie vor allem Steine im Kopf hätte. Einige behaupteten, sie würde Equinox mit ihrer Sammlung und ihren Vorstellungen der Alten Welt zu sehr belasten und man müsse sie vom Riff verbannen. Die Konservatoren bewunderten sie jedoch für ihre Wertschätzung des Landes und behielten stattdessen einfach ihren Besitz genau im Auge, damit er die Gewichtsbeschränkungen für einen Einzelhaushalt nicht überstieg.

Ich hatte Marsa und ihren Geschichten gern zugehört. Geschichten aus einer Zeit vor ihrer Geburt und vor der Geburt ihrer Eltern. Sie erzählte ihre Geschichten so, wie die Schichten ihrer Steine aufgebaut waren, jedes Wort, jeder Satz gründete auf dem vorherigen. Es waren ihre Geschichten, nicht ihre Relikte, die kostbar waren.

Ich klopfte an die Tür, während sich Elysea in der Nähe versteckt hielt.

Marsa öffnete mir mit einem Lächeln auf dem Gesicht und entblößte dabei ein paar Zahnlücken. Mit einer runzeligen weißen Hand strich sie sich lose graue Haarsträhnen aus der Stirn.

»Komm rein«, sagte sie. »Du bist spät dran.«

Bevor ich irgendetwas erwidern konnte, wandte sie sich ab und ging ins Haus zurück.

23 Lor

16 Stunden, 30 Minuten
Montag, 19:30 Uhr

Kurz nachdem die Alerin-Schwestern verschwunden waren, zogen die Tänzerinnen ihre Banner wieder von den Korallenlaternen. Trotzdem konnte ich die Mädchen nirgends entdecken. Gerade waren sie noch da gewesen, und dann waren sie plötzlich weg.

Verdammt. Verdammt. Verdammt. Verdammt.

Ich hatte mich von der Vorführung mitreißen lassen. Ich hatte es mir gestattet, mir ein anderes Leben auszumalen. Irgendwo an einem Ort wie Equinox, wo niemand wusste, wer ich war. Ein Leben, das ich selbst gestalten konnte. In dem ich aus dem langen Schatten der Königin der Toten heraustreten konnte.

Es war das eine, sich vor seiner Vergangenheit zu verstecken, ohne zu wissen, was man draußen in der Welt verpasste, doch es direkt vor Augen zu haben, das war etwas ganz anderes. Eine grelle Erinnerung daran, was man verloren hatte.

»Wohin sind sie?« Eine Hand landete schwer auf meiner Schulter. Ich zuckte zusammen und hatte wieder das Messer des Barkeepers vor Augen, aber es war Ray.

Ich wusste nicht, wie ich ihm meine Dummheit erklären sollte.

Nachdem ich dem Barkeeper entkommen war, hatte ich

mich durch das Gedränge bis zur Mitte des Landungsstegs geschoben. Erst war ich einfach fasziniert gewesen von dem Mädchen, das da auf die Bühne hinabstieg. Sie bewegte sich so anmutig wie ein Blatt im Wind. Alle auf dem Markt hatten innegehalten, um ihr zuzusehen, und ich konnte das durchaus verstehen. Das Mädchen war schön, und der blaue Staub auf ihrem Gesicht machte sie nur noch schöner. Ihr langes Haar wehte hinter ihr her, wogte wie im Rhythmus der Musik. Wenn ich jemals an Magie geglaubt hätte, dann in diesem Moment.

Die Menge hatte *Oooh* und *Aaah* gerufen, als sie im Takt der Blitze gestampft hatte und das Wasser hatte aufspritzen lassen. Da hatte ich begriffen, dass irgendetwas an der Vorführung nicht stimmte. Etwas, das den anderen Zuschauern entgangen war.

Oder jemand, den sie schon lange nicht mehr gesehen hatten.

Doch es war zu spät gewesen, und nun waren die Mädchen verschwunden. Schon wieder.

Als ich nicht sofort antwortete, deutete Ray auf meinen aufgeschlitzten Ärmel und den blutbefleckten Stoff. »Was ist passiert?«

»Wir müssen sie finden«, sagte ich, ohne auf seine Frage zu achten. »Hast du gesehen, wo sie hin sind?«

Er schüttelte den Kopf. »So etwas habe ich überhaupt noch nie gesehen, obwohl ich jede Springflut besucht habe.«

Ich erkannte, dass die Erinnerungen an die Vergangenheit ihn zermürbten. Keine Spur von seinem typischen Grinsen. Es war unerträglich. Es war schlimm, ein Leben zu sehen, das man niemals haben würde, aber für Ray war es noch viel schlimmer. Er kannte dieses Leben. Es steckte ihm in den Knochen. Es hatte einmal ihm gehört.

Die Tänzerinnen verließen die Bühne und woben sich

durch das Gedränge, als wäre nichts geschehen. Ich packte eines der Mädchen am Arm. Ein saphirblaues Band war in ihr Goldhaar gewoben, und blaue Spritzer zierten ihre blassen Wangen.

»Wo sind sie?« Ich biss die Zähne zusammen. Ich konnte meine Wut nicht verbergen. »Wo habt ihr sie versteckt?«

Die junge Tänzerin sah mich an und lächelte. »Wen?«

»Du weißt genau, wen ich meine!«

Ray schüttelte den Kopf. »Lass sie los, Kumpel. Sie ist noch ein Kind.«

Rasch ließ ich den Arm des Mädchens sinken. Ich schämte mich wegen meines Ausbruchs. Mein Herzschlag donnerte mir genauso laut in den Ohren wie die Trommeln. *Bumm bumm bumm bumm.*

Wie das Ticken einer Uhr.

Der Echolink zeigte halb acht. Uns blieb noch eine Stunde, um die Mädchen zu finden und das Riff zu verlassen.

»Hast du ein Signal?«, fragte Ray.

»Nein. Das Gewitter bringt den Echolocator immer noch durcheinander.«

»Wir haben Zeit.« Steif nickte er mir zu, als wollte er sich selbst genauso überzeugen wie mich. »Wir schaffen das.«

Doch die Zeit entglitt uns. Genau wie die Alerin-Schwestern. Sie glitten uns einfach durch die Finger.

Sie waren Wasserhexen, davon war ich überzeugt. Meine Großmutter hatte mir früher immer von diesen schönen Frauen mit rabenschwarzem Haar erzählt, die im Wasser lebten und atmeten. Nachts krochen sie aus dem Meer, schlichen sich in die Schlafzimmer der Jungen und Männer und ertränkten sie mit ihren Küssen.

Als ich noch klein gewesen war, hatte ich geschworen, niemals ein Mädchen zu küssen, denn es konnte ja auch eine verkleidete Wasserhexe sein. Diesen Schwur hatte ich gehalten, bis ich fünfzehn war und eine Freundin von Calen die Insel besuchte.

»Wir müssen sie finden«, wiederholte ich und schüttelte die Gedanken an die Schönheiten mit Rabenhaar ab.

»Das werden wir.« Er ließ den Blick über das bunte Treiben schweifen. »Jetzt, da sie wissen, dass wir hier sind, werden sie bestimmt nicht mehr lange auf Equinox bleiben.«

»Wohin können sie denn sonst?«

Er fuhr sich über das kurze Haar. Er hat mir erzählt, dass er früher lange Haare hatte. Genau wie die meisten auf dem Riff. Doch nach seinem Unfall hatte er es abgeschnitten. Ein Neuanfang. Oder zumindest war das die Idee dabei gewesen. »Ich weiß es nicht«, antwortete er. »Aber wir müssen sie kriegen, bevor sie ablegen.«

Am liebsten hätte ich den Echolink einfach ins Meer geworfen. Damit würde ich den Countdown allerdings nicht aufhalten, und es würde auch Elysea nicht zurück nach Palindromena bringen. Es würde Ray nicht retten.

Noch sechzehneinhalb Stunden.

Schluss mit den Samthandschuhen.

24 Tempest

16 Stunden, 15 Minuten
Montag, 19:45 Uhr

Woher hatte Marsa gewusst, dass ich kommen würde? Hatten die Götter der Tiefe sie vorgewarnt?

Marsa war für ihren tiefen Glauben bekannt. Sie verbrachte ihre Tage mit dem Kopf unter Wasser, um nach Botschaften Ausschau zu halten. Nach was für Botschaften, wusste ich nicht genau.

Marsa warf über die Schulter einen Blick zurück und sah mich immer noch zögernd im Türrahmen stehen. Sie krümmte einen ihrer blassen Finger, damit ich ihr folgte.

Ihr Quartier hatte dieselbe Größe und Form wie meines, aber hier hingen überall aufgereihte winzige Fische an Schnüren, die sich kreuz und quer durch das Wohnzimmer spannten. Steine aller Arten und Größen säumten die Wände. Abgesehen von ein paar Stühlen befand sich sonst nicht viel im Raum. Wahrscheinlich schaffte sie sich keine weiteren Möbel an, um die Gewichtsbeschränkungen einhalten zu können. Ich suchte das Zimmer nach der Schatztruhe ab.

»Möchtest du einen getrockneten Zuckerfisch?«, fragte Marsa und machte eine kreisende Bewegung mit ihrer knochigen Hand. »Soll er lieber eine Woche oder einen Monat alt sein?« Sie deutete von links nach rechts. »Ich habe alles. Je älter der Fisch, desto süßer das Fleisch.«

Ich rümpfte die Nase.

»Ach ja.« Sie lächelte. »Der Geruch. Ich habe meinen Geruchssinn schon vor Jahren verloren. So was passiert auf den Riffen eben, weißt du?«

Davon hatte ich schon gehört. Wenn einem jahrelang das Salz die Nase verklebte, konnte man letztendlich den Geruchs- und Geschmackssinn verlieren.

»Sie haben mich erwartet?« Ich konnte die Schatztruhe nirgends sehen. Die an die Wand genagelten Holzplanken, die als Regale dienten, bogen sich unter der Last der Steinsammlung. Ich verstand, warum die Konservatoren ein Auge darauf hatten.

Marsa lächelte. Ihre Zungenspitze lugte durch die Lücke in ihrer unteren Zahnreihe hervor, während sie sprach. »Ich sehe und höre alles.« Sie wandte sich ab und stieß dann ein raues Lachen aus, das in ein abgehacktes Husten überging.

Sie spielte mit mir.

Ich würde mich nicht von dieser Frau in die Irre führen lassen.

»Setz dich.« Marsa deutete auf einen Stuhl unter einer tief hängenden Reihe Zuckerfische. Sie schob die Fische beiseite, damit ich Platz nehmen konnte.

»Äh, nein danke«, sagte ich, als sie mir eine Handvoll getrockneter Fische anbot.

Marsa setzte sich mir gegenüber und begann, an der Schwanzflosse eines Fischs zu knabbern. »Dann bleibt mehr für mich. Was kann ich für dich tun, Tempest Alerin?«

»Sie erinnern sich noch an mich?« Jahre waren vergangen, seit ich in ihrer Klasse gewesen war.

Marsa warf den Kopf des Zuckerfischs aus dem Fenster. Er würde die anderen Fische in der Tiefe nähren. »Ich kenne jedes Kind auf Equinox.«

»Verstehe.«

Vor etwa einem Jahr hatte die Schule Marsa entlassen, nachdem ein Junge in ihrer Obhut beinahe ertrunken wäre. Der Rektor hatte es als Verletzung ihrer Aufsichtspflicht bezeichnet, aber Marsa behauptete, sie hätte etwas gesehen. Etwas, das sie ablenkte, während die Kinder schwimmen lernten.

Doch Marsa sah auch Steine schwimmen.

»Bist du hergekommen, weil du diese Anker lichten willst?«, fragte sie und musterte mich mit schief gelegtem Kopf.

»Wie bitte?«

»Du bist kein leichtes Kind«, sagte sie, als wäre das eine Erklärung. »Kein Bimsstein.« Sie blickte hinter sich zu ihrer Felssammlung und schüttelte den Kopf. »Eindeutig kein Bimsstein. Das sind poröse, sehr leichte Steine, verstehst du? Du aber trägst Anker an den Füßen.«

»Okay«, sagte ich, als wäre jetzt alles klar. »Eigentlich wollte ich Sie fragen …«

»Ich weiß, was Trauer ist«, fiel sie mir ins Wort, und ihre Augen wurden schmal. »Götter, wie genau ich das weiß! Du denkst, die Trauer zieht dich hinab, aber nein, sie errichtet eine Mauer um dich herum. Doch diese Mauer ist nur oberflächlich. Wenn man im richtigen Winkel den richtigen Druck ausübt, dann zerbricht sie wie ein Fels.« Wieder legte sie den Kopf auf die Seite. »Was hat dich zerbrochen, Liebes?«

Was redete sie da?

»Ich suche nach etwas«, sagte ich, ohne auf ihre Frage einzugehen. »Daon hat Ihnen etwas verkauft, das einmal meinen Eltern gehört hat. Eine Schatztruhe.«

»Willst du sie zurück?« Enttäuschung malte sich auf ihr blasses Gesicht.

»Nein. Ich möchte nur einen Blick darauf werfen.«

»Warum?«, fragte Marsa und verschränkte die Arme vor der Brust.

»Sie hat meinen Eltern gehört. Ich … ich möchte sie sehen. Ein letztes Mal.« Ich beugte mich vor. »Bitte.«

»Tut mir leid.« Marsas Blick tanzte durch den Raum. »Ich weiß nicht mehr, wo ich sie hingetan habe.«

Sie wollte mir nicht in die Augen sehen. Sie hatte eindeutig etwas zu verbergen. Aber warum sollte sie so an einer alten Holztruhe hängen, die schon fast auseinanderfiel? Es sei denn, sie hielt die Edelsteine im Deckel für echt?

Da huschte Marsas Blick zu einer Metallkiste in einer Ecke. Sie war so groß wie ein Fischfass und mit einem gewobenen Seegrastuch bedeckt. Außerdem war sie eines der wenigen Möbelstücke, die nicht unter Zuckerfischen verschwanden. Diese Kiste musste wichtig sein.

Mit einem Satz war ich in der Ecke. Ich hatte keine Zeit zu verlieren, aber Marsa hatte eindeutig schon eine ganze Weile keinen Besuch mehr gehabt, und sie wollte jemanden, mit dem sie sich unterhalten konnte. Oder der wenigstens zuhörte.

Ich zog das Tuch von der Kiste und hob den Deckel.

»Nein!«, rief Marsa und stand auf. Ihre alten Knochen knackten protestierend bei der plötzlichen Bewegung.

Ich zog ein weiches, gehäkeltes Spielzeug aus der Kiste. Es sah aus wie irgendein längst vergessenes Landtier aus der Alten Welt, mit runden Ohren und einem Stummelschwanz.

Ich kramte weiter in der Kiste herum, während Marsa wie erstarrt in der Mitte des Raums stand, die Hände vor den Mund gepresst.

Ich musste die Schatztruhe finden, und sie musste irgendwo dort drinnen sein. Irgendwo. Dann sah ich, was Marsa zu verstecken versuchte.

Ich begriff nicht gleich, die Bruchstücke mussten sich erst

in meinem Kopf zusammenfügen. Das Weiß einer zerbrochenen Muschel. Ein kleiner Fingerknochen. Ein runder, gewölbter Schädel. Erschrocken fuhr ich zurück.

»O Götter«, flüsterte ich. »Was haben Sie getan?«

»Verrate es niemandem«, bat Marsa. Ihr rasselnder Atem drang ihr stoßweise aus der Brust.

Ich ließ das Spielzeug fallen, als ich erkannte, wozu es gehörte. Ein Grabmal für ein Baby.

Endlich setzte sich Marsa in Bewegung, doch ich wich vor ihr zurück. Sie bedeckte die offene Kiste mit dem Tuch. »Bitte verrate es niemandem.«

Ich öffnete den Mund, schloss ihn dann aber wieder. Ich wusste nicht, was ich sagen sollte. Wessen Baby war das? Und warum hatte Marsa die Knochen aufbewahrt? In ihrem eigenen Haus?

»Ich habe ihr nichts getan«, sagte Marsa, die runzligen Hände ineinander verschlungen. »Sie war mein Baby. Mein einziges Mädchen.«

»Ich … ich …« Ich wollte hier raus. Das war zu viel. Ich wollte nicht daran erinnert werden, was geschah, nachdem wir tot waren. Ich wollte nichts von Marsas Trauer wissen, solange ich kaum mit meiner eigenen zurechtkam.

»Ich habe zwei Söhne«, sagte sie. »Und eine Tochter.« Seufzend schloss sie die Augen. »Ich *hatte* eine Tochter.«

Mir war übel. Weil ich hier war. Weil ich wusste, dass Elysea in den Tod zurückkehren musste. Wegen des Anblicks der Knochen, die mir vor Augen führten, was aus uns alles werden würde. Eines Tages. Nur war dieser Tag für Elysea schon morgen.

Ich hob die Hand an den Mund und wich zur Tür zurück.

»Ich hätte das nicht tun sollen«, sagte ich.

»Nein, das hättest du nicht«, antwortete sie. »Sie war ein illegales Kind, verstehst du?« Ich wollte die Details nicht hören, blieb aber dennoch stehen, um zu lauschen. »Ich wollte Equinox nicht verlassen, doch ich wollte auch das Kind nicht abtreiben.« Sie hob das Spielzeug auf, das ich hatte fallen lassen, und streichelte die runden Ohren. »Ich dachte, ich könnte sie vor der Welt verstecken.«

Ich konnte nicht atmen. Die Luft war zu dick vor Reue und Sehnsucht.

»Als die Wehen schließlich zu früh eingesetzt haben, konnte ich nicht in die Klinik gehen.« Sie schüttelte den Kopf. »Ich habe sie hier in diesem Raum geboren.«

Ich keuchte. So etwas konnte ich mir nicht einmal vorstellen.

»Sie hat nur ein paar Wochen gelebt.« Marsa lächelte traurig. »Das Salz war zu viel für ihre kleine Lunge.«

»Kristalllunge.« Jetzt verstand ich. Neugeborene und alte Menschen waren besonders anfällig dafür. Ihre schwächeren Lungen kamen mit der salzgeschwängerten Umgebung, in der wir nun lebten, nicht zurecht. »Es tut mir so leid, Marsa.«

»Danke.« Sie stand auf und ging in ihr Schlafzimmer.

Ich war nicht sicher, ob sie zurückkommen würde, und ich wusste nicht, was ich tun sollte. Als sie dann doch zurückkam, hielt sie die Schatztruhe in Händen.

»Mir tut es auch leid«, sagte sie. »Ich hätte dich nicht belügen dürfen, was die Truhe angeht.«

Am liebsten hätte ich ihr die Kiste aus den Händen gerissen, aber ihre Miene ließ mich innehalten. Diese Frau war über den Verlust ihrer Tochter genauso verzweifelt wie ich über den Verlust meiner Eltern und meiner Schwester.

»Ich werde niemandem von Ihrem Baby erzählen«, sagte ich. »Versprochen.«

Sie lächelte und zeigte ihre Zahnlücken. »Ich weiß, dass du es nicht weitersagen wirst. Wir alle brauchen eine Verbindung zu denen, die wir lieben. Dies hier ist deine.«

Ich nahm die Truhe entgegen und hob den edelsteinverzierten Deckel. An der Innenseite tastete ich nach dem Geheimfach. Ganz hinten, neben den Angeln, erfühlte ich eine Kerbe. Ich drückte darauf. Die Innenverkleidung klappte auf, und ein Mäppchen fiel heraus. Fast hätte ich aufgeschrien vor Freude.

Rasch steckte ich mir das Mäppchen in die Tasche und reichte die Truhe zurück. »Danke, Marsa.«

»Bist du sicher? Du willst sie nicht behalten?«

Doch ich sah, wie sie die Steine im Deckel betrachtete. Ihr bedeutete die Truhe mehr als mir.

Nun, da ich die Karte hatte, konnte ich die Truhe gehen lassen.

Ich eilte zurück zu Elysea, die Wahrheit in den Händen.

Doch was, wenn unsere Eltern in jener Nacht tatsächlich gestorben waren und uns die Karte nichts als noch mehr Trauer bringen würde? Was, wenn es eine andere Erklärung dafür gab, dass Elysea die Kette und den Echolink gefunden hatte?

»Hast du die Karte?« Elysea tauchte aus der Dunkelheit vor mir auf.

»Ja.« Ich hielt ihr das Mäppchen hin. Sie umklammerte es, als wäre es ein Rettungsring. Eine Lebensleine. Etwas Besseres würde sie nicht mehr bekommen.

»Marsa hat es dir einfach so gegeben, ohne nachzufragen?«

»Mehr oder weniger.«

Ich wollte nicht darüber sprechen, was ich in Marsas Quartier gesehen hatte. Beim Gedanken daran, dass sie ein Baby geboren hatte, nur um dann dem keuchenden Atem des armen kleinen Mädchens lauschen zu müssen, ohne Hilfe rufen zu können ... Mir drehte sich der Magen um. Sie hatte das Kind so sehr geliebt, dass sie sich nicht davon hatte trennen können.

Ich sah Elysea an. Dieses Gefühl konnte ich nachvollziehen.

Die alte Frau hatte eindeutig den Verstand verloren. Sie sammelte Steine, um die Leere in ihrem Herzen zu füllen. Ich wünschte, ich hätte etwas sagen können, um sie zu trösten, aber was gab es nach so vielen Jahren noch zu sagen? Mit einer Kristalllunge hätte ihr kleines Mädchen niemals überlebt. Die Ärzte hatten noch immer kein Heilmittel dafür.

Würde Marsa weitere vierundzwanzig Stunden mit ihrem Baby wollen, wenn sie die Chance dazu bekäme?

»Hast du es schon aufgemacht?«, fragte Elysea und hielt das Mäppchen hoch.

»Nein. Ich wollte auf dich warten.«

Sie drückte mir die Hand und löste dann die Schnur, die das Mäppchen zusammenhielt.

Genau wie sie gesagt hatte, lagen Moms Kette und Dads Echolink darin. Wir starrten das schwarze Display an. Auf einmal waren wir wieder kleine Mädchen, die einander dazu herausforderten, Dads Echo zu berühren. Rasch steckte Elysea ihn ein. Dann zog sie ein Stück zusammengefaltetes Papier aus der Mappe. Die Karte. Elysea wog sie in der Hand.

»Willst du sie denn nicht anschauen?«, fragte ich.

»Doch ...« Eine unausgesprochene Frage hing zwischen uns in der Luft. *Was, wenn der Ort zu weit entfernt ist, um ihn in der noch verbliebenen Zeit erreichen zu können?* Es musste mittlerweile fast acht Uhr sein. Was uns nur noch sechzehn Stunden ließ.

Gemeinsam hielten wir den Atem an, als Elysea das Papier entfaltete.

»Die Kavalkade-Inseln«, flüsterte sie und fuhr mit den Fingern den unverkennbaren Spiralwirbel nach.

»Unsere Eltern haben Equinox verlassen, um zu den Partyinseln zu fahren?« Meine Mutter war Botanikerin und mein Vater der Leiter der Wächter. Wenn sie wirklich vor etwas geflohen waren, warum dann ausgerechnet dorthin?

Elysea ließ den Kopf hängen, ihr Haar fiel wie ein Vorhang zwischen uns. »Bis zu den Inseln ist es eine Reise von mehreren Tagen.« Wenn unsere Eltern wirklich noch lebten, würde sie es nicht rechtzeitig zu ihnen schaffen.

»Nein«, sagte ich und strich mit dem Finger über die Linie aus roten Punkten, die eine schmale Wasserpassage zwischen Equinox und den Kavalkade-Inseln anzeigte. »Nicht wenn wir die Ungebundene See durchqueren.«

Ruckartig hob Elysea den Kopf. »Nein, Tempe. Das ist zu gefährlich. Die meisten Boote und ihre Besatzung überstehen das nicht.«

»Wenn wir die Ungebundene See durchqueren, sind es nur sechs Stunden bis zu den Kavalkade-Inseln. Dann hätten wir noch reichlich Zeit, Mom und Dad dort zu finden.«

»Nein, das geht nicht. Das ist das Risiko nicht wert.«

Doch das war es. Wenn es sein musste, würde ich mich auch den Remoranern – den Aasfressern der Meere – stellen. Ich würde meine Familie wiedervereinigen, bevor es zu spät war.

»Es ist der einzige Weg, Ely.« Ich legte ihr eine Hand auf den Arm. »Ich möchte, dass du Mom und Dad wiedersiehst. Du hast die Wahrheit genauso verdient wie ich.«

Einen Moment lang starrte sie mich an, dann fiel sie mir um den Hals. »Danke, Tempe«, sagte sie in mein Haar. »Ich wünschte, ich könnte mich an irgendetwas aus der Nacht erinnern, in der ich gestorben bin, aber was auch immer passiert ist, es tut mir leid. Ich hätte dir von der Kette und dem

Echolink erzählen sollen, als ich sie gefunden hatte. Wir hatten nur noch einander, und ich habe dich verlassen.« Sie schniefte. »Ich kann zwar nicht mehr ändern, was ich damals getan habe, aber wir können das hier tun. Wir können Mom und Dad finden. Du wirst nicht mehr alleine sein müssen.«

Nun flossen mir die Tränen übers Gesicht. Ich drückte sie an mich.

Ich wusste immer noch nicht, warum meine Eltern uns in jener Nacht verlassen hatten, aber ich wusste, wer meine Schwester war.

Wir steckten gemeinsam drin.

25 Lor

16 Stunden, 00 Minuten
Montag, 20:00 Uhr

Gegen acht Uhr öffnete der Himmel schließlich seine Schleusen.

Regen prasselte auf uns herab, während wir zum Hafen rannten. Unsere Schritte trommelten auf dem Metallsteg. Wir hofften, wir könnten die Alerin-Schwestern abfangen, wenn sie zu ihrem Boot wollten. Uns blieben noch dreißig Minuten, bevor der Wachturm Rays Boot losschneiden würde.

Der Hafen war voller Schiffe. Ohne den Echolocator würden wir das Boot der Alerin-Schwestern niemals finden.

Wir beschlossen, abzulegen und nicht weit jenseits des Wachturms Anker zu werfen und zu warten. Jeder, der Equinox verließ, würde so an uns vorbeimüssen.

»Hör auf damit«, brummte Ray, während ich an Deck auf und ab lief. »Du rennst mir noch Rillen ins Boot, und ein neues kann ich mir nicht leisten.«

Er versuchte, das Signal des Echolinks mithilfe seines Transmitters zu verstärken.

Nasse Haarsträhnen klebten mir auf der Stirn, und der Regen lief mir übers Gesicht. Es fühlte sich an, als würde der Himmel weinen. Ich hoffte, dass das kein schlechtes Omen war. Wenn ich an irgendwelche Götter geglaubt hätte, dann wäre mir dies hier wie eine Warnung vorgekommen. Der Tag würde nicht gut enden.

Zum Glück glaubte ich jedoch nur an Dinge, die ich sehen und anfassen konnte.

Nun, da die Schwüle gebrochen und die Sonne längst untergegangen war, begann ich im stetigen Regen zu frieren. Mein Palindromena-Shirt klebte an mir wie eine eiskalte zweite Haut. Es war ein seltsames Gefühl. Seit Jahren kannte ich nur noch das temperierte Klima des Aquariums. Mein Körper wusste nicht, wie er reagieren sollte, also beschloss er, es nicht gut zu finden.

Ich drückte mir die zitternden Hände an die Seite. »Kriegst du schon irgendwas rein?« Ich biss die Zähne aufeinander, damit sie nicht klapperten.

»Nein«, antwortete er und stellte einen Regler an der Bootskonsole um. Der peitschende Regen hatte auch ihn völlig durchnässt, doch ihm schien die Kälte nichts auszumachen. Wahrscheinlich trug er eine dieser Tauchhäute unter der Kleidung wie die meisten Menschen auf dem Riff – selbst dann, wenn sie eigentlich nicht vorhatten, schwimmen zu gehen.

»Warum bist du so verdammt gelassen?«, fragte ich.

Er drehte sich nicht einmal um. »Schon mal was von einem Brandungsrückstrom auf dem Meer gehört?«

»Natürlich.« Nur weil ich kein Taucher war, bedeutete das nicht, dass ich nichts von den Gefahren des Ozeans wusste. Mein Großvater hatte die See gehasst. Während meiner ersten Lebensjahre hatte er mir eingetrichtert, mich davon fernzuhalten, obwohl unser Häuschen am Strand lag. Er hatte mir erklärt, dass das Meer verflucht war und nur Tod und Zerstörung brachte. Erst als er Jahre später starb, traute ich mich zum ersten Mal in die blauen Tiefen. Es hatte sich zwar angefühlt, als würde ich sein Andenken damit verraten, doch ich musste etwas anderes als festen Boden unter den Füßen spüren. Nur Sekunden später hatte mich die Strömung von den Füßen gerissen.

Also hatte ich mich den Klippen zugewandt.

»Eine Brandungsrückströmung sieht an der Oberfläche ruhig und ganz unschuldig aus – nur ein Wellental –, bis sie einen aufs Meer hinausreißt und ertränkt.«

Da erkannte ich die Anspannung in seinen Schultern. Er war alles andere als gelassen.

»Wenn ich mir jetzt die Zeit nehme, mir Sorgen zu machen, ist die Sache gelaufen«, sagte er. »Ich verliere meinen Job, und meine Eltern verlieren ihr Haus.« Er sprach es zwar nicht aus, aber was mir am meisten Sorgen machte, war die Tatsache, dass er zudem seine Hoffnung verlieren könnte. Wohin sollte er gehen, wenn ihm weder Equinox noch Palindromena blieb?

»Wie auch immer«, sagte er. »Wir haben noch reichlich …«

»Wenn du jetzt ›Zeit‹ sagst, schubse ich dich vom Boot.«

Ray lachte, verstummte dann jedoch.

»Das war dumm von mir«, sagte ich. Seit seinem Unfall war er nicht mehr im Meer gewesen. »Tut mir leid. Ich bin ein schrecklicher Freund.«

»Halt die Klappe.«

»Ray, ich weiß, dass ich …«

»Sei doch endlich still!« Er beugte sich über den Bildschirm auf der Konsole.

»Was siehst du?« Scharf holte ich Luft. Hoffend. Wartend.

Er drehte sich um, und mein Herz begann wild zu hämmern.

»Da sind sie.«

Ich fuhr zum Hafen herum. Ein kleines Boot steuerte auf

den Wachturm zu. Die Schranke hob sich, und das Boot raste los.

»Wirf den Motor an!«, rief ich Ray zu.

Er gab bereits Gas. »Bin dir voraus.«

Das Boot der Mädchen glitt über das Wasser und bog nach links ab. Fort von Palindromena.

»Wohin willst du, Tempest?«, flüsterte ich. »Was hast du vor?«

Rays Boot wurde von den Wellen umhergeworfen, und der Regen ließ die Sicht verschwimmen. Wenigstens hatten wir den Echolocator. Wenn der blinkende Punkt von Elyseas Herzschlag irgendeine Aussagekraft besaß, dann hatte sie entweder Angst oder war sehr aufgeregt. Wusste sie, dass wir ihnen folgten?

Ihr Boot war allerdings kleiner und schneller als unseres. Die Surf to Turf donnerte direkt in die Sturmwellen hinein, während das Boot der Mädchen darüber hinwegglitt.

»Sie entkommen uns!«, brüllte ich über den tosenden Wind hinweg.

»Das hier ist ein Fischerboot.« Ray hatte die Brauen gesenkt, noch nie hatte ich ihn so ernst gesehen. »Es ist dafür gemacht, den Fang heimzutragen, nicht dafür, Rennen zu gewinnen.«

Ich sah, wie sich das Boot der Alerins ein paar Fuß aus dem Wasser hob und über die Wellen segelte.

»Wie machen sie das?«, fragte ich.

»Das Ding beruht auf den Bauplänen von Flugzeugen aus der Alten Welt«, erklärte Ray. Seine Stimme klang fast wehmütig. »Es hat Flügel, die es bei hoher Geschwindigkeit aus dem Wasser heben.«

»Es kann fliegen?«

Lachend schüttelte er den Kopf. »Nein. Die Flügel bleiben im Wasser, aber wenn das Boot schnell genug ist, hebt die

Luft es von der Oberfläche. So können sie ohne Wasserwiderstand durch die Wellen schneiden.«

Für mich klang das trotzdem nach einem fliegenden Boot.

Der Wind blies unsere Segel auf und half uns dabei, einigermaßen mitzuhalten, doch wir konnten die Lücke zu den Alerins nicht schließen.

»Ihr Boot ist einfach zu schnell«, murmelte Ray.

»Was können wir tun?« Ein anderes Boot konnten wir uns nicht besorgen, dafür hätten wir mit Palindromena Kontakt aufnehmen müssen.

»Wir sind zu schwer. Ich habe zu viel Fischereiausrüstung an Bord.«

Ich konnte Ray kaum darum bitten, seine Ausrüstung im Meer zu versenken. Damit würde er seine gesamte Lebensgrundlage wegwerfen.

Ich hatte es vermasselt. Nicht er.

»Vielleicht gibt es da doch eine Möglichkeit.« Sein Blick wanderte zur Seite des Boots.

»Welche?« Ich würde alles tun.

»Der Sea-Blazer. Er ist schneller und leichter. Damit könntest du sie einholen.«

»Einen Sea-Blazer bin ich noch nie gefahren.«

»Dann fahre ich. Du bleibst hier.«

»Nein. Ich kriege sie schon.« Ich war mein ganzes Leben lang Land Rover gefahren. Wie anders konnte das schon sein?

»Okay. Hast du noch dein Tablet?« Ich reichte es ihm, und er tippte etwas ein. »Ich habe die Signatur der Surf to Turf eingegeben, damit du Kontakt zu mir aufnehmen kannst, wenn du sie gefunden hast. Hol sie ein, komm irgendwie auf ihr Boot und schalte den Motor aus. Ich komme dann nach.« Er klopfte mir auf die Schulter. »Sei vorsichtig da draußen, okay?«

»Ich komm schon klar.« Vor meinem inneren Auge zogen jedoch Bilder von Kreaturen mit rasiermesserscharfen Zähnen vorüber, die unter der Oberfläche auf mich lauerten. Ich verfluchte meinen Großvater dafür, dass er mir all diese Illustrationen von Tiefseewesen gezeigt hatte. Sowohl echte als auch aus der Fantasie geborene. Mein Kopf konnte diesen Unterschied im Augenblick nicht machen.

Ray hob eine Braue. »Fall einfach nicht ins Wasser. Mehr sage ich nicht.«

Ich betrachtete den Sea-Blazer. »Hab's nicht vor.«

Dann stieg ich auf den Sitz, und Ray löste den Sea-Blazer von der Bootswand. »Viel Glück«, sagte er und gab der Maschine mit dem rechten Fuß einen leichten Stoß.

Ich drehte am Gasgriff und trat auf den Beschleuniger. Der Sea-Blazer knurrte wie ein verärgertes Tier, dann machte er einen Satz. Mein Fuß rutschte ab, aber ich hielt mich am Lenker fest. Dann richtete ich mich wieder auf.

Ich hatte mich geirrt. Der Sea-Blazer war nicht mit einem Land Rover zu vergleichen. Durch seine Auftriebskraft schien ich über der Wasseroberfläche zu schweben

Es war fantastisch.

Ich drehte den Gasgriff voll herum und schnitt durch die Wellen. Schon kurz darauf tauchte das Boot der Alerins am Horizont auf.

Und was dann? Bist du wirklich dazu bereit, Elysea auszuliefern, damit sie ein weiteres Mal stirbt?

Dieses Mädchen war bereits gestorben. Es war nicht dasselbe wie bei Calen. Ich war nicht dafür verantwortlich. Elysea hätte ihre vierundzwanzig Stunden in der Einrichtung verbringen sollen. Sie hätte sich anhören sollen, was ihre Schwester zu sagen hatte, um dann wieder in den Tank zurückzukehren, ohne zu bemerken, was vor sich ging. Aber es hätte schmerzlos für sie sein sollen. Dies war einer der

Gründe, warum die Wächter wollten, dass die Kunden den Wiedererweckten die Wahrheit vorenthielten. Das Wissen, dass sie in wenigen Stunden wieder sterben müssten, würde sie nur quälen.

Ich verdrängte den Gedanken und drehte wieder am Gas. Das laute Röhren des Motors verschluckte alle Sorgen. Jetzt zählte nur, dass Elysea nach Palindromena zurückgebracht wurde. Alles andere lag nicht in meinen Händen.

Und ihre Schwester?

Tja, darüber konnte ich jetzt nicht nachdenken. Ich war für Tempests Trauer nicht verantwortlich. Wenn sie und ihre Schwester nicht aus der Einrichtung geflohen wären, dann würde nichts von all dem gerade passieren.

Während ich mich ihrem Boot näherte, schwor ich bei den Göttern der Tiefe, bei den Alten Göttern oder bei wem auch immer, dass ich mit Elysea nach Palindromena zurückkehren würde. Ich würde in den stillen Keller zurückkehren. Ray würde seine Stelle behalten und ich wäre in Sicherheit.

Ich würde selbstsüchtig sein. Ein letztes Mal.

26 Tempest

15 Stunden, 45 Minuten
Montag, 20:15 Uhr

Sobald wir den Wachturm passiert hatten, fiel uns auf, dass wir verfolgt wurden. Selbst im Sturm hörten wir das Grollen eines Motors hinter uns. Doch sie hatten keine *Quicksilver.*

Wir würden Raylan zeigen, wie schnell die *Sunrise* sein konnte.

Mit einem Ruck hob sich unser Boot aus dem Meer und flog über das schwarze Wasser dahin.

»Ha!« Ich lachte und sah zu, wie das andere Boot hinter uns verschwand. Dann umarmte ich Elysea stürmisch. »Mom und Dad hatten recht mit diesem Boot. Uns kann niemand einholen!«

Ihr Lächeln wirkte zaghaft und erinnerte mich daran, dass es noch zu früh war, um über unsere Eltern zu sprechen. Wir wussten nicht, ob sie tatsächlich noch am Leben waren.

Ich kehrte zum Steuerpult zurück und überprüfte, ob wir auch tatsächlich auf die Koordinaten zuhielten, die auf der Karte standen. Ich steuerte das Boot in Richtung des Mondes.

Die Nacht wurde still. Wir waren dem Sturm davongefahren. Die Sterne schimmerten über uns wie ein Schwarm winziger Flimmerfische.

Elysea saß im Heck und ließ die Hand durch das Wasser gleiten. Nach allem, was sie durchgemacht hatte, wollte sie immer noch mit dem Meer verbunden sein.

»Hast du denn keine Angst davor?«, fragte ich.

»Angst vor was? Vor dem Tod?«

Vehement schüttelte ich den Kopf. Über den Tod wollte ich nicht sprechen. Besonders nicht über ihren. »Vor dem Meer.«

Sie hob eine Schulter. »Ich erinnere mich nicht daran, wie es war zu ertrinken. Ich weiß nicht mehr, wie sich die Furcht angefühlt hat oder das Wissen, dass ich sterben würde, dass das Wasser mir meinen letzten Atem nehmen würde. Ich habe immer nur das Meer gekannt. Durch unsere Adern fließt Salzwasser. Wie könnte ich davor Angst haben?«

Mir wurde schwindlig von dem ganzen Gerede über das Ertrinken. Ich setzte mich neben sie, um mich davon zu überzeugen, dass sie noch da war. Noch fast sechzehn Stunden lang.

»Hast du Angst?« Dieses Mal meinte ich den Tod, und sie wusste es.

»Ja.« Sie drehte sich eine lange Haarsträhne um den Finger.

Mir wurde die Brust eng, und ich rang nach Luft. Fast, als würde *ich* nun ertrinken. Doch nun, da ich einmal angefangen hatte, musste ich es wissen. Ich musste etwas erfahren, das ihren drohenden Tod erträglicher machte. Genau dafür gab es Palindromena immerhin. Damit man Zeit bekam, um alles auszusprechen, was sonst ungesagt geblieben wäre. Zeit, um zu heilen.

»Erinnerst du dich an irgendetwas nach dem Ertrinken?«, fragte ich.

Diejenigen, die an die Götter der Tiefe glaubten, sagten, dass man im Reich unter dem Meer wieder mit seinen Liebsten vereint wurde. Die Anhänger der Alten Götter sagten, man würde in den Himmel aufsteigen. Ich wusste nicht, was ich glauben sollte. Doch wie auch immer die Wahrheit aussah, ich hoffte, Elysea würde nicht allein sein. Ich hoffte, sie würde sicher und glücklich sein.

»Ich erinnere mich an nichts«, flüsterte sie. »An überhaupt nichts.«

Meine Augen brannten, und ich wandte mich ab. War da wirklich nichts nach dem Tod?

Ein hohes mechanisches Sirren zerschnitt die Nacht. Ich verengte die Augen zu Schlitzen und spähte ins Dunkel hinter uns.

Ein Sea-Blazer.

Raylan.

Warum? Warum konnte er uns nicht einfach in Ruhe lassen?

»Zu den Seilen!«, rief ich und sprang auf.

Elysea rannte über das Deck und löste die Seile vom Mast, während ich dasselbe auf meiner Seite tat. Wir ließen los, und das Segel öffnete sich knatternd. Der Ruck hätte uns fast über Bord geschleudert. Mit den zusätzlichen Segeln wurde das Boot noch schneller.

Ein Licht tauchte hinter uns auf. Es traf auf unser Heck und machte uns für alle Augen sichtbar.

»Er gibt nicht auf.« Elysea seufzte.

»Offenbar hat er als Kind nicht gelernt, was Nein heißt«, brummte ich. »Tja, dann müssen wir es ihm wohl beibringen. Geh ans Steuer, Ely. Tanzen wir ein paar Kreise um diesen Typen.«

Sie lächelte. »Ich liebe tanzen.«

Der Sea-Blazer tauchte neben dem Boot auf.

»Bleibt stehen«, rief Raylan über den brüllenden Motor und das Rauschen der Wellen hinweg. Sein Haar klebte ihm im blassen Gesicht, und Wasserrinnsale liefen ihm über Stirn und Wangen.

Stattdessen wendete Elysea das Boot. Doch Raylan folgte uns mit Leichtigkeit.

Dann ließ sie das Steuerrad herumwirbeln, und die *Sunrise* machte einen Satz. Ich hielt mich am Mast fest. Niemand konnte ein Boot besser steuern als Elysea. Sie war schon Stürmen davongefahren, und das auf schlechteren Schiffen.

Wir schnitten durch den Ozean und wechselten die Richtung, wann immer sich die Nase von Raylans Sea-Blazer näherte. Elysea lachte. Sie genoss das hier. Natürlich. Sie hatte zwar nichts von der verstreichenden Zeit gespürt, doch sie hatte das Meer vermisst.

Raylan blieb dran, bei jeder Wendung, sein Sea-Blazer verlor nie unsere Spur.

Elyseas Lachen verstummte, als Raylan auf einmal vor uns auftauchte und uns den Weg abschnitt. Die *Sunrise* war schnell, aber der Sea-Blazer war wendiger. Trotz der Dunkelheit konnte ich die Wut im Blick des Wächters glühen sehen.

Es musste doch einen Trick geben, den er nicht nachmachen konnte.

»Lass mich mal«, sagte ich zu Elysea und stellte mich ans Steuer. Ich wirbelte die *Sunrise* herum.

»Was machst du denn da?«, rief sie. »Wir können nicht zurück.«

»Ich fahre ja auch nicht zurück. Halt dich fest.« Sie tat es.

Ich riss das Boot plötzlich scharf herum. Raylan ahmte die Bewegung nach. Dann schwang ich nach rechts. Die *Sunrise* kippte auf die Seite, sodass der linke Flügel aus den Wellen gerissen wurde. In einem Winkel von fast neunzig Grad schossen wir an Raylans Seite. Wasser vom Unterbauch der *Sunrise* regnete auf ihn herab. Bei seinem verblüfften Gesichtsausdruck grinste ich breit.

Dann richtete ich das Steuer wieder gerade, und die *Sunrise* kippte in ihre übliche Position. Ich drückte auf einen Knopf am Steuerpult, und der Bootsrumpf tauchte ins Wasser, während die Flügel eingezogen wurden. Eine Wasserkaskade sprühte hinter uns auf. Raylan versuchte auszuweichen, doch sein Sea-Blazer wurde von der Welle verschluckt.

Wieder drückte ich auf den Knopf, und die Flügel wurden wieder ausgefahren. Wir rasten los und ließen Raylan weit hinter uns zurück.

»Nettes Manöver, Tempe«, lobte Elysea.

Ich lächelte. »Ich kann zwar nicht tanzen, aber wie man einen Auftritt hinlegt, weiß ich.«

Als wir das Brummen des Sea-Blazers nicht mehr hinter uns hörten, bremste Elysea ab.

»Was soll denn das?«, fragte ich und versuchte, wieder Gas zu geben. Sie streckte den Arm aus, um mich aufzuhalten, den Blick fest auf das Wasser hinter uns gerichtet.

»Er ist weg«, sagte sie.

»Ja.« Ich runzelte die Stirn. »War das nicht der Plan?«

»Nein, ich meine, er ist nirgends mehr auf dem Wasser. Die Welle muss seinen Sea-Blazer umgeworfen haben.«

»Und?«

»Wir können ihn nicht einfach da draußen lassen.«

»Er kommt schon klar. Er kann ein bisschen Wasser treten, bis sein Boot ihn findet. Wir wollten ihn doch abhängen, oder?«

»Ich möchte nicht, dass er ertrinkt.« Sie sprach leise.

»Okay.« Ich seufzte

Es war nicht leicht, den Sea-Blazer zu finden. Sein Scheinwerfer war von der Welle gelöscht worden. Vorsichtig navigierten wir vorwärts, bis etwas die Seitenwand der *Sunrise* traf. Metall schrammte über Metall.

»Da!« Elysea deutete nach Steuerbord.

Ich spähte über die Reling. Der Sea-Blazer trieb aufrecht in den Wellen. Der Sitz war leer. »Ich sehe ihn nicht. Er ist nicht da.«

»Dann ist er untergegangen.« Ihre Stimme bebte.

Mir zog sich die Brust zusammen. Ich fand es zwar unerträglich, was er meiner Schwester antun wollte, aber ich wollte nicht, dass er starb. »Im Dunkeln werden wir ihn nicht finden. Er ist fort.«

Doch Elysea zog sich bereits ihr Tanzkostüm aus.

»Du gehst da nicht rein«, sagte ich. »Auf keinen Fall.«

Sie machte einfach weiter.

Ich schüttelte sie. »Du wirst nicht dein Leben für ihn aufs Spiel setzen!« Ich hatte sie gerade erst zurückbekommen. Ich brauchte alle Zeit mit ihr, die ich kriegen konnte. »Ich trage eine Tauchhaut. Ich mache das.«

Gerade hatte ich mir das Shirt über den Kopf gezogen, als ich eine Stimme hörte.

»Jetzt sollte ich wohl tatsächlich dankbar sein.« Es war Raylan. Er stand auf der anderen Seite der *Sunrise*. Seine Kleidung tropfte, und sein Haar war zur Seite gewischt worden, um seinen stählernen Blick zu enthüllen. Er musste sich an Bord gezogen haben, während wir nach ihm gesucht hatten.

Er hatte uns hereingelegt. Sein verlassener Sea-Blazer war nur ein Ablenkungsmanöver gewesen.

Er trat näher an uns heran, und ich schob mich vor Elysea.

»Keinen Schritt weiter!«, rief ich.

Er hob die Hände. »Ich habe keine Waffe. Ich will euch nichts tun.«

Ich schnaubte. »Nein, du willst meine Schwester nur zurück nach Palindromena schleifen. Runter von meinem Boot!«

»Der Sea-Blazer ist hinüber. Wasser im Motor von eurer

Welle.« Mit einem Rucken des Kinns deutete er auf das Meer. »Ich kann sonst nirgends hin.«

Ich verschränkte die Arme. »Ich habe kein Problem damit. Du kannst ja einfach zu deinem Boot zurückschwimmen.« Das jedoch immer noch nicht in Sicht war. Wahrscheinlich würde er eher ertrinken, als es zurück zum Boot zu schaffen.

»Elysea, bitte«, setzte Raylan an. »Du musst das verstehen, ich …«

»Sprich nicht mit ihr!«, fauchte ich.

Elysea trat um mich herum. »Du kannst auf dem Boot bleiben«, sagte sie. »Aber wir kehren nicht mit dir nach Palindromena zurück.«

Er ließ ein wenig die Schultern hängen. »Das müsst ihr aber. Euch läuft die Zeit davon.«

Ich deutete auf ihn. »Du kannst uns nicht dazu zwingen. Wir haben das Boot. Wir sind in der Überzahl. Du hast gar nichts.«

»Das stimmt so nicht ganz.« Da funkelte etwas in seinen Augen. »Ich weiß, wo ihr seid. Und ich habe das hier …« Er griff hinter sich.

Also hatte er doch eine Waffe.

»Bitte nicht!«, rief Elysea.

Bevor er seine Waffe ziehen konnte, machte ich mit ausgestreckten Armen einen Satz auf ihn zu. Ich traf ihn in den Bauch.

»Uff!«, ächzte er. Ich hatte ihn unvorbereitet erwischt. Er rutschte auf dem nassen Metalldeck aus, und wir stürzten zu Boden. Ich versuchte, die Waffe zu fassen zu bekommen, die er immer noch hinter dem Rücken hielt, aber sein Arm war schlaff wie eine Handvoll Algen.

Er hatte sich bei seinem Sturz den Kopf am Mast angeschlagen. Er war ohnmächtig.

Ich zog seinen Arm nach vorn und fand ein Tablet, genau

wie dasjenige, das Selna benutzt hatte. Es gab keine Waffe. Gewissensbisse packten mich.

»Ist er in Ordnung?«, fragte Elysea und kam vorsichtig zu uns.

Götter, das hoffte ich doch.

Ich hob sein Handgelenk, um nach seinem Puls zu tasten, und atmete erleichtert auf. »Er lebt. Er ist nur bewusstlos.«

Elysea starrte auf den Echolink an seinem Handgelenk. »Sollen wir ihm das Ding abnehmen?«

»Vielleicht.« Doch keine von uns beiden rührte sich. Wir wollten nicht noch weiteres Unglück herausfordern.

Stattdessen hob Elysea das Tablet auf. »Koordinaten an Raylan Bassan schicken?«, las sie vor. »Was soll das heißen?«

»Raylan?«, wiederholte ich. »Aber das ist doch …« Ich musterte den jungen Mann, der vor dem Mast zusammengesackt war. Wenn das hier nicht Raylan war, wer war er dann? Da musste irgendein Fehler vorliegen.

Ich nahm Elysea das Tablet ab.

Auf dem Display stand: *Eine neue Nachricht von Raylan.* Ich tippte darauf, um die Nachricht zu öffnen.

Lor! Hast Du den Motor ausgestellt? Wo bist Du?

Ich löschte die Nachricht und sah wieder zu dem bewusstlosen Jungen vor uns.

Wer war dieser Lor, und warum wollte er meine Schwester so verbissen nach Palindromena zurückbringen?

27 Lor

15 Stunden, 00 Minuten
Montag, 21:00 Uhr

Ich erwachte auf einem schwankenden Boot, mit hämmernden Kopfschmerzen. Wahrscheinlich hatte ich eine Gehirnerschütterung. Das Letzte, woran ich mich erinnern konnte, war, dass ich die Alerins konfrontiert hatte. Dann war da Tempests wütender Gesichtsausdruck, als sie auf mich zugestürmt war.

Ächzend versuchte ich, mich aufzusetzen. Das Bild eines Mädchens mit langem, schwarzem Haar schwamm vor mir. Ich dachte an die Wasserhexen und blinzelte ein paarmal. Das Mädchen hielt ein Stahlrohr wie einen Schläger in der Hand.

»Was habt ihr mit mir gemacht?«, brachte ich verwaschen heraus. Ich versuchte, mich zu bewegen, stellte aber fest, dass ich an einen Metallpfosten hinter mir gefesselt war. »Habt ihr mich gefangen genommen?« Am liebsten hätte ich gelacht – dieser ganze Tag war völlig absurd –, aber kein Laut kam mir über die Lippen.

Das Mädchen drehte das Stahlrohr in der Hand, und obwohl sie aussah wie ihre Schwester, wusste ich, dass es Tempest war. Ich befand mich in einem engen Raum voller Tauchausrüstung. Die Bootskabine. Das Bullauge zeigte nur Schwärze. Ob es der Himmel oder das Meer war, wusste ich nicht.

»Mich umzubringen wird euch auch nicht weiterhelfen.« Warum hatte ich das gesagt? Ich sollte um mein Leben feilschen und es ihnen nicht auf dem Silbertablett anbieten.

Sie beugte sich vor. Ihre Augen verschwammen vor mir. Eindeutig eine Gehirnerschütterung.

»Du sagst jetzt lieber die Wahrheit, Palindromena-Junge«, fauchte sie.

»Nenn mich nicht so.« Ich lehnte mich zurück, weg von ihr. Sie war zwar nicht gerade die bedrohlichste Person der Welt, aber mein Schicksal lag in ihren Händen. Im Augenblick richtete sich ihr ganzer Hass auf Palindromena. Ich musste mich von der Insel distanzieren.

»Wie soll ich dich denn sonst nennen?« Sie spitzte leicht die Lippen und stemmte eine Hand in die Hüfte. »Wäre dir Raylan oder Lor lieber?«

Wie hatte sie das herausgefunden? Und wo war Ray? Würde er nach mir suchen, wenn er den verlassenen Sea-Blazer fand, oder würde er denken, ich sei ertrunken?

»Ich kann das erklären.«

Abwartend klopfte sie sich mit dem Rohr in die Handfläche. »Ich höre.«

Ich seufzte und ließ den Kopf hängen, damit mir das Haar vor die Augen fiel. Es war leichter zu sprechen, ohne sie dabei anzusehen. »Ich habe einem Freund geholfen. Sein Name ist Raylan.«

»Der Sicherheitsmann von Palindromena auf der Springflut?«

»Er ist kein Sicherheitsmann. Er ist ein Wächter. Er hat jemanden gebraucht, der für ihn einspringt, also habe ich für die Wiedererweckung deiner Schwester seinen Platz eingenommen. Ich wollte ihm einen Gefallen tun.«

»Bist du überhaupt ein Wächter?«

»Nein, ich kümmere mich um die Tanks im Aqua… im

Keller von Palindromena.« Was würde ich nicht darum geben, jetzt wieder dort zu sein!

»Dann verstehst du also überhaupt nichts hiervon?« Sie machte eine kreisende Handbewegung. »Trotzdem hast du behauptet, du würdest verstehen, was ich durchmache. Du hast mir gesagt, was ich mit Elysea tun soll. Du hast mich dazu gebracht, dir zu vertrauen.«

»Es tut mir leid.« Das tat es wirklich. Ich wünschte, Ray hätte sich selbst um seine Kundin gekümmert, dann wäre nichts von all dem passiert, aber vor allem wünschte ich, Tempest hätte einen richtigen Wächter an der Seite gehabt. Vielleicht wäre sie nicht mit ihrer Schwester ausgebrochen, wenn sie die passende Unterstützung gehabt hätte.

»Hast du den Wiedererweckungsprozess selbst schon einmal mitgemacht, oder war das auch nur eine Lüge?«, fragte sie, legte mir das Rohr unter das Kinn und hob mein Gesicht an, damit ich ihrem bohrenden Blick nicht ausweichen konnte. Sie glaubte nicht daran, dass ich ihr die Wahrheit sagen würde, und ich konnte es ihr nicht verdenken.

Etwas an ihrer Miene wurde weicher. Sie litt. Sie hatte mir vertraut wegen der Geschichte, die ich ihr erzählt hatte. Wegen Calen.

»Der Teil ist wahr.« Ich überlegte, ob ich ihr von der Verbindung zwischen Elysea und mir erzählen sollte, aber das würde nur zu weiteren Fragen führen. Fragen, die ich nicht beantworten wollte. Im Moment hielt sie mich ohnehin für ihren Feind und würde vermutlich nichts glauben, was ich ihr erzählte.

Ihr Blick tastete mein Gesicht ab. Dann seufzte sie und trat einen Schritt zurück. Ich war nicht sicher, ob sie gefunden hatte, wonach sie suchte.

»Tut mir leid«, sagte ich noch einmal. An diesem Tag entschuldigte ich mich ziemlich oft. »Ich wollte dich nicht anlügen, aber ich musste meinen Freund decken. Das kannst du doch sicher verstehen?«

Sie stieß ein harsches Lachen aus, und die Weichheit, die ich gerade noch gesehen hatte, war wieder verschwunden. »Ich beschütze meine sterbende Schwester, du lügst für einen Freund, das ist nicht dasselbe.«

»Vielleicht nicht. Aber wir beide tun, was auch immer nötig ist, um diejenigen zu schützen, die uns wichtig sind.« Ray war uns hoffentlich immer noch auf der Spur.

Sie presste die Lippen aufeinander, bevor sie antwortete. »Tu nicht so, als wüstest du irgendetwas über mich.«

Sie hatte recht. Ich wusste überhaupt nichts. Ich hatte nur die Akte ihrer Schwester gelesen, in der stand, dass sie ertrunken war. Ich wusste nicht einmal, warum Tempest und sie aus Palindromena ausgebrochen oder wohin sie jetzt unterwegs waren.

»Wohin wollt ihr?«, fragte ich.

Sie stützte sich eine Hand auf die Hüfte. »Das geht dich nichts an.« Das tat es doch. Immerhin war ich mit an Bord.

Da sah ich mein Tablet, das an ihrem Tauchgürtel befestigt war.

Sie zog es ab. »Willst du es zurück?«, fragte sie höhnisch. Bevor ich etwas erwidern konnte, zertrümmerte sie es auf dem Boden.

Das war's mit meiner Chance, dass Ray mich fand.

Schwer atmete ich aus. »Was hast du mit mir vor?«

Ihre Stirn wurde glatt, so als hätte sie darüber noch nicht nachgedacht.

»Wir werden dir nichts tun«, erklang eine andere Stimme.

Elysea.

Sie kam die Stufen in die Kabine herab und nahm ihrer Schwester das Metallrohr ab. Tempest protestierte nicht.

»Hör auf, ihm Angst zu machen. Das hilft uns auch nicht weiter.«

Tempest zuckte mit den Schultern, so als hätte sie einfach nichts Besseres zu tun gehabt.

»Wohin fahren wir?«, fragte ich Elysea, in der Hoffnung, dass sie vernünftig sein und mich gehen lassen würde.

Auch wenn das mein Problem nicht löste. Dafür würde sie mit mir kommen müssen.

»Zu den Kavalkade-Inseln«, antwortete sie.

Empört hob Tempest beide Hände. »Sag ihm das nicht!«

»Warum nicht? Er kann doch nirgendwohin oder es irgendjemandem erzählen.«

Das stimmte allerdings. Ohne das Tablet konnte ich Ray meine Position nicht durchgeben. Ich war hier gestrandet.

»Warum ausgerechnet zu den Partyinseln?«, fragte ich. Vielleicht konnte mir irgendjemand dort helfen.

»Unsere Eltern sind dort«, sagte Elysea und handelte sich damit einen weiteren bösen Blick von ihrer Schwester ein.

»Ich dachte, eure Eltern wären tot?« Das stand jedenfalls in der Akte.

»Das dachten wir auch«, bestätigte Tempest.

Nun begriff ich. Sie wollten wieder eine Familie sein, bevor Elysea starb. Bevor ihre geschenkten Stunden verbraucht waren.

Wenn ich weiter gefesselt auf diesem Boot blieb, dann würde ihr Wunsch vielleicht sogar in Erfüllung gehen.

28 Tempest

14 Stunden, 30 Minuten
Montag, 21:30 Uhr

Der Palindromena-Junge machte mich nervös. Warum, wusste ich auch nicht. Es hatte irgendetwas mit seinen blauen Augen zu tun und mit der Art, wie sein Blick jeder meiner Bewegungen folgte. Als würde er uns analysieren. Mich analysieren.

Elysea und ich kehrten an Deck zurück.

Ich warf einen Blick auf die Borduhr. »Es ist halb zehn«, sagte ich. »Wir haben noch vierzehneinhalb Stunden, um Mom und Dad zu finden. Also noch jede Menge Zeit.«

Jedenfalls, wenn Mom und Dad wirklich auf den Partyinseln waren.

»Wie lange noch, bis wir die Ungebundene See erreichen?«, fragte Elysea. Sie war dazu übergegangen, die Karte immer mitzunehmen, und sie trug Moms Kette. Nur der Echolink fehlte natürlich an ihrem Handgelenk.

»Noch ein paar Stunden«, sagte ich und musterte den Echolocator am Steuerpult. Die Ungebundene See verlief diagonal von Nordosten nach Südwesten. Als sich unser Boot der Grenze des Einflussbereichs von Palindromena näherte, flackerte eine Warnung über den Bildschirm. Glücklicherweise war die *Sunrise* ein von Palindromena genehmigtes Boot, sodass wir kommen und gehen konnten, wie wir wollten. War das der Grund, warum unsere Eltern uns die *Sunrise* zurückgelassen hatten?

Sobald wir die Grenze auf dem Sonar überquert hatten, waren wir auf uns allein gestellt.

»Die *Sunrise* ist schnell«, sagte Elysea und starrte zum Horizont, als könnte sie die Ungebundene See dort sehen und die zahllosen Boote, die dort am Meeresgrund lagen. »Wir schaffen das schon.«

Sonderlich zuversichtlich klang sie aber nicht.

»Wäre es dir lieber, ich hätte es nicht getan?« Die Frage brannte mir in der Brust, als hätte ich Salzwasser geschluckt. »Wünschst du dir, ich hätte dich nicht zurückholen lassen?«

»Nein.« Sie nahm meine Hand. »Ich bin froh, dich wiederzusehen. Ich bin froh, dass wir zusammen hier sind. Was auch immer noch passiert, ich bin froh darüber.«

Ich verzog das Gesicht. Ich wusste immer noch nicht, wie ich diese plötzlich veränderte Situation aufnehmen sollte. Jahrelang hatte ich die Wahrheit über den Tod meiner Eltern erfahren wollen, und nun reisten wir über das Meer und hofften, sie wiederzusehen. Ich hätte überglücklich sein sollen, doch stattdessen hatte ich furchtbare Angst, alles könnte um mich herum wieder zusammenstürzen. Nun verstand ich, warum Ely stumm geblieben war, nachdem sie Moms Kette gefunden hatte. Ich wäre daran zerbrochen. Das würde ich vielleicht immer noch.

Elyseas Hand lag ermutigend in meiner. Ich hatte sie. Zumindest noch.

»Was ist mit dir?«, fragte ich.

Sie runzelte die Stirn. »Wie meinst du das?«

»Wenn du im Augenblick einfach tun könntest, was du willst, was wäre das dann?« Jedenfalls würde sie wohl kaum die Ungebundene See durchqueren.

Sie wandte den Blick ab. »Darüber möchte ich nicht nachdenken. So ist es leichter.«

Das verstand ich. Darüber nachzugrübeln, was sein könnte, würde ihren nahenden Tod nicht erträglicher machen. Ich wusste seit zwei Jahren, dass sie zu früh hatte sterben müssen, sie dagegen hatte gerade erst von dieser entsetzlichen Ungerechtigkeit erfahren. Wenn sie ihrem früheren Leben nachtrauerte, würde es nur schwerer werden.

»Der Sturm braut sich hinter uns zusammen«, sagte Elysea und deutete auf einen kohlschwarzen, verwischten Streifen am Horizont. »Können wir ihm davonfahren?«

»Ich tue, was ich kann«, sagte ich und wandte das Boot vom Wind ab. Als wir Geschwindigkeit aufnahmen, hob sich die *Sunrise* aus den Wellen und schoss über die Meeresoberfläche dahin wie ein Vogel aus der Alten Welt.

Wir konnten dem Sturm doch nicht entkommen.

»Wir müssen unter Deck«, rief Elysea durch den Regen, der wie ein Wasserfall vom Himmel stürzte. »Sonst erkälten wir uns.«

»Wir werden schon nicht dran sterben«, antwortete ich und hätte mich im selben Moment am liebsten geohrfeigt. »Eine von uns muss hier am Steuer bleiben.« Sosehr ich die *Sunrise* auch liebte, in stürmischer See war sie nicht die Beste. Es war eine Kunst, sie aufrecht zu halten, und bei dem Wind bedeutete das, jemand musste an Deck bleiben und das Steuer im Griff behalten. Der Autopilot würde das nicht schaffen.

»Ich kann steuern«, sagte sie. Denn bei ihr würde es egal sein, wenn sie sich erkältete. Sie würde sowieso sterben. »Du gehst runter in die Kabine und behältst Lor im Auge.«

Ich warf einen Blick auf die Uhr.

Noch vierzehn Stunden.

»Nein.« Ich stieß sie beiseite. »Ich bin besser in Stürmen. Ich bleibe hier. Geh du runter und versuch ein bisschen zu schlafen.«

»Tempe, ich werde meine letzten Stunden nicht schlafend verbringen. Ich bleibe hier bei dir.«

Ich schluckte schwer. Der Kloß in meiner Kehle machte mir das Antworten unmöglich.

Sie legte mir den Arm um die Schultern. »Zusammen bis zum Schluss.«

»Wir schaffen es zu den Inseln. Wir sind gar nicht mehr weit weg.«

Doch der Sturm arbeitete gegen uns. Wir mussten das Segel einholen, da der Wind das Boot sonst auf die Seite gelegt hätte. Wir verloren kostbare Zeit, was aber keine von uns aussprechen wollte.

»Weißt du noch, wie Mom darüber geredet hat, durch die Welt zu reisen?«, fragte Elysea. Ihre Stimme gewann an Kraft, wenn sie über unsere Eltern sprach.

»Ja. Sie wollte die Inseln im Süden unten sehen und die Pflanzen dort studieren.«

Sie schüttelte den Kopf. »Nicht nur das. Sie wollte, dass du das halb versunkene Riff siehst.« Sie grinste. »Sie hat immer gesagt, du wärst eigentlich im Meer zu Hause.«

Nur konnte ich jetzt nicht mehr untertauchen, ohne dabei Elyseas Gesicht vor mir zu sehen, still und leblos.

»Versprich mir, dass du dorthin reist«, flüsterte sie nach einem Moment des Schweigens. »Mach diese Reise mit Mom, wie sie es vorhatte.«

Der Regen prasselte auf unser Boot und verursachte ein *Pling, Pling, Pling* auf dem Metall. Meine Tränen mischten sich mit den Tropfen.

»Tempe?«, fragte sie.

Ich versuchte, meiner Stimme einen festen Klang zu geben, bevor ich antwortete. »Wir wissen ja nicht einmal, ob sie überhaupt noch leben.« Und selbst wenn, war es das, was ich wollte? War das meine Zukunft? Endlich als Familie wiedervereint zu sein, doch nur für ein paar Augenblicke, bevor ich mich für immer von meiner Schwester verabschieden musste?

»Sie leben.« Sie drückte sich Moms Kette an die Brust. »Da bin ich sicher.«

Ich wünschte, mir würde es genauso gehen. Doch in diesem Moment war nichts sicher. Die Hoffnung nicht zu verlieren, war, als wollte man Wasser in der hohlen Hand halten.

Ich spürte, wie mir die Kontrolle entglitt. »Warum sind sie dann nie zurückgekommen? Warum haben sie vor zwei Jahren damit aufgehört, uns Zeichen zu schicken?«

Sie sah mich an. Ihre Augen waren fast genauso schwarz wie die Nacht. Es war, als würde ich in einen Spiegel blicken. »Sie sind in jener Nacht vor etwas geflohen«, antwortete sie. »Vielleicht wollten sie zurückkommen, konnten es aber nicht? Was ich aber sicher weiß, ist, dass sie uns mitnehmen wollten. Sie hatten nie vor, uns wehzutun.«

Ich fühlte mich erschöpft.

»Habe ich dir wehgetan?« Ich bekam die Worte kaum heraus. Ich wusste, dass es so war. Ich hatte sie wiederbelebt, ihr die Schuld am Tod unserer Eltern gegeben und dann von ihr erwartet, dass sie ins Grab zurückkehrte, ohne den Aufwachraum je wieder verlassen zu haben. Und nun musste sie sich der gnadenlosen, tödlichen Sturmfront stellen.

Natürlich hatte ich ihr wehgetan.

Sie schüttelte den Kopf und lächelte. »Wenn überhaupt, dann heilst du mich, Tempe.«

Götter, war ich froh, dass es regnete!

Wie sollte ich mich bloß verabschieden, jetzt, da ich meine Schwester zurückhatte? Wie konnte ich sie jemals wieder aufgeben?

Ich schlang die Arme um sie. »Ich bin so froh, dass du hier bist«, flüsterte ich. »Auch wenn es nur vierundzwanzig Stunden sind.«

»Mir geht es genauso.«

Wir hielten uns aneinander fest, während die *Sunrise* gegen den Sturm kämpfte.

29 Lor

13 Stunden, 45 Minuten
Montag, 22:15 Uhr

Meine Gehirnerschütterung wurde zu meiner geringsten Sorge, als der Sturm das Boot durchschüttelte. Ich nahm alle freundlichen Worte zurück, die ich jemals über das Meer gesagt hatte. Es war ein hinterhältiges Ding, das einem das Leben aus dem Körper reißen wollte. Ich hoffte, dass Ray irgendwo Schutz gesucht hatte, anstatt uns blind in das Unwetter zu folgen.

Ich wusste zwar nicht, wie viel Zeit vergangen war, da meine Hände immer noch auf meinem Rücken gefesselt waren, aber es fühlte sich so an, als wäre etwa eine Stunde verstrichen, seit ich Elysea und Tempest gesehen hatte. In der Zwischenzeit hatte ich mich achtmal übergeben. Meistens auf mich selbst.

»Hi«, sagte Tempest zögerlich, als sie nun die Treppe in die Kabine herabstieg. Sie sah aus, als hätte sie geweint. Ihr Gesicht war blass, Augen und Wangen rot. Oder vielleicht lag es auch am Regen und dem Wind.

Ich wünschte mir verzweifelt, ich könnte mir das Erbrochene von Kinn und T-Shirt wischen.

»Hi«, ächzte ich.

Sie wich den Gallepfützen auf dem Boden aus und trat hinter mich, um meine Fesseln zu überprüfen. Vermutlich aus Sorge, sie könnten sich vom vielen Hin-und-her-geschleudert-Werden gelöst haben.

»Alles in Ordnung?«, fragte sie und trat einen Schritt zurück. Sie wich meinem Blick aus, aber ich wusste ihre Sorge trotzdem zu schätzen. Etwas in ihr veränderte sich. Ich hoffte, ihre Mauern würden endlich einbrechen, aber vielleicht war sie es auch, die einbrach.

»Von allen Geiselnahmen, in denen ich mich bisher befunden habe, liegt diese hier ganz vorn«, sagte ich.

Sie legte den Kopf auf die Seite und verengte die Augen zu Schlitzen. »Du bist schon einmal als Geisel genommen worden?«

Ich lachte. »Das war ein Scherz.«

»Oh«, sagte sie nur.

Ich versuchte, mir meine Verzweiflung nicht anmerken zu lassen. Irgendwie musste ich sie davon überzeugen, ihre Schwester zurückzubringen und die Vorstellung von der Familienzusammenführung fallen zu lassen. Die Wissenschaftler würden Elysea nach Ablauf der vierundzwanzig Stunden im Aufwachraum erwarten. Wenn sie nicht dort war, würde man wissen, dass etwas nicht stimmte. Man würde Nachforschungen anstellen und herausfinden, dass ich – nicht Ray – ihr Wächter war. Ray würde alles verlieren, und die Wissenschaftler würden die Wahrheit über mich enthüllen.

Ich war Nessandras Sohn. Die Geheimnisse, die sowohl meine Mutter als auch ich hüteten, würden an die Oberfläche steigen. Wir waren beide Mörder.

Vielleicht bekam ich dadurch nur, was ich verdiente, aber ich wollte trotzdem leben.

»Alles in Ordnung?«, stellte ich ihr dieselbe Frage.

Tempest rollte mit den Augen. »Frag mich das nicht.«

»Okay, blöde Frage. Tut mir leid.«

»Tut es dir leid, dass du meine Schwester nach Palindromena zurückschleifen willst? Oder tut es dir leid, dass du vorhast, ihr ihre letzten Stunden zu nehmen?«

Ich holte tief Luft. »Alles tut mir leid. Ehrlich.« Ich hätte das Aquarium niemals verlassen sollen.

»Sei einfach still.« Sie wich zurück. »Ich will keine deiner Lügen mehr hören.«

»Keine Lügen mehr, versprochen.« Doch ich konnte ihr dabei nicht in die Augen sehen.

Sie ging vor mir in die Hocke. »Dann sag mir, warum es dir so wichtig ist, dass Elysea nach Palindromena zurückkehrt. Warum kannst du sie nicht hier bei mir st-sterben lassen?« Sie stolperte über das Wort.

»Das ist mein Job«, sagte ich und ließ die Schultern hängen. Es war die sicherste Erklärung. Ich konnte es nicht riskieren, ihr von unserer Verbindung zu erzählen.

Wieder legte sie den Kopf schief und sah mich forschend an. »Ist dir dein Job wirklich so wichtig?«

Dieses Mal hielt ich ihren Blick. »Nein, aber der von Raylan. Er braucht das Geld. Du verstehst das nicht.«

»Dann erklär es mir!« Ihre Stimme hallte durch die kleine Kabine.

»Raylan ist mein Freund.« Mein einziger Freund. »Dass ich euch entkommen lassen habe, gefährdet seine ganze Zukunft. Damit meine ich nicht nur seinen Job. Er braucht das Geld, um vielleicht sein Bein heilen zu können. Er brauchte es für seine Familie und ihr Zuhause auf Equinox. Meine Unachtsamkeit hat ihm alles genommen, was er sich jemals gewünscht hat.«

»Schon komisch«, gab sie ausdruckslos zurück. »Deine Freundschaft mit Raylan soll mir also etwas bedeuten, obwohl dir meine Schwester völlig egal ist. Der einzige Mensch, der sich seit dem Tod meiner Eltern vor fünf Jahren um mich gekümmert hat. Sie ist meine einzige Familie.«

Wie konnte ich es ihr nur begreiflich machen?

»Deine Schwester ist mir nicht egal. Und obwohl du mich gefangen genommen hast und mich mit einem Metallrohr bedrohst, bist du mir auch nicht egal. Aber deine Schwester ist gestorben, Tempest. Sie hätte nicht zurückkommen sollen. Sie lebt mit geliehener Zeit. Und diese Zeit läuft ab.« Ich biss die Zähne zusammen. »Es tut mir leid, dass ihr in Palindromenas Pläne, die Welt zu kontrollieren, hineingeraten seid. Wirklich.«

»Willst du damit sagen, dass dir nicht gefällt, was Palindromena tut?«

Kurz schloss ich die Augen. Wenn sie nur wüsste, wie sehr ich verabscheute, was meine Mutter tat. Im Laufe der Jahre war sie immer verzweifelter geworden. Sie betrachtete die Grenze zwischen Leben und Tod nicht mehr als endgültig, und deswegen fehlte ihr die richtige Perspektive. Als meine Großeltern gestorben waren, hatte sie ihre Verbindung zur Wirklichkeit verloren. Die Insel war das Einzige, was ihr noch von ihnen geblieben war, und sie würde alles tun, um das Vermächtnis ihrer Eltern zu schützen. Doch meine Großeltern hatten sich in erster Linie auf die Feldfrüchte konzentriert und das Wiedererweckungsprogramm nur als Mittel zum Zweck gesehen. Dadurch finanzierten sie ihre Forschungen. Meine Mutter hingegen war besessen davon, eine »Heilung« für den Tod zu finden – damit nie wieder jemand trauern musste. Dafür war sie zu allem bereit.

»Nein«, sagte ich endlich. »Es gefällt mir nicht.«

Verwirrt blinzelte Tempest ein paarmal. »Warum arbeitest du dann für sie?« Ich öffnete den Mund, um zu antworten, aber sie kam mir zuvor: »Und sag jetzt nicht, dass ich das nicht verstehen würde.«

Ich konnte nicht anders. Ich grinste. Wenn auch nur kurz.

Ich überlegte, ob ich lügen sollte, aber ich musste sie dazu bringen, die Dinge aus meinem Blickwinkel zu sehen. Ich musste sie dazu bringen, sich auch um mein Wohlergehen zu sorgen, nicht nur um das ihrer Schwester. In diesem Fall würde mir die Wahrheit vielleicht sogar helfen.

»Meine Mutter ist die Direktorin von Palindromena«, antwortete ich. »Es war leicht, dort eine Stelle zu bekommen. Genau genommen wurde es von mir erwartet.«

»Nessandra ist deine Mutter?« Das schien sie zu überraschen. Sie musterte meine Erscheinung, so als suchte sie nach Ähnlichkeiten.

»Ja.«

»Wie lange arbeitest du schon dort?«

»Seit zwei Jahren. Davor war ich einfach nur irgendein normaler Jugendlicher, so wie du.«

Sie schnaubte, als gäbe es zwischen uns absolut keine Ähnlichkeiten. »Konntest du denn nirgendwo anders arbeiten? Egal wo?«

Ich lächelte düster. »Wohl kaum. Meine Mutter hätte mich zwar nach Equinox auf die Schule schicken sollen, damit ich ein Handwerk lernen oder wenigstens etwas über die Welt erfahren konnte. Stattdessen hat sie beschlossen, dass sie mich lieber selbst ausbilden wollte.« Unruhig zog ich an meinen Fesseln. »Ich wollte nie in ihre Fußstapfen treten. Es hat mir nie gefallen, irgendwo drinnen festzusitzen. Ich wollte immer schon die Welt entdecken.« Auf den Klippen war ich so weit von meiner Mutter entfernt wie nur möglich, ohne dabei die Insel zu verlassen.

»Ich war auch nicht gut in der Schule«, sagte Tempest. »Nachdem meine Eltern gestorben sind, habe ich keinen Sinn mehr darin gesehen, etwas über die verschiedenen Riffe auf der Welt zu erfahren, über die Geschichte unseres Planeten oder darüber, wie die Neue Welt entstanden ist. Wir lernen nie aus unseren Fehlern, warum sollte man sich also mit der Vergangenheit beschäftigen?«

Ich hoffte, dass das nicht wahr war. Ich wollte verzweifelt ein besserer Mensch sein. Ein besserer Freund. Obwohl ich im Augenblick an einen Pfosten gefesselt war, also lief die Sache offensichtlich nicht sonderlich gut für mich.

»Du glaubst nicht, dass wir etwas aus den Großen Wellen gelernt haben?«, fragte ich.

Sie schüttelte den Kopf. »Die Bevölkerung von Equinox wächst immer weiter, bis wir irgendwann nicht mehr alle ernähren können. Wir fischen mehr als unbedingt nötig, und wir haben die Alte Welt geplündert. Wir sind genau wie unsere Vorfahren. Wir wollen immer mehr, als wir haben. Was also haben wir angeblich gelernt?« Mit dieser Frage drehte sie den Spieß um und hob abwartend eine Braue.

Ich wollte hoffen, dass wir gelernt hatten, das wertzuschätzen, was wir hatten – und das bisschen Land, das noch übrig war. Aber vielleicht hatte sie recht.

»Du bist Taucherin«, stellte ich fest. So viel verrieten mir dieses Boot und die Ausrüstung. »Du gehörst zu denen, die hinuntertauchen und die Alte Welt plündern. Ist das nicht ein bisschen heuchlerisch?« Ich wollte ihr verständlich machen, dass das, was wir taten, nicht unbedingt dem entsprach, was wir glaubten.

Sie zuckte nur mit den Schultern. »Ich liebe das Tauchen – dabei geht es nicht darum, was ich dort unten finde. Es geht nicht um die Noten, die ich verdiene. Es geht um die Welt unter uns. Niemand sieht, was vor ihm liegt. Alle denken nur daran, was sie finden und wie viel es ihnen einbringen wird. Unsere Vorfahren haben zwar alles in den Großen Wellen verloren, aber stattdessen ist etwas Wunderschönes entstanden.«

Ein Lächeln erschien auf ihrem Gesicht, als sie über die

versunkenen Ruinen sprach. Ich wünschte, ich könnte sehen, was sie gesehen hatte.

»Ich glaube, das ist es, was zählt«, fuhr sie fort. »Alle trauern nur unserem Leben an Land nach und versuchen, es zurückzuholen.« Sie versetzte mir einen nachdrücklichen Blick, eindeutig ein Seitenhieb auf meine Mutter. »Aber mir gefällt das, was wir schon haben. Ich mag das Wasser und die Welt der Tiefe.«

Ihre gedankenverlorene Miene brachte mich zum Lächeln. Sie hatte ihre Mauern wieder vollständig sinken lassen, und sie war wunderschön.

Ich schob diesen Gedanken beiseite. Das half mir auch nicht weiter. Ich musste sie dazu bringen, mich nicht als Feind zu betrachten. Ich musste sie dazu bringen, *meine* Seite zu sehen. Sie zu verstehen, ihr näherzukommen, gehörte nicht zu meinem Plan.

Tempest schien den Wandel in meiner Haltung zu bemerken. Sie setzte sich mir gegenüber und lehnte sich an die Bootswand.

»Wenn dir nicht gefällt, was du tust, was ist dir sonst wichtig? Abgesehen davon, arme Unschuldige zurück nach Palindromena zu schleifen, damit sie dort auf einer Metallliege sterben anstatt im Kreis ihrer Liebsten.«

Zu unser beider Überraschung lachte ich. »Du bist wirklich komisch, Tempe.«

Sie hob einen Mundwinkel. Ob sie wegen meiner Reaktion lächelte oder weil ich sie bei ihrem Spitznamen genannt hatte, wusste ich nicht. Doch es gefiel mir ganz und gar nicht, dass ich sie wieder lächeln sehen wollte.

»Und?«, hakte sie nach und sperrte ihr Lächeln weg.

»Früher bin ich auf die Berge geklettert, die Palindromena umgeben.«

Verwirrt sah sie mich an und fragte sich ganz offensichtlich, warum ich dann so blass war. Sie wusste schließlich nicht, dass ich mich seit zwei Jahren vor der Welt versteckte.

»Die Insel ist so klein«, fuhr ich fort. »Ich wollte mehr als dieses kleine Stück Land.«

»Manche würden sagen, dass du froh sein kannst, überhaupt auf dem Land zu leben. Die meisten von uns berühren ihr ganzes Leben lang keine Erde.« Ihr schien das nicht wichtig zu sein. Sie war wie Ray. Sie liebte das Meer.

»Ich weiß«, sagte ich. »Ich weiß, dass ich Glück habe. Aber ich will mehr. Ich will über den Ozean reisen und sehen, was es dort draußen sonst noch gibt.« Als ich begriff, dass ich »will« und nicht »wollte« gesagt hatte, hielt ich inne. Als ob das für mich noch möglich wäre. »Auf den Klippen habe ich mir immer vorgestellt, dass ich nicht feststecke. Dass ich mich einfach für ein anderes Leben entscheiden könnte.«

»Was hält dich denn davon ab?«

Von Calen durfte ich ihr nichts erzählen, dann würde sie in mir nur noch einen Mörder sehen. »Meine Mutter war ein Einzelkind«, erzählte ich. »Sie ist auf der Insel aufgewachsen, ohne andere Kinder zum Spielen. Ihre Eltern waren ihre ganze Welt. Bis sie mich bekommen hat. Bevor meine Großeltern gestorben sind, habe ich ihnen versprochen, dass ich sie nicht verlassen werde, weil ich alles bin, was sie noch hat.« Abgesehen von der Einrichtung. »Was ist mir dir?«

»Was soll mit mir sein?«

»Würdest du Equinox verlassen, wenn du könntest?«

Sie schüttelte den Kopf. »Warum? Equinox ist mein Zuhause.«

»Du wünschst dir nie etwas anderes? Mehr?«

Sie hielt meinen Blick. Bei der Intensität ihres Ausdrucks lief mir ein Schauer über den Rücken. Vollkommen gegen meinen Willen fühlte ich mich zu ihr hingezogen, so als wäre sie tatsächlich eine Wasserhexe und ich ein vom Schicksal verdammter Seemann.

»Ich wünsche mir nur, dass meine Schwester lebt«, sagte sie auf einmal und brach damit den Bann. »Ich wünsche mir, dass meine Familie wieder zusammen ist. Und ich wünsche mir, dass du uns in Ruhe lässt.«

Damit wandte sie sich ab und setzte sich so weit wie nur möglich von mir entfernt wieder hin. Dann schlang sie die Arme um die Knie und verbarg ihr Gesicht vor mir.

Während ich zusah, wie sie sich zurückzog, fragte ich mich, ob ich wohl jemals zu ihr durchdringen würde. Der Gedanke daran, was wohl geschehen könnte, wenn es mir gelang, machte mir zu schaffen.

30 Tempest

13 Stunden, 00 Minuten
Montag, 23:00 Uhr

Unter dem dunkelsten Wasser lag ein leuchtender Tempel. Er war nur noch eine Ruine, zerstört von den Großen Wellen. Doch durch die Risse strahlte blendend helles Licht, denn im Innern des Tempels wuchsen Korallen. Als hätte das Wasser das Bauwerk zwar zerstört, doch nur, damit daraus etwas noch Schöneres werden konnte.

Ich schwamm auf den Tempel zu. Ich trug zwar kein Atemgerät, bekam aber trotzdem wunderbar Luft.

Da hätte ich eigentlich begreifen müssen, dass ich träumte.

Ich hatte ihn gefunden. Den Tempel der Götter der Tiefe. Ein Blick darauf genügte, und ich wusste es.

Mit wild klopfendem Herzen schwamm ich zum Eingang. Ich würde die Götter um mehr Zeit bitten. Ich würde sie bitten, meine Schwester zu retten.

Der Tempel war ein Labyrinth aus steinernen Korridoren, deren Wände vollständig von Korallen überwachsen waren: die Farben, die ich bereits von außen gesehen hatte.

Als ich den Hauptraum erreichte, sah ich eine schattenhafte Gestalt auf einem goldenen Thron sitzen.

Ich schwamm näher heran. Es war eine schemenhafte Gottheit, ein Riese, der über mir aufragte. Seine Konturen schienen im Wasser zu verschwimmen, sodass man nicht sagen konnte, wo seine Gestalt begann und endete. Wie die Wolke eines Tintenfischs. Die Gottheit war Teil des Meeres, und das Meer war Teil von ihr.

Licht fiel durch eine Öffnung in der Tempeldecke herein und ließ die Krone aus spitzen Korallen und schwarzen Perlen auf dem gigantischen Kopf schimmern.

Auf einmal war kein Wasser mehr im Tempel. Ich konnte mit der Gottheit sprechen. Ich kniete zu ihren Füßen.

»Meine Schwester«, sagte ich. »Bitte nimm sie mir nicht weg.«

Der Riese neigte mir das Gesicht zu. Dort, wo seine Augen hätten sein sollen, waren nur zwei große Löcher. Es war ein gewaltiger Totenschädel.

Er öffnete den Mund, um zu antworten. Doch es kamen keine Worte. Stattdessen beugte sich die Gottheit zu mir herab und verschluckte mich ganz.

Ich war von Schwärze umgeben. Von Nichts. Vom Tod.

Ich öffnete den Mund, um zu schreien, aber er war voller Wasser.

Als ich erwachte, lief ein Ruck durch das Boot. Ein heftiger Ruck. Waren wir in einen weiteren Sturm geraten?

Ich bekam die Augen nicht sofort auf, weil meine Lider vom Salz in der Luft und von meinen Tränen verklebt waren.

Ich schlief noch halb und wusste nicht, ob es den Ruck wirklich gegeben hatte oder ob er nur Teil meines Traums gewesen war.

»Was war das?«, fragte Lor. Er saß auf der anderen Seite der Kabine. Er hatte die hellen Brauen tief über die blauen Augen gesenkt.

Ich hatte gar nicht eindösen wollen. Doch seit dem Fund der Pflanze hatte ich nicht mehr richtig geschlafen. Die Müdigkeit hatte mich niedergedrückt, meinen Körper und

Geist. Ich wünschte, ich könnte mich irgendwo anders ausruhen. Ich wollte nicht hier unten bei Lor sein.

»Wie lange habe ich geschlafen?«, fragte ich.

Lor, der den Echolink an seinem gefesselten Handgelenk nicht sehen konnte, zuckte mit den Schultern. »Nicht ganz eine Stunde?«

Wieder erzitterte das Boot und blieb dann stehen. Das allgegenwärtige Summen des Motors erstarb. Ich hörte nur noch die Wellen, die gegen den Rumpf schlugen.

»Mist«, murmelte ich, wischte mir über die Augen und kam stolpernd auf die Füße.

»Was ist los?« Lor rappelte sich, so gut es mit seinen Fesseln ging, auf die Knie auf.

»Wir werden geentert.«

Ich kletterte an Deck, um nach Elysea zu sehen, und tatsächlich hatte sich ein anderes Boot neben uns geschoben. Der Sturm hatte zwar nachgelassen, aber dafür hatte dichter Regen eingesetzt, der die Nacht verschwimmen ließ. Ich schob mir das Haar aus dem Gesicht.

»Alles in Ordnung, Ely?«, rief ich.

Bevor sie antworten konnte, setzte eine blasse Frau mit scharf hervortretenden Wangenknochen und wilder Entschlossenheit im Gesicht einen Fuß auf unser Deck, wodurch sie die beiden Boote miteinander verband. Ihr Haar wies leuchtende, korallenblaue Strähnen auf.

»Hallo, Leute«, sagte sie mit tiefer, melodischer Stimme. »Ich heiße Qera. Bitte entschuldigt, dass wir so spät noch zu Besuch kommen.«

Wut flutete meine Adern und ich fletschte die Zähne. »Runter. Von. Unserem. Boot.«

»Aber, aber.« Sie breitete die Hände aus. »Heißt ihr so eure Gäste willkommen?«

»So heiße ich Remoraner willkommen«, fauchte ich.

Qera trug einen langen, aus dickem, steifem Seegras gewobenen Umhang. Sie war mit Juwelen behangen. Ihre schmale Nase wurde von einem Silberreif durchbohrt, und in ihrer Oberlippe blitzte ein Diamantstecker. Sie hatte ihr blaues Haar hoch auf dem Kopf zusammengebunden und mit Fischknochen verziert, sodass es wie eine abartige Imitation der Kronen wirkte, die von den Königen der Alten Welt getragen worden waren.

Hinter Qera stand ihre Mannschaft. Ihre Kleider waren zerschlissen. Löcher klafften in Hemden und Hosen. Eindeutig Kleidung von Booten, die sie angegriffen und geplündert hatten.

Remoraner. Die Aasfresser der Meere.

Wir mussten die Grenze zur Ungebundenen See überquert haben, während ich geschlafen hatte.

»So ein Ärger«, sagte Qera grinsend. »Kommt ihr von einem Riff?« Sie deutete auf meine Tauchhaut. »Lasst mich raten. Das nächstgelegene ist Equinox. Hab ich recht? Da seid ihr aber ganz schön weit weg von zu Hause, *Mädels*.«

So wie sie das Wort »Mädels« aussprach, sollte es zweifellos nach leichter Beute klingen. Aber das würden wir nicht sein, solange ich noch etwas mitzureden hatte. Wir waren nicht so weit gekommen, um uns jetzt den Remoranern geschlagen zu geben.

Diese Leute lebten weder auf Riffen noch auf einer der Inseln, die den Kopf noch immer über Wasser hielten. Sie weigerten sich. Stattdessen war das Meer ihre Heimat. Sie erkannten keine Regierung an und rotteten sich stattdessen zusammen, um alles und jeden zu plündern, den sie erwischen konnten. Sie tauchten nicht, weil sie es nicht mussten.

Trotz der kalten, salzigen Brise waren sie barfuß. Sie alle hielten Harpunen, die vage in unsere Richtung deuteten. Keine echte Drohung, aber doch eine Warnung, ihnen zu gehorchen. Die Spitzen der Harpunen waren entweder rostig oder blutverkrustet. Ich hätte nicht auf rostig gewettet.

Die *Sunrise* schaukelte unter Qeras Gewicht, als sie an Bord kam. »Das hier ist ein Boot für drei Personen«, sagte ich und zog Elysea hinter meinen Rücken. »Wenn ihr uns entert, sinken wir alle auf den Meeresboden.« Die *Sunrise* war so konstruiert, dass sie bei zusätzlichem Gewicht unterging. Eine Maßnahme, um die strengen Gewichtsbeschränkungen auf Equinox einzuhalten. Niemand konnte am Wachturm vorbei in den Hafen geschmuggelt werden.

Doch das Schiff der Remoraner war anders. Aus Teilen und Bruchstücken von Booten zusammengestückelt, die sie vermutlich von den Riffen gestohlen hatten – oder von anderen Remoranern. Niemand war vor ihrer Gier sicher. An Deck waren Paneele ausgebreitet, um die Sonnenstrahlung einzufangen, und das Schiff hatte zwei ausladende Flügel. Die schiere Größe des Schiffs ermöglichte es den Remoranern, auch der stürmischsten See zu trotzen und alle anzugreifen, denen sie begegneten. Am Bug waren Hunderte von Speeren befestigt. Ein Schiff des Todes.

»Ich zähle nur zwei«, sagte Qera und deutete zwischen Elysea und mir hin und her.

Unwillkürlich warf ich meiner Schwester einen Blick zu. Warum blieb Lor so still? Dies war seine Chance, um Hilfe zu rufen. Wollte er, dass die Remoraner unser Boot stahlen? Wollte er, dass sie uns ins Wasser warfen, damit wir ertranken?

Ich hielt den Atem an. Ich hatte schon gesehen, wie Boote versucht hatten, Menschen auf das Riff zu schmuggeln, nur um dann zu sinken, noch bevor sie den Hafen erreichten. Der Wachturm schickte nie jemanden los, um zu helfen. Manchmal überlebte die Mannschaft. Diejenigen, die es nicht schafften, holte sich Palindromena.

Unser Boot neigte sich zur Seite. Wasser schwappte über das silberne Heck.

Doch dann richtete sich die *Sunrise* plötzlich wieder auf. Ich runzelte die Stirn. Wir hatten vier Personen an Bord. Warum sanken wir nicht?

»Wir sollten keine Zeit verlieren«, rief Qera dem Mann hinter ihr auf dem Schiff zu. »Ich habe noch andere Verabredungen, und da draußen müssen weitere Boote geplündert werden. Kommt an Bord.«

Ich grub mir die Fingernägel in die Handflächen. »Das wagt ihr nicht!«

Krachend rammte uns das Schiff der Remoraner, und die Speere bohrten sich in die Seitenwand der *Sunrise*. Einen weiteren Schaden würde sie nicht überstehen.

»Doch, doch, ich wage es immer. Nicht wahr, Jungs?« Qera grinste. Bildete ich es mir nur ein oder waren ihre Zähne spitz gefeilt? Ich hatte gehört, dass Remoraner Menschenfleisch aßen, wenn sie nicht genug Fisch fangen konnten.

Ich hoffte, dass es nur die Schatten der Nacht waren, die meine Gedanken in diese Richtung lenkten.

»Ja, das tust du, genau wie ich«, antwortete ein Remoraner mit Hakennase. »Ich wage es sogar, auf ein neues Hemd zu hoffen.« Sein eigenes Hemd war so zerrissen, dass es praktisch nicht mehr existierte und die ledrig braune Haut darunter offenbarte. Mit hungrigem Blick musterte er meine Tauchhaut.

»Und ich hoffe auf ein Abendessen«, rief ein weiterer Remoraner. Er hatte einen langen, kupferroten Bart und unzählige Sommersprossen. Den Blick fest auf uns gerichtet schnappte er in die Luft. Gelächter erhob sich wie eine Welle in der Mannschaft. Vielleicht waren die Geschichten über Kannibalismus doch nicht nur Geschichten, mit denen man Kinder davon abhalten wollte, allein zu weit hinauszuwaten.

»Was wollt ihr?«, fragte Elysea, die aufrecht und hocherhobenen Hauptes neben mir stand.

»Diese Liste ist ganz schön lang«, sagte Qera und breitete die Hände aus. An ihren Handgelenken hingen so viele Armbänder, dass sie aussahen wie dicke Metallschellen. »Die bessere Frage wäre, was ich *nicht* will.« Wieder lachte die Mannschaft. Es mussten ungefähr zwanzig sein. Wir hatten keine Chance.

Qera kam auf mich zu, und ich wich vor Ekel unwillkürlich zurück. Sie stank nach Fischinnereien und Algen.

»Wir haben kaum Vorräte«, sagte Elysea. »Wir reisen nicht weit.« Das stimmte sogar. Uns war keine Zeit geblieben, für die Reise zu packen.

»Wir finden sicher etwas, das wir brauchen können.« Sie grinste, und aus der Nähe waren ihre spitzen Zähne nicht mehr zu übersehen. »Oder, Jungs?«

Sie feixten und zielten nun direkt auf uns.

»Platz da, Kleine.« Qera wollte sich an mir vorbeidrängen, um in die Kabine hinuntersteigen zu können. »Wo ist euer Stromgenerator?«

Ich konnte nicht zulassen, dass sie unseren Stromspeicher leerten. Ohne die Sonne brauchten wir den Generator, um die Kavalkade-Inseln zu erreichen. Sonst würden wir Mom und Dad nie finden.

»Ihr wollt nicht unser Boot?«, fragte Elysea, doch ich brachte sie mit einem Zischlaut zum Schweigen.

Wieder zeigte Qera ihre spitzen Zähne. »Willst du es uns anbieten?«

»Wir werden hier draußen sterben«, sagte ich in der Hoffnung, dass sie irgendwo noch einen Rest Menschlichkeit besaß. »Wenn ihr uns unseren Strom wegnehmt, dann haben wir keine Chance. Wir sind hier mitten im Nirgendwo.«

»Nicht unser Problem«, antwortete sie. »Wer sich in unser Territorium wagt, der muss den Preis dafür bezahlen. Und manchmal bezahlt man eben mit seinem Leben.« Sie zuckte mit den Schultern, als wäre es nicht weiter wichtig.

Wir hätten niemals in die Ungebundene See vordringen sollen.

Die Remoraner wussten, dass sie sich lieber nicht zu nahe an Palindromena heranwagten, um sich nicht der Flotte stellen zu müssen. Mit Hightechbooten konnten sie es nicht aufnehmen. Die *Sunrise* war zwar auf Palindromena gebaut worden, doch sie verfügte über keinerlei Waffen.

Qeras Mannschaft in ihrem Rücken lachte. Ein weiterer Remoraner stieg an Bord. Dieses Mal neigte sich die *Sunrise* bedenklich zur Seite. Uns blieb noch eine halbe Stunde, vielleicht weniger, bis wir uns zu den Toten am Meeresboden gesellen würden.

»Weg da«, blaffte der Remoraner mit dem zerrissenen Hemd und schob mich beiseite, um an das Steuerpult zu kommen.

Qeras Mannschaft wickelte ein Kabel auf und warf es über das Wasser auf die *Sunrise*. Der Kerl mit dem zerrissenen Hemd steckte es in unsere Ladestation.

»Tut das nicht«, flehte ich. »Wir geben euch alles – alles, nur das nicht.«

Mit schmalen Augen musterte mich Qera. »Ich brauche aber nichts anderes.« Dann wandte sie sich an ihr Besatzungsmitglied. »Leg den Schalter um.«

Mein Herz machte einen Satz.

»Nimm alles.« Sie grinste.

Das Boot summte, als der Energietransfer begann. Die Remoraner trommelten mit Fäusten und Füßen auf ihr Boot ein.

»Zehn Minuten!«, rief der Remoraner mit der Hakennase

über den Tumult hinweg. »Dann sind wir voll aufgeladen und abfahrbereit.«

Ich sah Elysea an. *Was sollen wir tun?*

»Ach, kommt schon«, sagte Qera. »Ich gebe euch mein Atemgerät. Klingt das fair?«

»Fair?«, fauchte ich. »Hier draußen überleben wir niemals! Ihr verurteilt uns zum Tod!«

»Du hast doch eine Tauchhaut«, gab sie zurück.

»Du mieses …« Ich wollte auf sie losgehen, aber Elysea hielt mich zurück.

»Nicht«, fuhr sie mich an. »Sie werden dich verletzen.«

Ich schüttelte sie ab. Wir mussten irgendetwas tun, sonst waren wir tot. Elysea warf einen Blick zum Eingang der Kabine, was der Anführerin der Remoraner nicht entging.

»Was habt ihr denn da unten?«, fragte sie.

Rasch trat ihr Elysea in den Weg. »Nichts weiter.«

Warum beschützte sie Lor? Sie sollte sich lieber Gedanken darüber machen, wie wir hier wegkamen. Sie hatte keine Tauchhaut. Sie trug immer noch ihr Tanzkostüm.

Leider fiel mir einfach nichts ein. Die Remoraner waren buchstäblich bis an die Zähne bewaffnet.

Qera grinste. »Falsche Antwort, Kleine.«

Sie drängte sich an Elysea vorbei, und wir eilten ihr nach.

»Halt«, rief Elysea. »Nicht …« Doch sie brachte ihren Satz nicht zu Ende.

Auf halbem Weg die Stufen hinunter blieb ich stehen, verwirrt von dem, was ich sah.

Die Kabine war leer.

»Was nicht?«, fragte Qera.

»Gar nichts«, antwortete Elysea kopfschüttelnd.

Wie hatte sich Lor befreien können? Ich hätte wissen müssen, dass er uns dem Tod überlassen würde, wenn sich ihm die Chance dazu bot. Wir hätten ihn nicht an Bord behalten sollen.

Die Remoranerin trat auf uns zu. »Was ist hier los?«

Wieder schüttelte Elysea den Kopf und wich zurück, bis sie gegen mich stieß.

»Was versteckt ihr?« Da war ein Glühen in ihren Augen. Sie hoffte, noch etwas Wertvolleres als Strom zu finden.

»Nichts«, gab ich mit einem Nicken zu Elysea zurück. »Schau dich nur um.«

»Das mache ich«, antwortete Qera. »Danke für das Angebot.«

Kurz überlegte ich, ob ich sie einfach in der Kabine einschließen sollte, aber dann müssten wir uns immer noch mit einem ganzen Boot voller Remoraner herumschlagen. Ich wollte sie nicht noch wütender machen.

»Qera!«, rief jemand von oben. »Komm hoch. Schnell!«

»Bin beschäftigt!«, brüllte sie zurück. Dann wandte sie sich an uns und fuhr im Plauderton fort. »*Männer!* Die kriegen auch nichts alleine hin.« Seufzend schüttelte sie den Kopf.

»Aber unser Schiff«, rief ein anderer Remoraner. »Es segelt davon!«

Elysea und ich tauschten einen Blick.

Lor.

31 Lor

12 Stunden, 30 Minuten
Montag, 23:30 Uhr

Irgendetwas stimmte da nicht. Das hatte ich beim ersten Rucken des Boots gewusst.

Als Tempest gesagt hatte, wir würden geentert, da hatte ich kurz gehofft, es wäre Ray, der mich irgendwie gefunden hatte, obwohl die Mädchen mein Tablet zerschmettert hatten. Doch dann krachte etwas gegen die Bootswand.

Wir wurden gerammt.

So etwas würde Ray niemals tun.

Laute Stimmen drangen von Deck herunter. Ich hörte das Wort »Remoraner«, und mir wurde eiskalt. Für jemanden, der sein ganzes Leben auf Palindromena verbracht hatte, waren die Geschichten über Remoraner mindestens genauso Furcht einflößend wie die Sagen über riesige Meereskreaturen, die durch die Ozeane streiften und alles und jeden auf ihrem Weg fraßen.

Die Remoraner würden die Mädchen bei lebendigem Leib verschlingen. Wortwörtlich, wenn man den Geschichten glauben konnte.

Ich musste hier raus.

Ich zog an meinen Fesseln, aber die Knoten saßen fest. Tempest war Seefahrerin, natürlich wusste sie, wie man Knoten band. Ich war allerdings ein Kletterer. Ich kannte mich mit Seilen aus und ganz besonders mit ihren Schwachstellen.

Ich zog und zerrte an meinen Fesseln, bis meine Schultern schmerzten und meine Handgelenke wund waren. Es musste einen anderen Weg geben.

Ich blickte mich in der engen Kabine um. Taucherausrüstung, ein paar Rettungswesten, sonst nicht viel. Dieses Boot war eindeutig für Geschwindigkeit gebaut. Es gab nicht einmal eine Liege.

Wieder zog ich an den Seilen.

»Scheiße!« Etwas schnitt mir ins Handgelenk. Ich drehte den Kopf nach hinten. Es war mein Echolink. Das Band hatte zwar keine sonderlich scharfe Kante, doch der Druck hatte mir das Metall in die Haut getrieben, bis sie aufgerissen war.

Mein Blut machte das Seil glitschig.

Was mich auf eine Idee brachte.

Ich verdrehte das Handgelenk, bis der Rand des Metallbands gegen das Seil drückte. Dann rieb ich ein paarmal hin und her. Das Seil begann auszufransen.

»Ja!« Ich rieb schneller.

Als das Seil zur Hälfte durch war, holte ich tief Luft und zog dann, so fest ich konnte. Das Seil riss, und ich war frei.

Gerade noch rechtzeitig, wie es schien. Irgendjemand war an Bord gekommen, und das zusätzliche Gewicht drückte das Boot unter Wasser. Ich öffnete das nächstgelegene Bullauge und sah hinaus in die Schwärze. Eine Gänsehaut lief mir über die Arme.

Ich war kein guter Schwimmer. Das war nie nötig gewesen. Doch nun hatte ich keine Wahl.

Ich quetschte mich durch das Bullauge und ließ mich ins Wasser darunter sinken.

Das Meer war nicht sehr kalt, aber ich konnte nichts sehen. Ich hielt mich an der Bootswand fest und tastete mich zur anderen Seite, um zu sehen, womit wir es zu tun hatten.

Ein großes Schiff mit Flügeln lag neben dem Boot der Alerins. Oder vielmehr hatte es sich in das Boot gebohrt. Selbst in der Dunkelheit konnte ich den Schaden erkennen. Die Mannschaft der Remoraner feuerte eine große Frau mit blauen Haaren und heller Haut an, die das Boot der Mädchen geentert hatte.

Ich versuchte, mich auf die Remoraner zu konzentrieren, um nicht daran zu denken, was sich vielleicht mit mir im Wasser befand. Trotzdem tauchte vor meinem inneren Auge ein Wesen mit rasiermesserscharfen Zähnen auf, das mir um die Fersen strich.

Ich hatte das Meer bei Nacht noch nie gemocht. Es verbarg zu viele Geheimnisse. Warum Ray es so liebte, würde ich nie verstehen. Aber mir blieb keine Zeit, um Angst zu haben.

Ich stieß mich ab, ließ die Sicherheit der Bootswand los und schwamm auf das Heck des Remoranerschiffs zu. Die Mannschaft hatte sich lärmend im Bug versammelt, begeistert über ihren Fang. Es war der perfekte Moment, um ungesehen zu handeln.

Ich zog mich auf das Schiff, wobei ich einen raschen Dank dafür murmelte, dass ich die schweren Vorräte im Aquarium herumtragen musste. Das hatte mich fit gehalten. Sobald ich an Bord war, näherte ich mich geduckt dem überdachten Steuerpult. Das Einzige, was zwischen mir und der Mannschaft stand. Ich schlich näher heran – so nahe, dass ich den fauligen Fischgestank riechen konnte, den die Remoraner verströmten. Wenn sie sich umdrehten, würden sie mich sofort sehen.

Mein Atem dröhnte mir so laut in den Ohren, dass es mich wunderte, bisher unentdeckt geblieben zu sein.

Im Innern des improvisierten Unterstands befand sich die Bordkontrolle. Offenbar war das Schiff aus Teilen anderer Maschinen zusammengesetzt worden, darunter auch einige Land Rover. Ich hatte zwar keine Ahnung davon, wie man ein Boot steuerte, aber ich hatte Rover gefahren und repariert, seit meine Füße an die Gaspedale gereicht hatten.

Rasch schraubte ich das Steuerrad ab und sah mich nach etwas um, mit dem ich die Zündung blockieren konnte. Glücklicherweise herrschte völliges Chaos auf dem Schiff. Überall lag Müll herum, darunter auch diverse Knochen.

Einen Ekelschauer unterdrückend hob ich einen davon auf. Hoffentlich war es ein Fischknochen. Ich zertrat ihn unter meinem Schuh. Die Mannschaft brüllte. Schnell warf ich einen Blick durch das Fenster des Unterstands, aber niemand sah zu mir herüber.

Ich ließ die Zündung an und rammte den abgebrochenen Knochen hinein, damit man sie nicht mehr abstellen konnte. Stotternd erwachte der Motor zum Leben. Viel Strom hatten die Remoraner nicht mehr, was wohl auch der Grund war, warum sie unser Boot geentert hatten.

Das Boot der Mädchen, korrigierte ich mich.

»Hey!«, rief einer der Remoraner. »Ist da gerade unser Schiffsmotor angegangen?«

Ich rannte los und sprang über Bord, das Steuerrad in den Händen.

Während ich zur *Sunrise* zurückschwamm, verwandelten sich die Jubelrufe allmählich in Hilfeschreie.

Ein Remoraner sprang gerade noch rechtzeitig von der *Sunrise* an Bord des Schiffs, das allmählich abdrehte und davonfuhr. Als ich mich an Bord zog, hörte ich, wie das Kabel, das die beiden Boote verband, mit einem schnappenden Geräusch zerriss.

»Hallo«, sagte ich.

Drei Köpfe fuhren zu mir herum. Tempest, Elysea und die blauhaarige Remoranerin. Das Boot neigte sich unter meinem zusätzlichen Gewicht. Ich musste die Remoranerin loswerden. Sofort.

Ich schwenkte das Steuerrad durch die Luft. »Ich glaube, euch fehlt ein Teil des Schiffs.«

Die Remoranerin sah dem davontreibenden Schiff mit ihrer hilflosen Mannschaft darauf nach.

»Was hast du gemacht?«, fauchte sie.

Statt zu antworten, warf ich das Steuerrad ins Meer – und zwar in die entgegengesetzte Richtung, in die das Schiff fuhr.

»Ich würde vorschlagen, dass du sofort hinterherspringst«, sagte ich. »Bevor es zu spät ist.«

Die Remoranerin bleckte die spitzen Zähne, dann sprang sie ins Meer, um sich ihr Steuerrad zu holen.

»Schnell«, rief Tempest ihrer Schwester zu und lief los. »Wir müssen die *Sunrise* anwerfen, bevor sie zurückkommen.«

Elysea zog den Stecker aus der Konsole und warf ihn über Bord. Dann startete sie den Motor, woraufhin sich der Schiffsrumpf aus den Wellen hob.

Nun würden uns die Remoraner nie einholen. Ich hoffte, dass Ray uns nicht folgte. Ich wollte nicht, dass er sich den Remoranern allein stellen musste.

»Wie hast du dich befreit?«, wollte Tempest wissen, als wir uns in sicherer Entfernung befanden. Wahrscheinlich hätte sie mich am liebsten wieder gefesselt.

»Ist das wichtig?«, gab ich zurück. »Ihr habt Hilfe gebraucht.«

Ihre Miene war hart. Sie wusste immer noch nicht, ob sie mir trauen konnte. »Wahrscheinlich erwartest du jetzt ein Dankeschön von uns?«

»Nicht, wenn ich es erst verlangen muss.« Ich wrang mir

Wasser aus den Kleidern und den Haaren und rieb mir die Hände, um sie ein wenig zu wärmen. In meinem ganzen Leben war ich noch nie so lange im und auf dem Meer gewesen.

Elysea beugte sich um ihre Schwester herum und löste die blutigen Fesseln um meine Handgelenke. »Danke, Lor. Unten in der Kabine liegt ein Ersatzhemd, wenn du etwas Trockenes anziehen möchtest.«

»Danke«, sagte ich.

Tempest erwiderte nichts, aber ich fühlte ihren Blick im Rücken, als ich in die Kabine hinabstieg, um mich umzuziehen.

Eine halbe Stunde später tippte Tempest auf den Echolocator. »Wir sind raus aus der Ungebundenen See. Wir haben es geschafft!«

Elysea lächelte und klopfte ihrer Schwester auf den Rücken. »Wir alle zusammen.« Sie sah mich an.

Ich wollte etwas erwidern, doch die Worte blieben mir im Hals stecken. »Was ist das?«, brachte ich schließlich heraus und deutete vor uns aufs Wasser.

Bunte Lichter schimmerten dort wie ein zersplitterter Regenbogen. Elysea bremste ab.

»Korallen«, erklärte Tempest lächelnd. Sie trat an die Reling, um besser sehen zu können.

»Unter uns muss eine große Ruine dicht unter der Oberfläche liegen«, sagte Elysea.

Ich beugte mich neben Tempest über die Reling. Ich hatte die Alte Welt noch nie gesehen, aber ich hatte sie mir zwischen den Tanks des Aquariums zahllose Male vorgestellt. Etwas wie das hier hätte ich mir jedoch niemals vorstellen können.

Während wir langsam über die Ruine hinwegfuhren, leuchteten Tausende von Lichtern unter uns. Die Korallen sahen aus wie fluoreszierende Farbtupfer. Der Umriss eines gewaltigen Bauwerks mit zahllosen Bogengängen und Türmchen erschien.

»Ich frage mich, was da unten wohl sonst noch ist«, sagte Tempest. Die rosa und blauen Lichter spiegelten sich in ihren Augen. Sie lächelte mich an. Mein Herz zog sich zusammen. Sie war zu schön, um es in Worte zu fassen.

»Wir haben keine Zeit, es uns anzusehen«, sagte Elysea, und es klang traurig. »Es muss unentdeckt bleiben.«

Seufzend stieß sich Tempest von der Reling zurück, aber ich konnte den Blick nicht abwenden.

Die Alte Welt war tatsächlich wunderschön. Tempest hatte recht. Obwohl ich kein guter Schwimmer war, wäre ich am liebsten hinabgetaucht, um sie mit eigenen Augen zu sehen.

Elysea gab wieder Gas.

Die Tupfenlichter verschwammen, während wir immer schneller wurden. Schon bald glitten wir wieder über leeres, schwarzes Wasser dahin. Ich betrauerte den Verlust einer Welt, die ich nie würde erkunden können.

Ein paar Minuten später trat Tempest zu ihrer Schwester ans Steuer. »Geh dich ausruhen«, sagte sie. »In ein paar Stunden sind wir bei den Inseln.«

»Mir geht's gut«, sagte Elysea und gähnte.

Tempes deutete auf die Kabine. »Geh.«

Elysea lachte leise und ergeben. »Noch einmal danke«, sagte sie im Vorbeigehen zu mir. »Wir stehen in deiner Schuld.«

Bevor sie die Stufen hinunterklettern konnte, stolperte sie, und ihre Beine gaben unter ihr nach.

»Elysea!«, schrie Tempest und ließ das Steuer los.

Ich zog Elysea hoch. Ihr braunes Haar hatte sich wie ein Heiligenschein um ihr Gesicht ausgebreitet. Ihre Augen waren zurückgerollt.

»O Götter«, rief Tempest. »O Götter. Ist sie …«

Sie konnte es nicht aussprechen. Ich legte Elysea zwei Finger auf das Handgelenk. Ich konnte einen schwachen Puls fühlen, während mir mein eigener Herzschlag in den Ohren dröhnte.

»Nein«, sagte ich. »Sie ist in Ordnung.« Doch ihr Puls war nicht regelmäßig. Genauso wenig wie meiner.

»Warum ist sie dann zusammengebrochen?« Tempests Stimmte bekam einen leicht hysterischen Klang. »Wir haben noch die Hälfte der Zeit vor uns. Was ist los mit ihr?«

»Ich weiß es nicht.«

Ich blickte auf mein Echo hinab. Der zweite Kreis blinkte. Ich schüttelte mein Handgelenk. Warum …

Etwas krallte sich in meine Brust. Meine Arme wurden schlaff. Elysea entglitt mir, und alles wurde schwarz. So schwarz wie die tiefsten Tiefen des Meeres.

32 Tempest

12 Stunden, 00 Minuten
Dienstag, Mitternacht

Ich war nicht bereit, Elysea sterben zu sehen. Ich war nicht bereit, mit anzusehen, wie das Leben in ihren Augen erlosch. Das hier war schlimmer als zuvor. Viel schlimmer. Ich hatte sie nie tot gesehen. Ich hatte ihre Leiche nicht gesehen. Daon hatte angeboten, sie an meiner Stelle zu identifizieren.

Zahllose Male hatte ich sie in meiner Vorstellung leblos vor mir erblickt, aber es mit eigenen Augen zu sehen, war etwas ganz anderes. Jetzt konnte ich mich nicht einfach abwenden. Der Anblick würde mich mein Leben lang verfolgen.

»Nein, nein, nein, nein, nein.« Sie musste aufwachen, doch das tat sie nicht. Wir hätten noch zwölf weitere Stunden miteinander haben sollen. Wir hätten wieder mit unseren Eltern vereinigt sein sollen.

Lor lag bewusstlos neben ihr. Was bei allen verfluchten Wassern war da geschehen?

Ich legte mir Elyseas Kopf in den Schoß. Tränen tropften auf ihr stilles Gesicht.

Ich würde meine Schwester nicht lebendig in Erinnerung behalten. Mir würden nicht die kostbaren Stunden im Gedächtnis bleiben, die wir zusammen verbracht hatten. Ich würde nicht an ihr Lachen, ihre Stimme, ihre Tänze denken. Nur ihr lebloser Körper würde von ihr bleiben.

Ihr Tod würde alles auslöschen, was ich an ihr liebte.

»Bitte«, flüsterte ich, sowohl über Elyseas als auch über Lors regloser Gestalt. »Bitte wacht auf. Lasst mich hier nicht allein.«

Zahllose Male hatte ich schon zu den Göttern der Tiefe gebetet, aber sie hatten mich nie erhört. Ich flehte darum, dass sie es dieses Mal tun würden. Nur dieses eine Mal.

Außer meinem panischen Keuchen konnte ich nur das Summen des Motors hören und das Rauschen, mit dem die *Sunrise* durch das glatte Meer pflügte. Der Regen war versiegt, die Wolkendecke war aufgerissen, und der Mond schien auf das Deck herab und erleuchtete Elyseas Gesicht. Ich wollte mich abwenden. Ich wollte vom Boot springen und mich in die Welt darunter sinken lassen. Ich wollte mich vor ihr verstecken, vor allem.

Da öffnete Elysea mit flatternden Lidern die Augen. Lor stöhnte.

Ich half Elysea dabei, sich aufzurichten. »Alles in Ordnung? Was ist passiert?«

Bebend holte sie Luft, und ihr Blick schoss wild umher. »Ich weiß es nicht.« Sie legte sich eine Hand auf die Brust. »Mein Herz … ich glaube, es ist stehen geblieben.« Grauen stand ihr in den Augen.

Sobald ich sicher war, dass sie aus eigener Kraft sitzen konnte, kniete ich mich neben Lor. Hinter seinen geschlossenen Lidern bewegten sich die Augen hektisch hin und her. Seine Arme zitterten. Er regte sich.

Einer der Kreise auf dem Bildschirm des Echolinks verschwand, tauchte kurz danach aber wieder auf.

Mit einem scharfen Keuchen riss Lor die Augen auf. Ich stolperte zurück.

»Wo bin ich?«, fragte er. Das Blau seiner Augen wirkte gedämpft, ausgewaschen. Die Farbe seiner Haut ähnelte der einer regenschweren Wolke. Er sah aus wie ein Sterbender.

»Du bist zusammengebrochen«, sagte ich langsam. Ein Gedanke zupfte am Saum meines Bewusstseins, doch ich bekam ihn nicht zu fassen. »Kurz nach Elysea.«

Lor blickte auf seinen Echolink hinab und schüttelte das Handgelenk. Ich zuckte bei diesem Anblick zusammen.

»Das muss irgendein Störimpuls gewesen sein.«

»Ein Störimpuls?«, hakte Elysea nach und warf mir einen raschen Blick zu. »Was für ein Störimpuls?«

Ganz gegen meinen Willen näherte ich mich Lor wieder. Der schwarze Bildschirm des Echolinks lockte mich.

»Wahrscheinlich eine Überbeanspruchung der Verbindung oder so«, sagte er wie zu sich selbst.

»Welcher Verbindung?«, fragte ich.

Er blickte von seinem Echolink auf. »Wie bitte?«

»Das hast du selbst gerade gesagt. Von welcher Verbindung sprichst du?«

Er schüttelte den Kopf, aber ich würde mich nicht noch einmal belügen lassen.

»Warum bist du direkt nach Elysea umgekippt?«

»Aus Mitgefühl?« Er zuckte leicht mit den Schultern und stieß ein schwaches Lachen aus.

Es war nicht lustig. »Soll ich das etwa glauben?«

»Tempe.« Elyseas Miene wirkte ernst. »Lass ihm ein bisschen Luft. Es geht ihm nicht gut, siehst du das nicht?«

»Doch, das sehe ich genau«, gab ich unnachgiebig zurück. »Und ich will wissen, wieso. Warum siehst du aus wie der leibhaftige Tod, obwohl es doch meine Schwester ist, die in weniger als zwölf Stunden sterben wird?«

Er rieb sich mit beiden Händen übers Gesicht. »Ich habe euch nicht die ganze Wahrheit gesagt«, sprach er durch die Finger.

Warum überraschte mich das nicht?

»Dann fang lieber damit an«, fauchte ich. Auf keinen Fall würde ich einfach abwarten, bis Elysea ein weiteres Mal zusammenbrach, damit er seine Geheimnisse wahren konnte. »Warum hat Elysea gerade das Bewusstsein verloren?«

Er ließ die Hände sinken. Sein Blick schien mich zu durchbohren, seine Kiefermuskeln traten scharf hervor. »Ich weiß es nicht. Das ist die Wahrheit.«

Ich spürte, dass da noch etwas war. »Aber?«

»Aber ich weiß, warum ich nach ihr zusammengeklappt bin.«

Irgendwie wusste ich, was er sagen würde, noch bevor er es aussprach.

»Deine Schwester und ich sind miteinander verbunden.« Er deutete auf Elysea. »Was ihr zustößt, das stößt auch mir zu. Wenn ihr Herz stockt, dann stockt auch meines.«

Mein ganzes restliches Leben lang würde ich seinen Gesichtsausdruck nicht mehr vergessen, als er sagte: »In zwölf Stunden wird einer von uns beiden sterben.«

33 Lor

11 Stunden, 45 Minuten
Dienstag, 00:15 Uhr

Ich wusste wirklich nicht, warum Elyseas Herz einen Schwächeanfall gehabt hatte, ich wusste nur, dass ich sie unbedingt nach Palindromena zurückbringen musste. Sofort. Sonst würden wir vielleicht beide sterben.

»Was meinst du damit?«, fragte Tempest. Ich konnte ihre Iris nicht sehen. Ihr schwarzes Haar wand sich um ihre Schultern wie Seegras, und ihre Augen waren so dunkel wie das Meer in einer mondlosen Nacht. War sie die Göttin des Todes, die gekommen war, um mich zu holen? Oder eine Wasserhexe, die mich auf den Grund des Meeres hinabziehen wollte?

»Deine Schwester und ich sind miteinander verbunden.« Ich setzte mich auf. Das Gefühl kehrte allmählich in meinen Körper zurück. Ich war nicht tot. Noch nicht. Aber ich war müde. Ich spürte die Müdigkeit bis in die Knochen. »Was immer mit ihr geschieht, das geschieht auch mit mir.«

Doch es war noch schlimmer. Wir waren nicht nur einfach miteinander verbunden. Wenn ich Elysea nicht vor Ablauf der vierundzwanzig Stunden nach Palindromena zurückbrachte, dann würde einer von uns sterben. Und das konnte genauso gut ich sein.

Zittrig stieß ich einen Mundvoll Luft aus. Ich hätte auf

Ray hören sollen. Er hatte die Sicherheitskräfte der Insel einschalten wollen, um sicherzustellen, dass Elysea rechtzeitig zurückkehrte, selbst wenn er dadurch seinen Job verloren hätte. Er hatte mein Leben retten wollen. Doch ich hatte nicht auf ihn gehört. Ich hatte geglaubt, wir könnten sie selbst finden, bevor Palindromena entdeckte, dass sie verschwunden war. Dabei war es mir jedoch nicht nur um Ray gegangen. Ich hatte mir das Leben, das ich unten im Aquarium führte, bewahren wollen.

»Wie meinst du das, Lor?«, fragte Elysea.

Ich hatte den wahren Grund, warum wir sie nach Palindromena zurückbringen mussten, lange genug verheimlicht. Ich hatte geglaubt, die beiden Schwestern würden sich gegen mich wenden, wenn ich ihnen die Wahrheit sagte. Ich hatte geglaubt, sie würden einen Hoffnungsschimmer sehen und sich auf jede noch so geringe Chance stürzen, damit Elysea weiterleben konnte. Nun blieb mir keine andere Wahl mehr.

»Der Wiederbelebungsprozess ist keine Einbahnstraße«, erklärte ich. »Ein Leben kann nicht wiederhergestellt werden, ohne von jemand anderem Leben zu leihen. Das ist der Grund dafür, warum Palindromena immer nur eine gewisse Anzahl von Menschen zurückholen kann. Und es ist der Grund dafür, warum die Lebensdauer auf vierundzwanzig Stunden beschränkt ist. Man muss dieses geschenkte Leben von jemand anderem leihen, oder besser, zwei Menschen müssen es sich teilen.« Ich deutete auf Elysea. »Im Augenblick teilen wir uns einen Puls. Meinen Herzschlag. Ich bin deine Verbindung zum Leben.«

»Das verstehe ich nicht.« Tempest zog die Stirn in tiefe Falten. »Erklär es.«

Ich wandte mich an Elysea: »Bevor du wiederbelebt wurdest, hat man dir einen Sensor implantiert, der mit meinem Echolink verbunden ist.« Dieser Teil gehörte zu den Vorbereitungen des Wiedererweckungsprozesses, den Ray mit den Wissenschaftlern durchgeführt hatte, bevor er den Echolink an mich weitergegeben hatte.

Elysea riss sich das falsche Klinikarmband herunter, und tatsächlich war dort eine kleine, viereckige Wölbung unter ihrer Haut zu erkennen.

»Danach musste ich den Echolink nur noch anlegen und kurz vor Mittag den Synchronisierungsknopf drücken.« Ich sah Tempest an. Begriff sie, dass sie in dem Moment, in dem ich ihre Schwester wiederbelebt hatte, bei mir gewesen war? »Mein Puls war die Starthilfe für dein schlafendes Herz wie eine Art Stromschlag durch unsere Echolink-Verbindung. Seit dein Herz wieder angefangen hat zu schlagen, teilen wir uns einen Puls. Wir bleiben im selben Rhythmus.« Ich deutete auf einen der blauen Kreise auf dem Bildschirm des Echolinks. »Das hier zeigt uns nicht nur den Countdown an, es ist ein Sensor, der unseren Puls synchronisiert. Du benutzt mich und mein Herz als eine Art Pulsgeber, der dafür sorgt, dass dein Herz weiter Blut durch deinen Körper pumpt.« Ich deutete auf den zweiten Kreis.

Elysea drückte sich die Hand auf die Brust.

»Weil wir uns einen Herzschlag teilen, passiert alles, was Elysea zustößt, auch mit mir«, fuhr ich fort. »Deshalb bin ich zusammengeklappt, nachdem sie ohnmächtig geworden ist. Nach Ablauf der vierundzwanzig Stunden wird die Verbindung unterbrochen. Der Wächter lebt sein Leben weiter, und der Patient stirbt.«

»Wie unterbricht man die Verbindung?«, fragte Tempest.

»Dazu muss man die Synchronisierung der Herzen aufheben«, antwortete ich. »Im Grunde hält Palindromena das Herz des Patienten an.«

Tempest schnappte nach Luft. »Ihr tötet sie?«

Ich verschränkte die Arme. Sie hatte es nicht verstanden.

»Wenn wir das Herz des Patienten nach vierundzwanzig Stunden nicht anhalten, dann wird so oder so einer von uns beiden sterben.«

»Einer von euch beiden?« Tempests Augen wurden schmal. »Nicht der Patient? Elysea?«

»Vielleicht, vielleicht auch nicht. Es gibt keine Garantie. Gegen Ende der vierundzwanzig Stunden werden unsere Herzen beginnen, um den Puls zu kämpfen. Bis eines gewinnt.« Ich mied Elyseas Blick. Die ganze Zeit hatte sie kein Wort gesagt. Ich fragte mich, was sie dachte. Dass es das Risiko wert war? Eine fünfzigprozentige Chance auf Leben? Hatte ich ihr dies zu Recht verheimlicht?

»Dann ist diese Vierundzwanzig-Stunden-Geschichte also nur eine Lüge?« Tempests Wangen waren rot, und ihre Augen schimmerten. »Meine Schwester kann weiterleben?«

»Nein. Die Verbindung der beiden Herzen verlangt beiden viel ab. Irgendwann wird eines von beiden schwächer werden und aufgeben. Palindromena hat die Vierundzwanzig-Stunden-Regel eingeführt, um sicherzustellen, dass es der Wächter ist, der überlebt, und der Patient in seinen vorherigen Zustand zurückkehrt.«

»In den Tod zurückkehrt, meinst du«, fauchte Tempest höhnisch. »Das ist der Grund, warum niemand die Einrichtung verlassen darf, und deshalb hast du uns auch verfolgt. Dein Job und dein Freund sind dir völlig egal. Du versuchst nur, dich selbst zu retten! Du willst Elysea nach Palindromena zurückbringen, um dafür zu sorgen, dass sie es ist, die stirbt, und nicht du.«

»Ich will nicht sterben«, sagte ich. »Ist das so verwerflich?«

Sie stieß ein Schnauben aus, antwortete aber nicht.

»Warum vierundzwanzig Stunden?«, fragte Elysea leise. »Warum können wir uns den Puls nicht länger teilen?«

»Das hat etwas mit dem Kreislauf des Körpers zu tun,

man nennt es circadiane Rhythmik«, sagte ich. »Nach vierundzwanzig Stunden führt der Körper eine Art Neustart durch, was die Verbindung zerreißt.«

»Was passiert mit uns, wenn die Zeit abgelaufen ist?«, fragte Elysea, den Blick ihrer grünen Augen zu Boden gerichtet. »Wenn die Verbindung nicht vorher durchtrennt wird?«

»Dann wird einer von uns sterben. Augenblicklich.«

Elysea drehte sich weg, eine Hand vor den Mund gepresst. »Ich will nicht, dass du stirbst.«

Danke an alle, die vielleicht über uns wachen. Ob Götter oder nicht. Das Mädchen hat ein Gewissen.

Tempest wandte sich an ihre Schwester. »Was schlägst du vor?«

»Ich kann nicht die Schuld für seinen Tod tragen, Tempe. Das Risiko ist zu groß.«

»Warum muss es der eine oder der andere sein?« Tempest presste die Augen fest zusammen. »Ich will nicht, dass du stirbst, wenn es eine Chance gibt, dass wir zusammenbleiben können.«

Ich konnte ihren Schmerz verstehen. Sie hatte gerade erfahren, dass ihre Schwester ins Leben zurückkehren könnte. Dass sie wieder eine Familie sein könnten. Auf Dauer.

»Ich will ihn nicht umbringen«, flüsterte Elysea. »Die Schuld dafür kann ich nicht tragen. Ich bin schon gestorben. Ich sollte diejenige sein, die freiwillig ihr Leben für ihn gibt.«

»Du willst also nicht weiterleben?« Tempests Stimme wankte. Sie mied meinen Blick.

»Doch, und das weißt du auch«, antwortete Elysea. »Aber wir wissen beide, dass wir niemanden sterben lassen können, um zusammen zu sein.«

Zitternd holte Tempest Luft. Es war eine furchtbare Situation. »Ich will dich nicht gehen lassen«, sagte sie. »Nicht noch einmal. Nie wieder.«

Elysea trat zu ihrer Schwester, um sie zu trösten. Sie flüsterte ihr etwas zu, bevor sie sich an mich wandte. Elysea war schön, aber sie trug ihre Schönheit wie eine unbequeme Maske, so als wollte sie nicht, dass sie irgendjemandem auffiel. Nur als sie auf der Springflut getanzt hatte, schien sie sich in ihrer Haut wohlgefühlt zu haben. Lag es daran, dass sie durch geliehene Zeit lebte? Oder war sie immer so unsicher?

»Es tut mir leid, dass wir geflohen sind«, sagte sie zu mir. Ihre Miene war weich und voller Verständnis. »Das hätte ich niemals getan, wenn ich gewusst hätte, dass ich damit das Leben eines anderen in Gefahr bringe. Bring mich zurück nach Palindromena. Wir bringen das in Ordnung.«

Ich verstand nicht, was genau sie wieder in Ordnung bringen wollte. Ihren Tod konnten wir niemals wieder in Ordnung bringen. Was aber weder meine Schuld noch meine Verantwortung war. Dieses Mädchen zur Insel zurückzubringen war meine einzige Aufgabe.

Oder zumindest war das so gewesen. Nun, da ich die Alerin-Schwestern kennenzulernen begann, wollte ich sie jedoch nicht mehr voneinander trennen. Jedenfalls noch nicht.

»Wie weit ist es noch bis zu euren Eltern?«, fragte ich.

»Warum?«, fragte Tempest, und es klang wütend. Sie hatte ihre Mauern wieder hochgezogen. Binnen weniger Minuten hatte sie gedacht, sie hätte ihre Schwester verloren, dann hatte sie Hoffnung geschöpft, nur um jetzt wieder mit ihrem Tod konfrontiert zu werden. Ich hätte selbst gern jemanden angeschrien.

»Vielleicht können wir beides tun?«, erklärte ich. »Wir könnten zu den Kavalkade-Inseln fahren und dann nach Palindromena zurückkehren, um die Verbindung zu trennen.«

Das würde den Schwestern ein paar Stunden mit ihren Eltern schenken. Es war das Mindeste, was ich tun konnte.

Nach allem, was ich ihnen schon angetan hatte. Ich hatte sie über das Meer gejagt und ihre letzten Stunden miteinander verdorben. Doch das, was geschehen würde, wenn die Verbindung zerriss, würde noch viel schlimmer sein. Sie würden sich endgültig voneinander verabschieden müssen. Dann würde der Schmerz kommen. Etwas, womit Palindromena nicht hausieren ging.

Elysea blickte hoch, und ihre Miene hellte sich auf. »Das würdest du mir erlauben?«

»Genau dafür gibt es das Wiedererweckungsprogramm«, antwortete ich. »Damit man sich verabschieden kann.«

»Uns bleiben noch elfeinhalb Stunden, und bis zu den Partyinseln sind es noch zweieinhalb Stunden«, sagte Elysea. Ihr Blick schweifte in die Ferne. »Dazu kommen ein paar Stunden auf der Insel und etwa vier Stunden Fahrt zurück nach Palindromena. Das wird knapp.«

Allerdings, aber es war machbar. Wir waren den Inseln schon so nah und somit dem Wiedersehen der Mädchen mit ihren Eltern. Das konnte ich ihnen nicht nehmen, auch nicht, wenn mein Leben auf dem Spiel stand.

Ich warf einen Blick auf meinen Echolink und konnte nur hoffen, dass wir am Ende nicht beide tot sein würden.

»Die Zeit reicht«, sagte ich.

»Tempe?«, fragte Elysea leise. »Was meinst du?«

Tempest schüttelte den Kopf. »Was soll ich sagen? Egal, wie wir es drehen und wenden, am Ende steht der Tod. Wir können ihm nicht entkommen.«

Traurig lächelte Elysea ihre Schwester an. »Wir haben immer gewusst, dass am Ende der Tod steht. Wenn wir es bis zu den Inseln schaffen, dann haben wir unsere Antworten.«

Tempests Schultern sackten nach unten. Ich dachte, sie würde zusammenbrechen, als sie sagte: »Doch dich werde ich nicht mehr haben.«

Ich wollte mich abwenden. Ich wollte den Schmerz zwischen ihnen nicht sehen. Das Wissen, dass ich es war, der diesen Schmerz verursachte, war schrecklich. Doch es hieß mein Leben oder das von Elysea.

»Irgendwann müssen wir uns alle verabschieden«, sagte Elysea und löste Tempests Hände von ihrem Gesicht. »Wir können einander nicht in die Dunkelheit folgen, ganz egal, wie sehr wir das auch wollen. Und für dich will ich nur das Allerbeste.«

»Was ist mit dir?«, fragte Tempest. »Was ist damit, was für dich das Beste ist?«

»Meine Zeit ist schon abgelaufen. Diese zusätzlichen vierundzwanzig Stunden sind ein Geschenk.«

»Das macht es nicht leichter«, gab Tempest zurück. Und ich wusste, dass es jetzt noch schwerer für sie sein würde. Nun, da sie wusste, dass Elysea weiterleben *könnte* und dass ich das Einzige war, das dem im Weg stand.

Tempest hatte recht. Vierundzwanzig Stunden mit jemandem, den man liebte, machten es kein bisschen leichter, Lebewohl zu sagen, ganz egal, was Palindromena versprach.

Man konnte nicht abschließen. Man würde es nie können.

34 Tempest

11 Stunden, 00 Minuten
Dienstag, 01:00 Uhr

Ich blickte auf das schäumende Wasser hinter uns, während wir über den schwarzen Ozean dahinschossen.

Eine Stunde war vergangen, seit Elysea zusammengebrochen war, aber meine Hände zitterten noch immer. Noch elf Stunden. Elf Stunden, bis wir uns verabschieden mussten. Wie sollte ich sie jetzt wieder gehen lassen, nachdem ich wusste, dass sie leben konnte? Wirklich leben. Doch sie war nicht bereit, das Risiko einzugehen. Sie war nicht bereit, einem anderen das Leben zu nehmen.

War ich es denn?

Ich konnte nicht fassen, dass Dad jeden Tag den Tod riskiert hatte, um Patienten zurückzuholen. Was war so furchtbar schiefgelaufen, dass er von Equinox hatte fliehen müssen und nie wieder zurückkehren konnte?

Elyseas leise Schritte erklangen hinter mir, und ich schloss die Augen fest.

»Ich fass es nicht, dass du nach allem einfach aufgeben willst!« Wie oft würde ich mich noch verabschieden müssen?

»Du weißt, dass es nicht so ist. Aber ich war schon tot, Tempe. Da waren keine Schmerzen.« Ich drehte mich zu ihr um. Sie hob eine Schulter. »Da war … gar nichts. Es ist nicht Lors Verantwortung, sich für mich zu opfern.«

»Du glaubst also, er verdient es zu leben und du nicht?« Ich wusste immer noch nicht viel über ihn, aber ich wusste, dass meine Schwester dieses Schicksal nicht verdient hatte.

Ich hatte mich vor meiner Trauer versteckt. Stattdessen hatte ich mich auf meine Wut konzentriert und auf meine Überzeugung, Elysea hätte mir und unseren Eltern irgendwie unrecht getan. Das war nichts weiter gewesen als ein Bewältigungsmechanismus. Eine Möglichkeit, mich selbst davon zu überzeugen, dass ich sie gar nicht bei mir haben wollte – oder brauchte. So war es leichter gewesen, mit ihrem Verlust zurechtzukommen.

Nun kannte ich jedoch die Wahrheit. Ich hatte sie wiedererwecken wollen, weil sie mir fehlte. Ich hatte sie zurückhaben wollen. Fast zwei Jahre lang hatte ich mir vorgemacht, mir ginge es um Vergeltung. Ich hatte mich selbst belogen.

Jetzt war Schluss damit.

Elyseas Augen blitzten. »Wer entscheidet das, Tempe? Wer entscheidet, wer lebt und wer stirbt? Wessen Leben ist wichtiger als das eines anderen? Wir haben alle Familie, wir haben alle Freunde. Wir werden alle geliebt. Wer sagt, dass ich wichtiger bin als Lor?«

»Ich sage das.«

Ich drehte das Gesicht in den Wind und kämpfte gegen die Tränen, ließ die Brise meine heißen Wangen kühlen.

»Keine Angst«, sagte Elysea. »Alles wird gut, wenn du wieder bei Mom und Dad bist.«

»Wir wissen doch nicht einmal, ob sie überhaupt noch dort draußen sind!« Meine Stimme brach. »Und selbst wenn, ich will dich nicht verlieren.« Ich hatte es satt, so zu tun, als wäre ich nicht an Elyseas Tod zerbrochen. Ich brauchte sie. Elysea war mein Kompass, mein Anker. Ohne sie würde die Flut mich davonreißen. »Was soll ich ohne dich tun?«

Sie nahm mich bei den Schultern und drehte mich zu sich, um mir ins Gesicht zu sehen. »Das, was du seit zwei Jahren tust. Du lebst weiter.«

»Leben?« Ich schnaubte. »Ich habe nicht gelebt. Ich habe überlebt. Von einem Tag zum nächsten. Bis ich dich wiedersehen würde. Das ist kein Leben.«

Sie drückte meine Arme. »Dann musst du dir mehr Mühe geben. Für mich.« Sie setzte sich an die Reling und zog mich mit sich. »Es ist ein Geschenk, dass wir diese Stunden zusammen haben. Eigentlich sollte ich gar nicht hier sein. Das weißt du.«

Mit aller Kraft biss ich die Zähne zusammen, um nicht zu weinen. Ihre Hand in meiner war fest und warm. Elysea fühlte sich echt an. Lebendig. Wenn mein Wunsch nur ausreichen würde, um sie am Leben zu halten. Wenn die Götter der Tiefe meine Gebete nur erhören würden.

»Wir müssen uns konzentrieren«, sagte sie. »Wir dürfen keine Zeit mit solchen Gesprächen verlieren. Du musst stark sein. Für mich.«

Da merkte ich, dass sie zitterte. Je mehr Druck ich machte, je aufgewühlter, je wütender ich wurde, desto mehr verlangte es ihr ab.

Elysea brauchte mich. Ich hatte immer geglaubt, ich wäre es, die sie brauchte. Sie war meine Stärke, mein Rückgrat, mein Stahl. Aber nun würde ich ihr Verderben sein. Wenn ich ihr nicht zeigen konnte, dass ich stark war, dann würde sie nicht in Frieden sterben können. Sie fürchtete den Tod nur, weil sie Angst hatte, mich allein zurückzulassen.

Schluss damit. Wenn ich stark sein musste, damit sie dies hier durchstehen konnte, dann würde ich stark sein. Für sie.

Ich wusste, wie man so tat, als ob. Ich hatte zwei Jahre Übung darin. Ich würde so tun, als wäre ich stark, bis zum letzten Augenblick. Bevor es zu spät war. Bevor niemand mehr etwas ändern konnte.

Ich würde so tun, als ob. Bis zu ihrem letzten Atemzug.

Lor hatte sich nach unten in die Kabine zurückgezogen. Wir hatten ihn nicht wieder gefesselt. Das war nicht nötig. Nun wussten wir ja, dass er uns mehr brauchte als wir ihn. Er würde nirgendwohin gehen.

»Ist alles in Ordnung?«, fragte Lor, als ich in die Kabine hinabging. Dann verzog er das Gesicht. »Ich meine, natürlich nicht, aber …«

Ich winkte ab. »Ja.«

»Es tut mir wirklich leid, Tempe.« Wieder verwendete er meinen Spitznamen. Ich hatte mich ihm zwar als Tempe, nicht als Tempest vorgestellt, aber ich hatte nicht erwartet, dass er mich tatsächlich so nennen würde. Es gefiel mir nicht.

»Hier.« Ich reichte ihm einen Fischriegel und eine Feldflasche mit Wasser.

Er stürzte sich geradezu darauf.

Ich setzte mich, lehnte mich gegen die Bordwand und streckte die Beine vor mir aus. Das rhythmische Schlagen der Wellen beruhigte mich. Ich konnte es schaffen. Ich würde mich konzentrieren. Ich würde stark sein. Für Elysea.

Nachdem er sowohl den Riegel verschlungen als auch das Wasser hinuntergestürzt hatte, lehnte sich Lor zurück. Er wirkte ein kleines bisschen weniger blass.

»Danke«, sagte er. »Ich weiß, dass ich dich belogen habe, aber ich verstehe wirklich, wie schwer das für dich ist.«

»Es ist der schlimmste und beste Tag meines Lebens.« Noch nie war ich mir der Luft in meiner Lunge so bewusst gewesen. Meiner schlichten Lebendigkeit. »Es ist wunderschön und gleichzeitig unerträglich, dass Elysea wieder bei mir ist.«

»Es ist nie einfach, sich dem Tod zu stellen.«

»Was würdest du an meiner Stelle tun?«, fragte ich.

Er hob einen Mundwinkel. »Wahrscheinlich würde ich mich ins Meer schubsen.« Als ich nicht lachte, wurde er rasch wieder ernst. »Aber ich weiß es sehr zu schätzen, dass du es nicht tust. Du bist keine Mörderin.«

Ich presste die Lippen aufeinander. Seit unserer Flucht von Palindromena war ich nur bitter und grausam zu Lor gewesen. Im Wartezimmer der Einrichtung hatte ich geglaubt, ich könnte ihm vertrauen. Ich hatte geglaubt, er würde nur das Beste für mich wollen. Sein Gesicht – sein gütiges Gesicht – brachte einen dazu, seine Mauern sinken zu lassen. Trotzdem hatte er gelogen.

Selbst jetzt noch, da ich die Wahrheit kannte und wusste, *warum* er gelogen hatte, fiel es mir schwer, ihn an mich heranzulassen. Obwohl ich es gern wollte. Er war seit langer Zeit der Erste, dem meine Schwester und ich wirklich etwas zu bedeuten schienen, auch wenn er Elysea letztendlich und unvermeidlich das Leben nehmen würde.

Es war kompliziert. Meine Gefühle waren kompliziert. Trotzdem kehrte ich immer wieder zu ihm zurück. Ich wusste, dass das etwas zu bedeuten hatte, auch wenn ich es nicht zugeben wollte.

»Nein, ich bin keine Mörderin«, sagte ich. »Aber es kommt mir vor, als wäre ich diejenige, die Elysea umbringt. Ich habe sie zurückgeholt von einem Ort, an dem sie keine Schmerzen hatte, und jetzt weiß sie, dass ihr Leben vorbei ist. Dafür bin *ich* verantwortlich.«

Lor streckte ebenfalls die Beine vor sich aus. »Würdest du es denn nicht wissen wollen, wenn du sterben müsstest?«

Ich verzog das Gesicht. »Auf keinen Fall.«

Er musterte mich. »Aber so könntest du das Beste aus der Zeit machen, die dir noch bleibt.«

»Zu wissen, dass man bald sterben muss, ist ein Fluch. Es wirft einen Schatten auf alles, was man tut. Auf alles, was man sagt. Auf jeden einzelnen Moment.«

»Sieht es Elysea auch als Fluch?«

»Natürlich nicht. Für sie ist es ein Geschenk. Sie macht mir keine Vorwürfe. Sie ist ein guter Mensch.«

»Und du glaubst, dass du das nicht bist.« Es war keine Frage.

»Glaubst *du* denn, dass du ein guter Mensch bist?«, schleuderte ich ihm seine eigenen Worte entgegen. Das war leichter, als antworten zu müssen.

Er seufzte und zupfte an einer sandblonden Haarsträhne. »Ich wäre es gern.«

Er war so verwirrend. Manchmal kam er mir selbstbewusst vor, aber jetzt schien er tief verunsichert zu sein. Wer war der wahre Lor? Tat er immer noch so, als wäre er jemand anderes? Wie sollte ich herausfinden, wer er wirklich war?

»Wann hast du deine Eltern zum letzten Mal gesehen?«, fragte er, um das Thema zu wechseln.

»Ich habe keine Lust, mich mit dir zu unterhalten«, log ich und verschränkte die Arme.

Ich wünschte, er würde aufhören, mich anzusehen. Es kam mir vor, als könnte er mir meine Gedanken vom Gesicht ablesen. Das machte mich nervös. Wenn ich das, was ich empfand, versteckte, dann konnte ich es gleichzeitig auch vor mir selbst verbergen. Ich wollte nicht, dass meine wahren Gefühle an die Oberfläche kamen. Ich würde damit jetzt nicht fertigwerden.

»Warum bist du dann noch hier?« Ein Lächeln stahl sich auf sein Gesicht. Er schien nur aus Kontrasten zu bestehen: helles Haar und helle Haut gegen das strahlende Blau seiner

Augen und seine roten Lippen. Ich gab es nicht gern zu, aber er sah gut aus. Besonders wenn er lächelte.

Ich biss mir auf die Unterlippe. »Ich bin hier, weil ich auf dich aufpassen muss.« Noch eine Lüge.

»Ahhhh«, sagte er, seufzte übertrieben und nickte. »Verstehe.«

»Was?«

»Du gehst Elysea aus dem Weg.«

Ich zog die Beine an. Ich konnte einfach nicht still sitzen. »Nein, das tue ich nicht. Sie ist meine Schwester, und sie hat nur noch etwa zehn Stunden zu leben. Warum sollte ich ihr aus dem Weg gehen?«

Traurig lächelte er mich an. »Ich arbeite auf Palindromena, schon vergessen?«

»Und?« Was glaubte er, über mich oder meine Gefühle zu wissen?

»Manchmal ist es leichter, das zu verdrängen, was uns wehtut, und im Moment erinnert dich Elyseas Anblick jede Sekunde daran, dass du sie bald wieder verlieren wirst.«

Ich starrte ihn an. Mit zusammengebissenen Zähnen. Ich wünschte, ich hätte die Macht, die mir die anderen Kinder an der Schule angedichtet hatten. Ich wünschte, ich wäre wirklich eine Wasserhexe. Ich wünschte, ich könnte das Meer beherrschen, zwei Jahre in die Vergangenheit reisen und das Wasser aus der Lunge meiner Schwester saugen.

Ich erwartete, dass er sich unter meinem Blick unbehaglich winden würde, doch das tat er nicht.

»Ich weiß, dass ich in Wahrheit nie dein Wächter war, aber wenn du mit mir darüber reden möchtest, dann kannst du das tun.«

»Darüber?«, fauchte ich. »Du meinst darüber, dass du meiner Schwester das Leben nehmen wirst?« Hitze flutete mein Gesicht.

Überrascht sah ich, dass seine Augen verräterisch glänzten. »Würdest du dein Leben für jemand anderen opfern?« Es war nicht zynisch gemeint. Er schien es aufrichtig wissen zu wollen.

Ich hätte nicht gedacht, dass ich die Antwort auf diese Frage kannte, aber plötzlich war sie da, ohne einen weiteren Gedanken: »Für meine Schwester? Ja.«

»Auch wenn das bedeuten würde, dass du die Menschen zurücklassen musst, die du liebst? Deine Mutter und deinen Vater?«

»Falls sie tatsächlich noch leben. Wir wissen nicht, was in der Nacht passiert ist, in der sie angeblich gestorben sind. Und selbst wenn sie nicht tot sind, wissen wir nicht, warum sie nie zu uns zurückgekehrt sind. Vielleicht ist ihnen ihr neues Leben ja lieber?« Die Worte hinterließen einen Geschmack wie von bitteren Algen auf meiner Zunge. Ich wollte nicht glauben, dass es so war, aber ich verstand einfach nicht, warum sie sonst vor zwei Jahren damit aufgehört hatten, uns Hinweise zu hinterlassen.

»Wenn du das wirklich glaubst, warum suchst du dann nach ihnen?«

»Weil es die wichtigste Frage ist, auf die ich keine Antwort habe. Ich war erst zwölf, als meine Eltern gestorben sind. Das hat mich zu der gemacht, die ich heute bin. Wenn sie aber nicht tot sind, dann war alles, was ich in den vergangenen fünf Jahren zu wissen geglaubt habe, eine Lüge.« Ich hob eine Braue. »Würdest du nicht auch den Ozean überqueren, um die Wahrheit herauszufinden? Die Wahrheit über den einen Moment, der erklärt, wer du bist?«

Ohne meine Trauer, ohne meine Wut darüber, Mom und Dad verloren zu haben, wer wäre ich dann?

Das Einzige, was mich noch antrieb, war diese Frage. Das Unbekannte.

Um meine Zukunft würde ich mir später Gedanken machen.

Lors Blick ruhte weiter fest auf meinem Gesicht, doch hinter seinen Augen schien ein Gefühlssturm zu toben. Was dachte er gerade? Was blieb ungesagt?

»Doch«, antwortete er schlicht. »Das würde ich.«

Als ich die Kabine verließ, gab es da eine weitere Wahrheit, die ich nicht ignorieren konnte.

Lor log immer noch.

35 Lor

10 Stunden, 00 Minuten
Dienstag, 02:00 Uhr

Tempest ging zurück an Deck, um wieder bei ihrer Schwester zu sein. Ich versuchte, den Countdown an meinem Handgelenk zu ignorieren.

Noch zehn Stunden.

Hoffentlich reichte das, um nach Palindromena zurückzukehren und dieses grässliche Ding loszuwerden.

Es war ein Glück für mich, dass Elysea dazu bereit war, mich zu begleiten. Sie könnte es auch darauf ankommen lassen und hoffen, dass sie es wäre, die weiterleben würde. Zum ersten Mal in meinem Leben hatte ich das Gefühl, dass irgendjemand – oder irgendetwas – über mich wachte. Etwas anderes als der Tod.

Ich fragte mich, was Ray wohl gerade tat. Hatte er meinen Wunsch respektiert, die Sicherheitskräfte von Palindromena nicht einzuschalten? Oder war mittlerweile die ganze Flotte auf der Suche nach mir? Hatte er seine Stelle schon verloren?

Kurz darauf kam Elysea zu mir herunter. Ihre Bewegungen waren anmutig und geschmeidig. So als befände sie sich bereits unter Wasser. So wie es schon bald wieder sein würde.

»Viel ist nicht mehr übrig«, sagte sie und reichte mir die wieder aufgefüllte Feldflasche. »Wie fühlst du dich?« Sie tippte sich auf die Brust, auf ihr Herz.

»Stabil.« Der Echolink zeigte zwei helle Kreise. Wir waren wieder synchron. Fürs Erste. Ich war mir immer noch nicht ganz sicher, ob wir es überhaupt bis zu den Partyinseln schaffen würden, weil ich nicht wusste, was genau die Störung vorhin verursacht hatte. Ich wollte nicht noch einmal die Verbindung verlieren. Beim nächsten Mal würden wir sie vielleicht nicht wiederfinden.

Ich nippte an der Flasche. »Danke.«

Sie setzte sich neben mich, wahrte aber Abstand. Hatte sie Angst vor mir? Ich könnte es verstehen, immerhin wusste sie, dass ihr geliehenes Leben letztendlich wieder an mich zurückgehen würde.

»Alles in Ordnung mit dir?«, fragte sie.

Dieses Mädchen verzichtete freiwillig auf ihre Chance auf ein zweites Leben. Sie verdiente die Wahrheit. »Ging mir schon besser.«

Mein Körper fühlte sich schwach und irgendwie von allem abgeschnitten an. Ich wünschte, Ray wäre hier, damit ich ihn fragen konnte, ob das während des Wiederbelebungsprozesses normal war.

Elysea legte mir kurz die Hand auf die schweißnasse Stirn. »Du siehst aus wie der Tod.« Als sie begriff, was sie da gesagt hatte, riss sie die Hand zurück.

»Ist nicht ansteckend.« Ich lachte auf.

Ihre Mundwinkel zuckten. »In meinem Fall letztendlich schon.«

Nie würde ich Palindromena und das, was meine Mutter tat, mehr hassen als in diesem Moment. Ich wollte Elysea nicht aus der Welt reißen. Doch was hatte ich für eine Wahl?

Elysea wandte sich ab und ließ den Kopf gegen die Schiffswand sinken. »Tempe sagt, wir brauchen nicht einmal mehr eine Stunde bis zu den Inseln.« Sie drehte etwas in der Hand. Ein Stück Papier. Eine Karte? Sie schien das Ding immer bei sich zu tragen.

Ich wusste nicht, was ich sagen sollte, also entschied ich mich für: »Gut.«

»Hast du schon immer auf der Insel gewohnt?«, fragte sie nach kurzem Schweigen.

»Ja. Mein ganzes Leben lang.«

Sie lächelte. Man konnte nicht leugnen, wie außergewöhnlich schön sie war. Genau wie ihre Schwester. Tempest war stürmisch und stark, Elysea dagegen ätherisch und sanft. Eine andere Art von Wasserhexe. Jedoch nicht weniger gefährlich.

»Wie ist das so?«, wollte sie wissen.

»Das Leben auf der Insel?«

Sie seufzte. »Ich kann mir gar nicht vorstellen, an einem Ort zu leben, der sich nicht bewegt. Der sich nicht mit jedem Wetterumschwung verändert. Wo man nicht ständig das Schlagen der Wellen und das Brummen der Boote hört. Nicht immer das Salz riecht und nicht mit seinem Geschmack auf den Lippen aufwacht.«

»Ich kenne es nicht anders«, sagte ich und rief mir das Leben in Erinnerung, zu dem ich hatte zurückkehren wollen. Ich legte die Hand an die Bootswand, fühlte das Summen des Motors und das Rauschen der Strömung um uns. Das, was ich wollte und brauchte, war dabei, sich zu verändern. Wie konnte ich nach all dem ins Aquarium zurückkehren? Wie konnte ich wieder allein leben?

Seit ich diesen verdammte Echo angelegt hatte, dachte ich immer häufiger über meine Zukunft nach. Ich wollte weiterleben, aber wenn ich mir nun ausmalte, wie dieses Leben aussehen würde, dann tauchten jedes Mal die Alerin-Schwestern in meinen Gedanken auf. Besonders Tempest.

Aus großen Augen betrachtete mich Elysea. Sie wollte mehr.

»Das Inselleben ist ziemlich ruhig, schätze ich. Jedenfalls im Vergleich dazu, was ich auf Equinox gesehen habe. Die Menschen bewegen sich langsamer auf Palindromena. Sie würdigen die Natur um sie herum. Sie sind nicht so beschäftigt. Nicht so gehetzt.« Was ironisch war, wenn man bedachte, wie wichtig Zeit dort war.

Elyseas Blick wanderte zu dem Bullauge hinter mir. »Wohin, glaubst du, gehen wir, wenn wir sterben? Kehren wir in das Land unserer Ahnen zurück, oder treiben wir einfach in einem schwarzen Meer aus Nichts?«

Ich war nicht bereit, über den Tod zu reden. Nicht mit Elysea. Nicht, wenn sie sich ihm schon so bald stellen musste. »Ich weiß es nicht.«

»Wird es wehtun?«, fragte sie nach einem Moment. »Wenn ich sterbe?«

Ich wollte ihr die Details nicht erzählen. Die Wiedererweckten sollten die Wahrheit nicht erfahren.

»Nein.« Ich war nicht sicher, wozu ich Nein sagte. Nein zu allem. Nein zu dieser unerträglichen Situation. Doch es gab keinen Ausweg, für keinen von uns beiden.

»Nein?« Sie blinzelte nicht. Zuckte nicht mit der Wimper. Sie wollte die Wahrheit.

Ich schluckte schwer und schmeckte Galle. Den Geschmack der Angst.

»Palindromena wird sich um dich kümmern.« Ich wollte ihre Unsicherheit lindern.

»Was passiert am Schluss?« Das leichte Beben ihrer Unterlippe entging mir nicht.

»Du fühlst dich schwach.« Ich starrte auf die gegenüberliegende Wand, unfähig, sie anzusehen. »Gegen ein Uhr wird dein Körper müde und dein Herzschlag schwächer. Palindromenas Wissenschaftler schreiten ein, bevor die Stunde um ist.« Das Schlucken fiel mir schwer. Ich räusperte mich. »Sie werden dein Herz anhalten. Aber es ist vollkommen schmerzlos, du wirst es nicht einmal bemerken, wenn es passiert.«

Mehr brachte ich nicht heraus. Meine Stimme drohte zu brechen.

Elysea berührte mich, und ich zuckte zusammen. Sie drückte meinen Arm. »Danke für deine Ehrlichkeit.« Ihre Augen waren klar. Ich dachte, sie würde vielleicht weinen oder unsere Abmachung rückgängig machen, aber sie schien ihr Schicksal anzunehmen.

»Es tut mir leid«, flüsterte ich. »Ich wünschte, es müsste nicht so kommen.«

Sie schenkte mir ein schwaches Lächeln. »Mir tut es leid, dass wir ausgebrochen sind und diesen ganzen Ärger verursacht haben.«

»Ich verstehe, warum ihr es getan habt.«

»Es ist nicht alles nur schlimm.« Ich musste ein seltsames Gesicht gezogen haben, denn sie fügte hinzu: »Ich meine, klar ist es schlimm, aber wenigstens habe ich so noch etwas Zeit mit meiner Schwester. Und ich werde meine Eltern wiedersehen. Hoffentlich.«

Ich wünschte, auch ich könnte die gute Seite dieser Situation sehen. Niemals würde ich vergessen, welche Rolle ich bei Elyseas Untergang gespielt hatte.

Vor allem würde ich mich an Elyseas Schwester erinnern. Tempest. Das Sturmmädchen, das einen Blick auf ein ruhigeres Leben erhascht hatte, nur um dieses Leben dann wieder zu verlieren.

Tempe würde mich nicht vergessen, genauso wenig wie ich sie.

36 Tempest

9 Stunden, 00 Minuten
Dienstag, 03:00 Uhr

Ich erwachte in völliger Dunkelheit und blinzelte verwirrt.

Nichts als Schwärze.

Waren wir auf den Meeresboden gesunken?

Doch es war warm hier, wie in einer Umarmung.

Haare kitzelten meine Haut. Da begriff ich und atmete auf. Ich war nicht im Nichts versunken, genauso wenig wie Elysea.

Noch nicht.

»Elysea«, brummte ich. »Deine Haare.«

Ein Murren erklang an meiner Wange, als sich Elysea regte. »'tschuldigung«, murmelte sie und strich mir ihre Locken aus dem Gesicht.

Endlich konnte ich wieder etwas sehen.

Wir waren beide eingeschlafen. An Deck, mit dem Rücken an die Steuerkonsole gelehnt. Ich hätte nicht gedacht, dass ich würde schlafen können nach allem, was passiert war, aber ich war sowohl körperlich als auch emotional erschöpft.

Ich ließ den Kopf hin und her rollen, um die Steifheit und Schläfrigkeit aus meinen Knochen zu vertreiben.

»Wie geht es dir?«, fragte ich sie.

»Gut«, antwortete sie. Ihre Augen strahlten, ihre Haut hatte ihren üblichen warmen Olivton angenommen, und ihre

Lippen waren rosa. Die Pause hatte ihr gutgetan. Ich schluckte schwer. Zu lange hielt ich ihren Anblick nicht aus.

Rasch warf ich einen Blick auf die Uhr am Steuerpult.

3:00 Uhr morgens.

Eine halbe Stunde hatten wir geschlafen.

»Ich sehe lieber mal nach, wo wir sind«, sagte ich. Der Autopilot, den ich eingeschaltet hatte, bevor wir uns hingesetzt hatten, lief noch.

Mittlerweile waren die Sterne herausgekommen, und das Licht des Mondes fiel aufs Wasser wie der Strahl einer Wachturmleuchte. Der Horizont war nicht mehr glatt. Eine dunkle Masse erhob sich direkt vor uns.

»Die Kavalkade-Inseln«, flüsterte ich. Die Vorstellung, dass unsere Eltern vielleicht auf diesem Stück Land lebten und atmeten, presste mir alle Luft aus der Lunge.

»Wo?« Elysea richtete sich auf, um es auch zu sehen.

Ich deutete auf das Land in der Ferne.

Elysea drückte mir die Hand. »Wir haben es geschafft, Tempe.«

Ich steuerte die mittlere – und größte – der Inseln an, genau wie es auf der Karte vermerkt war. Elysea hatte die Hand um Moms Kette gelegt. Ihre Augen waren geschlossen, ihre Lippen bebten. Ich musste ihre Worte nicht erst verstehen, um zu wissen, dass sie zu den Göttern der Tiefe betete.

Lasst unsere Eltern hier sein. Lasst sie am Leben sein. Lasst uns zusammen sein.

Wenn auch nur für ein paar Stunden.

Ich steuerte den Pier an, der die Insel ringförmig umgab. Im Gegensatz zu Palindromena lagen hier keine weiteren Boote, nur ein paar kompliziert aussehende Flöße. Ich hatte gehört, dass die meisten Menschen, die hier lebten, nie die Inselkette verließen.

Der Bug der *Sunrise* stieß gegen den backsteinernen Landungssteg. Keine Stimme drang durch die Sprechanlage. War es ihnen hier egal, wer kam und ging? Auf einer Insel musste man sich über Gewichtsbeschränkungen wohl keine Sorgen machen. Land konnte nicht untergehen.

Ich fragte mich, warum diese Inseln nie privatisiert worden waren und wie es den Bewohnern gelang, ihre Ernteerträge für sich zu behalten, während alle anderen Inseln ihre Erzeugnisse mit den Riffen in der Umgebung teilen mussten.

Ob unsere Eltern nun hier waren oder nicht, es blieb die Frage, warum sie sich ausgerechnet diesen Ort als Ziel ausgesucht hatten.

Zahllose Lichter waren in die Felswand der Insel eingelassen, und obwohl die Sonne noch nicht aufgegangen war, konnte man ihren Umriss deutlich erkennen, der unnatürlich rund wirkte und von einer lilagrauen Moosschicht bedeckt zu sein schien. Musik wehte zu uns herüber, offenbar aus dem Innern der Insel.

Oben auf der vor uns emporragenden runden Felswand konnte man eine Ansammlung bunter Zelte erkennen. Sie leuchteten wie Korallen, und zwischen ihnen hingen zahllose Fackeln, die ihr flackerndes Licht auf die Zelte warfen. Wie war es den Leuten hier gelungen, so viele Stoffe in so verschiedenen Farben zu finden? Stammten sie aus der Alten Welt?

»Es ist so hübsch«, murmelte ich und blickte an der steilen Felswand empor.

»Die Kavalkade-Inseln«, sagte Lor mit schmalen Augen. »Eine Party ohne Ende für alle, die hier leben.«

Ich ignorierte seinen Kommentar. Ich wollte eigentlich

nicht, dass Lor uns begleitete, denn seine Gegenwart machte mich zunehmend nervös. Doch Elysea bestand darauf.

»Wo sollen wir anfangen?«, fragte sie. Ihr Haar hatte sie zu zwei Zöpfen geflochten, so wie sie es immer vor ihrem Tanztraining getan hatte.

»Gehen wir der Musik nach«, schlug ich vor. »Die Fahrt zurück nach Palindromena dauert vier Stunden.« Ich nickte Lor zu. »Das heißt, uns bleiben hier noch fünf Stunden.«

»Vier«, sagte Elysea und lächelte Lor an. »Um sicherzugehen.«

»Dann fahren wir um sieben wieder ab, bevor die Sonne aufgeht.« Ich blickte zwischen Lor und Elysea hin und her. »Einverstanden?«

»Einverstanden«, stimmte Lor zu.

Ich sprang von Bord und vertäute die *Sunrise* an einem der leeren Landungsstege. »Dann lasst uns keine Zeit mehr verlieren.«

Wir gingen an der runden, moosbewachsenen Felswand entlang, bis wir einen schmalen Durchgang entdeckten, der tief ins Innere der Insel zu führen schien. Die Musik hallte durch den Spalt.

»Hier lang.« Dann geriet ich ins Stolpern und musste mich an der Felswand festhalten.

»Alles in Ordnung?« Elysea trat neben mich, um mich zu stützen.

»Klar.« Ich wünschte, ich hätte ein paar Landbeine, um meinen Gleichgewichtssinn auszubalancieren. Weder Elysea noch Lor schien der feste Untergrund etwas auszumachen. Sie waren an die Stabilität von Palindromena gewöhnt.

Elysea nahm meine Hand, so als wäre ich es, die Schutz brauchte.

Während wir durch den Felsspalt gingen, fing ich Elyseas Blick auf. Sie schüttelte den Kopf.

»Was ist?«, fragte ich.

»Kommt dir das hier nicht auch bekannt vor?« Ihr Blick ruhte auf der Felswand. Als ich ebenfalls hinaufblickte, wurde mir schwindlig. Am liebsten hätte ich mich kurz hingesetzt und ausgeruht.

»Warst du schon mal hier?«, fragte Lor.

Elysea schüttelte den Kopf. »Ich war noch nirgendwo, außer auf Equinox.«

»Und auf Palindromena«, rief ich ihr in Erinnerung.

Sie presste die Lippen aufeinander. »Es erinnert mich an irgendetwas …«

Aufmerksam sah ich mich um. In dem Spalt, der ins Innere der Insel führte, wuchsen kaum Pflanzen, was aber wahrscheinlich an den Schatten der Klippe lag. Mein Blick fiel auf eine rosa Blume. Sie erinnerte mich an die Blumen, die Mom früher immer von ihren Feldern gepflückt, mit nach Hause gebracht und hinter mein Ohr gesteckt hatte. Ich pflückte die Blume, wobei ich gleich ein ganzes Büschel der Ranken an der Felswand mit herunterriss.

»Was bei allen verfluchten Wassern ist das?«, flüsterte ich.

Hinter den Ranken war eine Mauer zum Vorschein gekommen. Eine Betonmauer. Wie die Mauern in der Alten Welt auf dem Meeresboden. Als ich den Blick wieder hob, begriff ich, dass die steilen Steinwände gar keine Felsen waren.

»Es ist ein Gebäude!«, keuchte ich. »Das hier ist überhaupt keine Insel.«

Die Klippen links und rechts von uns waren Betonmauern. Ich grub eine Ferse in die sandige Erde unter mir und stieß bald auf etwas Härteres. Noch mehr Beton.

»Verfluchte Wasser«, flüsterte Elysea und sah sich um. »Du hast recht. Aber das bedeutet ja …«

»… dass die Inselkette nur aus Überresten einer toten Stadt besteht«, beendete ich ihren Satz und seufzte. Die

Kavalkade-Inseln waren nur eine weitere Ruine, die man erobert und wiederverwertet hatte. Jetzt verstand ich auch, warum die Inseln ihre Feldfrüchte nicht teilen mussten. Auf den Ruinen der Alten Welt wuchs kein Getreide.

»Wieso ist dieses Gebäude nicht zerstört worden?« Lor musterte die Mauer. »Die Großen Wellen haben doch alles mitgerissen?«

»Ist das wichtig?« Ich spürte Bitterkeit im Bauch.

Eine Falte bildete sich zwischen Elyseas Brauen. »Ich habe gehofft, dass es in der Welt dort draußen vielleicht noch mehr gibt.«

»Mehr als den Tod?«, fragte ich. »Dieser ganze Planet ist ein einziger Friedhof.« Ich tippte mir gegen den Oberschenkel. »Na, kommt. Deshalb sind wir nicht hier.«

Wir folgten dem Durchgang, bis wir eine große, runde Fläche erreichten. Es war ein Grasfeld – wahrscheinlich hatten die Vögel der Alten Welt die Samen hergebracht, bevor sie ausgestorben waren. Um das Feld herum zogen sich steinerne Stufen, die bis zu dem Mauersims mit den Zelten hinaufführten, die wir schon vom Meer aus gesehen hatten. Ein Lagerfeuer prasselte auf dem Feld, und Hunderte von weiteren Fackeln säumten die Steinstufen und tauchten das Gebäude in ein bernsteinfarbenes Licht.

Auf einmal ergab die runde Form Sinn.

»Es ist ein Amphitheater«, sagte ich. »Für Vorstellungen. Die Großen Wellen müssen es losgerissen und mitgetragen haben.«

Ein gewaltiges rotes Zelt erhob sich in der Mitte des Felds. Es schien über den Rippen eines gigantischen Meereswesens gespannt worden zu sein, und obwohl es bereits halb vier am Morgen war, strömten immer noch Menschen aus dem Zelt, Essen und Trinken in den Händen. Wer nicht aß oder trank, bewegte sich zur Musik.

Es dauerte einen Moment, bis ich herausfand, woher die Musik kam, da das ganze Theater von ihrem Klang widerhallte. Dutzende von Menschen saßen auf den Steinstufen und sangen in einem Stakkatorhythmus. Andere schlugen auf Trommeln aus alten Tierhäuten, die auf Knochenringe gespannt waren.

»Das muss irgendein Festival sein«, kommentierte Elysea neben mir.

»Oder auch nicht«, murmelte ich. »Immerhin ist das hier eine Partyinsel. Machen die denn noch was anderes hier?«

»Woher bekommen sie das alles?«, fragte Lor. »Wie überleben sie ohne eine Insel, eine echte Insel, die sie versorgt?«

»Ich weiß es nicht«, antwortete ich. Den Menschen hier schien es an nichts zu mangeln. Sie unterhielten sich fröhlich und gestenreich. Einige von ihnen trugen Muscheln in den dunklen dichten Locken, andere hatten sich die Spitzen ihres hellblonden Haars rosa gefärbt. Dies hier war eindeutig ein blühender Ort.

Eine Süße lag in der Luft und mischte sich mit dem allgegenwärtigen Salz. Wie auf Palindromena war es eine Erleichterung, einmal etwas anderes zu riechen. Es linderte das Schwanken in meinem Kopf.

»Was verbrennen sie denn da?«, fragte Lor.

Ich sah, wie magentarote Rauchwolken emporstiegen.

»Karpa«, sagte ich. Ein Tiefseefisch. »Er schmeckt bitter, aber wenn man ihn verbrennt, duftet er süß.«

»Und dabei entsteht ein Pulver«, fügte Elysea hinzu und nickte zu den Aschewölkchen um das Lagerfeuer hinüber. Vergnügt kreischend rieben sich die Kinder damit ein. »Auf Equinox verwendet man es, um sich die Haut oder die Kleider einzufärben.«

Lor blickte auf sein geliehenes rotes T-Shirt hinab. Vielleicht verstand er nicht, warum Kleidung bunt sein sollte, aber es waren die kleinen Dinge, die unsere Kultur lebendig hielten. Es war eine Verbindung zur Alten Welt. Das meiste, was unsere Ahnen besessen hatten, war mittlerweile aufgegeben worden, aber wir durften nicht zulassen, dass auch noch alle Traditionen fortgespült wurden.

Die Kinder griffen in die kalte Asche und rieben sie zwischen den Händen. Sie jagten einander und beschmierten sich lachend gegenseitig Haut und Haare mit der Farbe.

»Das scheint Spaß zu machen«, sagte Elysea. Ihre Hand ruhte auf ihrer Brust. In ihren Bewegungen lag ein leichtes Schwanken, das nichts damit zu tun hatte, dass sie sich an Land befand. Sie spürte, wie die Musik sie rief. Sie wollte mitmachen.

»Wollen wir?« Lor nickte zu der Menschenmenge hinüber, die sich um das Zelt versammelt hatte. Es mussten Hunderte von Feiernden sein. Uns hatte noch niemand gesehen, da wir weiterhin im Schatten des Durchgangs standen.

Ich umfasste Lors Handgelenk und warf einen Blick auf seinen Echolink. Bei meiner Berührung zuckte er zurück. »Noch achteinhalb Stunden«, sagte ich. »Uns bleibt keine Zeit, um die Menge nach Mom und Dad abzusuchen. Wir müssen herauskriegen, ob sie hier sind. Sofort.«

Elysea wandte sich an mich. »Was schlägst du vor?«

Ich deutete auf die Trommeln. »Wir müssen sie gar nicht finden. *Sie* müssen *uns* finden.«

37 Lor

8 Stunden, 30 Minuten
Dienstag, 03:30 Uhr

Elysea und ich konnten kaum mit Tempest Schritt halten, als sie zu den Steinstufen lief und zu den Musikern hinaufkletterte. Sie war wütend – was aber ihre Standardeinstellung zu sein schien. Dieses Mal konnte ich ihren Ärger sogar verstehen. So viele Tage hatte ich auf den Klippen von Palindromena gestanden und von den Inseln geträumt, die ich eines Tages besuchen würde. Es war enttäuschend zu erfahren, dass es dort draußen nichts weiter gab als weitere Ruinen. Für uns alle hoffte ich, dass ihre Eltern hier waren.

Die Einzige, die nicht enttäuscht zu sein schien, war Elysea. Seit wir auf das offene Feld hinausgetreten waren und sie die Musik vernommen hatte, stand ihr ein Lächeln auf dem Gesicht. Ich erinnerte mich daran, wie sie auf der Springflut getanzt hatte. Sie war so unbeschwert gewesen – sogar dann noch, als Ray und ich sie eingekreist hatten. Trotz des Wissens, dass sie nur noch wenige Stunden zu leben hatte.

Dieses Mädchen wusste, wie man das Beste aus seiner verbleibenden Zeit machte. Wie man lebte. Ich wollte nicht, dass sie erfuhr, wofür sie sich opferte. Was für ein Leben ich führte. Ich würde in das Aquarium zurückkehren müssen, zu meinen Büchern und dem Tod. Ich würde die Sonne nie wiedersehen. Ich würde niemals über das Meer reisen. Ich konnte die Welt nicht entdecken.

Warum konnte ich trotzdem nicht aufhören, diesen Mädchen zu folgen? Warum fiel es mir so schwer, mir vorzustellen, mich in etwas mehr als acht Stunden zu verabschieden? Besonders von Tempest. Sie hielt mich in ihrem Bann, und ich würde ihr folgen, wohin auch immer sie mich führte.

»Komm schon, Lor!«, rief Elysea zurück. »Du hältst uns auf.«

Obwohl ich wusste, dass ich eigentlich nicht Teil dieser Familienwiedervereinigung sein sollte, erklomm ich die Stufen.

Als wir bei den Musikern ankamen, verlor Tempest keine Zeit, schnappte sich eine der seltsamen Tierhauttrommeln und schlug darauf ein. Es fehlte jeder Rhythmus, aber ich musste ihr Respekt zollen. Sie ließ sich nicht von anderen irritieren. Sie sagte und tat genau das, was sie wollte. Eine solche Freiheit hatte ich nie gehabt, nicht einmal, bevor ich begonnen hatte, mich im Aquarium zu verstecken. Ich hatte mich sowohl im Rampenlicht als auch im Schatten meiner Mutter immer unwohl gefühlt. Vor Calens Tod hatte ich alles getan, was meine Mutter verlangte. Ich hatte Palindromena nicht verlassen. Das Klettern war mein einziger Akt der Rebellion gewesen. Etwas, das meine Mutter nicht wollte. Trotzdem war ich innerhalb der Grenzen der Insel geblieben.

Doch jetzt wollte ich mehr.

Meine Sehnsucht nach der großen weiten Welt war an jenem Tag an den Klippen nicht in mir gestorben. Ich hatte mein Verlangen nur zwei Jahre lang unterdrückt. Nun kehrte es brüllend und tobend zurück, stärker als je zuvor.

Ich wollte leben. Wirklich leben.

Ich atmete tief durch, um mich zu beruhigen, und stellte mich neben Tempest. Es dauerte nicht lange, bis ihr enthusiastischer und zorniger Beitrag zur Musik von der Menge unter uns bemerkt wurde. Die Musiker neben ihr hörten auf zu spielen und fragten sich vermutlich, was sie da tat. Schon bald herrschte Schweigen im Amphitheater. Nur Tempest trommelte weiter.

Mit drei kurzen, kräftigen Schlägen brachte sie die Leute dazu, sich zu ihr umzudrehen. Alle sahen auf, um herauszufinden, was da los war.

»Bitte, seid hier«, flüsterte sie. Ein Beben lag in ihrer Stimme. »Bitte.«

Elysea stand wie erstarrt und ließ den Blick suchend über die Menge schweifen. Ich hielt den Atem an. Ich wollte, dass sie sich verabschieden konnten.

Allmählich wandten sich die Gesichter wieder von uns ab, und alle machten mit dem weiter, womit sie zuvor beschäftigt gewesen waren. Alle bis auf zwei reglose Gestalten. Ein großer, schlanker Mann mit ergrauendem Haar und olivenfarbener Haut und eine kleinere Frau mit braunen Locken, die ihr um das helle Gesicht fielen. Selbst aus dieser Entfernung konnte man den Schock auf ihren Mienen erkennen.

»Mom!«, rief Elysea plötzlich. »Dad!«

Wir hatten sie gefunden.

Tempest und Elysea eilten die Stufen hinab. Ich blieb dicht hinter ihnen, einfach, weil ich nicht recht wusste, wohin ich sonst gehen sollte. Außerdem musste ich wissen, warum diese Leute ihre Kinder zurückgelassen hatten – diese beiden erstaunlichen Mädchen.

Sobald wir unten angekommen waren, begann Elysea zu rennen und nicht nur sie. Auch ihre Eltern rannten los, auf uns zu.

In einem Wirbel aus Armen, Haaren und Gelächter fielen sich Elysea und ihre Mutter in die Arme. Tempest blieb etwas abseits stehen und musterte alles mit vorsichtigem Blick.

»Du lebst!«, rief ihre Mutter. »Den Göttern der Tiefe sei Dank!«

Tempest tauschte einen überraschten Blick mit mir. Verwirrt schüttelte ich den Kopf.

»Du hast sie gefunden«, sagte ihre Mutter und hob etwas an Elyseas Kehle an. »Endlich seid ihr gekommen.«

»Elysea!«, rief ihr Vater. »Komm her!« Tränen liefen ihm übers Gesicht, als er seine mittlerweile erwachsenen Töchter betrachtete. Elysea löste sich aus der Umarmung ihrer Mutter und warf ihrem Vater die Arme um den Hals. Lachend fing er sie auf.

»Ihr habt mir so gefehlt!« Elyseas Schultern bebten, sie weinte vor Freude.

»Tempe.« Die Mutter der Mädchen wandte sich an ihre Jüngste. »Es ist so schön, euch nach all diesen Jahren wiederzusehen.« Sie trug ein helllila Kleid und zahllose Muschelketten um den Hals, die bei jeder Bewegung klimperten. Aus der Nähe konnte es keinen Zweifel daran geben, dass die beiden Mädchen ihre Töchter waren. Sie hatten ihre großen Augen, die geschwungenen Lippen und das dichte dunkle Haar geerbt.

Doch Tempest blieb, wo sie war. »Was meinst du mit ›du lebst‹?« Sie trat nicht in die offenen Arme ihrer Mutter. Ich konnte ihr Misstrauen verstehen. Sie wollte erst wissen, was geschehen war, bevor sie sich Hoffnungen machte. »Woher habt ihr gewusst, dass Elysea gestorben ist, obwohl ihr ›all die Jahre‹ weg wart?«

Der Blick ihrer Mutter huschte zurück zu Elysea. »Nein.« Heftig schüttelte sie den Kopf. »Nein, nein, nein. Bitte sag mir, dass es dir gut geht, Ely?«

Elysea löste sich aus der Umarmung ihres Vaters. »Es tut mir so leid, Mom. Aber jetzt bin ich hier. Dank Lor. Er hat mich zurückgebracht.«

Auf einmal ruhten alle Blicke auf mir. Die Trommelmusik verblasste zu einem Hintergrundrauschen. Ich hätte einen Tropfen ins Meer fallen hören können.

»Lor Ritter?« Mr. Alerin verengte die Augen zu Schlitzen. »Nessandras Sohn?«

Ich biss die Zähne zusammen und nickte. Dieser Moment hatte nichts mit mir zu tun. Es war, als wäre ich wieder auf Palindromena und müsste Zeuge der zahllosen endgültigen Abschiede sein. »Ich bin Elyseas Wächter«, sagte ich.

»O Gott«, flüsterte Mrs. Alerin. »Ich hatte so gehofft, dass du überlebt hast, Ely. Ich konnte dich im Wasser nicht finden, also habe ich gehofft …« Sie sank ins Gras hinab und schluchzte in ihre Hände.

»Dass sie *was* überlebt hat?«, fauchte Tempest. »Was ist passiert?«

»Vielleicht sollten wir in unser Zelt gehen«, schlug ihr Vater vor. Seine Stimme zitterte, und er umklammerte den Saum seines Hemdes, als müsste er sich irgendwo festhalten. »Gebt eurer Mutter einen Moment.«

»Einen Moment?« Tempest riss die Hände hoch. »Wir haben keine Zeit – versteht ihr denn nicht? Elysea ist gestorben, und sie wird schon bald wieder tot sein. Wir sind hergekommen, um herauszufinden, was in der Nacht passiert ist, in der ihr verschwunden seid. Jahrelang haben wir euch für tot gehalten! Warum seid ihr nicht zu uns zurückgekommen? Warum seid ihr überhaupt weggegangen? Warum seid ihr nicht …« Ihre Unterlippe bebte. Mit einem abgehackten Schluchzen wandte sie sich ab.

Elysea ließ ihren Vater stehen und legte ihrer Schwester den Arm um die Schultern. »Schon gut, Tempe.«

Ich war mittlerweile schon an Tempests Wut gewöhnt, aber auf einmal war ich es, der an ihrer Stelle wütend war. Warum hatten ihre Eltern dieses Versteckspiel getrieben? Warum hatten sie ihren Töchtern nicht die Wahrheit gesagt? Was hatten sie zu verbergen?

»Wir wollten nicht, dass ihr uns für tot haltet.« Ihre Mutter wischte sich die Tränen von den Wangen und sah zu ihren Töchtern auf. »In der Nacht, in der wir geflohen sind, hat Elysea uns gesagt, dass ihr das alles zu viel sei und dass sie nicht mitkommen wolle. Wir dachten, ihr beide hättet beschlossen, auf Equinox zu bleiben, und wir wollten das respektieren.«

Elyseas Wangen wurden rot. »Es tut mir leid, Mom. Ich war verwirrt. Ich hätte …«

»Es ist nicht deine Schuld«, fiel ihr Mr. Alerin ins Wort. »Wir haben dich in eine schwierige Lage gebracht, indem wir von dir verlangt haben, das Riff zu verlassen, ohne dir die Informationen zu geben, die du gebraucht hättest, um die richtige Entscheidung zu treffen.«

»Welche Informationen?«, fragte Elysea.

»Den Grund, warum wir Equinox in jener Nacht verlassen mussten und nie zurückkehren konnten«, sagte er.

»Und was ist das für ein Grund?«, mischte sich Tempest wieder ein. Sie hatte aufgehört zu weinen und die Hände an den Seiten zu Fäusten geballt. Das Feuer hinter ihren Augen loderte wieder. Eine Wasserhexe, die auf Rache aus war. »Sagt schon!«

Mrs. Alerin gelang es, wieder aufzustehen. Sie legte ihren Töchtern jeweils eine Hand auf die Schulter. Traurig lächelte sie die Mädchen an.

»Wir sind gegangen, um euch das Leben zu retten.«

38 Tempest

8 Stunden, 15 Minuten
Dienstag, 03:45 Uhr

Unsere Eltern waren gegangen, um uns zu retten? Wovor?

»Was soll das heißen?«, beharrte ich.

»Euer Vater und ich«, Mom straffte ein wenig die Schultern, »haben uns einigen Ärger eingehandelt.« Ihr Blick ruhte auf mir. Sie sah noch genauso aus, wie ich sie in Erinnerung hatte. Vielleicht war ihre Haut ein wenig wettergegerbter, und die vielen Muschelketten waren neu, doch abgesehen davon war sie dieselbe. Es hatte mich meine ganze Willenskraft gekostet, mich ihr nicht in die Arme zu werfen, als sie über das Feld auf uns zugerannt war. Die Zwölfjährige in mir, das Mädchen, das jahrelang jede Nacht über ihren Tod geweint hatte, wollte gehalten und geherzt werden. Ich wollte mich selbst davon überzeugen, dass sie echt war. Doch die Siebzehnjährige, das logisch denkende Mädchen, wollte sie nicht so einfach wieder an sich heranlassen.

Ich konnte keinen Schritt weiter auf sie zugehen, bevor ich die Wahrheit wusste.

»Wir beide haben unsere Arbeit auf Palindromena geliebt«, erzählte Mom. »Deren konnte den trauernden Familien in ihrem Schmerz helfen, und ich habe dabei geholfen, neue Feldfrüchte anzubauen und zu pflegen, um die Riffe zu ernähren. Wir haben etwas Nützliches getan. Etwas, um unserer gepeinigten Welt zu helfen. Wenigstens ein bisschen.«

Elysea betrachtete unsere Eltern voller Hoffnung, während sie Moms Kette in der Hand hielt, so als könnten ihre Worte den Schmerz der vergangenen fünf Jahre ungeschehen machen. Ich biss mir von innen auf die Wange. Ich wünschte, ich könnte so verständnisvoll sein.

Dad legte eine Hand auf Moms Schulter. »Als Leiterin der botanischen Abteilung hat eure Mutter sämtliche Entscheidungen über den Anbau der Feldfrüchte getroffen. Wir wurden gut bezahlt. Ihr Mädchen hättet euch niemals Sorgen um die Zukunft machen müssen. Allerdings hatten wir Nessandra gewisse Dinge versprechen müssen.« Sein Blick wanderte zu Lor. »Wir haben geschworen, Palindromena zu beschützen und über alles zu stellen. Sogar über unsere Familien. So lautete die Sicherheitspolitik der Insel, damit niemand die Regeln brach. Regeln, die Palindromenas Fortbestehen sichern sollten.«

Mir kam es vor, als würde die Welt kippen, doch dieses Mal lag es nicht an der Landkrankheit. Ich war der Wahrheit so nah.

»Was für Regeln?«, fragte ich.

»Verrate einem Patienten niemals, dass er schon tot war«, antwortete Mom. »Lass niemals zu, dass ein Patient den Aufwachraum verlässt, ganz zu schweigen von der Einrichtung. Und verrate niemals jemandem, wie der Wiedererweckungsprozess tatsächlich funktioniert.« Die ungezählten Erinnerungen daran, wie sich meine Eltern spätabends im Flüsterton über ihre Arbeit in der Einrichtung unterhielten, kamen mir wieder in den Sinn.

»Zwanzig Jahre lang haben wir die Regeln befolgt«, sagte Dad. »Bis vor fünf Jahren. Ich habe noch spät einigen Papierkram erledigt. In der gesamten Einrichtung war nur eine einzige Wiedererweckung aktiv. Mitten in der Nacht ist eine Kundin zu mir gekommen, sie hat geschrien, ihr Mann würde sterben und sie könne ihren Wächter nicht finden. Ihr Mann war erst seit zwölf Stunden wieder lebendig, und er hätte eigentlich noch viel Zeit haben sollen. Irgendetwas war schiefgegangen.« Dad atmete durch, so als wäre die Erinnerung noch immer frisch und schmerzlich. »Das Herz ihres Mannes war stehen geblieben. Später habe ich herausgefunden, dass der Wächter zum Baden ins Meer gegangen und von einer Brandungsrückströmung erfasst worden war. Als sein Herz versagte, tat es auch das des Patienten. Ich wusste damals nicht, was ich tun sollte, also habe ich mich auf die Suche nach Nessandra gemacht. Ich konnte sie jedoch nirgends finden. Selbst als Leiter der Wächter hatte ich nur Zugang zu bestimmten Bereichen der Einrichtung. Doch dies war ein Notfall. Es war die Pflicht eines Wächters, dafür zu sorgen, dass die vierundzwanzig Stunden der Wiederbelebung eines Patienten friedlich verliefen.« Er fuhr sich durch sein ergrauendes Haar. Im Gegensatz zu Mom sah er anders aus, als ich ihn in Erinnerung hatte. Dünner. Weniger fröhlich. Gehetzt.

»Die Sicherheitsleute haben mir schließlich Zutritt zu den Versuchslaboren gewährt, um Nessandra zu finden. Dort war ich noch nie gewesen. Es war nie nötig.« Er holte tief Luft. »Als ich sie fand, war sie gerade dabei, die Verbindungsleitung eines Patienten zu durchtrennen. Jedenfalls hat es auf mich diesen Eindruck gemacht. Der Mann war am Leben, doch dann hat sie seinen Echolink berührt, und er war tot.« Das war es, was auch Elysea bevorstand, trotzdem zuckte meine Schwester bei diesen Worten nicht zurück. »In diesem Moment habe ich zwei weitere Männer in Tanks gesehen und Nessandra gefragt, was da vor sich geht.«

»Nessandra sagte, sie würde nur eine Theorie testen«, warf

Mom ein. »Sie hatte versucht, zwei Männer mit einem Patienten zu verbinden. Sie hatte den Puls der Männer um zwölf Stunden versetzt verbunden, in der Hoffnung, so die Lücke nach Ablauf der vierundzwanzig Stunden überbrücken zu können, wenn sich der Körper neu startet. Sie hatte gehofft, sie könnte den Patienten auf Dauer zurückholen und gleichzeitig die beiden anderen Männer am Leben halten. Sie wollte den Tod ›heilen‹.« Angewidert verzog sie den Mund. »Aber letztendlich hat keiner der drei überlebt.«

»Sowohl die Wächter als auch der Patient sind gestorben?«, fragte Elysea. Sie warf Lor einen Blick zu, den dieser jedoch nicht erwiderte.

»Nein«, sagte Dad. »Es war noch schlimmer. Ich habe *keinen* dieser Männer erkannt. Als ich Nessandra danach gefragt habe, hat sie mir erzählt, es seien Fischer, deren Boot in der Nähe der Insel gekentert war. Einer von ihnen war ertrunken und ist so zu ihrem Versuchsobjekt geworden, aber die anderen beiden hatten noch geatmet. Weil Palindromena sie aus dem Wasser gerettet hatte, war Nessandra der Meinung, sie würden ihr gehören. Niemand würde nach ihnen suchen. Ihre Familien würden glauben, sie wären ertrunken wie so viele andere auch.«

All die Menschen, die einfach auf dem Meer verschwanden. Die vielen Geschichten über räuberische Meereswesen. Wie viele davon waren Nessandras wegen entstanden? Wie viele Menschen hatte sie sich geholt, um sie als Batterien für die Toten zu benutzen? Wie viele Menschen hatte sie getötet, um den Tod zu »heilen«?

Elysea hob eine Hand an den Mund. Meine Knie waren wackelig, und ich fühlte mich schwach. Dies war die Einrichtung, der wir unsere Zukunft anvertrauten. Die Einrichtung, an die wir unsere Steuern zahlten. Die Einrichtung, der wir unsere Liebsten anvertrauten, nachdem diese nicht mehr waren.

»Nessandra hat versucht, mich davon zu überzeugen, dass ihre Errungenschaften dieses Opfer wert seien«, erzählte Dad weiter. Ich sah zu Lor, der bei der Erwähnung seiner Mutter zurückzuckte. »Aber es war nicht *ihr* Opfer. Sie hatte zwei unschuldige Männer getötet. Männer, die ins Meer gefallen waren und Rettung gebraucht hätten, keine Experimente. Sie war so auf ihr Ziel fixiert, den Tod auszulöschen, dass sie beschlossen hatte, es wäre den Preis wert.«

»Die Königin der Toten«, murmelte Lor so leise, dass ich es fast nicht gehört hätte. Hatte er dies über seine Mutter gewusst? War es das, was er mir die ganze Zeit verheimlicht hatte? »Sie will nicht, dass noch mehr Menschen so leiden müssen wie sie, als ihre Eltern gestorben sind.«

Dad schüttelte den Kopf. »Ich habe Nessandra gesagt, dass ich da nicht mitmachen würde. Ich habe ihr gesagt, dass sie damit aufhören musste. Dass es falsch war.« Er stieß ein grausames Lachen aus. »Sie hat gesagt, ich müsse mich zusammenreißen. Dass mir meine Stellung in der Einrichtung keine eigene Meinung über ihre Forschung erlaube. Also habe ich damit gedroht, der ganzen Welt zu verraten, was Palindromena draußen auf dem Meer mit seinen Bergungsbooten wirklich tat. Damit hätte sie alles verloren. Da hat sie ihre Sicherheitskräfte auf mich gehetzt.«

»Sie wollte ihn töten lassen«, sagte Mom. Ich schnappte nach Luft.

»Ich habe eure Mutter geholt, wir sind von Palindromena geflohen. Leider wurden wir verfolgt. Wir haben eine vorschnelle Entscheidung getroffen. Nach Equinox konnten wir nicht zurück. Wir wussten, dass Elysea in dieser Nacht zum Tauchen rausfahren wollte wegen deinem Geburtstag,

Tempe. Also haben wir die *Sunrise* lokalisiert und Kurs auf sie genommen.«

Elysea blickte von dem Papier in ihrer Hand auf. »Ihr habt mir diese Karte gegeben und mir gesagt, ich solle Tempe holen und das Riff mit ihr verlassen. Aber ihr habt mir nicht gesagt, warum.«

»Ich war so panisch, dass ich nicht mehr klar denken konnte«, sagte Dad. »Ich wusste, dass uns Palindromenas Flotte auf den Fersen war und dass wir sie von dir weglocken mussten. Wir wollten nicht, dass dir etwas passiert.« Er schüttelte den Kopf. »Wenn ich es noch einmal tun dürfte, dann würde ich es anders machen.«

Mom legte den Arm um ihn. »Damals war es die einzig mögliche Entscheidung.«

Zögernd nickte er. »Nachdem Ely fort war, hat uns die Flotte eingeholt. Nessandra hat das Feuer auf uns eröffnet und unser Boot in Stücke gerissen. Sie dachte, wir wären tot, aber wir konnten rechtzeitig von Bord springen, bevor das Boot explodiert ist. Ein paar Stunden lang haben wir uns an die Wrackteile geklammert, bis uns ein kleines Fischerboot gefunden hat. Wir haben den Fischern ein Vermögen bezahlt, damit sie niemandem etwas von uns sagten und uns hierherbrachten.« Dad machte eine Geste, die das Amphitheater einschloss. »Die Inseln sind nicht weit von Equinox entfernt, liegen aber trotzdem nicht im Einflussbereich von Palindromena. Wir wollten auf eure Ankunft warten und dann zu einem anderen Riff weiterreisen. Aber ihr seid nie gekommen.«

»Wie schon gesagt dachten wir erst, es wäre eure Entscheidung«, sagte Mom. »Als ihr aber nach sechs Monaten immer noch nicht bei uns wart, haben wir uns allmählich Sorgen gemacht. Wir wollten euch wissen lassen, dass wir am Leben waren und immer noch auf euch warteten.«

»Also sind wir mit einem Floß zum nächsten Riff gefahren und haben uns dort ein Boot geliehen, um nach Equinox zu reisen«, fuhr Dad fort. »Sobald wir aber die Grenze zum Einflussbereich von Palindromena überquert hatten, wurde die Einrichtung darüber informiert, dass sich ein fremdes Boot näherte, und sie sind gekommen, um nachzusehen, wer wir sind. Wir hatten gehofft, es bis zu euch zu schaffen, aber Nessandras Flotte war zu schnell. Als sie begriff, dass wir es waren, hat sie ihre Kanonen auf unser Boot feuern lassen, ohne sich darum zu kümmern, ob es irgendjemand hören würde. Alle müssen es für Donnergrollen gehalten haben. Niemand ist uns zu Hilfe gekommen. Wir mussten umkehren.«

Ich schluckte erschrocken. Hatte ich damals das Donnern der Kanonen gehört, es aber nur für ein weiteres Gewitter gehalten?

»Was ist hiermit?« Elysea hob Moms Halskette hoch.

»Im Laufe der folgenden Jahre haben wir immer wieder versucht, die Grenze zu überqueren, aber wir haben es nie bis nach Equinox geschafft, bevor Nessandras Schiffe uns gefunden haben«, berichtete Mom. »Einmal waren wir so nah dran.« Sie strich Elysea eine Strähne hinters Ohr. »Wir haben am Horizont schon die *Sunrise* gesehen, nicht weit von einer Tauchstätte entfernt. Aber Nessandra hat uns nicht an euch herankommen lassen. In der nächsten Nacht habe ich meine Kette über den Ruinen ins Wasser fallen lassen, in der Hoffnung, dass du sie finden und wissen würdest, dass wir noch am Leben sind und dass ihr der Karte zu uns folgen solltet.«

»Als ihr dann aber immer noch nicht gekommen seid, sind wir ein paar Monate später wieder zurückgekehrt, und ich habe meinen Echolink zurückgelassen«, fuhr Dad fort.

Ich kniff die Augen zu. Unsere Eltern hatten uns bei sich

haben wollen, aber Nessandra hatte uns all die Jahre voneinander ferngehalten. Dieselbe Frau, die mich auf Palindromena getröstet und beteuert hatte, wie leid ihr mein Verlust tue.

Elysea schlang die Arme um Moms Taille. »Ist das wahr?«, fragte sie Lor und verzog den Mund. »Ihr holt Menschen aus dem Meer, um sie für eure Experimente zu verwenden? Lebende Menschen?«

Lor verschränkte die Arme. »Es sind nicht *meine* Experimente. Dafür ist meine Mutter verantwortlich, und ich bin mit nichts von dem, was sie auf Palindromena tut, einverstanden.«

»Aber du hast es gewusst?« Elysea versagte die Stimme.

»Ich …« Er schluckte. »Nicht richtig, nein.«

»Hör auf zu lügen«, zischte ich. Schon auf der *Sunrise* hatte er etwas vor mir verheimlicht, und er hielt immer noch etwas zurück.

Es flackerte hinter seinen Augen. »Ich lüge nicht.«

Ich wollte ihn nicht mehr ansehen. Wie oft musste er mich noch belügen, bis ich endlich begriff, dass ich ihm nicht trauen konnte?

»Warum habt ihr damit aufgehört, uns Hinweise zu hinterlassen?«, fragte ich Mom und Dad. »Ich habe nie etwas von euch gefunden.«

Mom verbarg das Gesicht an Elyseas Schulter. »Vor zwei Jahren sind wir zum letzten Mal zu euch zurückgekehrt.«

Meine Kopfhaut prickelte, als mich eine böse Vorahnung überkam.

»Vor zwei Jahren?«, fragte ich.

Doch Mom sprach nicht weiter. Ihr Atem ging stoßweise, und Tränen liefen ihr über die Wangen.

»Ein paar Wochen nachdem ich den Echolink zurückgelassen hatte, ihr aber immer noch nicht zu uns gekommen wart, haben wir es noch einmal versucht«, erklärte Dad. Seine Miene wirkte schmerzverzerrt, und seine Augen waren rot.

Ich tauschte einen Blick mit Elysea, aber aus ihrem Gesicht war alle Farbe gewichen. Ihre Augen waren glasig und blickten ins Leere.

»Jetzt weiß ich es wieder.« Sie sprach so leise, dass ich sie kaum verstand. »Fast zwei Wochen lang habe ich nachts bei der Tauchstätte Wache gehalten, nachdem ich Dads Echolink gefunden habe. Ich hatte Tempe immer noch nichts davon gesagt, für den Fall, dass ich mich geirrt hätte.« Elysea schloss die Augen, so als würde sie sich die Szene in Erinnerung rufen. »Als ihr endlich gekommen seid, wart ihr nicht allein.«

»Nessandra«, sagte Dad, und Hass verzerrte sein sonst so fröhliches Gesicht. »Wie immer wurde sie benachrichtigt, als wir die Grenze überquerten. Wir hatten gehofft, dass wir vor ihr bei der Tauchstätte sein könnten, aber unser geliehenes Boot konnte nicht mit den Schiffen Palindromenas mithalten.«

»Sie war wütend, weil wir einfach nicht aufhörten, zurückzukehren.« Mom zitterte am ganzen Körper. »Wir haben ihr gesagt, dass wir nur mit euch Mädchen zusammen sein wollten, aber sie war überzeugt davon, dass wir vorhätten, Palindromena zu vernichten. Sie wollte uns dazu bringen, endgültig wegzubleiben. In diesem Moment hat sie die *Sunrise* gesehen.«

»Nein«, flüsterte ich, als ich begriff, was sie als Nächstes sagen würden.

»Wir haben versucht, sie aufzuhalten«, sagte Dad. »Aber ihr Schiff war viel schneller als unseres. Sie hat die *Sunrise* gerammt und Elysea ins Wasser geschleudert.« Er legte Elysea die Hände auf die Schultern. »Mom ist dir nachgesprungen, aber sie konnte dich nicht finden.« Mom war wieder in

Tränen ausgebrochen. »Nessandra sagte, wenn wir nicht sofort verschwinden würden, dann würde sie sich als Nächstes Tempe holen.«

Ich konnte mich nicht bewegen, ich konnte nicht atmen.

»Wir mussten gehen.« Dad rieb sich über den Nasenrücken. »Wir mussten dich beschützen, Tempe. Wir mussten Nessandra gewinnen lassen.«

Nun verstand ich die Reaktion meiner Eltern, als sie Elysea gesehen hatten. Sie hatten geglaubt, dass sie den Unfall doch irgendwie überlebt hatte.

Ich konnte Lor nicht einmal ansehen. Seine Mutter hatte meine Familie zerstört.

Ich wollte mich zu einem Ball zusammenrollen und weinen, einfach nur weinen. Meine Eltern waren so nah dran gewesen, wieder mit Elysea vereint zu sein. Wie hatten die Götter der Tiefe das nur zulassen können?

Elysea rührte sich nicht. Sie stand unter Schock.

Da fiel mir mein Schwur wieder ein. *Sei stark. Für sie.*

Ich machte einen Schritt auf meine Eltern zu. »Es muss doch etwas geben, das wir tun können, um Elysea zu retten. Dad, du warst ein Wächter – gibt es denn keinen Weg, ihr Leben zu verlängern?«

Dad schüttelte den Kopf. »Ich wünschte, es wäre so. Wenn ich irgendetwas wüsste, dann würde ich es tun.«

»Wie lange hast du noch, Ely?«, fragte Mom durch ihre Tränen.

Elysea lächelte bitter und sah Lor an. Er warf einen Blick auf seinen Echolink und sagte: »Etwas weniger als acht Stunden.«

»Und jetzt?« Ich sah sie alle der Reihe nach an. »Wir akzeptieren also einfach, dass Ely nur noch ein paar Stunden zu leben hat, und finden das in Ordnung? Nach allem, was ihr getan habt, um uns vor Nessandra zu beschützen?«

Dad schüttelte den Kopf. »Nein, natürlich finden wir das nicht in Ordnung. Aber wir dürfen dein Leben nicht auch noch riskieren, Tempe. Wegen dem, was wir getan haben, bleiben Ely nur noch ein paar Stunden.«

»Wegen dem, was *Nessandra* getan hat«, fauchte ich. »Aber jetzt sind wir zusammen, jetzt können wir gemeinsam gegen sie kämpfen.«

»Es ist zu gefährlich«, sagte Mom. »Wir sollten die Zeit ehren, die uns noch zusammen bleibt.« Sie klang genau wie meine Schwester.

»Ely?«, fragte ich. An ihrer Miene konnte ich jedoch ablesen, dass sie aufgegeben hatte. Die Erinnerung an jene Nacht hatte sie erschöpft.

»Tempe, Schatz.« Mom streckte die Hand nach mir aus, aber ich wollte nicht in den Arm genommen werden. Ich wollte, dass etwas getan wurde.

»Ich brauche etwas Zeit für mich«, sagte ich und ging davon.

Ich hätte lieber sagen sollen, dass ich etwas Raum brauchte, denn mehr Zeit konnte ich nicht bekommen.

39 Lor

7 Stunden, 50 Minuten
Dienstag, 04:10 Uhr

Die Königin der Toten. So nannte man meine Mutter. Bevor ich meine Arbeit im Keller aufgenommen hatte, war ich der Meinung gewesen, dass sich meine Mom an die Richtlinien meiner Großeltern hielt. Ein geborgtes Leben für vierundzwanzig Stunden. Doch nachdem ich einige Monate im Aquarium verbracht hatte, war mir ein gewisses Muster aufgefallen. Meine Mutter brachte Leichen durch die Hintertür des Aquariums herein, die jedoch nicht in Tanks landeten. Ich hatte angenommen, dass es Tote waren, doch irgendwo, tief in mir, hatte ich gewusst, dass sie noch lebten. Ich hatte meine Mutter nie zur Rede gestellt, weil ich Angst vor dem hatte, was sie mir vielleicht sagen würde, doch nun konnte ich mich nicht länger vor der Wahrheit verstecken. Sie experimentierte an Lebenden.

War das der wahre Grund dafür, warum die Patienten ein Mittel bekamen, um sie ihre letzten Erinnerungen vergessen zu lassen? Weil meine Mutter bei ihrem Tod die Hand im Spiel gehabt hatte?

Uns blieben noch sieben Stunden und fünfzig Minuten, trotzdem fühlte ich mich so erschöpft, als wären wir schon in der letzten Stunde angekommen. Meine Mutter hatte Elysea getötet. Ein wunderbares Mädchen mit einer liebevollen

Familie. Ich würde es niemandem vorwerfen, wenn er mich allein wegen meiner Verbindung zu ihr hasste.

»Es tut mir leid«, sagte ich zu den Alerins, nachdem Tempest fort war. »Ich wünschte, es gäbe etwas, das ich tun kann. Etwas, mit dem ich Elysea helfen könnte. Mit dem ich Ihnen allen helfen könnte.«

Elysea lächelte. »Ich weiß, Lor.« Sie wandte sich an ihre Eltern. »Ich gehe ihr nach.«

»Soll ich das nicht lieber tun?«, schlug Mrs. Alerin vor und blickte Tempest hinterher, die auf den Ausgang des Amphitheaters zuging.

Elysea schüttelte den Kopf. »Am besten mache ich das.«

Sie eilte ihrer Schwester hinterher. Selbst wenn sie es nicht darauf anlegte, sah sie aus, als würde sie tanzen.

Nun war ich mit Mr. und Mrs. Alerin allein. Und ich hatte gedacht, schlimmer könnte es nicht mehr kommen.

»Was meine Mutter getan hat, tut mir so leid.« Diese Worte waren nicht einmal annähernd genug, um auszudrücken, was ich empfand. Was sagte man zu Eltern, die ihre Töchter zurücklassen, im Exil leben und dann dabei zusehen mussten, wie eines ihrer Kinder getötet wurde? Für all das war allein meine Mutter verantwortlich.

Mr. Alerin drückte mir die Schulter, wobei er den Blick jedoch gesenkt hielt. »Ich wusste von so einigen Geheimnissen, die Palindromena verschweigt, sogar vor den eigenen Angestellten, aber ich habe nie etwas getan.«

Ich kam mir vor, als hätte mir jemand in den Magen getreten. Mein ganzes Leben lang hatte ich nichts getan. Schon seit fast zwei Jahren ahnte ich, dass meine Mutter eine Grenze überschritten hatte, aber ich hatte sie nicht aufgehalten. Ich hatte ihr gestattet, ihre Geheimnisse zu wahren. So wie sie mir gestattet hatte, meines zu wahren.

Waren wir denn wirklich so verschieden? Immerhin war

sie nicht die Einzige in der Familie, die jemanden ermordet hatte.

Mr. Alerin stieß ein abgrundtiefes Seufzen aus. »Trinkst du Ragar, Lor?«

Eigentlich nicht, aber bei dieser Gelegenheit würde ich damit anfangen.

Minda und Deren, wie sie sich mir vorgestellt hatten, nahmen mich mit in das riesige, rote Zelt. Dort standen Bänke und Tische, beladen mit genug Essen, um die mehreren Hundert Inselbewohner und noch einige mehr durchzufüttern. Alle tranken, aßen und unterhielten sich laut. Die Luft war warm und stickig, kein Ort der Welt hätte dem Aquarium ferner sein können.

»Woher kommt das viele Essen?«, fragte ich und sah zu, wie die Inselbewohner Muscheln auslutschten, an gerösteten Fischschwänzen kauten oder Schalen voller Algeneintopf löffelten. »Hier gibt es doch keine Feldfrüchte, mit denen gehandelt werden könnte.«

»Wir essen nur, was wir aus dem Meer bekommen«, erklärte Minda. »Weil es kaum Boote in der Gegend gibt, werden die Fische nicht verscheucht.«

»Ist das denn nachhaltig?«, wollte ich wissen.

Minda lächelte. »So schlemmen wir nur alle paar Monate, dazwischen fasten wir auch, um sicherzustellen, dass wir das Meer nicht überfischen. In dieser Zeit können sich die Bestände erholen. Wir achten sorgfältig darauf, nur so viel zu nehmen, wie wir auch brauchen.«

»Alles andere, was wir verwenden« – Deren machte eine ausladende Handbewegung –, »wurde hier gefunden. Dieses Amphitheater wurde auf einem riesigen Gebäude errichtet, ein paar Jahre vor den Großen Wellen. Weil sich die Kleider, Zelte und Kochutensilien nie unter Wasser befunden haben, sind sie sehr gut erhalten.«

»Was genau feiert ihr denn heute?«

Minda lachte. Es klang genau wie bei ihren Töchtern. »Die Tatsache, dass wir am Leben sind.«

Deren reichte mir eine Tasse dampfend heißen Ragar. Vorsichtig nippte ich daran. Das vergorene Getränk brannte mir auf der Zunge und ließ meine Augen tränen. Das Feuer nistete sich in meiner Brust ein, und ich musste mich vorbeugen und rasselnd husten.

Deren schlug mir auf den Rücken. »Der erste Ragar?«

Ich nickte und versuchte, wieder zu Atem zu kommen. Ray hätte sich kaputtgelacht, wenn er mich jetzt sehen könnte. Plötzlich vermisste ich ihn. Ihm hätte es hier gefallen. Ich hoffte, dass er sich nicht zu viele Sorgen um mich machte, aber natürlich würde er das doch tun.

»Ist der immer so stark?«, fragte ich.

Deren schmunzelte. »Eigentlich ist dieser da noch ziemlich mild.«

»Glaub ihm kein Wort«, sagte Minda und reichte mir einen Teller mit geröstetem Fisch und einer Portion Eintopf. »Iss. Du siehst halb verhungert aus.«

»Danke.« Ich war nicht sicher, womit ich ihre Freundlichkeit verdient hatte, aber ich setzte mich an einen der leeren Tische. Deren und Minda ließen sich mir gegenüber nieder.

Ich löffelte mein Essen, um einer gezwungenen Unterhaltung vorzubeugen.

»Du siehst deiner Mutter so ähnlich«, sagte Minda, die Hand auf der Brust. »Tut mir leid, wahrscheinlich hörst du das andauernd.«

Ich schluckte den Fisch hinunter. Das Essen beruhigte

meinen Magen. »Eigentlich nicht.« Immerhin hatte mich seit zwei Jahren niemand mehr gesehen, der die Verbindung hätte herstellen können.

»Wie ist es auf Palindormena?«, fragte Deren mit vorsichtiger Miene.

»Wie immer.« Seit ich vor fast zwei Jahren begriffen hatte, dass meine Mutter mehr Schaden anrichtete, als sie Gutes tat, hatte ich aufgehört, mit ihr zu sprechen. Seit damals hatte ich mich noch mehr in mich zurückgezogen.

Ich hatte zugelassen, dass sie den Menschen weiterhin schadete.

»Dann gelingt ihr also nicht, was sie vorhat«, sagte Minda. Sie musste nicht weiter ausführen, was sie damit meinte.

»Nein.« Der Gedanke, was meine Mutter womöglich als Nächstes tun würde, machte mir zu schaffen.

Deren tätschelte meinen Arm. »Wächter zu sein ist kein leichter Job. Wir können dir gar nicht genug dafür danken, dass du Elysea hast herkommen lassen, damit wir in ihren letzten Stunden zusammen sein können.«

»So war es nicht.« Ich konnte diese freundlichen Menschen nicht in dem Glauben lassen, dass ihre Töchter meinetwegen hier waren. »Tempest hat Elysea aus der Einrichtung befreit. Ich bin ihnen gefolgt. Dann haben sie mich als Geisel genommen.« Ich lachte, denn was hätte ich an diesem Punkt auch sonst tun sollen? »Als sie herausgefunden haben, dass einer von uns nach vierundzwanzig Stunden sterben wird, wollte Elysea sofort nach Palindromena zurückkehren, aber ich wollte, dass sie noch einmal mit ihrer Familie zusammen sein kann.«

Einen langen Moment starrte Minda mich an, und ich dachte schon, ich hätte das Falsche gesagt. Dann furchte der Schmerz ihr Gesicht, und Tränen liefen ihr über die Wangen.

Ich hatte also eindeutig das Falsche gesagt. Ich war ein wenig eingerostet, was den Umgang mit den Lebenden anging.

»Es tut mir so leid.« Doch das waren nur Worte. Ich wünschte, ich könnte irgendetwas tun.

»Nein«, sagte Minda durch ihre Tränen. »Danke dafür, dass du mir das erzählt hast. Ich bin froh, dass Tempest ihre Schwester beschützt.«

Das tat sie allerdings. Aber wer beschützte Tempest?

Eine Weile unterhielten sich Deren und Minda leise miteinander, während ich aß. Der Ragar brannte mit jedem Schluck weniger.

Kurz darauf gesellte sich Elysea wieder zu uns an den Tisch. »Tempe braucht einen Moment.« Sie lächelte traurig. »Es tut ihr leid.«

Ich fragte mich, ob es Tempe wirklich leidtat oder ob Elysea das nur hinzugefügt hatte, um ihre Eltern nicht zu verunsichern.

»Das verstehe ich«, sagte Minda.

»Bevor ich es vergesse …« Elysea zog etwas aus der Tasche und reichte es ihrem Vater. Einen Echolink. »Der gehört dir.«

Der Echo bebte in Derens zitternden Fingern. Er stand für alles, was seine Familie zerrissen hatte und was Elysea schließlich das Leben kosten würde.

»Danke, Ely.« Er schob die Hände unter den Tisch, womit auch der Echolink außer Sicht war. Wünschte er sich, er könnte ihn einfach zerstören, so wie ich mir wünschte, ich könnte es bei meinem?

Elysea nickte und setzte sich neben ihre Mutter. Sie legte den Kopf auf ihre Schulter. Sie waren einander so ähnlich: braunes Haar, grüne Augen, oliver Teint und runde Wangen.

Ich sah weg. Schuldgefühle stiegen in mir auf, und ich

schenkte mir einen weiteren Ragar ein. Ich hoffte, die brennende Flüssigkeit würde den Schmerz in meiner Brust dämpfen.

Das Amphitheater war ein Stadion der Sterne. Zumindest sah es durch meine verschwommene Sicht so aus. Wir befanden uns erst seit zwei Stunden auf den Kavalkade-Inseln, trotzdem machte mich der Gedanke, diesen Ort wieder verlassen zu müssen, jetzt schon traurig. Der Anblick, die Musik, das Essen, die Menschen … das Leben. Das alles erinnerte mich an die Springflut. Es führte mir vor Augen, wie es war, wirklich zu leben. Ich trank einen weiteren Schluck Ragar.

Es war erst mein zweiter Becher, aber ich hatte genug. Meine Gedanken fühlten sich seltsam schwerelos an. Als würde ich schweben. Ich wollte die Augen schließen und mich von den Wellen davontragen lassen. Ich wollte vergessen. Ich wollte das Aquarium vergessen.

»Lor!«, rief Elysea, als ich mich stolpernd vom Zelt entfernte und den lodernden Scheiterhaufen ansteuerte. »Bist du betrunken?«

Sie hatte sich mehrere bunte Tücher um die Hüfte gebunden, sodass es wie ein Rock aussah. Bis gerade eben hatte sie mit den Kindern ums Feuer getanzt. Es freute mich, dass sie ihre letzten Stunden genoss.

Mit zwei Fingern zeigte ich einen winzigen Abstand an. »Ein ganz kleines bisschen. Wo ist Tempest?« Seit ihrem Verschwinden war fast eine Stunde vergangen. Mittlerweile war es fünf Uhr morgens, und uns blieben nur noch zwei Stunden auf der Insel. »Möchte sie nicht mitfeiern?«

»Nein. Wohl nicht.«

»Schade. Sie fehlt mir.«

Elysea lachte.

Den letzten Teil hatte ich eigentlich nicht laut aussprechen wollen. »Ich glaube, ich höre jetzt lieber mit dem Trinken auf.« Ich stellte meinen Becher auf einem Tisch ab. Ich musste meine Zunge im Zaum halten. Es war einfach zu leicht, in Gegenwart dieser Mädchen seine Deckung fallen zu lassen.

Deren und Minda blieben immer in Elyseas Nähe und passten auf sie auf, solange sie es noch konnten. Je mehr Zeit ich mit ihnen verbrachte, desto lieber mochte ich sie. In diesem Punkt war es nicht nur der Ragar, der aus mir sprach.

»Sie ist immer noch allein irgendwo da draußen«, fuhr Elysea fort. Es dauerte einen Moment, bis ich begriff, dass sie damit meine ursprüngliche Frage beantwortet hatte. »Sie möchte nicht zum Fest zurück. Sie sagt, es gäbe nichts zu feiern.«

»Du lebst.« Ich machte eine ausladende Geste. »Und vor einem Tag hast du noch nicht gelebt. Das ist eindeutig ein Grund zum Feiern.«

Wieder lachte sie. »Ich glaube, du solltest dir lieber was zu essen besorgen und dich hinsetzen.« Sie musste nicht deutlicher werden. Ich musste mich dringend ausnüchtern.

Ich schlenderte fort vom Lagerfeuer. Eigentlich hätte ich wohl ins Zelt zurückkehren sollen, aber die Dunkelheit war mir lieber. Von dem grellen Feuerschein bekam ich Kopfschmerzen. Oder vielleicht lag es auch am Ragar.

Da sah ich sie. Sie saß auf dem Feld, die Knie an die Brust gezogen und die Arme darum geschlungen. Sie sah Elysea zu, die wieder mit den Kindern um die Flammen tanzte.

»Tempest!«, rief ich. »Da bist du ja!«

»Geh weg.« Sie sah mich nicht einmal an.

»Nein. Ich gehe nicht.«

»Ich will dich nicht sehen. Verstehst du das nicht?«

Doch. Ich sah aus wie meine Mutter, und das Letzte, was Tempest jetzt brauchte, war eine Erinnerung an sie. Wenn sie nicht wäre, dann würden wir jetzt nicht in diesem Chaos feststecken. Doch allein zu sein war nicht gut für Tempest.

»Dann mach die Augen zu.« Ich ließ mich neben sie plumpsen.

Sie wandte sich mir zu und musterte mich. »Du benimmst dich komisch.«

Ich zuckte mit einer Schulter. »Du weißt doch gar nicht, wer ich wirklich bin.«

Eigentlich hatte ich damit mein altes Ich gemeint, aber sie sagte: »Vermutlich nicht.«

»Ich wünschte, ich könnte wiedergutmachen, was meine Mutter euch angetan hat. Ich wünschte, ich hätte sie aufgehalten.«

Fragend sah sie mich an. »Hättest du sie denn aufhalten können?«

»Nein, wahrscheinlich nicht.«

Seufzend wandte sie sich ab.

»Uns bleiben nicht mehr ganz zwei Stunden«, sagte ich mit Blick auf den Echo. »Warum gehst du nicht zu deiner Schwester? Hast ein bisschen Spaß?«

»Bevor du ihr dann das Leben nimmst?« Sie schüttelte den Kopf. »Sehr verlockend.«

Mit einem entnervten Stöhnen wischte ich mir übers Gesicht. »Du kannst es nie gut sein lassen, oder?«

»Was, den Tod meiner Schwester?« Ihr Blick war hart. »Nein. Nie.«

»Aber deine Schwester kann es.« Ich deutete auf Elysea, die um den Scheiterhaufen tanzte. Es sah aus, als würde sie in die Rauchwolke eintauchen, um gleich wieder daraus zu entstehen. »Ist es nicht das, worum es geht?«

»Meine Schwester und ich sind sehr verschieden«, sagte Tempest. Sie biss sich auf die Unterlippe, den Blick fest auf Elysea gerichtet. »Außerdem muss sie sich schließlich keine Gedanken darum machen, was nach ihrem Tod geschieht. *Ich* aber schon.«

»Glaub mir, es ist nicht leicht, wenn man weiß, dass man sterben muss.«

Da sah sie mich an. »Geht's dir gut?«

Zum ersten Mal lag echte Sorge in ihrem Blick. »Ja.«

Ihre Wangen wurden rot, so als hätte sie auf einmal begriffen, was sie da gefragt hatte. Sie hatte sich aus der Deckung gewagt.

»Elysea möchte die Zeit, die ihr noch bleibt, genießen. Und sie will dich bei ihr haben.«

Mit einer Hand fuhr sie sich durch das schwarze Haar. »Elysea sollte mehr wollen als nur das. Sie sollte leben wollen. Und sie sollte Rache wollen.«

»Ist es denn nicht leichter, dass sie einfach akzeptiert, was mit ihr geschehen wird?«

Sie hob eine Braue. »Leichter für dich.«

Ich stieß einen übertriebenen Seufzer aus. »Bist du es nicht allmählich leid, dich hinter deinen Mauern zu verstecken, Tempe?«

Sie blinzelte. »Was meinst du damit?«

Ich deutete auf die Feierlichkeiten. »Du könntest Teil davon sein, wenn du es wolltest.«

»Und wie kommst du auf den Gedanken, dass ich Teil davon sein will, Lor *Ritter?*« Sie sprach meinen Nachnamen aus, als wollte sie mich damit verfluchen. Hoffentlich war sie am Ende nicht doch eine Wasserhexe.

»Alle wollen leben. Aber das, was du da gerade tust, ist nicht leben. Du drehst dich nur« – ich ließ die Hände in der Luft kreisen – »um deine Wut, deinen Hass und deine Enttäuschung. Das ist kein Leben.« Ich musste es schließlich wissen. Immerhin tat ich dasselbe.

»Du weißt doch gar nicht, wer ich wirklich bin«, wiederholte sie meine Worte von zuvor. Das stimmte. Wir kannten einander nicht. Doch ich wollte sie kennenlernen.

»Weißt du noch, dass ich dir gesagt habe, du sollst die wiedergewonnenen Stunden nicht vergeuden, sonst würdest du es bereuen?« Sie antwortete nicht. »Genau daran will ich dich jetzt erinnern. Als dein Wächter.« Sie musste die Wahrheit erkennen, bevor es zu spät war.

»Du bist nicht mal ein Wächter!« Mit beiden Händen schlug sie aufs Gras. »Warum kümmert es dich überhaupt, was ich tue? Nach diesem Tag kehrst du einfach in dein normales Leben und zu deiner mörderischen Mutter zurück, aber ich verliere meine Schwester. Für immer.«

»Ich werde nicht zu ihr zurückkehren«, sagte ich.

»Nicht?«

Ich schüttelte den Kopf, ein wenig zu enthusiastisch, woraufhin mir prompt schwindlig wurde. »Ich verleugne das alles schon viel zu lang. Ich kann mich nicht weiter verstecken.«

»Wohin willst du dann?«

Ich würde Elysea nach Palindromena bringen, bevor irgendjemand herausfand, was geschehen war, aber ich konnte nicht ins Aquarium zurück. Nicht mehr. Ich kämpfte um ein Leben, das ich nicht wirklich lebte.

»Ich mag deine Familie«, sagte ich, um das Thema zu wechseln. »Ihr seid gute Menschen. Ihr habt nicht verdient, was meine Mutter euch angetan hat. Besonders deine Schwester nicht. *Du* hast es nicht verdient. Die Trauer ist das Schlimmste für diejenigen, die zurückbleiben.« Das wusste ich nur zu gut.

Bebend holte sie Luft, so als müsste sie gegen die Tränen

ankämpfen. »Danke«, sagte sie, wobei ihre Stimme an Kraft gewann.

Ein paar Minuten lang schwiegen wir.

Die Stille war angenehm, doch der Ragar ließ nicht zu, dass ich weiter den Mund hielt. »Wenn du nicht wüsstest, dass heute ihr letzter Tag ist, was würdest du dann tun?«

Sie blickte zum Feuer hinüber, und ein Lächeln spielte um ihren Mund. »Ich würde mit ihr tanzen, obwohl ich überhaupt nicht tanzen kann.«

»Ja, das weiß ich noch.« Ich musste an ihre Vorführung bei der Springflut denken.

Sie schaute mich wütend an, und ich lächelte. »Tanzkünste hin oder her, du solltest wirklich zu ihr gehen. Das, was Palindromena zu tun versucht, ist nicht ganz falsch. Meine Großeltern haben damit angefangen, wusstest du das?« Sie schüttelte den Kopf. »Nachdem sie herausgefunden hatten, wie man ein Lebewesen für vierundzwanzig Stunden wiedererwecken kann, haben sie darin eine Möglichkeit gesehen, den Menschen zu helfen. Die Gräte in der Suppe ist allerdings, dass der Kunde weiß, dass ihm nur noch diese wenigen Stunden mit einem Menschen bleiben, den er liebt. Man kann sich über das Wiedersehen nie aus vollem Herzen freuen, weil man weiß, dass der Abschied unvermeidlich ist.«

»Rätst du mir gerade, dass ich einfach so tun soll, als würde sie in ein paar Stunden nicht sterben?« Sie wischte sich das Haar über die Schulter, und es fiel wie ein dunkler Wasserfall. Meine Finger prickelten, so sehr wollte ich es berühren.

»Was hast du zu verlieren? Du kannst die nächsten Stunden entweder hier sitzen, bei mir, oder du kannst das meiste aus der Zeit machen, die dir mit deiner Schwester noch bleibt.«

»Okay, mit dir will ich jedenfalls nicht mehr Zeit verbringen als unbedingt nötig.«

Ich dachte schon, sie würde es ernst meinen, doch da sah ich das Funkeln in ihren Augen. Zaghaft lächelte sie mir zu.

»Dann ab mit dir.« Ich erwiderte ihr Lächeln und scheuchte sie mit einer Handbewegung davon.

Ich fand es unerträglich, dass ich sie vermisste, sobald sie fort war.

40 Tempest

6 Stunden, 30 Minuten
Dienstag, 05:30 Uhr

Zeit. *Zeit* – darauf lief es immer hinaus.

So wenig es mir auch gefiel, Lors Rat zu befolgen, er hatte recht. Dies war alles, was ich hatte. Nur noch eineinhalb Stunden mit meiner Familie, solange sie noch ganz war. Warum sollte ich das vergeuden?

Ich wollte weiter wütend auf ihn sein. Ich wollte ihn hassen, weil ich das hasste, was seine Mutter getan hatte, doch ich konnte es nicht. Es war nicht zu übersehen, dass er über ihre Taten genauso entsetzt war wie wir. Sollte ich Nessandra jemals wiedersehen, würde ich mich nicht zurückhalten – und vermutlich auch die Fäuste sprechen lassen.

Bevor ich mich zu Elysea ans Feuer gesellte, suchte ich nach meinen Eltern. Sie saßen an einem kleinen Tisch, den Blick fest auf meine Schwester gerichtet, während sie tanzte.

»Wir hatten ein glückliches Leben«, sagte ich. »Wir haben aufeinander aufgepasst.«

Mom drehte sich auf ihrem Stuhl zu mir um. »Tempe!« Sie streckte die Arme aus. »Komm, setz dich zu uns.«

Ich zog mir einen Stuhl heran. Mir war nicht entgangen, dass die Möbel, genau wie die Trommeln, aus Knochen gemacht waren. Fischknochen. Das war immerhin etwas, das es in dieser Welt im Überfluss gab. Tod. Trotzdem genossen alle um uns herum das Leben. Sie hatten etwas aus dem Skelett der Alten Welt erbaut. Etwas, das blühte und gedieh.

»Wir haben nicht in Trauer gelebt«, fügte ich hinzu. »Natürlich haben wir euch vermisst, aber Elysea hat mich vorangetrieben. Sie hat mich dazu gebracht, mein Leben weiterzuleben. Hättet ihr etwas anderes erwartet?« Ich lachte, als Elysea in die Luft sprang, als wäre sie schwerelos. Eine ganze Kinderschar folgte ihr und versuchte, ihre Bewegungen nachzuahmen.

Dad beugte sich an Mom vorbei und ergriff meine Hand. »Wir haben nie daran gezweifelt, dass ihr Mädchen füreinander tun würdet, was das Beste ist.«

»Wir können nicht in Worte fassen, wie leid es uns tut«, sagte Mom. Ihre Augen schimmerten. »Wir haben niemals gewollt, dass es so kommt. Das wisst ihr doch, oder?«

»Jetzt weiß ich es.« Ich rieb mir über die Nasenwurzel, um die Tränen zurückzudrängen. »Sie wird mir nur so fehlen, versteht ihr?«

Mom nahm mich in die Arme. Sie roch noch genauso wie früher. Selbst ohne die Pflanzen auf Palindromena roch sie nach Erde und Süße. »Ich weiß, Schatz. Uns auch. Sie hat uns all die Jahre furchtbar gefehlt. Aber jetzt hast du uns. Wir können hier leben, zusammen.«

Ich blickte mich im Amphitheater um und stellte mir mein Leben als ein einziges endloses Fest vor. Es passte nicht zu dem, wer ich war. Zu wem ich geworden war. Ich war nicht mehr das kleine Mädchen, das sich hinter den Beinen seiner Mutter versteckte. Genauso wenig war ich der Teenager, der die Gesellschaft von Skeletten unter Wasser bevorzugte. Ich war stärker geworden. Über das Danach würde ich mir Gedanken machen, wenn es so weit war.

Ich drückte Mom und gab Dad einen Kuss auf die Wange, dann ging ich zum Feuer.

Elysea brachte den Kindern gerade einen ihrer Tanzschritte bei.

»Tempe!«, rief sie, als sie mich erblickte. Sie ließ die Kinderschar stehen und nahm mich an den Händen. »Tanzt du mit mir?«

»Du weißt genau, dass ich deine Schritte nicht nachmachen kann.«

Sie grinste. »Dann tanz einfach so, wie du willst!«

Ich wollte weinen und toben. Doch damit würde ich Elysea nicht helfen. Also tat ich mein Bestes, um mich im Rhythmus der Musik zu bewegen.

Ich war furchtbar, aber Elysea strahlte mich an, als wäre ich die beste Schülerin, die sie je gehabt hatte. Das machte mir Mut. Ich hielt ihre Hand und versuchte, sie nachzuahmen.

Ein paar Minuten später vergaß ich, wie peinlich ich im Vergleich zu ihr aussehen musste. Ich vergaß alles. Einen Moment lang. Es war befreiend. Es war, als würde ich mich unter Wasser sinken lassen. Vollkommene Kontrolle und zugleich vollkommene Hingabe.

»Lor!«, rief Elysea und holte mich in die Wirklichkeit zurück. »Komm, tanz mit uns!«

»Nein«, sagte ich und wollte ihr meine Hand entziehen, aber sie hielt mich fest.

Lor tauchte aus der Dunkelheit auf. Seit unserer letzten Begegnung war er etwas ausgenüchtert, aber seine Bewegungen wirkten sehr entspannt, was mich vermuten ließ, dass der Ragar ihn noch nicht ganz aus seinem Griff entlassen hatte.

»Nein«, wiederholte ich.

»Sei nicht gemein«, flüsterte sie.

Lor näherte sich so vorsichtig, als könnte ich ihn beißen. Ich wünschte, ich würde das noch wollen, aber die Wut war aus meinem Körper gewichen. Das war Elyseas Zauber.

»Ich tanze eigentlich nicht«, sagte er.

Elysea strahlte. »Super! Tempe auch nicht. Dann könnt ihr zusammen *nicht* tanzen.«

Sie legte meine Hand in seine, und ich zuckte zusammen, als hätte ich das Feuer berührt. Seine Haut war weich, zart. Nicht das Ergebnis der Arbeit mit Tauen auf einem Boot oder der Plündereien der Tauchstätten oder der Kletterei an den Klippen Palindromenas.

War das auch nur eine Lüge gewesen?

»Hallo«, sagte er.

»Hi.« Ich hielt in der Bewegung inne.

Elysea tanzte davon.

»Tut mir leid.« Ich ließ Lors Hand los. »Ich tanze *wirklich* nicht.«

Lors Miene war ernst. »Ich auch nicht.«

Einen Moment lang standen wir da und sahen einander an. Die Musik und die Tänzer wirbelten um uns herum, und das Feuer knisterte und prasselte. Ich dachte an die Springflut. Daran, wie wir im Sturm in der Falle gesessen hatten. Genauso fühlte ich mich auch jetzt. Die Musik wummerte in meinem Kopf. Lors Augen, leuchtend blau im Feuerschein.

Dieses Mal war es jedoch anders. Ich wollte nicht entkommen. Eigentlich nicht.

Ich war nicht daran gewöhnt, neue Freundschaften zu schließen – oder überhaupt irgendwelche Freundschaften. Trotzdem versuchte ich mir vorzustellen, wie es wohl sein würde, wenn ich Lor unter anderen Umständen begegnet wäre. Wenn er nicht Nessandras Sohn oder Elyseas Pulsgeber wäre. Was würde ich dann empfinden? Würde ich mit ihm tanzen wollen?

Wir standen voreinander. Er schenkte mir ein vorsichtiges Lächeln. Ich verstand nicht, warum, aber aus irgendeinem

Grund schien er in meiner Nähe sein zu wollen. Zum ersten Mal, seit Elysea wiedererwacht war, fühlte ich mich verbunden. Verbunden mit der Welt. Ich war mir jedes Atemzugs zwischen uns überbewusst.

Er trat auf mich zu, griff nach meiner Hand. Seine Lippen teilten sich. »Tempe«, sagte er. »Ich …« Doch er brachte seinen Satz nicht zu Ende.

In diesem Moment verschwand alles um uns herum, und ich sah nur noch Lor. Den echten Lor. Er versuchte nicht mehr, sich zu entschuldigen, er versuchte nicht mehr, mein Wächter zu sein. Er *versuchte* überhaupt nichts mehr. Er *war* einfach.

Er stand da, meine Hand in seiner, mit lodernden Augen und einer Frage auf den Lippen. Ich erkannte Zuversicht in ihm und einen fast schmerzlich verzweifelten Wunsch, zu mir durchzudringen. Diesen Jungen kannte ich noch nicht.

Und er war schön.

Ich wich zurück. Ich begriff, was Elysea vorhatte. Sie wollte nicht, dass ich in Lor einen Feind sah. Sie wollte mich begreifen lassen, dass auch er sich in einer furchtbaren Situation befand.

Ich wünschte, es wäre so leicht. Ich wünschte, ich könnte ihm seine Rolle in diesem Stück einfach verzeihen. Doch er hielt Elyseas Leben in Händen. Und in ein paar Stunden würde er es auslöschen.

Ich wandte mich ab, aber Lor streckte den Arm aus und strich mir federleicht über den Arm. »Warte«, sagte er.

Ich hielt inne, drehte mich aber nicht zu ihm um. »Was?«

»Gibt es irgendetwas, das ich tun kann?« Er sprach leise, kaum hörbar durch den Trommelklang.

Ich wollte sagen, dass er sterben sollte, damit meine Schwester leben durfte, aber das war es nicht, was ich wollte. Ich hatte sein wahres Selbst gesehen, und das konnte ich nicht wieder rückgängig machen. Diesem Jungen konnte ich nichts Böses wünschen.

Ich blickte ihn an. »Versprich mir, dass meine Schwester keine Schmerzen haben wird.«

Er presste die Lippen aufeinander. »Natürlich.«

»Gut. Und nachdem Elysea fort ist, will ich dich nie wiedersehen.«

Sein Atem stockte, aber er schien es zu verstehen. Er würde mich immer an meine Schwester erinnern.

»Es tut mir leid«, sagte ich.

Und so war es. Es tat mir leid um das, was hätte sein können.

Ich ließ ihn beim Feuer stehen. Mir blieb noch eine Stunde mit meiner Familie. Jetzt zählten nur noch sie.

41 Lor

6 Stunden, 00 Minuten
Dienstag, 06:00 Uhr

Ich sah Tempest nach, während sie davonging. Ihre Worte taten mir tief im Herzen weh.

Nach dem heutigen Tag würde ich sie nie wiedersehen. Ich konnte ihr keinen Vorwurf daraus machen, aber ich wünschte, es gäbe etwas – irgendetwas –, das ich tun könnte.

Ich hatte das Boot, mit dem meine Mutter die *Sunrise* gerammt und Elysea ins Wasser geschleudert hatte, zwar nicht gesteuert, aber ich fühlte mich dennoch verantwortlich. Ich hatte gewusst, dass meine Mutter an Lebenden experimentierte in ihrer rücksichtslosen Jagd nach Unsterblichkeit. Hätte ich mir nicht denken müssen, dass sie auch vor Mord nicht zurückschrecken würde, um ihre Taten zu verbergen? Ich war neunzehn, kein hilfloses kleines Kind mehr. Ich konnte etwas bewirken, oder nicht?

Meine Mutter behauptete immer, dass die Riffe Palindromenas Feldfrüchte brauchten, um zu überleben, aber nachdem ich die autarken Partyinseln besucht hatte, wusste ich, dass das nicht stimmte. Hier bekam niemand Medikamente oder Vitamine. Trotzdem überlebten die Menschen.

Nein. Sie überlebten nicht nur. Sie blühten auf. Sie verbrachten ihre Tage mit Freunden und Familie. Sie feierten das Leben. Natürlich hingen einem der Fisch und der Algeneintopf sicher irgendwann zum Hals raus, aber es war besser als nichts. Und alle sahen gesund und glücklich aus.

Alle außer Tempe.

Bevor ich zum Scheiterhaufen gegangen war, hatte ich sie mit ihrer Schwester tanzen sehen, und einen kurzen Moment lang war ihr Gesicht vor Glück erstrahlt. Es hatte mir den Atem verschlagen. Sie war mehr als nur schön. Nicht weil sie lächelte, sondern weil sie ihre Mauern hatte sinken lassen. Sie hatte sich gestattet, im Hier und Jetzt zu leben – die Musik zu genießen, die Gesellschaft ihrer Schwester. Ich hatte die wahre Tempest gesehen. Das Mädchen, das sie gewesen sein musste, bevor sie alle verloren hatte, die sie liebte.

Doch es war nur ein flüchtiger Augenblick gewesen.

Nun war sie wieder das durch Trauer gezeichnete Mädchen. Ich verstand es. Ich war auch wütend. Auf meine Mutter. Auf Palindromena. Auf mich selbst.

Ich schob mich durch die Menge, ich brauchte Luft. Der Rauch drang mir in die Lunge und machte mir die Brust eng.

Ich ließ mich ins Gras sinken, auf einmal erschöpft. Ich wusste nicht, wohin Tempest gegangen war, doch ich konnte Elyseas Silhouette vor dem Feuer sehen. Ich wünschte, ich könnte den Alerin-Schwestern helfen. Ich wünschte es mir inständig. Ich wollte für keinen weiteren Tod verantwortlich sein, auch nicht indirekt. Ich schloss die Augen und versuchte mir vorzustellen, wie Elysea ein letztes Mal ausatmete. Ich versuchte mir vorzustellen, wie Tempe sich von ihr verabschiedete. Doch es gelang mir nicht.

Vielleicht weil ich kein richtiger Wächter war. Ich wusste einfach nicht, wie man mit dem Ende des Wiedererweckungsprozesses fertigwurde. Doch ich wusste, dass es unglaublich schlimm war. Es machte mir etwas aus, dass Elysea sterben würde. Es machte mir etwas aus, dass Tempe wieder trauern musste.

Ich sah die Verzweiflung in Tempes Gesicht, während die letzten Stunden heruntergezählt wurden. Sie wusste, dass sie nie wieder dieselbe sein würde. Dass sie es seit dem Tod ihrer Schwester nicht mehr gewesen war. Ich wusste, wie sich das anfühlte. Ich wollte nicht, dass sie das Gleiche durchmachen musste wie ich. Ich wollte nicht, dass sie zusehen musste, wie ihre Schwester starb.

An die Götter der Tiefe glaubte ich nicht, doch ich spürte tief in meinem Innern, dass es mein Schicksal gewesen war, Elyseas Pulsgeber zu sein und Tempe und ihre Familie kennenzulernen. Es war mein Schicksal, ihnen zu helfen, weil ich Calen unrecht getan hatte.

Am heutigen Tag bekam ich die Möglichkeit, etwas Gutes zu tun. Die klaffende Wunde, die ich in Calens Familie gerissen hatte, konnte ich nie wieder heilen, doch ich konnte versuchen, den Alerins zu helfen.

Nur wie? Um einen Patienten wiederzubeleben, musste man Leben von jemand anderem stehlen. Genau da lag das Problem. Es würde immer ein Opfer fordern. Ein Leben für ein Leben. Wenn es nur irgendjemanden gäbe, der sein Leben im Grunde nicht nutzte.

Jemanden wie mich.

Ich lachte. Was für ein alberner Gedanke! Vielleicht hatte die Wirkung des Ragars doch noch nicht nachgelassen.

Oder vielleicht war der Gedanke gar nicht so dumm …

Es musste doch jemanden geben, der zwar am Leben war, aber eben nicht richtig. Jemanden, der einen Herzschlag hatte, aber eigentlich nicht lebte. In Palindromena gab es jede Menge menschliche Körper, doch sie waren alle tot. Abgesehen von … abgesehen von den *lebenden Toten.* Das waren Menschen, die Schiffsunglücke hatten, nach ihrer Rettung jedoch nie wieder aufgewacht waren. Deren Herz trotzdem immer weiterschlug. Sie waren zwar hirntot, doch einen Puls hatten sie noch. Meine Mutter hielt sie am Leben für den Fall, dass sie sie einmal als Testobjekte brauchen konnte.

Allerdings konnte man einen Patienten kein zweites Mal wiederbeleben. Sobald Elyseas Herz zu schlagen aufgehört hatte, konnte man es nicht wieder in Gang bringen. Es sei denn, wir lenkten die Verbindung von meinem Puls auf den eines lebenden Toten um, bevor Elyseas Herzschlag aussetzte. Dann konnten wir das Herz des lebenden Toten anhalten, damit Elysea weiterleben konnte. So würde er noch etwas Gutes bewirken, und danach wäre er frei, frei von meiner Mutter, und könnte endlich Ruhe finden.

Etwas prickelte unter meiner Haut. Aufregung. Hoffnung.

Ich konnte Elysea retten.

Ich brauchte nur jemanden, der den Pulsverbindungsprozess beherrschte. Glücklicherweise kannte ich da genau den Richtigen.

Zuerst mussten wir jedoch zurück nach Palindromena.

Obwohl die Sonne schon bald aufgehen würde, schien die Feier nicht enden zu wollen. Ich suchte nach Tempest und ihren Eltern, doch ich konnte keine vertrauten Gesichter entdecken. Man drückte mir Becher voller Ragar in die Hand, während ich mich durch die pulsierende Menge schob, doch ich lehnte ab. Ich musste mich konzentrieren.

Ich steuerte den Scheiterhaufen an und drängte mich durch die Ringe der Tänzer, bis ich in ihrer Mitte Elysea entdeckte.

»Elysea«, rief ich über die Musik hinweg. »Ich muss mit dir sprechen.« Sie lächelte und versuchte, mich zum Mittanzen zu bewegen, aber ich schüttelte den Kopf. »Es ist wichtig!«

Sie deutete auf ihre Ohren, um mir zu verstehen zu geben, dass sie mich nicht verstehen konnte, doch dann erkannte sie offenbar an meiner Miene, wie dringend es war, und kam zu mir. »Ist alles in Ordnung?«, fragte sie. »Müssen wir gehen?«

Ich warf einen Blick auf den Echolink.

6:15 Uhr.

»Gleich. Aber jetzt komm erst mal mit. Ich habe eine Idee.«

Es war einfacher, wenn ich meinen Plan allen zusammen erklärte.

Wir bahnten uns einen Weg zurück durch die Tänzer. Dank meiner Größe konnte ich über die meisten Köpfe hinwegblicken.

»Wir müssen deine Familie finden. Weißt du, wo sie sind?« Ich musste mich zu Elysea vorbeugen, um ihre Antwort zu verstehen.

»Tempe wollte sich etwas zu essen holen.«

Im Zelt war es mittlerweile etwas ruhiger. Der Großteil des Buffets war verschwunden. Tempest saß mit ihren Eltern an einem der Tische. Sie hatten die Köpfe zusammengesteckt und redeten hastig und leise miteinander, als Elysea und ich uns näherten, sahen sie jedoch auf.

Ich holte tief Luft. Hoffentlich würden sie mir zuhören.

»Ich glaube, ich kann Elysea retten.«

42 Tempest

5 Stunden, 30 Minuten
Dienstag, 06:30 Uhr

Ich hielt den Atem an, während Lor seinen Plan erklärte. Die Sonne würde jeden Moment aufgehen, und wir mussten los, doch ich konnte mich nicht von der Stelle rühren. Als er geendet hatte, liefen mir Tränen über die Wangen. Elysea war so still wie das Meer an einem ruhigen, klaren Tag. Ich wollte ihr um den Hals fallen und ihr sagen, dass sie leben würde, aber ich sah die Zweifel in ihrem Blick.

»Von so etwas habe ich noch nie gehört«, sagte Dad. Bevor Lor uns gefunden hatte, waren wir dabei gewesen, Pläne zu machen, Pläne für ein Leben hier. Nun konnte Elysea ein Teil dieser Pläne sein.

»Ich nenne sie die lebenden Toten«, erklärte Lor. Er wirkte nun restlos ausgenüchtert. Seine blauen Augen waren klar, sein sonst so blasses Gesicht gerötet. »Sie werden in einem der Hinterzimmer im Keller aufbewahrt. Sie sind im Grunde hirntot, aber trotzdem noch am Leben. Wir können den Puls von einem von ihnen mit Elysea verbinden und sein Herz dann anhalten. So könnte Elysea weiterleben.« War es trotzdem Mord, wenn die betreffende Person nie wieder aufwachen konnte?

Würde er oder sie wollen, dass man ihren Herzschlag dazu verwendete, einem anderen das Leben zu retten?

Ich würde es wollen.

»Elysea?«, fragte ich. »Was denkst du?«

»Du hast gesagt, dass du nicht sicher weißt, ob es funktioniert«, sagte sie vorsichtig zu Lor.

»Nein. So etwas wurde noch nie versucht, aber ich habe einen Freund, der sich mit dem Wiedererweckungsprozess sehr gut auskennt. Er ist unsere beste Chance.«

Elysea tauschte einen Blick mit Mom und Dad. »Ich weiß nicht. Ich möchte diese Bürde keinem anderen auferlegen.«

»Das wirst du auch nicht«, antwortete Lor. »Diese Menschen sind im Grunde schon tot. Nur ihr Herz pumpt noch weiter. Sie stecken in den Tanks fest und warten darauf, dass meine Mutter entscheidet, ob sie weggeworfen oder noch für eine weitere Testreihe verwendet werden sollen. So geschieht durch ihren Tod wenigstens noch etwas Gutes. Sie können endlich in Frieden ruhen.«

»Stell dir das vor, Elysea«, sagte ich. »Wir alle, zusammen.« Meine Zukunft breitete sich vor mir aus, und dieses eine Mal war dort kein Sturm am Horizont. Sondern die aufgehende Sonne.

Elysea rieb sich die Schläfen. »Daran möchte ich nicht denken.« Die Asche des Feuers hatte rosa Strähnen in ihr Haar gemalt. »Ich will mir keine falschen Hoffnungen machen.«

»Du bist müde«, sagte Mom und zog einen Stuhl für sie heran. »Du solltest dich ausruhen.«

»Wir haben jetzt keine Zeit zum Ausruhen«, widersprach ich und stellte mich neben Lor. »Wir müssen Elysea so schnell wie möglich nach Palindromena bringen. Stimmt's, Lor?«

Er blinzelte, offenbar vollkommen verblüfft darüber, dass ich endlich auf seiner Seite war. »Stimmt.«

Elysea hatte sich bereits einverstanden erklärt, nach Palindromena zurückzukehren. Es gab also keinen Grund mehr für Lor, uns zu belügen. Als ich ihn ansah, breitete sich Wärme in meiner Brust aus. Ich konnte ihm vertrauen.

»Deine Mutter wird das einfach zulassen?«, fragte Dad. Er klang skeptisch. Kein Wunder nach allem, was Nessandra getan hatte.

»Ich habe nicht vor, sie um Erlaubnis zu fragen«, antwortete Lor. Es klang resolut. Er wollte sich eindeutig von allem distanzieren, was seine Mutter angerichtet hatte. Elysea ein echtes Leben zu schenken war der erste Schritt.

»Warum seid ihr so misstrauisch?«, wollte ich wissen. »Das hier ist das Wunder, auf das wir alle gehofft haben! Ein Geschenk der Götter der Tiefe, aber ihr seht aus, als hätte man euch mit einem Familfisch geohrfeigt.«

»Tempe …«, setzte Dad an. An seinem Tonfall hörte ich, dass er etwas Negatives sagen wollte, doch ausnahmsweise wollte ich nicht mehr in der Düsternis verharren. Lor hatte uns eine Rettungsleine zugeworfen, und wir würden sie ergreifen.

»Ist es das Risiko denn nicht wert?«, fragte ich.

»Vor fünf Jahren sind wir schon einmal ein Risiko eingegangen, als wir euch zurückgelassen haben. Und dann noch einmal, als wir vor zwei Jahren versucht haben, zurückzukommen«, erklärte Mom kopfschüttelnd. »Sieh nur, welche Konsequenzen das hatte.«

»Das ist doch nicht dasselbe.« Ich begriff einfach nicht, warum sie sich nicht auf diese Chance stürzten. »Elysea ist schon tot. Was haben wir zu verlieren?«

»Dich«, gab Mom zurück.

Alle Luft wich mir aus der Lunge. »Was soll das heißen?«

»Wir müssen dich beschützen«, erklärte sie. »Wenn Nessandra herausfindet, dass du mit uns gesprochen hast, dann wird sie Angst um ihre Einrichtung bekommen. Nachdem sie Elysea umgebracht hat, lässt sich nicht vorhersagen, wozu sie noch in der Lage ist.«

»Dann kommt mit uns!« Je länger wir hier diskutierten, desto weniger Zeit blieb uns, um einen neuen Pulsgeber zu finden.

»Die *Sunrise* kann nur drei Personen tragen«, widersprach Dad. »Wenn wir mitkommen, sinkt sie. Wir können mit unserem Floß zum nächstgelegenen Riff fahren und uns ein Boot leihen, aber das wird länger dauern als die verbleibenden fünf Stunden.«

»Ich werde sie beschützten«, sagte Lor und nickte meinem Vater bestimmt zu. »Ich werde dafür sorgen, dass keiner der beiden etwas passiert. Ich verspreche es.«

Mom und Dad tauschten einen Blick. Ich verstand, warum sie nicht wollten, dass wir gingen, doch dies war die einzige Chance für uns, wieder eine heile Familie zu sein.

Ich überlegte, ob ich einem von ihnen meinen Platz auf der *Sunrise* anbieten sollte, aber ich musste mich selbst vergewissern, dass Elysea sicher auf Palindromena ankam und dass Lors Freund die Verbindung zu dem neuen Pulsgeber herstellte. Ich war es gewesen, die Elysea ins Leben zurückgeholt hatte. Ich musste bis zum Ende dabeibleiben.

»Schwöre es«, sagte Mom schließlich. Sie hielt Lor die Hand hin.

»Ich schwöre es«, sagte er. »Bei meinem Leben.«

Als Lor ihre Hand nahm, zog Mom ihn in eine Umarmung.

»Pass auf meine Mädchen auf.«

43 Lor

5 Stunden, 00 Minuten
Dienstag, 07:00 Uhr

Ich würde es wieder in Ordnung bringen. Ganz sicher. Ich würde alles tun, was nötig war, um Elysea zu retten. Es lag in meiner Macht, wenigstens einen der Fehler meiner Mutter wieder rückgängig zu machen.

Trotz der Lügen, der gebrochenen Herzen und der fünfjährigen Trennung erkannte ich, was die Alerins waren. Und was sie wieder sein konnten. Sie zusammen zu sehen war, als würde man eine offenen Wunde in Salzwasser tauchen. Ich musste diese Wunde heilen.

Mir blieben noch fünf Stunden.

Die Alerins führten mir vor Augen, dass ich nie eine Familie gehabt hatte, wie sie es waren. Meine Mutter war anders. Sie hatte ihre Forschung über alles andere gestellt, auch über mich. In ihren Bemühungen, dafür zu sorgen, dass niemand je wieder leiden musste, hatte sie unschuldigen Familien unvorstellbares Leid angetan. Heute würde ich all dem ein Ende machen.

Elysea und Tempest standen auf dem Dock und umarmten ihre Eltern, während ich bereits an Bord der *Sunrise* gegangen war. Ich wandte den Blick ab, während sie einander sagten, dass sie sich liebten. Während sie sich verabschiedeten – für den Fall, dass die Dinge nicht so liefen wie geplant.

Ich gab die Signatur der *Surf to Turf* in das Kommunikationssystem der *Sunrise* ein und schrieb eine Nachricht.

Wo bist Du, Ray?

Ich hielt den Atem an und drückte auf Senden. Hoffentlich befand er sich an Bord.

Fast sofort kam die Antwort.

ALTER! Wo ich bin? Wo bist Du? Ich dachte schon, Du wärst tot!

Noch nicht.

Das war nicht lustig, aber Ray würde meinen kläglichen Versuch trotzdem zu schätzen wissen.

Hast Du Elysea gefunden?

Ja. Wir sind um 11:00 Uhr wieder auf Palindromena.

DAS IST VERDAMMT KNAPP.

Ich weiß. Aber ich habe eine Idee. Du musst Dich um elf mit uns am Hintereingang des Aquariums treffen. Bring die Wiedererweckungsausrüstung mit.

Ich will lieber gar nicht fragen, warum.

Dann lass es. Sei einfach da, und pass auf, dass Dich niemand sieht.

Ich schaltete das Kommunikationssystem aus.

Tempe löste sich aus der Umarmung ihrer Eltern und trat ans Steuer.

»Wird Raylan da sein?« Ihre Miene wirkte entschlossen, ihr Blick klar. Seit ich ihr von meinem Plan erzählt hatte, war sie anders. Etwas hatte sich verändert. Ich hatte ihr Hoffnung gegeben, zum ersten Mal seit zwei Jahren. Gleichzeitig hatte ich damit auch mir selbst wieder Hoffnung gegeben.

»Ja«, antwortete ich.

»Dann los.«

Elysea wischte sich über die Augen und kam an Bord.

»Passt auf euch auf, Mädchen«, sagte Minda und warf mir einen Blick zu.

Ich nickte.
Sie würde ihre Töchter wiedersehen.

Die erste Stunde stand Tempe am Steuer, bevor sie sich unter Deck zurückzog, um kurz zu schlafen. Es war windstill, und wir kamen schnell durch die Ungebundene See. Wir würden es schaffen. Da war ich mir sicher.

Ich stand neben Elysea und hielt nach Remoranern Ausschau. Wir sprachen nicht. Was gab es schon zu sagen?

Die Sonne hing schwer am Horizont. Es schien, als würden wir direkt auf sie zuhalten.

Ich hob die Hand, um meine Augen zu beschatten.

»Geh dich ausruhen«, sagte Elysea. »Du siehst aus wie …«

»… der Tod?« Ich lachte.

Ihre Lippen formten ein Lächeln. »Genau.«

Ich seufzte tief. »Nur eine halbe Stunde.«

Mit der Hand scheuchte sie mich davon. »Geh schon.«

Tempe hatte sich auf dem Kabinenboden mit dem Gesicht zur Wand zusammengerollt. Sie murmelte etwas im Schlaf und rollte sich herum.

Verblüfft wich ich einen Schritt zurück. Sie sah so anders aus. Ihre Stirn war glatt, ihr Kiefer entspannt. Sie wirkte jünger. Glücklicher.

Sonst sah sie immer aus, als würde sie einen Sturm mit sich herumtragen. Wenn sie einen Raum betrat, war es, als würde sie einen verheerenden Windstoß mit sich bringen. Doch im Schlaf wirkte sie seltsam offen. Entblößt. Ihre zornige Maske war fort. Ich wandte den Blick ab. Es war nicht richtig, dass sie so verletzlich vor mir lag, nicht ahnend, dass ich da war.

Ich legte mich an die gegenüberliegende Wand, dorthin,

wo ich nur Stunden zuvor gefesselt gewesen war, und starrte an die Decke hinauf. Ich hoffte zwar, dass es funktionieren würde, aber was, wenn nicht? Was sollte ich dann tun?

Ich schob den Gedanken beiseite. Daran durfte ich gar nicht erst denken. Jetzt noch nicht. Uns blieb noch genug Zeit, um alles in Ordnung zu bringen. Ray würde das schon hinkriegen. Seit er sich das Bein verletzt hatte, studierte er den Wiederbelebungsprozess. Ich musste einfach darauf vertrauen, dass dies alles aus einem Grund geschah. Und ganz sicher nicht dafür, dass Tempest zusehen musste, wie ihre Schwester starb, um danach für immer aus meinem Leben zu verschwinden.

Auch die Gedanken an Tempest musste ich verdrängen. Ich durfte nicht daran denken, wie schön sie war. Wie weh es getan hatte, sie weinen zu sehen. Wie ihr Bild mehr und mehr meinen Kopf ausfüllte. Das würde mir nicht helfen.

Ich musste mich darauf konzentrieren, Elysea einen neuen Pulsgeber zu beschaffen.

Zum ersten Mal in meinem Leben schickte ich ein geflüstertes Gebet an die Götter der Tiefe, obwohl ich nicht wusste, ob es sie überhaupt gab, ob sie mich hörten oder ob es sie kümmerte, was mit mir geschah. Allerdings betete doch jeder so, nicht wahr? Im Vertrauen darauf, dass man nicht allein war, obwohl es dafür keinen Beweis gab.

»Lasst nicht zu, dass es mit dem Tod endet«, sagte ich. »Lasst sie leben. Lindert ihren Schmerz.«

Obwohl ich weder eine Antwort hörte noch ein Zeichen der Götter der Tiefe erhielt, rief mir eine leise Stimme in meinem Hinterkopf in Erinnerung, dass letztendlich alles im Tod endete.

44 Tempest

3 Stunden, 00 Minuten
Dienstag, 09:00 Uhr

Als ich erwachte, spürte ich das Vibrieren der *Sunrise* unter meiner Wange. Eigentlich hatte ich nicht einschlafen wollen, doch das Summen des Motors und die emotionale Erschöpfung hatten mich meine Aufregung und meine Furcht vergessen lassen.

Auf der anderen Seite der Kabine schlief Lor, einen Arm über den Bauch gelegt, das Gesicht der Decke zugeneigt. Seine Augenlider flatterten.

Ich setzte mich auf und rieb mir übers Gesicht. Meine Lippen waren nicht salzverkrustet, dazu hatte ich nicht lange genug geschlafen. Ich kroch zu Lor und warf einen Blick auf seinen Echolink.

9:00 Uhr.

Das ließ uns noch zwei Stunden, um Palindromena zu erreichen, und dann eine weitere Stunde, um einen neuen Pulsgeber für Elysea zu finden. Ich konnte nur hoffen, dass es nicht dumm gewesen war, mein Vertrauen in Lor zu setzen.

Neben mir begann sich Lor zu regen. Seine Arme und Beine zuckten.

»Calen!«, schrie er und fuhr hoch, die Hand nach etwas ausgestreckt, das nicht da war.

»Alles in Ordnung?«, fragte ich erschrocken.

Lors Brust hob und senkte sich schnell. Sein Blick huschte durch den Raum, so als müsste er sich erst in Erinnerung rufen, wo er war. »Ja.«

Was eindeutig nicht stimmte. Seine blauen Augen wirkten gehetzt. Warum?

»Wer ist Calen?« Vorsichtig näherte ich mich ihm wieder.

Er hob beide Hände vors Gesicht. »Mein bester Freund.«

»Der Freund, der gestorben ist?« Wochen schienen vergangen zu sein, seit wir zum ersten Mal über Lors Erfahrungen mit der Wiedererweckung gesprochen hatten.

Er nickte, ohne die Hände vom Gesicht zu nehmen, doch sein Atem wurde wieder regelmäßiger.

»Wie ist er gestorben?«, fragte ich.

Er spähte zwischen seinen Fingern hindurch. »Wir sind eine Klippe hinaufgeklettert …« Er stieß einen gequälten Laut aus und schüttelte den Kopf. »Es ist meine Schuld, dass er tot ist.«

»Möchtest du darüber sprechen? Ich weiß, dass ich nicht zum Wächter ausgebildet bin, aber das bist du ja auch nicht.«

Nun ließ er die Hände sinken und grinste mich an. »Danke, Tempe.«

»Wofür?«

»Dafür, dass du da bist. Und dafür, dass du mich für das nicht hasst, was meine Mutter deiner Familie angetan hat.«

»Sagt wer?« Doch ich ließ meine Stimme unbeschwert klingen, um ihm zu zeigen, dass es ein Scherz war.

Er nahm meine Hand und drückte sie. »Ich tue, was ich kann, um sie zu retten, das weißt du doch, oder?«

An der Intensität seines Blicks erkannte ich, dass es so war. Was aber noch nicht bedeutete, dass sein Plan funktionieren würde. Wenn nicht, dann würde sich Elysea opfern, das wusste ich.

Ich wollte diese Unterhaltung nicht führen. Ich wollte

mich an der Hoffnung festhalten, dass alles in Ordnung kommen würde. »Ich gehe lieber mal hoch und sehe nach Elysea.«

»Bleib noch einen Moment.« Er hielt mich fest mit seinem Blick. »Bitte. Ich möchte nicht allein sein.«

Seine Worte trafen mich mitten zwischen die Rippen. »Ich auch nicht«, flüsterte ich.

Er rollte sich auf den Rücken und blickte zur Decke hinauf, ohne jedoch meine Hand loszulassen. »Erzähl mir etwas.« Seine Stimme brach. »Erzähl mir etwas Gutes.«

»Etwas Gutes?«

»Etwas anderes als das hier.« Er winkte in Richtung Kabinendecke. »Etwas, das mich – uns – vergessen lässt.«

Doch da gab es nichts, nichts anderes als dies hier. Nichts außer dem Wasser. So war es und so würde es immer sein. Trotzdem spürte ich seinen brennenden Blick auf mir, während ich überlegte. Was war gut? Was machte mich glücklich? Und warum war es so lange her, dass ich darüber nachgedacht hatte?

Auf den Kavalkade-Inseln war ich glücklich gewesen. Während der kurzen Zeit, in der ich mit Elysea getanzt hatte, war ich glücklich gewesen. Und auch als ich meine Eltern wiedergesehen hatte, war ich trotz der vielen Tränen glücklich gewesen. In der Umarmung meiner Mutter. Doch darüber konnte ich jetzt nicht reden. Es war zu schmerzlich, dass wir vier vielleicht nie wieder zusammen sein würden.

Also sagte ich stattdessen: »Es gibt einen Ort auf Equinox. Einen Ort, zu dem Elysea und ich immer gegangen sind, als wir noch jünger waren. Wenn wir allem davonlaufen wollten. Wir haben ihn kurz nach dem Tod unserer Eltern entdeckt.«

Er schloss die Augen. »Erzähl mir davon.« Seine blonden Wimpern senkten sich auf seine blasse Haut, als er lächelte.

»Wir sind nachts unter das Riff getaucht und haben so

lange die Luft angehalten, bis es gebrannt hat. Bis sich unsere Arme und Beine wie Pudding angefühlt haben. Wir haben so getan, als wären wir bunte Fische.« Ich sah die regenbogenfarbene Tauchhaut wieder vor mir, die ich als Kind so geliebt hatte. »Erst dann sind wir wieder aufgetaucht. Wir haben uns zurück aufs Riff gezogen und sind an der Konservatorenhalle hinaufgeklettert, bis aufs Dach, wo der Blitzableiter steht. Es ist der höchste Punkt des Riffs. Von dort aus kann man alles sehen.«

»Ah«, sagte er, als würde er verstehen, was ich meinte. »Ihr habt euch vorgestellt, was es alles jenseits von Equinox gibt.«

»Nein.«

Leichte Runzeln erschienen zwischen seinen Brauen. Ich hatte Equinox nie verlassen wollen. Das Riff war mein Zuhause. Das würde es immer sein. Ich wollte, dass alles wieder so wurde, wie es gewesen war. Ich wollte meine Eltern zurück. Und Elysea. Ich wollte in die Zeit zurückkehren, in der ich glücklich gewesen war.

»Erzähl weiter«, bat er.

Ich holte tief Luft. »Vom Dach hat man einen herrlichen Blick.« Ich schloss die Augen und dachte an die zahllosen Nächte, in denen Elysea und ich dort hinaufgeklettert waren. »Equinox ist von vielen versunkenen Städten umgeben. Wenn man von oben auf die Ruinen schaut und den Blick etwas verschwimmen lässt, dann sieht das Meer aus wie der Nachthimmel, und die Korallen sind die Sterne. Es ist, als wären diese Städte doch nicht verloren. Als würde es dort unten Leben geben. Es ist fantastisch.«

Ich spürte, wie sich Lor neben mir aufsetzte. Die Wärme seines Körpers. Ich schlug die Augen auf. Er betrachtete mich, ein leichtes Lächeln auf dem Gesicht.

»Was?« Eigentlich hatte es bissig klingen sollen, doch es klang ein wenig atemlos.

Er war mir so nah. Seine blauen Augen zogen mich zu ihm. Jeder Ring hatte eine andere Farbe, und am dunkelsten war der um die Pupille. Sein Blick hielt mich gefangen. Genau dort, wo ich sein wollte.

»Du siehst Schönheit in dieser versunkenen Welt«, sagte er. Ich hob eine Braue, doch er sprach weiter, flüsternd nun: »Du bist es, die diese Welt schön macht.«

Er senkte den Blick auf meine Lippen, und der Atem stockte mir in der Brust.

»Nein, tue ich nicht«, flüsterte ich zurück. »Ich meine, ich finde nicht, dass diese Welt schön ist.« Dunkel und tödlich, das ja, aber nicht schön. Schönheit war leicht, friedlich, bezaubernd – etwas, nach dem man sich sehnte. Das war nicht unsere Welt.

»Du hast schon viel mehr gelebt als ich«, fuhr er fort. »Mehr, als ich jemals leben werde.«

Sprach er vom Sterben? Glaubte er, dass sein Plan nicht gelingen würde?

»Lor, ich …«

Doch ich wusste nicht, was ich sagen sollte. Ich war grausam zu ihm gewesen. Ich hatte ihn fortgestoßen. Ihn einen Lügner genannt. In meinen schlimmsten Momenten hatte ich sogar gehofft, er würde sterben, damit Elysea leben konnte. Trotzdem sah er mich nun an, wie es noch niemand außerhalb meiner Familie getan hatte. So, als wäre ich wirklich wichtig.

»Schon gut«, sagte er und strich mir das Haar aus dem Gesicht.

Aber es war nicht gut. Wenn sein Plan schiefging, dann würde einer von ihnen sterben. Und ich würde es nicht ertragen, einen von beiden zu verlieren.

»Es wird alles gut.« Er rückte ein Stück näher an mich heran. »Vielleicht sind ja nicht alle Wasserhexen böse.«

Den letzten Teil hatte er ganz leise und wie zu sich selbst gesagt.

Wasserhexen? Er hatte es ausgesprochen wie etwas Schönes, nicht wie etwas, vor dem man sich fürchten musste.

Er sah mich an, als wollte er eine Frage stellen. *Darf ich?*

Ich hatte Angst davor, Ja zu sagen, doch irgendetwas tief in mir zog mich zu ihm. Wie der Sog der Gezeiten, der mich seinem Mund immer näher brachte.

Die Berührung schien meine Haut zu verbrennen. Ich wusste nicht, wer wen entzündet hatte. Er schmeckte nach Meer, Rauch und Salz.

Ich spürte seine Hände in meinem Haar. Zwischen den Küssen atmete ich ihn tief ein, ich brauchte ihn, ich brauchte das hier, ich brauchte das Leben.

Dann fiel mir auf einmal wieder ein, wer er war und dass er das Schicksal meiner Schwester und meine Zukunft in Händen hielt. Ich löste mich aus seiner Wärme und floh die Treppe hinauf, ohne zurückzublicken.

Ein Kloß formte sich in meiner Kehle, als Palindromena am Horizont auftauchte.

Wir hatten die Ungebundene See durchquert, ohne auf Qera oder ihre Freunde zu treffen. Vielleicht jagte sie ja immer noch ihrem Schiff hinterher. Der Gedanke brachte mich zum Lächeln.

Die Borduhr zeigte, dass uns noch eine Stunde und fünfzehn Minuten blieben.

Was würde geschehen, wenn Lor es nicht schaffte? Ich kannte ihn zwar erst seit einem Tag, aber ich hatte die Verbindung zu ihm ganz allein hergestellt. Zum ersten Mal in meinem Leben. Wenn er mich ansah, fühlte ich mich lebendig. Das wollte ich nicht verlieren.

Es war für niemanden leicht, mich kennenzulernen. Ich war unsicher und ängstlich, gefangen in meinem eigenen Kopf und immer voller Sorge, was die anderen wohl von mir halten mochten. Ich hatte gelernt, dass es einfacher war, die Menschen auf Distanz zu halten, als zu versuchen, mich mit ihnen anzufreunden und dann zurückgewiesen zu werden.

Nachdem meine Eltern verschwunden waren, hatte ich mein Herz gegen alles und jeden gestählt, um zu überleben. Gegen alle außer Elysea. Ich hatte nicht gewollt, dass irgendjemand mein wahres Ich sah. Mein verletzliches Ich. Ein Mädchen, das nicht noch einmal jemanden verlieren konnte, den es liebte. Und dann hatte ich Elysea verloren.

Warum war es mit Lor dann so anders? Weil ich sah, dass er genau so trauerte wie ich? Oder weil er nicht vor mir zurückschreckte? Oder weil er immer mehr Zeit haben zu wollen schien? Mehr Zeit mit mir.

Was auch immer es war, selbst in dieser vollkommen unmöglichen Situation fühlte ich mich, als könnte ich freier atmen. Ich hatte Hoffnung. Und der Grund dafür war er.

»Geht's dir gut?«, fragte Elysea. Ihre Schulter berührte meine, und ich musste mich beherrschen, mich nicht an sie zu schmiegen. Wie konnte sie sich in einem solchen Moment Gedanken um mich machen? Ich an ihrer Stelle wäre ein zitterndes Häuflein Elend, sie dagegen war ruhig, ihr Körper entspannt. Nur ihre Augen waren groß vor Sorge. Sorge um mich.

»Ich bin …« *Total im Eimer* wäre die passende Antwort gewesen, aber ich wollte sie nicht damit belasten. »… es geht schon.«

»Mir musst du nichts vormachen, Tempe.«

Ich tat es trotzdem. »Wir sind fast da. Alles wird gut. Schon bald.«

Sie nickte mir zu, doch Zweifel schienen sie zu umgeben wie eine Sturmwolke, die ihre Miene verdüsterte.

»Was hast du morgen vor?« Mit dieser Frage wollte ich sie davon überzeugen, dass es ein Morgen geben würde.

Sie wandte sich von der Insel ab und sah in Richtung Equinox. Das Riff war zwar nicht in Sicht, aber wir fühlten seinen Sog. Unser Zuhause lockte mit Trost. Und Glück.

»Was hast *du* denn vor?«, gab sie die Frage zurück.

»Weich mir nicht aus.«

Sie zupfte an einer Strähne meines Haars. »Ich werde mit dir zusammen sein, du Dummerchen.«

Ich schluckte meine Angst hinunter. »Und was werden *wir* dann tun?«

Ihr Lächeln wurde breiter. »Was immer du willst.«

»Ely, ich liebe dich.« Ich nahm ihre Hand in meine. »Das weißt du. Aber meinst du nicht, dass du dir ein bisschen zu viele Sorgen um mich machst?«

»Zu viele Sorgen?« Sie runzelte die Stirn. »Du bist meine kleine Schwester.«

»Das *war* ich mal. Jetzt bin ich älter als du. Zwei Jahre lang war ich allein, und ich habe überlebt.« Bei der Erinnerung zuckte sie zurück. »Ich möchte von dir wissen, was du gern tun möchtest. Ich will nicht, dass du dir nur Gedanken um mich machst. Ich möchte, dass du dein zweites Leben lebst. Ich möchte, dass es sich nur darum dreht, was du dir wünschst.«

»Falls es funktioniert …«, setzte sie an.

»Das wird es«, fiel ich ihr ins Wort. An etwas anderes konnte ich jetzt nicht denken.

Seufzend setzte sich Elysea an den Bootsrand. Ich schaltete den Autopiloten ein und ließ mich neben ihr nieder.

»Ich will mein altes Leben zurück«, sagte sie. »Aber ich war zwei Jahre lang tot. Werden die Leute mich einfach so wieder akzeptieren?«

»Natürlich werden sie das. Das haben wir auf der Springflut doch schon bei Daon und Karnie gesehen. Alle haben dich vermisst. Sie werden begeistert sein, dich wieder in ihrem Leben zu haben.«

»Armer Daon. Ich hätte ihm sagen sollen, was ich wirklich empfinde, bevor ich gestorben bin.«

»Du musst damit aufhören, dir um alle anderen Sorgen zu machen!« Ich packte sie an den Schultern. Am liebsten hätte ich sie geschüttelt. »Du musst auf dein eigenes Herz aufpassen.«

Sie hob die Hand an die Brust. Das war die falsche Wortwahl gewesen.

Bevor ich mich jedoch verbessern konnte, sagte sie: »Ich liebe Daon von ganzem Herzen. Wirklich. Aber ich liebe ihn so, wie ich dich liebe. Daran wird sich auch nichts ändern. Weder bei ihm noch bei irgendjemand anderem.« Sie lächelte. »Ich sehe, wie Lor und du einander anschaut, und das macht mir bewusst, dass ich so etwas wohl nie für irgendjemanden empfinden werde.«

Am liebsten hätte ich abgestritten, was ich für Lor fühlte, aber damit hätte ich meine Schwester und mich selbst nur belogen. »Das ist in Ordnung, Ely. Es ist dein Leben.«

»Ich habe dich, Mom und Dad, mein Tanzen und Daons Freundschaft.« Sie hob das Kinn. »Und genau das ist es, was ich will.«

Ich legte die Arme um sie. »Alle lieben dich, Ely. Ohne dich waren wir verloren. *Wenn* du nach Equinox zurückkehrst«, ich hob die Brauen, um zu verdeutlichen, dass ich »wenn« und nicht »falls« gesagt hatte, »dann werden alle begeistert sein, dass du wieder da bist. Allerdings musst du dich zur Abwechslung mal selbst an erste Stelle setzen. *Ich* werde mich um *dich* kümmern.« Ich deutete auf ihr Herz.

Als sie aufsah, standen ihr Tränen in den Augen. »Du hast dich immer um mich gekümmert. Ich weiß, dass du das nicht so siehst, aber nachdem Mom und Dad nicht mehr da waren, habe ich dich gebraucht. Du bist meine beste Freundin, Tempe, und ich hätte diese Jahre ohne dich niemals durchgestanden. Bitte vergiss das nicht, was auch immer als Nächstes passiert.«

Ich öffnete den Mund, um etwas zu erwidern, doch in diesem Moment tauchte Lor aus der Kabine auf.

Elysea sprang auf und trat ans Steuer. »Wir sind fast da«, sagte sie zu ihm.

»Fahr um die Insel herum«, wies er sie an. »Wir wollen schließlich nicht, dass uns irgendjemand sieht, wenn wir am Hafen anlegen.«

»Es gibt noch einen anderen Zugang?« Ich stellte mich neben meine Schwester.

Lor mied meinen Blick, als er antwortete: »Durch die Höhlen. Diesen Weg nehmen die Bergungsboote, wenn sie eine Leiche aus dem Wasser gezogen haben.«

Mein Magen krampfte sich zusammen. So hatte Nessandra Elysea zur Insel gebracht, nachdem sie meine Schwester ermordet hatte.

Elysea folgte Lors Anweisungen und steuerte die *Sunrise* auf einen gewaltigen Felsen zu. Dahinter befand sich eine schmale Öffnung zu einer Höhle, die tief in die Insel hineinführte. Ein Zugang, den man vom offenen Meer aus nicht sehen konnte.

Die *Sunrise* glitt in die Felsspalte wie ein Fisch. Elysea sah mich an und schenkte mir ein knappes Lächeln. Ich verstand, was sie sagen wollte. *Alles wird gut.* Doch ich wusste nicht mehr, was »gut« überhaupt bedeutete. Elysea zu retten? Einen neuen Pulsgeber zu finden? Zu Mom und Dad zurückzukehren? Oder nach Equinox? Oder diesen Blick in Lors Augen wieder zu sehen und seine Lippen auf meinem Mund zu spüren?

Was wollte ich wirklich?

Zeit.

Warum hatte ich nie genug Zeit, um das alles herauszufinden?

Elysea schaltete die Lichter ein und erhellte die Höhle. Der Motor schnurrte, das Geräusch hallte von den Felswänden wider. Die Decke konnte kaum mehr als ein, zwei Meter über dem Mast hängen. Als die *Sunrise* über die schroffen Steine kratzte, tat es mir in der Seele weh.

Wir erreichten eine graue Sandbank, und Lor sprang von Bord, während Elysea den Anker warf.

»Kommt schon«, sagte er und deutete auf eine Tür im Felsen, die ins Innere der Insel führte. Er hatte es eilig. Er fühlte den Tod an die Tür klopfen.

Ich hielt Elyseas Hand so fest, dass sowohl meine als auch ihre Knöchel weiß geworden sein mussten.

»Da unten ist niemand«, sagte Lor, der unser Zögern falsch deutete. »Das Aquarium war mein Posten. Meine Mutter ist daran gewöhnt, dass ich ihr aus dem Weg gehe. Sie wird nicht dort sein.« Über die Schulter warf er einen Blick zur Tür im Felsen. »Ich bringe uns da rein und wieder raus, ohne dass es jemand merkt. Vertraut mir.«

Genau das war das Problem. Ich vertraute ihm ja. Doch das bedeutete noch lange nicht, dass er es wirklich schaffen würde.

45 Lor

1 Stunde, 00 Minuten
Dienstag, 11:00 Uhr

Uns blieb nur eine Stunde, um einen Pulsgeber für Elysea zu finden. Auch ohne einen Blick auf das Display des Echolinks fühlte ich, wie die Zeit vertickte. Jeder Herzschlag war eine verlorene Sekunde.

Ich konnte Tempe nicht mehr in die Augen sehen. Ich wollte sie nicht sehen lassen, dass ich Angst hatte. Nicht vor dem Sterben. Den Tod kannte ich nur zu gut. Ich war mit ihm aufgewachsen. Andere Menschen hatten Freunde und Familie. Ich hatte meine Mutter und den Tod.

Doch ich hatte Angst um sie, und ich hatte Angst davor, was geschehen würde, wenn ich versagte.

Als wir durch die Tür ins Aquarium traten, hätte ich am liebsten auf dem Absatz kehrtgemacht. Ich hasste diesen Ort jetzt mehr als jemals zuvor. Nun wusste ich, was ich zu tun hatte. Sobald Elysea mit einem der lebenden Toten verbunden war, würde ich dem Wiedererweckungsprozess ein für alle Mal ein Ende machen.

»Bei allen verfluchten Wassern«, flüsterte Tempe. »Was ist das für ein gottverlassener Ort?«

Die Tanks schimmerten schwach und erleuchteten die Leichen. Es war entmenschlichend. Wie hatte ich es hier unten auch nur eine Sekunde lang ausgehalten, ganz zu schweigen von zwei Jahren? Wie hatte ich das jemals ein Leben nennen können?

»Hier lagern wir die Toten.« Ich räusperte mich. »Ich meine, hier verwahren wir die Patienten bis zu ihrer Wiedererweckung.«

Elyseas Augen waren groß und rund wie Monde. »War ich auch hier unten?«

Ich nickte, konnte aber nicht sprechen. Ich würde nicht zulassen, dass sie wieder an diesen Ort zurückkehrte. Ich würde auch selbst nicht zurückkehren.

Ich wollte mehr. Ich wollte die Welt dort draußen. Ich wollte segeln lernen, die Klippen auf anderen Inseln erklimmen und die Alerin-Schwestern besser kennenlernen. Ich wollte, dass Tempe mich wieder so ansah, wie sie es bei unserem Kuss getan hatte.

Auch sie wollte mehr vom Leben. Da war ich mir sicher. Und ich wollte ein Teil dieses Lebens sein. Ich wollte ihr mehr geben.

Ich wollte ein eigenes Leben. Ich wollte, dass Ray alles erfuhr. Ich wollte ihm der Freund sein, der ich Calen nicht gewesen war. Für all das musste ich leben.

»Bleiben sie für immer hier unten?«, fragte Elysea. Ihre Hände zitterten.

»Nein«, sagte ich, nachdem ich meine Stimme endlich wiedergefunden hatte. »Wir bewahren die Körper zehn Jahre lang auf. Wenn niemand kommt, um sie wiedererwecken zu lassen, dann werden sie im Tempel unter dem Meer beerdigt, oder …« Doch über den Verbrennungsofen wollte ich jetzt nicht sprechen. Dorthin würde Elysea gehen, wenn wir versagten.

»Kommt, weiter«, sagte ich stattdessen. Uns blieb jetzt keine Zeit dafür, über einen angemessenen Umgang mit den Toten zu diskutieren.

»Wohin?«, fragte Tempe.

»Wir müssen einen passenden Pulsgeber finden«, antwortete ich.

»Was wäre denn ein passender Pulsgeber?«, fragte Elysea und strich über einen der Tanks. Das Mädchen darin hatte das Gesicht der Decke zugewandt, so als wäre es tief in Gedanken versunken.

»Jemand, der etwa im selben Alter ist«, sagte ich. »Verwandte sind auch gute Pulsgeber, weil ihr Puls häufig sehr ähnlich ist, was bedeutet, dass die Verbindung gut funktioniert.«

»Deshalb wurde Ray als mein Wächter ausgesucht«, sagte Elysea. »Weil er ungefähr in meinem Alter ist.«

»Und deshalb konnte ich auch für ihn einspringen, ich bin nur ein Jahr älter als er«, bestätigte ich. »Kommt mit.«

Ich öffnete die Tür zum hinteren Bereich des Aquariums, wo die lebenden Toten aufbewahrt wurden. Dort gab es nur vier Tanks.

Vier Menschen. Zwei von ihnen waren ältere Männer, dann gab es noch einen jüngeren Mann und eine Frau. Ihre Tanks standen eng beieinander, ihre Fingerspitzen schwebten dicht hinter dem Glas, so als wollten sie einander die Hände reichen.

Traurig sah Elysea sie an. »Was ist mit ihnen passiert?«

Ich drückte auf einen Bildschirm unter dem Tank des jüngeren Mannes.

»Bootsunfall, ernste Kopfverletzungen«, las ich, als Worte auf dem Display erschienen. »Herzschlag unregelmäßig und instabil.« Das würde nicht funktionieren.

»Was ist mit ihr?«, fragte Elysea, die Hand auf einen der Tanks gelegt.

Die Frau war nicht viel älter als Elysea.

Als ich auf den Tank zutrat, zog sich mir plötzlich die

Brust zusammen, und mein Sichtfeld wurde dunkel. Ich fiel auf die Knie. Neben mir brach Elysea zusammen.

»Ely!«, schrie Tempe, kniete sich neben sie und richtete sie auf.

Elysea öffnete die Augen. »Alles okay«, sagte sie schwach.

»Was ist los, Lor?«, rief Tempest.

»Ich weiß es nicht.« Mit Mühe hob ich den Arm und blickte auf den Echo. Beide blauen Kreise wurden schwächer. Wäre Elysea wie geplant im Aufwachraum, dann würde man sie nun bald fortbringen und ihr Herz anhalten. »Eigentlich haben wir noch über vierzig Minuten.«

Ich spürte noch etwas in der Brust. Nicht nur mein Herz. Es lag an Tempes Gesichtsausdruck. Sie machte sich Sorgen um mich.

Wo blieb Ray? Hatten die Wissenschaftler doch herausgefunden, dass Elysea fort war, und ihn verhaftet? Allein würde ich das hier nicht schaffen.

Ich zog mich hoch, um die Informationen auf dem Tank der Frau zu lesen.

»Ertrunken. Herzschlag gleichmäßig, trotzdem wird die Patientin das Bewusstsein nicht wiedererlangen.«

Das konnte passen!

Ich drückte die Stirn gegen das Glas. »Bitte«, flüsterte ich. »Es muss funktionieren.«

»Lor?«, fragte Tempe. Ihre Stimme war leise und zittrig.

Ich versuchte zu nicken, aber mein Kopf war zu schwer.

Ich durfte sie nicht im Stich lassen … Ich würde versuchen …

»Lor!«, rief jemand.

Raylan.

Bevor ich jedoch antworten konnte, brach ein Schrei aus

meiner Brust. Ich sank wieder zu Boden, als meine Beine unter mir nachgaben.

Mein Kopf fiel nach hinten und schlug hart auf dem Boden auf.

46 Tempest

0 Stunden, 40 Minuten
Dienstag, 11:20 Uhr

Mein Herz krampfte sich zusammen, als Lor stürzte. Der andere Junge, den ich zuletzt auf Equinox gesehen hatte, eilte an seine Seite. Das musste Raylan sein. Er ließ eine Arzttasche zu Boden fallen und stützte Lor.

»Ist er tot?«, fragte er mich.

»Ich weiß es nicht! Es ist erst zwanzig nach elf. Eigentlich bleiben uns noch vierzig Minuten.«

»Verdammt, verdammt, verdammt, verdammt.« Raylan zog Lors Arm zu sich, um seinen Echolink zu prüfen. »Sein Puls wird schwächer.«

»Was? Warum?«

Raylan schüttelte den Kopf. »Ich weiß es nicht. Es muss irgendetwas mit seinem Herzen zu tun haben.«

Lors Herz war es, das Elysea am Leben hielt. Das bedeutete …

»Tempe«, rief Elysea leise. Sie hatte den Kopf in die Hände sinken lassen.

»Alles in Ordnung?«, fragte ich.

Als sie den Kopf hob, keuchte ich vor Schreck.

Wasser lief ihr aus Augen, Nase und Mund. Der Geruch war unverkennbar. Salz.

»Was passiert da?«, rief ich Ray zu.

»Ihre Lunge kehrt in ihren beschädigten Zustand zurück«, sagte Raylan. »Sie stirbt auf dieselbe Weise, wie sie schon einmal gestorben ist. Sie wird ertrinken. Aber eigentlich sollte es noch nicht so weit sein. Eigentlich müssten wir mehr Zeit haben.«

Seufzend sank Elysea zu Boden.

Ich kniete mich neben sie und bettete ihren Kopf in meinen Schoß. Ihre Lunge hörte sich an, als wären sie voller Wasser, und sie rang nach Luft.

O Götter. O Götter. Sie stirbt. Sie wird in meinen Armen sterben.

»Wir haben doch noch vierzig Minuten!« Ich wusste selbst nicht, wen ich da anbrüllte. Ich war nicht bereit. Ich würde niemals bereit sein.

Lor stöhnte. Flatternd hoben sich seine Lider. »Was ist passiert?«, murmelte er.

Wieder sah Raylan auf Lors Echo. »Dein Puls wird schwächer. Ihr beide dürft nicht länger verbunden bleiben. Wir müssen deine Mutter holen. Sie wird wissen, was wir tun können.«

Lor packte Raylan am Hemd und richtete sich etwas weiter auf. »Nein. Sie darf es nicht wissen.«

»Gut, ist ja deine Beerdigung.« Raylan verzog das Gesicht. »'tschuldigung, ganz miese Wortwahl.«

Ich strich Elysea das Haar aus der Stirn, als sie Meerwasser hustete. »Alles wird gut, Ely. Halt durch.«

»Ich habe eine Idee«, erklärte Lor leise. Raylan musste sich vorbeugen, um ihn zu verstehen. »Du musst Elysea mit einem neuen Pulsgeber verbinden.« Mit zitternder Hand deutete er auf die junge Frau im Tank. »Mit ihr. Bevor Elyseas Herz stehen bleibt. Oder meins.« Er lächelte seinen Freund schief an.

»Nein«, sagte Raylan. »Das ist zu gefährlich. Dafür bin ich nicht ausgebildet. Ich bin kein Wissenschaftler!« Er rieb sich über das kurz geschorene Haar. »Außerdem werden sie wissen, dass irgendetwas nicht stimmt, wenn man Elysea nicht im Aufwachraum findet. Es ist vorbei, Buddy. Lass mich das ausbaden. Lass mich deine Mutter holen. Bitte.«

»Nein.« Lor griff nach der Hand seines Freundes. »Ich vertraue dir. Du schaffst das.«

Einen langen Moment starrte Raylan ihn an, dann wandte er sich an mich. »Du.« Er schnippte mit den Fingern. »Hilf mir, die Lady da rauszuholen, dann programmiere ich einen neuen Echo.«

»Geh«, krächzte Elysea und schob mich weg. »Hilf ihm.«

Ich musste in den Tank klettern, um die Frau aus dem Wasser zu ziehen. Es war eiskalt. Ich wollte sie nicht anfassen, es kam mir falsch vor. Doch Elysea hustete schaumiges Meerwasser aus, und Lor war kaum noch bei Bewusstsein. Mir blieb keine Wahl.

»Heb sie über den Rand«, wies Raylan mich an und beugte sich über den Tank.

Ich drehte die Frau so, dass sie aufrecht im Wasser trieb, dann hob ich ihre Arme, damit Ray sie mit meiner Hilfe über den Rand ziehen konnte. Er legte sie auf eine Trage und schob diese auf seine Arzttasche zu. Darin befanden sich jede Menge Echolinks. Er holte einen heraus und begann, ihn zu programmieren. Seine Finger tanzten über das Display. Dann befestigte er den Echolink am Handgelenk der Frau. Ein blauer Kreis erschien.

»Ich habe ihren Puls für die Synchronisierung bereit gemacht«, erklärte er. »Aber wir müssen uns beeilen. Das Korallenpulver im Tank hat sie am Leben erhalten, aber außerhalb des Wassers wird sie es nicht lange schaffen.«

»Ich hoffe, du weißt, was du tust«, murmelte ich.

»Ich auch.« Er deutete auf Elysea. »Jetzt bring deine Schwester her.«

Ich kniete mich hin, um Elysea vom Boden aufzuheben. Ich rutschte in der Wasserlache um sie herum aus und fiel hin. Raylan tauchte neben mir auf und half mir, Elysea zu Lor hinüberzuziehen.

Ich legte beide Hände um ihr Gesicht. Sie schlug die Augen auf.

»Mein Herz …«, sagte sie schwach und klopfte sich matt auf die Brust.

»Ich weiß, ich weiß.« Ich kämpfte die Tränen nieder. »Wir kriegen das hin. Halt einfach durch, okay?«

Ich wünschte, ich könnte ihr meine Stärke geben, meinen Herzschlag.

Raylan half Lor dabei, sich aufzusetzen und gegen einen der Tanks zu lehnen, dann drückte er auf etwas an Lors Echo. »Noch dreißig Minuten!« Seine Stimme bebte leicht bei dieser Ankündigung.

Es war so weit. Dies war der Moment. Entweder würden wir uns jetzt verabschieden müssen, oder dieser verzweifelte Plan würde funktionieren.

Elysea regte sich in meinen Armen. »Es tut mir so leid, Tempe«, sagte sie.

Ich drückte ihre Hand. »Was tut dir leid?«

»Dass ich dich schon wieder verlasse.« Traurig lächelte sie mich an. Zuerst fürchtete ich schon, ihr würde wieder Meerwasser aus den Augen laufen, doch es waren Tränen.

»Sei nicht albern – du kommst wieder in Ordnung. Alles wird gut.«

Alles an dieser Situation war falsch. Wir pfuschten mit etwas herum, das jenseits unserer Kontrolle lag. Das jenseits unserer Kontrolle liegen sollte. Trotzdem zögerten wir nicht. Wenn man jemandem den Schlüssel zum Leben gab, wie konnte man ihn dann ablehnen? Und hier ging es nicht um irgendjemanden. Dies hier war meine Schwester.

Ich hoffte, die Götter der Tiefe würden uns vergeben, dass wir uns in ihre Angelegenheiten einmischten. Ich betete, dass sie meine Schwester leben lassen würden.

Raylan legte Elysea einen Echolink um das Handgelenk, genau über die Stelle, an der man ihr einen Chip unter die Haut geschoben hatte. Ein schwacher blauer Kreis erschien auf dem Bildschirm. Ihr Puls und der von Lor. Dann verband er Elyseas Echolink mithilfe eines Kabels mit dem der Frau auf der Trage.

»Geh ein Stück zurück«, sagte er zu mir. »Wir dürfen den Sensor nicht mit deinem Puls durcheinanderbringen.«

Ich küsste Elysea auf die Wange und trat dann zurück. Ich fing Lors Blick auf. Angespannt lächelte er mir zu. Er sah besser aus als Elysea. Nun war klar, wer von beiden überleben würde. Und er wusste es.

Ich schloss die Augen und atmete tief ein. Ich musste daran glauben, dass es funktionierte. Es *musste* funktionieren.

»Ich bin bereit«, sagte Raylan und ergriff das Handgelenk der Frau. »Ich beginne den Verbindungsprozess zu dieser Lady. Lor, bleib bei mir, Alter.«

Doch Lor antwortete nicht. Sowohl er als auch Elysea sackten zusammen.

»Ely!« Ich wollte zu ihr stürzen.

»Fass sie nicht an!«, rief Raylan. »Außer du willst sterben.«

Ich sah, wie ihre Lider flatterten. Bevor ich fragen konnte, was passiert war, hallte ein Schrei durch den Raum.

Neben uns war die Frau auf der Trage hochgefahren. Augen und Mund waren aufgerissen.

Sie lebte.

»Nein!«, schrie ich, als ich Lor und Elysea leblos am Boden liegen sah, während die Frau kreischend um sich schlug.

»Aufhören, aufhören, aufhören«, rief die Frau und zerrte an dem Echolink an ihrem Handgelenk. »Bitte hört auf.« Sie versuchte, von der Trage zu klettern, rutschte aber einfach zu Boden.

»Wie lange hatte sie ihre Muskeln schon nicht mehr gebraucht? Seit Jahren?«

Sie kroch auf uns zu. Raylan rannte zu ihr hinüber und löste den Echolink von ihrem Arm. Sie schloss die Augen und lag wieder reglos da. Doch ihre Brust hob und senkte sich. Sie war wirklich und tatsächlich wieder lebendig.

»Was hast du getan?« Ich eilte zu Raylan. Er hatte sich über den Echolink der Frau gebeugt.

»Ich weiß es nicht«, murmelte er.

»Du hast es falsch gemacht.«

»Nein, habe ich nicht.«

»Sie ist gar nicht hirntot!« Ich deutete auf die Frau am Boden. »Wir können ihren Puls nicht stehlen. Wir dürfen ihr Herz nicht stoppen.«

»Ich muss Nessandra holen«, sagte er. »Die Proteine in den Korallen müssen ihren Hirnschaden ausreichend repariert haben. Deshalb konnte sie sich wieder erholen. Nessandra ist die Einzige, die uns jetzt noch helfen kann.«

»Nein«, sagte ich.

Nessandra hatte versucht, meinen Vater zu töten. Sie hatte meine Schwester umgebracht Sie würde uns niemals helfen.

»Was bleibt uns denn für eine Wahl?« Raylans Augen füllten sich mit Tränen. Nun war klar, wie viel Lor ihm bedeutete. »Es ist die einzige Möglichkeit, beide zu retten.«

Als ich nicht antwortete, fuhr er fort: »Sobald die Wissenschaftler Elyseas Aufwachraum leer vorfinden, werden sie die Einrichtung abriegeln, dann haben wir keine Chance mehr, das alles in Ordnung zu bringen. Wir brauchen Nessandra. Sofort!«

»Okay«, sagte ich. »Ich hole sie. Sorg dafür, dass die beiden noch leben, wenn ich wieder da bin.«

»Beeil dich. Du hast noch fünfzehn Minuten!«

Jenseits des Kellers war es ein ganz normaler Tag in Palindromena. Nach der Düsternis des Aquariums stach mir das Sonnenlicht in die Augen.

Der Baum in der Mitte der Eingangshalle leuchtete im Sonnenschein. Wie konnten alle hier herumlaufen, als wäre nichts falsch daran, dass sie täglich mit Leben und Tod spielten?

Wie schon auf den Kavalkade-Inseln blieb mir keine Zeit zum Suchen. Nessandra würde zu mir kommen müssen.

Ich eilte auf die Schwarzrinde zu und begann, an ihr emporzuklettern.

»Hey«, rief jemand unter mir. Es war ein Sicherheitsmann.

Nur Sekunden später hatte sich eine Menschentraube unter mir versammelt.

»Holt mir Nessandra!«, rief ich vom Baum hinunter, wobei ich darauf achtete, außer Reichweite der Sicherheitsleute zu bleiben. »Sagt ihr, es geht um ihren Sohn Lor.«

»Komm da runter«, knurrte mich einer der Männer an.

»Erst wenn Nessandra hier ist.«

»Aber, aber«, erklang eine ruhige Stimme hinter mir. Als ich mich umdrehte, erkannte ich, dass die Direktorin zu uns getreten war. Die Königin der Toten persönlich. »Es ist nicht nötig, eine Szene zu machen, Tempest. Ich bin ja hier. Warum kommst du nicht einfach runter und erzählst mir, was dir auf der Seele liegt?«

Bei ihrem Anblick war es schwer, sich vorzustellen, dass

sie meine Schwester ermordet und meine Eltern vertrieben hatte. Sie wirkte so gefasst, so freundlich, so verständnisvoll.

Eine Million Geheimnisse versteckten sich hinter diesem Lächeln.

Ich wollte es ihr aus dem Gesicht wischen.

»Es geht um Ihren Sohn.« Ich würde erst hinunterklettern, wenn sie den Ernst der Lage begriffen hatte, andernfalls würden mich die Sicherheitsleute vielleicht hinauswerfen, bevor ich die Chance bekommen hatte, mit ihr zu sprechen. »Lor stirbt.«

Ein seltsamer Ausdruck huschte über ihr Gesicht. »Ich glaube, du bist etwas verwirrt.« Sie hob eine perfekt manikürte Hand. »Komm runter, bevor du dir wehtust.«

»Erst wenn Sie mit mir kommen und Lor helfen.«

»Ich fürchte, das ist nicht möglich«, sagte Nessandra mit einem kurzen Blick auf die lauschende Menge um uns. »Mein Sohn ist tot. Schon seit zwei Jahren.«

Fast wäre ich aus dem Baum gefallen.

47 Lor

0 Stunden, 10 Minuten
Dienstag, 11:50 Uhr

Als ich erwachte, blickte Ray besorgt auf mich herab. Ich setzte mich auf.

»Wie geht's dir, Lor?«

»Gut. Haben wir's geschafft?«

Ray sah weg. Ich wandte den Kopf und sah Elysea, die zusammengesunken neben mir lag.

Verdammt. Hatten wir versagt?

Ray schüttelte den Kopf. »Ich konnte die neue Pulsverbindung nicht herstellen. Und die Lady da«, er deutete auf die Frau, die wir ausgewählt hatten, »ist nicht hirntot. Tatsächlich hat sie eine ziemlich kräftige Lunge, und die benutzt sie auch.«

Die Frau saß nun in einem Rollstuhl, der Kopf war ihr auf die Brust gesunken.

»Ich habe ihr ein Beruhigungsmittel gegeben«, erklärte Ray. »Sonst hätte sie sich noch verletzt. Die gute Nachricht ist, dass sie lebt und auch weiterleben wird. Aber das sind die einzigen guten Nachrichten, die ich habe.«

»Was soll das heißen?« War es vorbei? »Wo ist Tempest?«

Etwas Heißes wand sich in meinem Magen. Angst.

»Euch bleiben noch zehn Minuten. Oder eigentlich«, er ruckte mit dem Kinn zu Elysea hinüber, »bleiben *ihr* noch zehn Minuten. Deine Vitalwerte sind viel stärker.« Er deutete auf den blauen Kreis auf meinem Echo. »Du hast gewonnen.«

»Verdammt.«

»Ja.« Er fuhr sich übers Gesicht. Ich hatte ihn noch nie so besorgt gesehen. »Es tut mir so leid, Lor. Ich weiß, du wolltest nicht, dass sie leiden muss. Trotzdem darfst du nicht vergessen, dass es immer noch dein Herzschlag ist. Sie ist nur für eine Weile auf den Zug aufgesprungen.«

»Und Tempest?« Ich konnte mir nicht erklären, warum sie ihre Schwester allein gelassen hatte, obwohl Elysea nur noch zehn Minuten blieben.

Verlegen sah Ray mich an. »Wir brauchten Hilfe.«

»Was soll das heißen?«

Er musste nicht antworten. Meine Mutter kam hereingestürmt, Tempe folgte ihr dicht auf den Fersen.

»Lor!«, rief meine Mutter und eilte auf mich zu. »Was hast du dir dabei gedacht? Dich als Pulsgeber zur Verfügung zu stellen! Wie konntest du nur deine zweite Chance aufs Spiel setzen?«

»Zweite Chance?« Ray wirkte verwirrt. »Wovon redet sie?«

»Lor ist tot«, sagte Tempe. »Oder zumindest sollen das alle glauben. Er ist vor zwei Jahren beim Klettern mit Freunden ums Leben gekommen. Sein bester Freund Calen war sein Pulsgeber und hat ihn zurückgeholt. Nessandra konnte ihren Sohn nicht gehen lassen, sie hat Calen getötet, damit Lor weiterleben konnte. Habe ich etwas ausgelassen, Lor?«

Sie hatte ihre Mauern wieder hochgezogen. Die Wärme und Weichheit, die ich in ihr gesehen hatte, waren verschwunden.

»Es tut mir leid.« Ich sah Ray an. »Ich wollte es dir sagen …«

»Deshalb versteckst du dich hier unten?« Er zog die Brauen hoch. »Weil du eigentlich tot sein solltest?«

Ich nickte. »Damals sind sowohl Calen als auch ich von den Klippen ins Wasser gestürzt. Nur Calen hat überlebt. Unsere Freunde haben meine Mutter zu Hilfe geholt. Sie hat mich mit Calens Puls wiederbelebt und Calen dann getötet.«

»Das ist auch der Grund dafür, warum das hier«, sie deutete zwischen mir und Elysea hin und her, »von Anfang an nicht richtig funktioniert hat. Lors Herzschlag ist schwächer, weil er schon einmal wiederbelebt wurde. Es wundert mich, dass ihr beide so lange durchgehalten habt.«

»Ich kann es nicht fassen«, sagte Ray. »Ich wusste ja, dass du irgendetwas vor mir verheimlichst, aber das? Warum bei allen verfluchten Wassern hast du es mir nicht gesagt? Ich hätte dich niemals gebeten, für mich einzuspringen!«

»Es tut mir leid, Ray! Ich wollte es dir sagen, aber ich wusste nicht, wie.« Ich vergrub den Kopf in den Händen. »Ich habe das Leben meines besten Freundes gestohlen, und ich habe mich hier unten versteckt, damit mich niemand wiedererkennen konnte. Meine Freunde haben *mich* sterben sehen, nicht Calen. Wenn ich herumlaufen würde, als wäre nichts passiert, dann wüssten alle sofort, was ich getan habe.«

Meine Mutter seufzte. »Was *ich* getan habe, Lor. Ist das der Grund, warum du der Sache hier zugestimmt hast?« Sie deutete auf die bewusstlose Elysea. »Als eine Art Strafe? Es war meine Entscheidung, dich zurückzuholen. *Ich* habe beschlossen, Calens Herz anzuhalten. Zwei Jahre sind seitdem vergangen, wann wirst du endlich loslassen?«

Ich wünschte, ich könnte meine Schuld so einfach beiseitewischen. Aber das konnte ich nicht. Ich musste mich dem stellen, was ich getan hatte. Dieses eine Mal.

»Nein, Mom.« Tränen traten mir in die Augen. »Sobald ich aufgewacht bin, wusste ich, was du vorhattest. Ich habe es in deinen Augen gesehen. Deine Entschlossenheit. Und ich habe die Angst in Calens Blick erkannt. Wir wussten es beide.« Mit dem Handrücken wischte ich mir über die laufende Nase. »Ich habe dich nicht aufgehalten. Und als du Calens Mutter später erzählt hast, er sei an Komplikationen gestorben, nachdem er fast ertrunken war, habe ich dich nicht korrigiert. Ich habe mich einfach vor der Welt versteckt.« Vor allem.

Nach meiner Wiedererweckung hatte ich mich geweigert, mit meiner Mutter zu sprechen. Sie hatte irgendeine Geschichte über ein neues Verfahren erfinden wollen, dank dem sie mich hatte zurückholen können. Ein paar Monate nach Calens Tod, damit niemand die Verbindung herstellte. Doch ich hatte es abgelehnt.

Zu Anfang war ich unten im Aquarium geblieben, damit niemand begriff, was mit Calen geschehen war, doch nach einer Weile hatte ich den Keller nicht wieder verlassen *wollen*. Weil ich es nicht verdiente.

»Das ist jetzt nicht wichtig«, sagte meine Mutter und griff nach meiner Hand. Nach meinem Echo. »Wir müssen dafür sorgen, dass du überlebst.«

»Sie haben Elysea umgebracht!«, brüllte Tempe. »Wagen Sie es nicht, sie anzurühren!«

Nessandra schüttelte den Kopf. »Du weißt nicht, was du da redest.«

»Ich habe meine Eltern gesehen«, widersprach sie. »Sie haben mir die Wahrheit erzählt!«

Wieder schüttelte Nessandra den Kopf. »Es war ein Unfall. Ich wollte deinen Eltern nur einen Schrecken einjagen. Deine Schwester hätte nicht sterben sollen. So grausam bin ich nicht. Lor, sag es ihnen.«

Doch ich würde meine Mutter nicht mehr in Schutz nehmen. »Dafür haben wir jetzt keine Zeit!«

»Die andere Lady können wir nicht als Pulsgeber verwenden«, mischte sich Ray ein. Er klang erschöpft. »Ich habe versucht, Elyseas Herzschlag mit ihrem zu verbinden, aber sie ist aufgewacht. Ohne einen anderen Pulsgeber gibt es nichts mehr, was wir tun können.«

Tempe fuhr zu ihm herum. »Dann lassen wir meine Schwester also einfach sterben?«

»Sie war schon tot«, sagte Nessandra. »So soll es sein. So ist es in Palindromena immer, seit fünfzig Jahren.«

»Ist das Ihr Ernst?« Tempes Wangen glühten rot vor Zorn. »Lor war tot, und jetzt schauen Sie ihn an! Für Ihre eigene Familie haben Sie die Regeln gebrochen. Warum können wir nicht dasselbe für meine Familie tun? Das sind Sie mir schuldig! Nach allem, was Sie meinen Eltern angetan haben. Nach allem, was Sie meiner Schwester angetan haben, Unfall hin oder her. Sie haben mein Leben zerstört! Und jetzt bringen Sie es wieder in Ordnung.«

Mein Herz erschauerte bei diesen Worten.

Doch die Miene meiner Mutter blieb ungerührt. Sie war es gewohnt, auch unter Druck ruhig zu bleiben. »Es gibt nichts, was ich tun kann. Es tut mir leid, aber so ist es.«

Ich zog mich hoch und ging einen wackeligen Schritt auf Tempe zu. Je mehr Zeit verging, desto stärker wurde ich. In wenigen Minuten würde Elysea tot sein.

Ich hatte das nicht gewollt. Ich hatte Tempe vor dem Schmerz, den ich über Calens Tod empfand, beschützen wollen.

»Es tut mir so leid, Tempe«, sagte ich.

Sie schüttelte den Kopf. »Nein, nein. Ich will keine Entschuldigungen. Ich will eine Lösung.« Die Wut in ihrer Stimme war abgekühlt. Sie hatte die Schultern nach oben gezogen, wie um sich zu schützen.

Ich wollte sie in die Arme nehmen, nur für einen Moment. Nur glaubte ich nicht, dass sie das zulassen würde. Stattdessen legte ich ihr eine Hand auf den Ellbogen. »Ich wünschte, es gäbe eine.«

Der Reihe nach sah Tempe jedem von uns in die Augen. Niemand sagte etwas. »Warum schaut ihr mich alle so an? Tut etwas! Irgendwas!«

Mein Echolink vibrierte.

Noch fünf Minuten.

»Sie haben meine Schwester umgebracht!« Wieder fuhr sie zu meiner Mutter herum.

Mit erhobenen Händen wich Nessandra einen Schritt zurück. »Ich habe getan, was nötig war, um Palindromena zu schützen. Die Zukunft unserer Gesellschaft. Ein Leben für das von Hunderttausenden. Ich hatte keine andere Wahl.«

Doch wir hatten die Kavalkade-Inseln gesehen. Wir mussten die Toten nicht ausbeuten, um am Leben zu bleiben. Konnte meine Mutter denn nicht sehen, dass sie während ihres sinnlosen Kampfes gegen Tod und Trauer ihre Menschlichkeit verloren hatte?

Tempes Schulter bebten.

»Es sind noch fünf Minuten, Tempe«, sagte ich, obwohl ich es nicht aussprechen wollte. »Du solltest dich verabschieden, solange du noch kannst.«

Tempe fiel neben ihrer Schwester auf die Knie. »Sie ist bewusstlos. Nicht einmal das kann ich tun.«

»Sie ist noch nicht fort«, widersprach ich. »Sie kann dich hören.«

Tempe nahm die Hand ihrer Schwester in ihre. »Ely, du bist der Mensch, der meinem Leben einen Sinn gegeben hat. Ich war schon immer wie ein Fisch auf dem Trockenen.« Ein weiches Lächeln spielte um ihren Mund. »Aber mit dir an meiner Seite war ich nie allein.« Tränen liefen ihr über die Wangen, doch sie wischte sie nicht fort. »Ich werde dich immer vermissen, aber ich verspreche dir, dass ich es besser machen werde. Ich verspreche dir, dass ich mein Leben so leben werde, wie ich es nach deinem Tod vor zwei Jahren hätte tun sollen. Ohne Angst, ohne Zorn und ohne Reue. Denn das ist es, was du mir beigebracht hast, und alles andere würde bedeuten, dein Andenken zu beleidigen. Du wirst immer ein Teil von mir sein. Der Teil, der mich führt. Du wirst immer mein Korallenpfad sein, der mich durch die Dunkelheit leitet.«

Meine Kehle wurde eng, und mir stockte der Atem.

Tempe hatte recht. Wenn man nicht das Beste aus seinem Leben machte, dann beleidigte man damit jene, die schon gegangen waren.

Ich hatte Calen das Leben genommen, und ich hatte es verschwendet. Ich dachte, ich würde das Richtige tun, indem ich mich vor der Welt versteckte, doch stattdessen hätte ich das Beste aus dieser Zeit machen sollen. Für ihn. Weil er es nicht mehr konnte.

Die Minuten verticktеn an meinem Handgelenk. Es war so weit.

Ich kniete mich hinter Tempe und legte ihr eine Hand auf die Schulter. Halb rechnete ich damit, dass sie mich abschütteln würde, aber sie tat es nicht.

»Ich habe deine Schwester nicht lange gekannt, aber sie war einer der großzügigsten und liebevollsten Menschen, denen ich jemals begegnet bin. Sie hat dich so geliebt, und ich bin sicher, dass sie wollen würde, dass du das weißt.«

»Danke.« Sie drehte sich zu mir um, drückte ihr Gesicht an meine Schulter und weinte.

Ich hielt sie fest, um ihr hoffentlich ein bisschen Trost geben zu können.

Eine Liebe wie die zwischen Tempe, ihrer Schwester und ihren Eltern hatte ich nie kennengelernt. Meine Mutter liebte auf eine verdrehte und verwirrte Art. Auf eine besitzergreifende Art. Ihre Trauer war selbstsüchtig. Sie hatte mich am Tag meines Todes nicht gehen lassen können.

Doch ich würde nicht selbstsüchtig sein. Nicht mehr.

Eine Liebe wie die zwischen den Alerin-Schwestern kannte ich zwar nicht, doch ich konnte sie mir vorstellen. Ich konnte mir vorstellen, auf Equinox zu leben, mit Ray zur Springflut zu gehen und Elysea dort tanzen zu sehen. Ich konnte mir vorstellen, Tempe in den Armen zu halten, während wir zusammen nicht zur Musik auf den Kavalkade-Inseln tanzten. Ich konnte mir die Hitze des Feuers vorstellen, das sich in ihren Augen und in meinem Herzen spiegelte.

Trotzdem konnte ich niemals ein anderer sein als der Junge, der ertrunken war und einem anderen das Leben gestohlen hatte. Ich hatte meine Chance auf ein Leben gehabt, aber ich war leichtsinnig gewesen. Und Calen hatte den Preis dafür gezahlt.

Es war an der Zeit, die Dinge in Ordnung zu bringen.

Elysea konnte der Welt viel mehr geben, als ich jemals zu bieten hätte. Sie konnte ihr Leben wirklich und wahrhaftig leben. Ohne Reue. Sie konnte mit ihren Freunden und ihrer Familie zusammen sein. Das hatte sie mir während der vergangenen vierundzwanzig Stunden gezeigt. Von uns beiden war *sie* es, die es verdiente zu leben.

»Ich bin so froh, dass ich dir begegnet bin, meine wunderschöne Wasserhexe«, flüsterte ich in Tempes Haar. »Ich wünschte, für uns würde es noch tausend neue Morgen geben. Ich wünschte, wir müssten uns nicht verabschieden.«

Sie löste sich von mir. Aus ihren roten Augen sah sie mich voller Sorge an. »Was meinst du damit?«

Ich wischte ihr die Tränen von der Wange. »Ich werde das Richtige tun.« Ich würde den Fehler meiner Mutter rückgängig machen. »Sei glücklich, Tempe.«

Über die Schulter sah ich zu Ray und meiner Mutter hinüber. »Ich habe durch geliehene Zeit gelebt. Jetzt ist der Moment gekommen, sie zurückzugeben.«

Als die letzte Sekunde heruntergezählt wurde, drückte ich auf den blauen Kreis auf meinem Echo.

Herzschlag anhalten?, erschien auf dem Display.

Ich atmete lange aus, dachte an all die kommenden Tage, die es für mich nicht mehr geben würde, und drückte auf *ja.*

48 Tempest

0 Stunden, 00 Minuten
Dienstag, Mittagsstunde

Ein Alarm schrillte los. Er kam von Lors Echolink. Lor sackte gegen mich.

»Lor?«, frage ich. »Lor! Oh, nein, nein, nein, nein.«

Bitte nicht. Bitte lasst ihn nicht tot sein.

»Lor!«, schrie Nessandra. Sie zog ihn von mir herunter und schüttelte ihn an den Schultern. Doch er rührte sich nicht. Er blinzelte nicht. Er atmete nicht.

Nessandra löste seinen Echolink, unter dem zwei kleine Löcher in seiner Haut zum Vorschein kamen. Sie drückte ihm die Finger ans Handgelenk.

»Lor«, sagte sie wieder, dieses Mal wie zu sich selbst. »Er ist fort.«

Ich sank nach vorne, beide Hände auf die Brust gepresst. Ich konnte nicht atmen.

Mit schweren Schritten näherte sich Raylan. »Warum sollte er das tun?« Seine Stimme klang rau.

Nessandra drehte sich zu mir um, purer Hass stand ihr ins Gesicht geschrieben. »Das hast du meinem Jungen angetan.«

Ich verschränkte die Arme, um das Zittern zu unterdrücken. »Ich habe ihn nicht gezwungen, ich habe ihn nie darum gebeten, sein Leben für Elysea zu opfern.« Am Anfang hatte ich es tun wollen, doch ich hatte es nicht gekonnt.

Warum sollte Lor das tun? Zwei Jahre lang hatte er hier unten in einer Art Fegefeuer verbracht, ohne wirklich zu leben. Er hatte ein Leben verdient.

»Was ist passiert?« Blinzelnd sah Elysea uns an, und langsam kehrte die Farbe in ihr Gesicht zurück.

Obwohl ich mich fühlte, als wäre mein Herz gerade wegen Lor in tausend Stücke gebrochen, stürzte ich zu ihr und schlang die Arme um sie. Sie lebte. Sie würde weiterleben.

Am Ende hatte Lor sein Versprechen gehalten.

Ein Klagelaut drang über Nessandras Lippen. Sie hatte Lors Kopf in ihren Schoß gebettet, doch seine Augen starrten blicklos zur Decke empor.

Ich wandte mich ab. Tränen liefen mir über die Wangen. An Elyseas Miene erkannte ich, dass sie begriff. Sie drückte ihr Gesicht an meinen Hals.

»Warum, Lor?«, flüsterte sie.

Für uns, dachte ich. *Für uns.*

Sie hob den Kopf nicht. Ich fühlte, wie ihre Tränen auf meine Haut tropften.

Ich wünschte, ich könnte Nessandras Wehklagen ausblenden, aber das konnte ich nicht. Und es wäre auch nicht richtig gewesen. Lor verdiente unsere Trauer. Er war gestorben, damit Elysea leben konnte.

Irgendwann löste ich mich von Elysea. Wir mussten hier raus. Wir mussten fort von Nessandra. Dieser ganze Ort war verflucht.

Ich half ihr hoch.

»Bist du bereit, nach Hause zu gehen?«, fragte ich sie.

Sie nickte, doch da mischte sich Nessandra ein: »Sie ist tot. Ihr könnt nicht nach Equinox zurückkehren.«

Nessandra sah uns nicht an, ihre ganze Aufmerksamkeit galt ihrem Sohn. Ich wandte den Blick ab. Ich konnte es nicht ertragen, seine glasigen Augen und seine blasse Haut zu betrachten. Ich wollte ihn so in Erinnerung behalten, wie er gewesen war.

»Wir gehen zu unseren Eltern«, antwortete ich, ohne ihr damit zu verraten, wo sie waren. »Weit weg von hier.«

Kopfschüttelnd sah Nessandra auf. Ihr Mascara hatte schwarze Spuren auf ihre Wangen gemalt. »Ihr geht nirgendwohin.«

»Nessandra«, bat Raylan, dessen Stimme tränenerstickt war. »Lass sie gehen. Heute hat es genug Trauer gegeben. Genug Tod.«

»Nein.« Wieder schüttelte sie den Kopf. »Zuerst müsst ihr etwas für mich tun. Für Lor.«

Ich zögerte. War das ein Trick? »Was?«

»Ich muss ihn retten.« Es klang nicht mehr hart, sondern flehend. »Bitte. Bitte rettet ihn.«

»Es gibt nichts, was wir tun können.« Raylans Hand schwebte über Nessandras Schulter. »Niemand kann ein zweites Mal wiedererweckt werden.«

»Das stimmt«, bestätigte sie. »Es ist zu viel für das Herz. Wir haben versucht, Menschen mit einem neuen Wächter zu verbinden, aber der Puls setzt nicht mehr ein. Das Herz verbindet sich nicht mehr.«

Mir schnürte sich die Brust zusammen. Warum erzählte sie uns das? Wie sollte das helfen?

»Aber das liegt am Herzen, nicht an der Technologie«, verkündete sie trotzig. »Wenn das Herz stärker wäre – oder wenn es zuvor noch nie für einen Wiedererweckungsprozess benutzt worden wäre, dann würde es kein Problem geben.« Sie keuchte und hob eine Hand an die Brust.

»Was ist los?«, fragte Ray.

Ein Funkeln trat in ihre Augen, und ein Lächeln erschien auf ihrem Gesicht. »Wenn Lor ein anderes Herz hätte, dann könnten wir ihn wiederbeleben.«

Ich stellte mich vor Elysea. »Was soll das heißen?«

Sie winkte ab. »Ich werde deiner Schwester nichts tun. Aber wir brauchen ein neues Herz. Eines, das zuvor nicht wiederbelebt wurde.«

»Nein«, sagte ich. »Lor würde nicht wollen, dass ein anderer sein Leben für ihn opfert.«

Wann würde diese Qual enden? Dieser Kreislauf des Todes?

Nessandras Augen wurden schmal, als sie mich ansah. »Du kennst meinen Sohn gerade mal einen Tag. Du hast keine Ahnung, was er wirklich fühlt. Er war verwirrt. Er wollte dir helfen.« Sie blickte auf Lors reglose Gestalt hinab und strich ihrem Sohn das Haar aus der Stirn. »Er will leben. Er hat es verdient.«

»Und wer wird dieses Mal sein Leben opfern?«, wollte ich wissen. »Wessen Herz werden Sie nehmen?«

Darauf lief es immer hinaus. Ein Leben für ein Leben. Elysea hatte recht. Niemandem stand die Entscheidung zu, wer leben durfte und wer sterben musste. Doch Palindromena tat genau das. Seit Jahrzehnten wurde hier diese Entscheidung getroffen. Sie spielten Gott. Es war an der Zeit, dass das endete.

»Meines«, sagte Nessandra. »Ich werde mein Leben opfern. Ich werde meinem Sohn mein Herz spenden.«

Ich schnappte nach Luft. Ich hätte an ihr gezweifelt, aber niemand konnte verleugnen, dass sie Lor liebte. Auch wenn ihre Art zu lieben anders war als meine, erkannte ich an der Art, wie sie ihn ansah, dass sie alles tun würde, um ihn zurückzuholen. Die Frage, ob wir das auch tun *sollten,* stellte jedoch niemand.

»Das ist doch absurd!«, sagte ich. »Der Tod ist kein Spiel.«

»Spiel?« Nessandras Blick traf mich mit einer solchen Wildheit, dass ich zurückzuckte. »Mein Kind, mein *einziges*

Kind, der einzige Mensch, den ich in dieser wasserdurchtränkten Welt habe, ist fort. Deinetwegen. Weil du deine Schwester zurückholen wolltest. Du hast das Spiel zuerst gespielt, Tempest. Und jetzt willst du mir sagen, dass ich ihn aufgeben soll?«

»Ich will, dass Lor lebt.« Ich vermied es immer noch, ihn anzusehen. »Aber wir können dich nicht umbringen, Nessandra.« Obwohl sie es verdient hätte. »Das ist nicht richtig.«

»Keine Mutter sollte ihr Kind überleben«, sagte sie leise.

Schweigend standen wir da, keiner wusste eine Antwort darauf. Wie argumentierte man mit jemandem, der bereit war, sein Leben zu opfern?

Raylan war der Erste, der die gespannte Stille brach. »Nach allem, was ich über das Herz weiß, wird es nicht einfach von selbst wieder anfangen zu schlagen. Nachdem es transplantiert wurde, brauchen wir jemanden, der es startet. Wir brauchen eine Art Pulsgeber.«

»Ja«, bestätigte Nessandra eifrig, weil er ihrem Gedankengang folgte. »Wir brauchen einen elektrischen Impuls, der sein neues Herz wieder zum Schlagen bringt.«

»Einen neuen Pulsgeber?«, fragte Raylan.

»Nicht unbedingt«, erklärte Nessandra. »Nicht, wenn wir sein neues Herz mit einem Rhythmus fremdstarten könnten, der sowohl seinem Körper als auch seinem neuen Herzen vertraut ist.«

»Und wie stellen wir das an?«, fragte Ray. »Lors Puls ist verloren.«

»Ja.« Nessandra nickte ernst. »Aber nicht ganz.«

»Was soll das heißen?«

»Calen. Er wurde über einen Echolink mit Lor verbunden. Echos holen sich ihre Elektrizität aus dem Herzen, und sie speichern diese Information noch lange, selbst wenn der Pulsgeber stirbt oder wenn die Verbindung getrennt wurde.

Calens Echo hat immer noch Lors Puls gespeichert, damit können wir einen elektrischen Impuls auslösen, um Lors neues Herz mit seinem alten Rhythmus zu starten. Die Chance, dass sein Körper das transplantierte Organ annimmt, wird dadurch außerdem beträchtlich gesteigert.«

»Ich bin kein Chirurg«, warf Raylan ein. »Ich kann so etwas nicht.« Aus seiner Miene konnte man lesen, dass er es auch dann nicht würde tun wollen, wenn er es könnte.

»Das verstehe ich«, sagte sie. »Wir haben hier viele Wissenschaftler, die sich mit dem Herzen auskennen. Ich werde die Operation anordnen.« Aber sagte sie die Wahrheit? Wollte sie sich tatsächlich opfern? Konnten wir ihr trauen? Oder würde sie sich gegen uns wenden? Gegen Elysea?

Ich sah meine Schwester an, doch sie antwortete nicht. Ihr Blick war auf Lor gerichtet. Seine Lippen wurden blau. Ein Schluchzen krampfte mir die Brust zusammen, es wollte verzweifelt hinaus.

Doch das würde ich nicht zulassen. Ich war für Elysea stark gewesen, jetzt würde ich für Lor stark sein.

Elysea griff nach meiner Hand und drückte sie. Wir steckten immer noch zusammen in dieser Geschichte. Jetzt mussten wir Lor retten, so, wie er uns gerettet hatte.

»Okay«, sagte Raylan. »Wo ist der Echo? Ich kann ihn sofort programmieren.«

Nessandra ließ den Kopf hängen, und ihr kurzes blondes Haar fiel ihr vors Gesicht. Ihre Schultern bebten. Erst dachte ich, sie würde weinen. Erkannte sie nun, wie wahnsinnig ihr Plan war? Doch dann begriff ich.

Sie lachte.

»Nichts in dieser Welt ist jemals leicht.« Sie hob den Blick von Lors Gesicht zu Raylan. »Der Echolink wurde mit Calen begraben, damit niemand je herausfinden würde, was passiert ist.«

»Begraben?«, wiederholte ich.

Sie sah mich an. »Im Tempel. Unter tausendfünfhundert Metern Wasser.«

Sie hatte recht. Nichts in dieser nassen Welt war jemals leicht.

49 Tempest

---, ---
Dienstag, 12:30 Uhr

Nachdem wir Lor in einen der Tanks hatten sinken lassen, führte uns Nessandra durch eine Reihe unterirdischer Korridore, die bis tief unter die Insel führten. Ich konzentrierte mich auf das Donnern der Wellen, die gegen die Klippen schlugen, um mich von dem Gedanken an Lors leblosen Körper abzulenken, der nun an ebenjenem Ort ruhte, von dem er unbedingt hatte entkommen wollen.

Nessandra öffnete eine rostige Metalltür und ließ uns hindurchtreten. Mom und Dad wären außer sich, wenn sie wüssten, dass wir Nessandra vertrauten, aber um Lor zu retten, war es das Risiko wert. Ich hatte ihn nicht lange gekannt, aber ich wollte mehr von ihm.

Elysea, Raylan und ich betraten einen kuppelförmigen Raum, an dessen Wänden sich Taucherausrüstungen reihten. In der Mitte des Bodens befand sich eine Öffnung, darunter nur noch schwarzes Wasser.

»Der Eingang zum Tempel?«, fragte ich.

»Wenn ihr in gerader Linie nach unten taucht, dann findet ihr ihn«, sagte Nessandra und nickte zu der Öffnung hinüber.

»Tauchen?«, fragte Raylan. Er wirkte nervös. »Gibt es keine Maschine, um die Toten nach unten zu bringen?«

Nessandra sah ihn an. Ihre blassen Wangen waren rot vom Weinen. »Normalerweise müssen die Taucher noch einen Sarg transportieren. Seid froh, dass ihr das nicht müsst«, gab sie harsch zurück. Dann deutete sie auf die Tauchausrüstung. »Dort findet ihr alles, was ihr braucht.«

»Warum tauchst du nicht selbst?«, fragte ich. »Du weißt, wo Calen beerdigt wurde. Ginge es so nicht schneller?« Konnten wir ihr wirklich trauen? Nach allem, was sie getan hatte? Was, wenn sie den Eingang verriegelte und uns mitsamt der Geheimnisse von Palindromena dort unten verschwinden ließ?

»Ich kann nicht schwimmen«, antwortete sie.

»Das soll doch wohl ein Scherz sein.« Unsere Welt bestand fast vollkommen aus Wasser. Jeder konnte schwimmen.

»Ich habe mein ganzes Leben auf dieser Insel verbracht.« Sie zuckte mit den Schultern. »Meine Eltern haben mich vor dem Meer gewarnt. Es ist gefährlich.«

»Und du hast beschlossen, es sogar noch gefährlicher zu machen.« Ich stieß ein böses Lachen aus. »Indem du Menschen aus dem Wasser gezogen hast, um sie dann aber nicht zu retten, sondern für deine Experimente zu verwenden. Was, wenn es Lor gewesen wäre, dort draußen auf dem Meer?«

Sie wandte sich von mir ab. »Schwimmt einfach gerade nach unten, dann findet ihr den Tempel.«

Elysea berührte mich an der Schulter. »Komm schon, Tempe. Wir müssen das tun.« Sie suchte sich eine schwarze Tauchhaut aus der Sammlung an der Wand aus und zog sie an.

»Wo ist Calen beerdigt?«, fragte ich, während ich mir Metallflossen überstreifte. Im Gegensatz zu Moms alten Flossen waren diese hier nicht aus stumpfen Messerklingen gefertigt, sondern aus Metallzuschnitten.

»In einem unmarkierten Grab.« Nessandra reichte mir ein Atemgerät. »Ich habe ihn beigesetzt, um sein Opfer für meinen Sohn zu würdigen, aber ich wollte nicht, dass das Grab markiert wird, falls Calens Mutter jemals eine Autopsie anordnen würde. Ich weiß nicht genau, wo er liegt, weil ich ihn nicht selbst transportiert habe.«

Fast hätte ich sie gefragt, wie viele unmarkierte Gräber es dort unten gab. Wen hatte sie noch alles verschwinden lassen? Ich biss mir auf die Zunge. Nessandra war bereit, ihrem Sohn ihr Herz zu geben. Wir brauchten sie auf unserer Seite.

Ich ließ meine Beine ins Wasser hängen. Ich fühlte einen Hauch von Kälte durch die Tauchhaut. Elysea setzte sich neben mich.

»Bist du sicher, dass du das tun willst?«, fragte ich sie. »Ich kann auch allein gehen.«

»Ich verlasse dich nicht«, sagte sie. »Nie wieder.«

Ich drückte ihre Hand. »Niemals.«

»Ich komme auch mit.«

Als ich mich umdrehte, streifte sich Raylan gerade ein Paar Metallflossen über und schnappte sich ein Atemgerät. Am Handgelenk trug er einen Echolink. »Damit wir wissen, wie viel Zeit vergangen ist«, beantwortete er meinen fragenden Blick. Nach dem heutigen Tag wollte ich so ein Ding nie wiedersehen.

»Ist das eine gute Idee?«, fragte Nessandra. »Du warst nicht mehr im Wasser, seit …«

»Ich komme schon klar«, fiel er ihr ins Wort. »Lor steckt meinetwegen in dieser Situation. Er hat meine Schicht übernommen, damit ich nach Equinox fahren und mich wegen meinem Fuß mit einer Ärztin treffen konnte. Er braucht meine Hilfe.«

Nessandra klopfte ihm auf die Schulter. »Danke, Ray. In die Tauchhauben sind Sprechgeräte eingebaut, damit wir miteinander in Kontakt bleiben können. Ihr habt genug Sauerstoff für zwei Stunden. Vergeudet ihn nicht.«

Elysea zog die Brauen zusammen. »Ich bin diese Countdowns so leid.«

Traurig lächelte ich ihr zu. Vom Moment unserer Geburt an war die Zeit unsere Herrin und Meisterin.

»Wir haben es bald geschafft«, sagte ich. Dann konnte der Rest unseres Lebens beginnen.

Nessandra reichte jedem von uns eine Taschenlampe. »Dort unten ist es dunkel.« Etwas an ihrer Miene verriet mir, dass sie damit nicht nur den Mangel an Licht meinte. »Es gibt dort keine Korallen.«

Ich zog einige der irisierenden blauen Steine aus meinem Ölhautbeutel und schüttelte sie in der Hand.

»Du tust das immer noch?«, fragte Elysea lächelnd.

»Natürlich.« Für mich war es kein kindisches Ritual. Damit zeigte ich meinen Respekt vor dem Meer, vor den Göttern und vor allem, was mich vielleicht unter der Oberfläche erwartete.

Ich nickte Elysea zu. Wir konnten es schaffen.

Dann ließ ich die Steine fallen.

Ein letzter Tauchgang.

50 Tempest

---, ---
Dienstag, 13:00 Uhr

Erst ein Tag war vergangen, seit ich zuletzt im Meer gewesen war, aber es kam mir vor wie eine Ewigkeit. Die längste Zeitspanne zwischen zwei Tauchgängen, seit ich zwölf Jahre alt gewesen war und Elysea und ich nach dem Verschwinden unserer Eltern selbst für unseren Unterhalt hatten sorgen müssen.

Ich ließ den Sauerstoff in meine Lunge strömen und das Gewicht des Wassers meinen Geist beruhigen.

Lor war für uns noch nicht verloren.

Das Gewicht unserer Metallflossen zog uns zum Meeresboden hinab.

»Alles in Ordnung, Elysea?«, fragte ich um das Atemgerät in meinem Mund herum.

»Ja«, antwortete sie. »Schwimm einfach weiter.«

»Raylan?« Ich leuchtete mit meiner Taschenlampe in seine Richtung.

Er belastete ein Bein mehr als das andere und versuchte dabei, sich während des Absinkens auszubalancieren.

»Alles klar«, brummte er.

Ich hätte gern gewusst, was ihm zugestoßen war, doch nun war nicht der richtige Moment, um danach zu fragen.

Schweigend sanken wir immer tiefer hinab, das Licht

unserer Taschenlampen reichte nur ein paar Meter voraus. Nessandra zufolge würde es etwa dreißig Minuten dauern, bis wir unten ankamen. Den verbleibenden Sauerstoff würden wir für den Aufstieg brauchen. Während wir uns im Tempel aufhielten, würden wir auf unseren Vorrat nicht zurückgreifen müssen, hatte sie erklärt. Das verstand ich zwar nicht, aber ich sagte mir, dass wir ihr vertrauen mussten. Für Lor.

Wir sanken tiefer und tiefer.

Dann trafen unsere Füße auf einmal auf Boden, und eine Sandwolke erhob sich um uns und nahm uns die Sicht. Nachdem sie sich gelegt hatte, keuchte Elysea auf.

»Der Tempel«, sagte sie.

Das Licht unserer Lampen huschte über ein gewaltiges Gebäude und erleuchtete einzelne Elemente in den verschiedenen Bereichen.

Marmorsäulen. Ein mehrstufiges, schräg abfallendes Dach. Schnitzereien aus der Alten Welt auf dem goldenen Boden. Ein Wald. Ein Berg. Ein Tier mit Hörnern.

All das, was wir verloren hatten.

Der Tempel erinnerte mich an meinen Traum von den Göttern der Tiefe, doch hier gab es kein Korallenlicht, das uns den Weg wies, so als hätten die Götter diesen Ort verlassen. Und damit auch Palindromena, ganz egal, was die Einrichtung behauptete.

Wir schwammen über den Meeresboden auf den Eingang zu, und mein Atem ging schneller.

»Wie öffnet man die Tür?«, fragte Raylan.

Kurz dachte ich schon, er hätte die Frage an mich gerichtet, doch dann erklang eine Stimme in unseren Tauchhauben.

»Links vom Eingang gibt es ein rechteckiges Glaspanel«, sagte Nessandra.

»Da.« Elysea deutete auf etwas, das in die muschelfarbene Marmormauer eingelassen war.

Raylan drückte darauf, und die Goldtüren öffneten sich. Das Wasser sog uns in den Raum dahinter. Die Türen schlossen sich automatisch wieder hinter uns, und das Wasser begann durch Ventile in der Wand wieder abzulaufen. Als nur noch eine Pfütze auf dem Boden übrig war, streiften wir die Tauchhauben ab und spuckten die Atemgeräte aus. Ich faltete meine Tauchhauben zusammen und befestigte sie an meinem Gürtel.

Raylan streifte die Metallflossen ab, und ein zornig roter, geschwollener Fuß kam zum Vorschein. Sein Gesicht war so aschfahl wie Treibholz.

»Alles in Ordnung?«, fragte Elysea. Sie wollte sich hinknien, um den Fuß zu betrachten, aber Raylan stürmte davon, auf eine zweite Tür zu.

Er tippte auf sein Handgelenk. »Es ist halb zwei. Suchen wir Calen.«

Im Tempelinnern war es schwül, aber trocken.

Das Licht unserer Taschenlampen zeigte uns einen einzigen großen Raum mit einer Kuppeldecke. Reihe um Reihe standen Särge auf dem Boden und stapelten sich in Fächern entlang der Wände. Nun begriff ich, warum es so teuer war, wenn man hier unten beerdigt werden wollte. Es gab nicht mehr viel Platz.

Zuerst hatte ich geglaubt, die Decke wäre schwarz angemalt, doch dann sah ich einen Schwarm Flimmerfische vorbeihuschen. Es war, als würden wir unter Wasser leben – ein Vorschlag, den die Regierungen der Alten Welt durchaus diskutiert hatten, nachdem die Großen Wellen alles überrollt hatten. Doch es war schlicht unmöglich, eine ganze Gesellschaft unter dem Meer mit genügend Sauerstoff zu versorgen.

Ich spürte den Luftmangel bereits in der Lunge. Am liebsten hätte ich das Atemgerät wieder in den Mund genommen, aber wir brauchten den restlichen Sauerstoff für den Aufstieg.

»Lasst uns das unmarkierte Grab finden«, sagte ich und begann mit der Reihe Särge direkt vor mir.

Elysea ging zur hinteren Wand, und Raylan untersuchte die Särge an den Seiten. Er humpelte jetzt stärker, doch er biss entschlossen die Zähne zusammen. Er war ein guter Freund.

Auf den Steinsärgen waren der Name, das Todesdatum und eine kurze Inschrift eingraviert. Ich suchte nach leeren Sargdeckeln. Doch der Dunkelheit wegen musste ich jeden Deckel einzeln mit dem Strahl meiner Taschenlampe ableuchten.

»Hier!«, rief Elysea. »Der hier ist unmarkiert!«

Sie deutete auf einen Sarg in der untersten Fächerreihe, und ich eilte zu ihr. Der Deckel war leer.

»Ich habe auch einen«, rief Raylan. »Hier drüben!«

»Bei allen verfluchten Wassern!« Es war genauso, wie ich befürchtet hatte. Wie viele Menschen hatte Nessandra für ihre Experimente umgebracht und dann hier unten versteckt? Wir würden Calen und den Echolink nur finden, wenn wir in jedem der unmarkierten Särge nachsahen.

Wir nahmen uns zuerst Raylans Sarg vor.

Ich betete zu den Göttern – wo auch immer sie waren –, dass hier Calen lag, damit wir diesen Tempel verlassen konnten. Es war zu still. Zu dunkel. Und trotzdem immer noch weniger unheimlich als das Aquarium.

Wo Lor die letzten beiden Jahre seines Lebens verbracht hatte.

Denk nicht daran. Nicht jetzt.

»Das ist so falsch«, sagte Elysea und zog an ihren Zöpfen. »Diese Menschen sollten in Frieden ruhen. Deshalb sind sie hier.«

»Es ist auch falsch, Menschen wiederzubeleben und an ihnen herumzuexperimentieren«, murmelte ich und stemmte mich gegen den Steindeckel. »Wir haben keine Wahl.«

Mit einem lauten Scharren, das im ganzen Raum widerhallte, glitt der Deckel zur Seite.

Raylan leuchtete in den offenen Sarg. »Erde«, sagte er überrascht. »Warum ist da drin Erde?«

Ich hob eine Handvoll heraus und zuckte mit den Schultern. »Vielleicht ein Zeichen des Respekts.«

Ich grub in der Erde herum und tastete nach etwas. Hoffentlich nach Knochen. Damit würde ich leichter zurechtkommen. Ich wollte mir nicht ausmalen, was ich sonst finden könnte. Etwas noch nicht vollständig Verwestes …

Doch da war nur Erde.

Der Sarg war leer.

»Da drin liegt niemand«, sagte ich und tastete noch einmal umher.

»Vielleicht ist es einfach ein leerer Sarg«, schlug Elysea vor. »Deshalb steht auch kein Name auf dem Deckel?«

»Muss wohl so sein. Sehen wir in dem Sarg nach, den du gefunden hast, Ely.«

Wir traten an die hintere Wand und hievten den Sarg gemeinsam zu Boden, damit wir den Deckel öffnen konnten.

»Hoffentlich ist er das«, sagte Raylan. Er biss sich auf die Unterlippe, sein Tonfall klang eindringlich. Keiner von uns wollte stundenlang hier unten bleiben und einen Sarg nach dem anderen untersuchen.

Ich holte tief Luft. »Bereit?«

Elysea und Raylan nickten beide, und zusammen schoben wir den Deckel beiseite und enthüllten …

… noch mehr Erde.

Ich schob die Hand hinein und tastete herum. Ich zog den Arm zurück, als hätte mich etwas gestochen. »Auch nichts.«

»Könnte es noch einen leeren Sarg geben?«, schlug Elysea hoffnungsvoll vor.

»Nessandra«, rief Raylan. »Wir können ihn nicht finden!«

Ihre Antwort klang ruhig und kontrolliert. »Sucht weiter. Er muss irgendwo dort drinnen sein.«

Doch mein Magen verkrampfte sich immer mehr. Hier stimmte etwas nicht.

Ich trat auf den nächsten Sarg zu und las die Inschrift auf dem Deckel:

KIYA BERCE
VIERZIG JAHRE ALT
GELIEBTE MUTTER UND SCHWESTER

»Raylan, hilf mir mal mit dem hier.« Ich deutete auf den Deckel.

»Warum?«

»Hilf mir einfach, okay?« Ich wollte meine Befürchtungen nicht in Worte fassen. Ich wollte mir selbst beweisen, dass ich falschlag.

Er schob den schweren Deckel beiseite. Ich spürte Elyseas Blick brennend auf meinem Rücken, während ich in der Erde wühlte.

»Was ist los, Tempe?«, fragte sie.

Ich legte den Kopf in den Nacken und stieß einen verzweifelten Laut aus. »Auch leer.«

»Nein. Das kann nicht stimmen.« Nun tastete Raylan ebenfalls in der Erde umher. Schließlich schüttelte er sich den Schmutz von den Händen und sagte: »Wo sind die Leichen?«

»An einem besseren Ort.« Eine vertraute Stimme erklang hinter uns am Eingang.

Wir fuhren herum. Die Lichtkegel der Taschenlampen

hüpften umher, bis sie schließlich an einer Gestalt in einem langen Seegrasumhang hängen blieben.

Qera. Die Remoranerin.

Sie wurde von zwei weiteren Remoranern flankiert, deren Speere auf uns gerichtet waren.

»Oder sollte ich lieber sagen, an einem nützlicheren Ort?« Sie grinste und zeigte ihre spitz gefeilten Zähne. »Schön, euch Mädchen wiederzusehen. Willkommen in meinem Tempel des Frevels.«

51 Tempest

---, ---
Dienstag, 13:45 Uhr

Die Metallspitze von Qeras Harpune glänzte im Licht der Taschenlampen. Die beiden Männer neben ihr waren fast einen halben Kopf kleiner als sie. Qera war eine imposante Erscheinung. Ich erkannte den bärtigen Mann mit den zahllosen Sommersprossen und den anderen, der nur noch ein halbes Hemd trug und an Bord der *Sunshine* gekommen war.

»Wer bei allen verfluchten Wassern seid ihr denn?«, fragte Raylan und ruckte das Kinn in Qeras Richtung.

»Ich bitte um Verzeihung.« Sie verbeugte sich. »Ich bin Qera, Königin der Remoraner.« Sie deutete auf die Männer neben sich. »Und das sind Teyva und Arnyx.« Die beiden grinsten bösartig und winkten mit ihren Harpunen.

»Remoraner?«, wiederholte Raylan, wobei seine Stimme jeglichen Klang verlor. »Was wollt ihr hier? Ihr befindet euch im Herrschaftsgebiet von Palindromena.«

»Wir tun, was wir Remoraner am besten können«, antwortete sie. »Wir nehmen uns das, was nicht mehr gebraucht wird. Wo ist denn der andere Junge, der bei euch war?« Ihre gezwungene Freundlichkeit entglitt ihr einen Moment lang. »Der blasse? Ich möchte ihm gern für seinen kleinen Streich danken.«

Ihre beiden Wachen stießen ein grausames Lachen aus. Sie wollten Blut sehen.

Ich biss die Zähne zusammen. »Wo sind die Leichen? Was habt ihr mit ihnen gemacht?«

Qera zuckte mit den Schultern und ließ ihre Halsketten klingeln. »Warum interessiert dich das?«

»Das hier ist ein heiliger Ort«, fauchte ich. »Ihr solltet nicht hier unten sein.«

»Dabei bist du doch diejenige, die gerade noch die Hand in einem Sarg hatte, Schätzchen.«

»Wir suchen nach jemandem«, warf Elysea ein.

»Tja, hier werdet ihr jedenfalls niemanden finden.« Qera breitete die Arme aus.

Nun verstand ich, warum wir die Ungebundene See so problemlos hatten durchqueren können. Die Remoraner befanden sich unter dem Wasser, nicht darauf.

»Warum stehlt ihr Leichen?« Ich ballte die Hände zu Fäusten. »Welchen Nutzen habt ihr davon?«

Sie lehnte sich mit der Hüfte gegen einen Steinblock und prüfte ihre Nägel. »Wenn du es unbedingt wissen willst. Es wird immer schwieriger, an Material aus der Alten Welt heranzukommen. Fast alle Tauchstätten sind längst geplündert, und es wagt sich kaum noch jemand in unser Territorium vor. Wir können Palindromenas Grenzen auf dem Wasser zwar nicht überqueren, aber unter die Insel kommen wir gut.« Sie schmunzelte. »Hier unten haben wir jede Menge Material für ein neues Schiff gefunden.« Ihre Augen waren schwarz wie die Nacht.

Elysea keuchte. »Ihr baut ein Schiff aus Knochen?«

Sie grinste. »Wir tun alle, was wir müssen, um zu überleben, nicht wahr?« Sie nickte zu dem offenen Sarg neben uns. »Ihr seid doch sicher aus ganz ähnlichen Gründen hier.«

»Sicher nicht«, widersprach ich. »Wir sind hier, um jemandem zu helfen, nicht aus Gier und zum Plündern.«

»Gier hilft mir«, gab sie zurück. »Und ich bin jemand.« Ihre Mannschaftskameraden lachten über den geistlosen Witz.

»Wie lange plündert ihr den Tempel schon?«, wollte ich wissen. Wann hatten sie sich Calens Leiche geholt? Hatten sie den Echolink gefunden?

»*Plündern* ist ein so hässlicher Ausdruck«, sagte Arnyx und kratzte sich den Bauch durch ein Loch in seinem Hemd.

»Wie wahr«, antwortete Qera. »Ich nenne es lieber *Beschaffungsmaßnahmen.* Allerdings ist es schon eine Weile her, dass wir etwas Neues beschafft haben. Euren Energievorrat wolltet ihr mir auf dem Boot nicht geben, aber vielleicht habt ihr mir ja jetzt etwas anzubieten?«

Sie trat einen Schritt vor, gefolgt von ihren Männern. Es war eindeutig keine Frage, sondern eine Drohung.

Ich versuchte, nicht zurückzuweichen. »Wir haben gar nichts. Wir haben das, wonach wir gesucht haben, nicht gefunden.«

Qera schüttelte den Kopf und ließ die Knochen in ihrem blauen Haar klappern. »Wir haben alles hier mitgenommen. Aber ich glaube schon, dass ihr noch etwas bei euch habt. Tauchgas zum Beispiel?«

»Mein Atemgerät könnte tatsächlich mal wieder aufgefüllt werden«, sagte Teyva und tippte sich nachdenklich ans bärtige Kinn.

Instinktiv schoss meine Hand zu meinem Tauchgürtel, wo ich mein Atemgerät befestigt hatte.

»Ohne Tauchgas schaffen wir es nicht zurück zur Oberfläche«, sagte ich.

Sie wirbelte die Harpune in der Hand herum. »So wie ich das sehe, schuldet ihr uns etwas. Auf dem Boot habe ich euch mein Atemgerät angeboten, aber stattdessen habt ihr mich betrogen. Und euer Freund hat an meinem Schiff großen Schaden angerichtet.«

»Wir schulden dir gar nichts!« Hitze stieg mir in die Wangen. Wir mussten hier weg. Aber wie?

»Ich bin ein nachsichtiger Mensch, oder, Jungs?« Die Remoraner nickten ehrerbietig. »Wenn ihr mir etwas Besseres anzubieten habt, dann lasse ich euch euer Tauchgas. Ausnahmsweise.«

Ich warf Raylan und Elysea einen Blick zu, doch ihre Mienen wirkten ratlos. Wir hatten nichts bei uns, was wir nicht für den Aufstieg zur Oberfläche brauchten.

»Habt ihr den Echolink?«, kam Nessandras Stimme über die Sprechanlage, woraufhin alle im Raum zusammenzuckten. »Ihr seid schon seit einer halben Stunde im Tempel.«

Wir erstarrten. Wagten nicht zu atmen.

Plötzlich schlug sich Qera auf den Oberschenkel und lachte los. »Tja, wenn das keine guten Nachrichten sind, was, Jungs?« Sie blickte auf den Echolink an Raylans Handgelenk. »Ich liebe Echolinks.«

»Wenn ihr auch nur einen Schritt näher kommt, benachrichtigen wir Nessandra«, drohte ich. »Dann jagt sie euch die gesamte Flotte von Palindromena auf den Hals.«

Qera legte den Kopf schief und machte dann einen hüpfenden Schritt nach vorn. »Wenn ihr auch nur die Hand nach den Tauchhauben ausstreckt, spieße ich euch auf und serviere euch zum Abendessen.« Auch Teyva und Arnyx kamen näher. Noch ein paar Schritte, und ihre Harpunen würden uns berühren.

Ich sah zu Raylan hinüber, doch er schüttelte den Kopf. Es war das Risiko nicht wert.

»Was wollt ihr denn mit einem Echolink?«, fragte ich, um

Zeit zu schinden. Meines Wissens belebten die Remoraner jedenfalls niemanden wieder.

»Es ist praktisch, wenn man immer weiß, wie spät es ist«, antwortete sie. »Besonders wenn wir unsere Ausflüge zum Beerdigungstempel planen. Gegen Mittag sind in Palindromena alle mit den Wiedererweckungen beschäftigt. Allerdings freut es uns unheimlich, dass wir euch heute begegnet sind.« Sie zeigte uns ihr Haifischgrinsen.

»Na los.« Sie streckte eine Hand aus, und die beiden Männer kamen noch einen Schritt näher, um dafür zu sorgen, dass wir taten, was Qera verlangte. »Reicht den Echo rüber.«

Wir brauchten Raylans Echolink eigentlich nicht unbedingt. Es war der von Calen, den wir bekommen mussten.

Ich deutete auf Raylans Handgelenk. »Lasst ihr uns gehen, wenn wir ihn euch geben?«

»Ihr habt mein Wort«, versicherte Qera mit einer weiteren Verbeugung.

»Das Wort von Remoranern ist nutzlos«, knurrte Raylan. »Wie Tränen im Ozean.«

Sie hob die Brauen. »Entweder gibst du mir jetzt den Echolink oder ich ziehe ihn dir aus, wenn du tot bist. Deine Entscheidung.«

Wie um zu demonstrieren, auf welche Weise wir sterben würden, richteten sich die Spitzen der Harpunen auf Raylans, meine und Elyseas Brust. »Ich helfe euch dann auch in die Särge.« Qeras Lächeln war Furcht einflößend.

»Hallo?« Wieder drang Nessandras Stimme aus den Tauchhauben. »Was ist denn da unten los?«

»Denkt nicht mal dran.« Qera fletschte die Zähne.

Ich wollte hier unten nicht sterben, und ich wollte ganz sicher nicht, dass meine Knochen Teil von Qeras schrecklicher neuer Flotte wurden.

»Außerdem passt euer Echolink wirklich hervorragend zu meinem«, kommentierte Qera.

»Was hast du gesagt?« Ich hielt den Atem an. Das konnte nicht sein.

Qera wedelte mit dem Arm vor mir herum, bis unter den zahllosen klimpernden Gold- und Silberreifen tatsächlich ein silberner Echolink zum Vorschein kam.

Das musste der von Calen sein. Wie hätte sie sonst an Palindromena-Technik herankommen sollen?

Ich erkannte, dass auch Elysea begriffen hatte. Sie hob die Brauen. Wir mussten diesen Echo kriegen.

»Funktioniert der da noch?«, fragte ich vorsichtig.

Qera nickte. »Ein Geschenk der Götter höchstpersönlich.«

Okay. Okay, denk nach Tempe. Denk. Es musste einen Weg geben, diesen Tempel mit Calens Echo zu verlassen. Ohne dass wir dabei von einer Remoraner-Harpune durchbohrt wurden.

»Wie wäre es, wenn du mir den alten für den neuen Echo gibst?«, schlug ich vor.

Qera schnaubte. »Warum sollte ich das tun, wenn ich doch beide haben kann?«

Wir hatten versagt. Wir hatten ihr sonst nichts mehr anzubieten, und sie wollte sich ganz eindeutig nicht von ihrem – von Calens – Echolink trennen. Wenn ich versuchte, ihn ihr einfach vom Handgelenk zu zerren, würde ich erstochen werden, bevor ich auch nur bei ihr war. Uns gingen die Möglichkeiten aus.

Wenn wir sie nur irgendwie ablenken könnten.

Doch wir hatten keine Waffen, und solange sie den Eingang blockierten, würden wir nicht entkommen können. Soweit ich es gesehen hatte, gab es keinen anderen Weg aus dem Tempel. Abgesehen von der Glasdecke …

Das konnte funktionieren!

Wenn wir das Glas zerbrachen, würde das vielleicht für genug Ablenkung sorgen, damit wir uns den Echolink holen und durch die Decke entkommen konnten. Aber wie?

»Na los.« Qera hielt noch immer die Hand ausgestreckt. »Werft mir den Echolink rüber, dann lassen wir euch in Ruhe.«

Ich sah mich um. Auf dem Boden lagen einige Steinbrocken, die wahrscheinlich im Laufe der Jahre von den Särgen abgebrochen waren. Damit würde man das Glas sicher zerbrechen können, aber ich war auf keinen Fall in der Lage, einen Stein hart genug dafür zu werfen. Elysea auch nicht.

»Raylan!« Angst und Wut schwangen zu gleichen Teilen in Nessandras Stimme mit. »Antworte mir. Sofort!«

Genau! Vor Elyseas Wiedererweckung hatte Nessandra mir erzählt, dass Raylan früher einmal Speerfischer auf Equinox gewesen war. Er war breitschultrig und muskulös.

Er war unsere einzige Chance.

»Raylan«, sagte ich. »Gib ihr den Echolink.«

Er warf mir einen ungläubigen Blick zu.

»Gut. Dann mach ich es eben selbst.« Ich packte seinen Arm und beugte mich zu ihm vor. »Zerbrich die Decke«, wisperte ich, während ich am Echolink zerrte. Die Nadeln zogen sich aus seiner Haut zurück und hinterließen zwei kleine Einstichlöcher.

»Was?«, flüsterte er kaum hörbar.

Für Erklärungen blieb keine Zeit.

»Hier, fang.« Ich warf den Echolink über Qeras Schulter.

»Das war aber nicht sehr nett«, murrte sie. Als sie sich umdrehte, um den Echolink aufzuheben, rannte ich auf einen Steinbrocken zu.

»Raylan!«, rief ich und warf den Stein. »Fang.«

»Was glaubt ihr eigentlich, was ihr da tut?« Teyva kam drohend auf uns zu.

Aber es war zu spät. Raylan hielt den Stein in der Hand. Er zog den Arm zurück und schleuderte den Brocken in die Luft.

Er krachte gegen die Decke. Einen Moment lang geschah nichts. Dann knarrte und ächzte das Glas.

Und dann brachen Scherben und Wasser über uns herein.

52 Tempest

---, ---
Dienstag, 14:15 Uhr

Das Wasser stürzte in den Tempel und füllte ihn fast sofort bis zum Dach. Hatten sich die Großen Wellen damals so angefühlt?

»Die Atemgeräte!«, rief ich Elysea und Raylan zu, während wir wie Seetang in einem Strudel umhergewirbelt wurden.

Sobald ich das Atemgerät im Mund und die Tauchhaube über dem Kopf hatte, erlaubte ich mir wieder zu atmen.

Die Remoraner waren von den Füßen gerissen worden, aber sie würden nicht weit entfernt sein. Wenn wir viel Glück hatten, dann hatte die Welle Qera vielleicht ausgeschaltet.

»Nessandra«, sagte ich über die Sprechanlage. »Die Remoraner sind hier unten, und sie haben Calens Echo. Wir brauchen Hilfe.«

»Remoraner? Wie?« Sie fluchte. »Egal, ich schicke euch die Sicherheitskräfte, aber es dauert eine halbe Stunde, bis sie bei euch sind.«

Raylans Stimme erklang. »Bis dahin sind sie längst weg. Mit Calens Echo.«

»Dann müssen wir eben mit ihnen fertigwerden«, sagte ich und hörte einen zustimmenden Laut von Elysea.

»Ich zähle auf euch«, antwortete Nessandra. Zum ersten

Mal hörte ich Zweifel in ihrer Stimme. Aber wir würden es schaffen.

Der Tempel stand nun vollständig unter Wasser. Ich würde mir später Gedanken darüber machen, was wir diesem heiligen Ort angetan hatten. Die Erde aus den offenen Särgen hatte das Wasser getrübt, und selbst mit den Taschenlampen ließ sich kaum etwas erkennen. Die Remoraner mussten irgendwo hier sein.

Etwas Silbernes schoss an meiner Schulter vorbei, schlitzte meine Tauchhaut auf und riss eine brennende Wunde in mein Fleisch. Ich keuchte auf vor Schmerz.

Ein Speer.

Eine Blutwolke breitete sich um mich aus.

Schnell leuchtete ich hinter mich, wo ich Elysea und Raylan entdeckte, die unverletzt schienen. Dann schwamm ich in die Richtung, aus der dieser Speer gekommen war.

Jetzt waren nur noch zwei Waffen übrig.

Mein Herzschlag donnerte mir in den Ohren, trotzdem fühlte ich mich sicherer als bei unserer Auseinandersetzung mit Qera auf der *Sunrise*. Während der vergangenen fünf Jahre hatte ich so gut wie jeden Tag in der Dunkelheit des Meeres verbracht und mir einen Weg durch verfallene Gebäude gebahnt. Die Remoraner beherrschten vielleicht die Oberfläche, aber hier unten befanden wir uns in *meinem* Revier.

Ich schwamm hinter einen der Särge. Raylan und Elysea folgten mir.

»Schaltet die Taschenlampen aus«, sagte ich. »Wir müssen uns aufteilen. Ely, du hältst dich links. Raylan, du übernimmst die rechte Seite, und ich schwimme in der Mitte durch den Tempel.« Hoffentlich würden wir Qera und den Echolink so finden. »Und schaltet die Sprechanlage aus. Die Remoraner sollten uns besser nicht kommen hören.«

Raylan und Elysea nickten, dann hörte ich nichts mehr außer dem gedämpften Zischen meines Atems.

Elysea drückte mir die unverletzte Schulter. Dann schalteten wir die Taschenlampen aus.

In vollkommener Dunkelheit zu schwimmen war verwirrend. Ich hoffte, dass ich mich auf den Eingang zubewegte, aber im Grunde hatte ich keine Ahnung, ob das auch stimmte. Mein Atem ging stoßweise. Ich vermisste das Leuchten der Korallen, obwohl ich den Schutz der Dunkelheit dringend brauchte.

Etwas zischte an mir vorbei durchs Wasser. Eine weitere Waffe, die nun aus dem Spiel war. Hatte sie Raylan oder Elysea getroffen? Ich musste den verzweifelten Wunsch niederringen, meine Taschenlampe einzuschalten und nach den beiden zu sehen, aber ich durfte meine Position nicht preisgeben.

Plötzlich tauchte ein blasses Gesicht vor mir auf. Fast hätte ich vor Schreck mein Atemgerät verschluckt.

Qera. Auch sie hatte ein Atemgerät im Mund, trug jedoch weder eine Tauchhaube noch eine Waffe. Es musste also ihre Harpune gewesen sein, die gerade abgefeuert worden war. Sie wollte mich packen, doch ich wand mich aus ihrem Griff.

Schau nur, wie ich tanzen kann. Elysea wäre stolz auf mich.

Ich trat mit dem Fuß nach ihr und traf sie an der Hüfte. Doch es reichte nicht, um sie zu verletzen. Das Wasser verlangsamte meine Bewegungen.

Sie packte mein Bein und riss mir die Flosse vom Fuß, die auf den Steinboden hinabsank. Ich versuchte, mich wieder in Position zu bringen, was mit nur einer Flosse jedoch schwierig war.

Ich dachte an Raylan und trat mit dem anderen Bein stärker aus, um mich auszubalancieren. Ich versuchte, Qeras Handgelenk zu fassen zu bekommen. Sie rammte mir den

Ellbogen ins Gesicht und versuchte, mir die Tauchhaube herunterzureißen.

Wo waren Elysea und Raylan? Waren sie unverletzt? Oder schlugen sie gerade ihre eigenen Schlachten?

Ein neuer Ausdruck huschte über Qeras Gesicht. Ich hoffte, er bedeutete, dass dies für sie die ganze Mühe einfach nicht wert war. Sie drehte sich um und schwamm auf den Ausgang zu.

Doch ich durfte sie nicht entkommen lassen.

So schnell ich konnte, schwamm ich hinter ihr her und stürzte mich auf sie. Ich schlang ihr beide Arme um die Schultern und streckte die Hand nach ihrem Echolink aus.

Da! Ich hatte ihn.

Meine Finger umschlossen das Gerät, und ich zog.

Bevor ich den Echolink jedoch von Qeras Haut lösen konnte, begann mein Atemgerät wild zu piepen.

Kein Sauerstoff mehr.

Was?

Unwillkürlich ließ ich den Echolink und Qera los und hob die Hand an die Tauchhaube.

Qera hielt meinen kleinen Tauchertank in der Hand.

Sie warf mir eine Kusshand zu und trat mir dann in den Magen.

Ich spuckte das Atemgerät aus und sog den kleinen Rest Sauerstoff in der Tauchhaube ein. Es würde niemals reichen, um bis an die Oberfläche zu kommen. Ich war tot. Genau wie Lor.

Jemand packte mich am Arm. Es war Elysea. Sie deutete auf meine Tauchhaube, und ich schaltete das Sprechgerät ein.

»Wo ist Qera?«, fragte sie.

Ich deutete zum Eingang. Wenn ich sprach, würde ich damit nur den letzten Rest Sauerstoff verbrauchen.

Elysea griff nach meiner Hand und wollte mich hinter

sich herziehen. Ich schüttelte den Kopf und zeigte auf die Stelle an meinem Gürtel, an der sich mein Tauchertank hätte befinden müssen. Der Schrecken auf ihrem Gesicht sprach Bände.

Anstatt mich zum Eingang zu ziehen, lotste sie mich steil nach oben, zum Loch in der Decke. Ich riss mich los und deutete in die Richtung, in die Qera verschwunden war.

Mit den Lippen formte ich stumm: *Der Echolink.*

»Nein«, antwortete sie. »Ich bringe dich zur Oberfläche.«

Ich schüttelte den Kopf. *Das schaffe ich nicht.*

Einen langen Moment sah sie mich an, ihre Augen wurden glasig. Sie konnte Qera nachjagen, um sich Calens Echolink zu holen, doch dann würde ich hier unten sterben. Oder sie konnte mich zur Oberfläche ziehen und versuchen, mich zu retten. Doch nicht beides.

Ich fühlte bereits die Enge in der Brust. Der kleine Rest Luft in der Tauchhaube ging zur Neige.

»Es tut mir so leid«, sagte ich, ohne mich noch darum zu kümmern, wie viel Sauerstoff ich damit verbrauchte. »Ich liebe dich.«

»Nein«, sagte sie und schwamm davon.

Ich schaltete meine Taschenlampe ein. Ich wollte noch etwas sehen, bevor mich die Dunkelheit für immer holte.

Ich dachte an Lor. Würde ich ihn wiedersehen, wenn ich tot war? Gab es die Götter der Tiefe wirklich? Warum hatten sie mich nicht beschützt?

Zwei dunkle Gestalten tauchten vor mir auf und schalteten ebenfalls ihre Taschenlampen ein. Elysea hatte Raylan gefunden.

»Wir bringen dich hoch«, sagte sie.

»Nein.« Raylan musste Qera verfolgen, wenn Elysea es nicht tun wollte. Bevor ich Raylan ein Zeichen geben konnte, umfasste Elysea meinen rechten Arm, dann packte Raylan meinen linken. Sie schwammen zur zerbrochenen Decke hinauf.

Ich wollte mich wehren. Ich wollte ihnen sagen, dass ich es sowieso nicht schaffen würde. Aber ich wollte auch nicht allein sterben.

Also schwamm ich an ihrer Seite nach oben.

»Hier.« Elysea pochte an meine Haube, um meine Aufmerksamkeit zu wecken. Dann löste sie ihren Tauchertank vom Gürtel und steckte ihn an meinen. Erleichtert dehnte sich meine Lunge.

Luft. Herrliche Luft.

Verwirrt sah ich sie an. Wollte sie sich opfern? Doch dann reichte Raylan seinen Tank an Elysea weiter, und ich begriff. Wenn wir den Sauerstoffvorrat in den beiden verbliebenen Tanks unter uns aufteilten und nur flache Atemzüge nahmen, dann konnten wir es schaffen. Gerade so.

Doch wir konnten Qera nicht verfolgen. Wir konnten uns Calens Echo nicht holen.

Wir konnten Lor nicht retten.

53 Tempest

---, ---
Dienstag, 15:00 Uhr

Nachdem wir fünfzehn Minuten lang aufgestiegen waren, trafen wir auf die Sicherheitskräfte von Palindromena. Sie halfen uns an die Oberfläche, wo Nessandra uns erwartete. Ihr sonst so ordentlich frisiertes Haar stand in alle Richtungen ab, und sie weinte. Raylan hatte ihr während des Aufstiegs erzählt, was geschehen war.

Die Sicherheitsmänner zogen uns aus dem Wasser. Wir litten alle drei an Sauerstoffmangel. Mein Kopf dröhnte und meine Lunge schmerzte. Ich rollte mich auf die Seite und schloss die Augen. Es war zu hell hier oben. Ich wollte schlafen. Ich wollte weinen. Doch zum ersten Mal wollte ich nicht mehr schreien und toben. Alle Wut war aus meinem Körper gewichen.

Wir hatten getan, was wir konnten, um Lor zu retten. Und wir waren dabei beinahe selbst gestorben. Manchmal standen die Götter der Tiefe nicht auf unserer Seite. Manchmal konnte man die Zeit nicht zurückdrehen.

Ich hatte Lor kaum gekannt, aber ich wusste, genau wie er es gewusst hatte, dass wir einander etwas hätten bedeuten können. Doch ob uns nun Schicksal oder Zufall zusammengeführt hatte, er war fort. Endgültig.

Ich hätte wütend sein sollen, doch das würde mir Lor nicht

zurückbringen. Wut hatte mir auch bei meiner Trauer um Elysea nicht geholfen. Sie hatte mir nicht dabei geholfen, mein Leben weiterzuleben. Die Wut war mein Anker gewesen. Sie hatte mich mit der Dunkelheit in der Welt verbunden, mit den Dingen, über die ich keine Kontrolle hatte. Ich hatte mich vor meiner Trauer versteckt. So war es leichter gewesen. Aber nicht gesund.

Genau wie Lor hatte ich nicht richtig gelebt.

Das rief mir in Erinnerung, wie ich Lor gesagt hatte, die meisten Menschen würden der Schönheit, die nach den Großen Wellen entstanden war, keine Beachtung schenken. Selbst in der größten Dunkelheit leuchteten die Korallen hell. Ich konnte mich entweder auf die Finsternis konzentrieren oder mich dem Licht zuwenden. Die Götter der Tiefe würden mich nicht an der Hand nehmen oder mich in die richtige Richtung lenken. Es war meine Entscheidung. Es war mein Leben.

Lor würde nicht an meiner Seite sein, um mir zu helfen, aber ich hatte Elysea. Und meine Eltern. Ich war nicht mehr allein.

Ich wollte keine Minute länger als nötig auf Palindromena bleiben, allerdings musste meine verletzte Schulter versorgt werden. Nessandra schickte mich in einen der Aufwachräume, und bald kam eine Ärztin, die meine Wunde nähte.

Elysea wartete in einer Zimmerecke und sorgte dafür, dass ich blieb, wo ich war.

Kurz nachdem die Ärztin gegangen war, schlief ich ein. Ich erwachte davon, dass Elysea mich an meiner heilen Schulter berührte.

»Du hast Besuch.« Sie lächelte. Die Farbe war in ihre Wangen zurückgekehrt.

»Besuch?«

Elysea trat zurück, und ich sah meine Eltern im Türrahmen stehen. Am liebsten wäre ich aus dem Bett gesprungen, aber dafür war mir zu schwindlig, also streckte ich stattdessen einen Arm aus.

»Mom! Dad!« Meine Stimme wankte.

Mom eilte zu mir. Tränen liefen ihr übers Gesicht, als sie mich in die Arme schloss.

Dad trat an die andere Seite des Betts. Er strich mir das Haar aus der Stirn. »Wie fühlst du dich, Tempe?«

Es war zu viel. Seit Lors Tod versuchte ich, stark zu sein – im Grunde schon seit Elyseas Tod. Doch nun konnte ich mich nicht länger zusammenreißen. Und ich wollte es auch gar nicht. Ich war wie die zerbrochene Glaskuppel des Tempels. Zu viel Druck, und ich stürzte in mich zusammen.

Schluchzend ließ ich mich in die Arme meiner Mutter sinken, während Dad mir über den Rücken strich.

»Du bist in Sicherheit«, flüsterte Mom. »Wir sind hier, und wir gehen nicht wieder weg.«

Daraufhin weinte ich nur noch heftiger. Sosehr ich in diesem Moment auch glücklich sein wollte, die Trauer überschattete alles. Lor würde niemals wieder glücklich mit seiner Mutter vereint sein. Ob *sie* das verdiente oder nicht, war dabei nicht die Frage. *Er* hätte es verdient.

»Es tut mir leid wegen Lor«, sagte Mom. Sie musste es von Elysea gehört haben. »Er war ein netter Junge.«

»Ich konnte ihm nicht helfen.«

Elysea streichelte meine Hand. »Wir haben getan, was wir konnten.«

So fühlte es sich aber nicht an. So viele Momente hätten

sich anders entwickeln können, und wenn sie es getan hätten, dann wäre Lor noch am Leben.

»Wie seid ihr hierhergekommen?«, fragte ich meine Eltern und wischte mir mit dem Handrücken die Tränen ab.

»Nachdem ihr fort wart, sind wir mit einem Floß zum nächsten Riff gefahren und haben uns dort ein Boot geliehen«, erzählte Dad. »Wir haben die Route durch die Ungebundene See genommen. Auf den Kavalkade-Inseln konnten wir nicht mehr bleiben. Wir haben uns von unserer Angst dort festhalten lassen.« Er tauschte einen Blick mit Mom. »Wir mussten uns Nessandra stellen und sie damit konfrontieren, was sie Elysea angetan hat. Wir mussten dafür sorgen, dass sie niemandem mehr Schaden zufügen kann.«

»Was ist passiert?«, fragte ich.

Mom klatschte einmal in die Hände. »Sie ist weg.«

»Was?« Ich ballte die Fäuste um die Bettdecke. »Vor einer Stunde war sie noch hier.«

»Sie hat eines der Palindromena-Boote genommen«, fuhr Dad fort. »Die Sicherheitskräfte haben den eingebauten Peilsender auf dem Dock gefunden. Sie hat ihn herausgerissen. Sie will nicht gefunden werden.«

»Lor«, sagte Elysea verstehend. »Sie konnte sich dem nicht stellen, was sie ihm und den anderen angetan hat.« Da war ich mir nicht so sicher. Nessandra kam mir wie eine Frau vor, die eher kämpfen als fliehen würde. Sie war kein Mensch, der einfach aufgab.

»Nein«, widersprach ich, als ich die Wahrheit erkannte. »Sie jagt Qera. Sie will Lor immer noch retten.«

Dad schüttelte den Kopf. »Er ist fort, Tempe. Es tut mir leid. Nichts und niemand kann ihn zurückholen.«

»Ich weiß.« Trotzdem konnte ich Nessandra verstehen. Es war nicht leicht, einen Menschen, den man liebte, gehen zu lassen. Es war nicht leicht, sich der Trauer zu stellen. Aber ich wusste, wenn Nessandra weiterrannte, dann würde der Schmerz am Ende nur immer größer werden.

»Was bedeutet das für Palindromena?«, fragte ich.

Mom presste die Lippen aufeinander. »Fürs Erste werden dein Vater und ich die Leitung der Einrichtung übernehmen.«

»Heißt das …?« Ich ließ die Frage in der Luft hängen.

Mom schob ihre Finger zwischen meine. »Wir werden das Wiedererweckungsprogramm sofort beenden. Es wird keine weiteren Experimente an Patienten mehr geben. Aber wir werden den Ackerbau weiter betreiben.«

»Und damit sind alle einverstanden?«, fragte ich.

»Deine Mutter war die Chefbotanikerin und ich der Leiter der Wächter«, erklärte Dad. »Nessandra ist weg, und das Wissen darüber, was sie nicht nur Elysea, sondern auch vielen anderen angetan hat, verbreitet sich immer weiter. Die Einrichtung braucht einen Neustart. Auf Palindromena arbeiten Hunderte von Menschen. Niemand will seine Stelle hier verlieren. Wir werden einen anderen Weg finden, um an Geld zu kommen und weiter Feldfrüchte anzubauen.«

»Was ist mit Nessandra?«, fragte Elysea. »Was ist damit, was sie getan hat?«

Mom strich sich durchs Haar. »Wir wollen sie vor Gericht bringen. Wir wollen, dass sie sich den Familien stellen muss, die sie zerstört hat, aber ohne den Peilsender können wir sie unmöglich finden.«

»Irgendwo muss sie anlegen«, sagte ich. »Ohne Vorräte kann sie nicht einfach draußen auf dem Meer leben. Sie kann ja nicht mal schwimmen.«

»Das Wichtigste ist erst mal, dass Palindromenas Wiedererweckungsprogramm geschlossen wird«, sagte Dad. »Wir überlegen uns, wie wir Wiedergutmachung bei den Familien leisten können, denen sie Schaden zugefügt hat. Als Unternehmen.«

Es war ein Anfang. Und manchmal war das genug.

54 Tempest

---, ---
Freitag, 18:00 Uhr

Drei Tage waren vergangen, seit Elysea und ich nach Equinox zurückgekehrt und wieder in unser altes Quartier gezogen waren. Mom und Dad hatten die meiste Zeit auf Palindromena verbracht und die grundlegende Umgestaltung der Einrichtung geplant. Wegen der Gewichtsbeschränkungen konnten sie noch nicht dauerhaft nach Equinox zurückkehren. Die Konservatoren suchten nach einer Lösung. Es gefiel ihnen, dass meine Eltern den Plan hatten, die Beziehungen zwischen der Insel und dem Riff auszubalancieren. Sie waren begeistert, dass Nessandra nicht mehr da war.

Das Wochenende wollten wir gemeinsam als Familie verbringen, doch dieser Abend gehörte Elysea und mir.

Es war leichter als gedacht gewesen, allen auf dem Riff zu erklären, dass sowohl Elysea als auch meine Eltern wieder da waren. Verständlicherweise entstand große Aufregung, weil viele glaubten, Palindromena hätte endlich einen Weg gefunden, wie man jemanden auf Dauer zurückholen konnte. Doch wir erklärten ihnen, dass Mom und Dad auf der Flucht vor Nessandra gewesen waren und welche Wahrheit hinter Elyseas Wiedererweckung steckte. Über Lors Opfer zu sprechen war ein Weg, die Erinnerung an ihn lebendig zu halten.

So sorgten wir dafür, dass wir das, was er getan hatte, niemals als selbstverständlich betrachten würden.

Alle waren begeistert, Elysea zurückzuhaben.

Ihr Wiedersehen mit Daon war etwas komplizierter. Sie machte sich Sorgen, Daon könnte sich von seiner Freundin trennen, weil sie nun wieder in sein Leben getreten war. Also setzte sie sich mit ihm zusammen und erklärte ihm, dass sie so nicht für ihn empfand. Und dass sie so niemals für irgendjemanden empfinden würde.

Erst war es furchtbar unangenehm, weil sie mich mit im Raum haben wollte, während sie dies sagte. Doch nachdem sie ihm alles erklärt und ihr Herz offenbart hatte, war ich überglücklich.

Überglücklich, weil sie diese zweite Chance hatte, die zu sein, die sie wirklich war.

Elysea hatte das Leben schon immer umarmt, aber sie hatte ihr wahres Selbst oft verborgen. Wenn sie nicht gerade tanzte, dann beschützte sie mich, passte auf mich auf, sorgte für mich. Ihre eigene Zukunft hatte sie nie geplant. Jetzt waren wir gleich alt, und sie hatte ihre Freiheit. Und alles wegen Lor.

Ich konnte noch nicht an ihn denken oder mir sein Gesicht vorstellen, ohne zu weinen. Wäre Lor nicht gewesen, dann hätte ich Elysea nicht zurückbekommen. Er würde immer in meinem Herzen sein.

Bei Sonnenuntergang ging ich zu Daons Bar. Ich setzte mich auf denselben Hocker, auf dem mich Lor ein paar Tage zuvor gefunden hatte. Ich fühlte mich wie ein ganz anderer Mensch. Leichter. Fröhlicher. Lor hatte nicht nur Elyseas Leben gerettet.

Ich wünschte nur, Lor hätte diese Version von mir kennenlernen können.

Als er mich sah, tippte Daon auf das Schild hinter sich. »Wie alt bist du noch mal?« Er grinste mich an und riss mich damit aus meinen Gedanken.

Ich rückte mich auf meinem Barhocker zurecht. »Bis zu meinem Geburtstag sind es nur noch ein paar Stunden, Daon. Das weißt du genau.«

»Trotzdem.« Er seufzte theatralisch. »Regeln sind Regeln.«

Ich rollte mit den Augen. »Na gut. Dann nehme ich eben eine Schale Ceviche.«

Er deutete auf mich. »Das, mein Mädchen, geht klar.«

Während er mein Ceviche zubereitete, blickte ich aufs Meer hinaus. Ich konnte gerade so das Schimmern der Korallen erkennen, dort, wo die versunkenen Städte der Alten Welt lagen. Lor hatte nie die Gelegenheit bekommen, sie mit eigenen Augen zu sehen, doch Mom und Dad hatten zugestimmt, ihn im Tempel beizusetzen, nachdem man das Dach repariert und ein Sicherheitssystem gegen Qera und ihresgleichen eingerichtet hatte. Lor hatte die Alte Welt im Leben zwar nicht besuchen können, doch er würde im Tod in einer ihrer Ruinen ruhen.

Es war die größte Ehre, die wir ihm zuteilwerden lassen konnten, obwohl er so viel mehr verdient hätte.

»Ist hier besetzt?«, fragte eine vertraute Stimme neben mir.

Raylan.

Er sah gut aus. Seit ich ihn zuletzt gesehen hatte, war die Wärme in sein braunes Gesicht zurückgekehrt.

Ich wischte mir eine Träne von der Wange. »Hi.«

Er lächelte mich verlegen an. »Es tut mir leid, dass ich einfach verschwunden bin. Ich hätte bleiben sollen, aber ich habe es dort einfach nicht mehr ausgehalten, nach allem, was passiert ist. Ich konnte mir einfach nicht vorstellen, dass Lor nicht mehr da ist. Ich war …«

Ich winkte seine Entschuldigung fort. »Setz dich zu mir.«

Er ließ sich auf dem Barhocker neben mir nieder und seufzte. »Es ist nicht leicht, oder?«

»Wieder hier zu sein?«, fragte ich.

»Alles«, antwortete er. »Weiterzugehen.«

»Irgendwann werden wir weitergehen.«

»Sollten wir wohl«, sagte er. »Aber es fühlt sich nicht richtig an, ihn zu vergessen.«

»Nein«, stimmte ich zu. »Wir werden ihn niemals vergessen.«

Da fiel mir auf, dass er eine Metallschiene um den linken Fuß trug. »Wie fühlt sich das an?« Nach unserer Rückkehr aus dem Tempel war es ihm nicht gut gegangen.

»Das Ding hilft.« Er lächelte. »Immerhin habe ich dort unten gelernt«, er wollte den Tempel nicht erwähnen, und ich konnte es ihm nicht vorwerfen, »dass es nicht unmöglich ist, zu schwimmen. Es braucht nur etwas Training. Ich kann zwar nicht mehr den ganzen Tag speerfischen wie früher, aber wenigstens kann ich ins Meer zurückkehren. Ich muss keine Angst davor haben.«

Ich freute mich für ihn. Lor hätte sich sicher auch gefreut. »Was hast du jetzt vor?«, wollte ich wissen.

Genau das hatte ich mich selbst auch schon gefragt. Ich war daran gewöhnt, jeden Tag zu tauchen, um genügend Geld für die Wiedererweckung zusammenzubekommen. Ich hatte zwar immer noch genug Noten, um Elysea und mir eine ganze Weile ein bequemes Leben zu ermöglichen, aber ich vermisste das Wasser.

»Ich weiß es noch nicht genau«, antwortete er. »Ich brauche trotz allem einen Job, um meine Eltern zu unterstützen, und Equinox.«

Daon schenkte Raylan einen ganzen und mir einen halben Becher Ragar ein.

»Ein vorgezogenes Geburtstagsgeschenk.« Er zwinkerte. »Verrat es deiner Schwester nicht.« Dann wandte er sich wieder meinem Ceviche zu.

»Vielleicht eröffne ich einen Stand hier.« Raylan machte eine Geste, die den Marktplatz einschloss. »Meine Fischfrikadellen sind nicht schlecht. Jedenfalls hat Lor das immer gesagt.« Tränen stiegen ihm in die Augen. »Ich vermisse ihn. Die ganze Zeit.«

Ich nickte, konnte aber nicht sprechen. Ich schluckte meine Trauer hinunter.

»Was ist mit dir?« Er wischte sich die Tränen ab.

Ich nippte an meinem Becher Ragar. Er brannte mir auf der Zunge und in meiner Kehle. Das Zeug war widerlich. Ich schob Raylan den Becher zu. Aus dem Augenwinkel sah ich Daon lachen. Mistkerl.

Elyseas Auftritt würde gleich beginnen. Ihre erste Vorführung, seit sie nach Equinox zurückgekehrt war. Einen Moment lang konnte ich mir vorstellen, dass einfach alles wieder so war wie vor fünf Jahren. Meine Eltern waren bei uns, meine Schwester lebte.

War es nicht das, was ich mir immer gewünscht hatte?

Bei Raylans Frage zuckte ich mit den Schultern und verzog gleich darauf vor Schmerz das Gesicht. Die Naht ziepte bei plötzlichen Bewegungen.

»Ich glaube, ich möchte reisen«, sagte ich.

Raylan hob die Brauen. »Wirklich? Ich hätte gedacht, du würdest bei deiner Familie bleiben wollen.«

Für mich war das genauso überraschend gekommen. Die Worte waren einfach so hervorgesprudelt, ohne dass ich darüber nachgedacht hatte.

»Noch nicht gleich«, sagte ich. »Aber eines Tages. Ich

möchte mehr aus meinem Leben machen. Ich möchte Equinox verlassen und sehen, was es dort draußen sonst noch gibt.«

Mehr.

Das war es gewesen, was Lor mich gefragt hatte, und er hatte recht gehabt. Ich wollte mehr.

Wir hatten nur dieses eine Leben, und obwohl viele Gefahren in unserer versunkenen Welt lauerten, bot sie doch auch den Vorteil, dass man nicht ortsgebunden war. Ich hatte die *Sunrise*, ich konnte gehen, wohin ich nur wollte. Wenn ich bereit dafür war. Zuerst würde ich es jedoch genießen, mit meiner Familie zusammen zu sein. Ich würde es genießen, Zeit zu haben.

Trommeln erklangen und brachten meine Gedanken zum Schweigen. Auch die Menschenmenge verstummte. Geflüster lief durch den Markt wie eine Welle über den Strand.

Es war nicht die Springflut, trotzdem herrschte dichtes Gedränge. Alle waren gekommen, um sie zu sehen.

Während der vergangenen Tage hatte sich die Nachricht von Elyseas Rückkehr verbreitet. Gerüchte und Geheimnisse rankten darum. Das Mädchen, das tot gewesen und wiederauferstanden war, um zu tanzen. Ich hatte gehört, dass kleine Kinder sie eine Wasserhexe nannten, was mich an Lor denken ließ.

Ich wünschte, für uns würde es noch tausend neue Morgen geben. Ich wünschte, wir müssten uns nicht verabschieden.

Ich drückte die Augen fest zu und verdrängte die Gedanken, die mich zu überwältigen drohten.

Der Druck, vor all diesen Menschen auftreten zu müssen, wäre für mich unerträglich gewesen, doch als Elysea den Markt betrat, strahlte sie. Die Menge teilte sich für ihre Meeresgöttin.

Am Nachmittag hatten wir Elyseas Haar auf Lockenwickler gedreht und die Spitzen mit Korallenpulver blau gefärbt. Außerdem hatten wir gemeinsam Hunderte von Perlen in ihre braunen Locken geflochten. Ihr Kleid bestand aus gesponnenem Seegras und Muscheln. Ihre Bewegungen verwandelten sie in lebendiges Wasser.

Sie war eine Meeresgöttin.

Die Zuschauer klatschten und johlten, während sie zur Mitte des Marktes schritt.

Ich lächelte über unser Werk.

»Sie ist atemberaubend«, sagte Raylan neben mir. »Sie gehört auf die Bühne.«

Der Rhythmus der Musik wurde schneller, als Elysea die Bühne erreichte. An diesem Abend versank die Bühne nicht im Wasser, sondern erhob sich ein Stück über die Zuschauer. Passend für ein Mädchen, das aus dem Ozean emporgestiegen war.

Elysea hatte ihr Publikum vollkommen in der Hand, als sie sich zu bewegen begann. Es waren nicht nur die Gerüchte um ihre Wiederkehr. Es war ihre Präsenz. Ihr Wesen. Es zog die Menschen an.

»Das ist sie«, antwortete ich, und meine Augen füllten sich mit Freudentränen. Ich war so froh, dass ich sie nicht hatte gehen lassen. Dass ich um sie gekämpft hatte. Ich würde alles für sie tun. So war es mit den Menschen, die man am meisten liebte.

Man überquerte Ozeane. Man durchsuchte die Meere. Man opferte alles.

Während Elysea die Hände um ihren Kopf kreisen ließ, fing sie meinen Blick auf.

Sie lächelte, und ich lächelte zurück.

Dank Lor hatte ich Elysea. Doch nichts war für die Ewigkeit. Nicht die Alte Welt, nicht das Licht der Korallen, nicht die Menschen, die man am meisten liebte. Man musste jeden

Moment auskosten. Jeden Atemzug bewusst tun. Denn man wusste nie, wann es der letzte sein würde.

Und man durfte nicht am Schmerz festhalten.

Vielleicht nicht heute. Vielleicht auch nicht morgen. Aber eines Tages. Eines Tages würde ich auch Lor gehen lassen. Ich würde die Tränen, den Schmerz, die Reue und die Trauer freigeben. Ich würde alles fallen lassen, hinab in das unendliche Nichts der Tiefe.

Danksagung

Into Dark Waters nahm seinen Anfang im Jahr 2015, als das Bruchstück einer Idee. Seither hat sich das Buch zu etwas entwickelt, auf das ich wirklich stolz bin. Und das alles dank folgender Menschen:

Meine Lektorin Stacey Barney – danke dafür, dass du mich angetrieben und so zu einer besseren Autorin gemacht hast, und danke dafür, dass du mir dabei geholfen hast, das Herz und das wahre Selbst meiner Charaktere zu finden. Ohne dich wäre es ein anderes – und weniger gutes – Buch geworden!

Außerordentlich dankbar bin ich auch meiner wunderbaren Agentin Hillary Jacobson. Ohne dich würde ich immer noch zweifeln und hoffen und davon träumen, Autorin zu werden. Genauso gilt mein Dank meiner Film- und TV-Agentin Lia Chan von ICM sowie meinem Team für ausländische Rechte: Roxanne Edouard und Savanna Wicks von Curtis Brown UK.

Ein großes Dankeschön an die geballte Teampower von Penguin Teen: Jennifer Klonsky, Felicity Vallence, Caitlin Tutterow, Caitlin Whalen, Tessa Meischeid, Alex Garber, Kara Brammer und der Rest der Mannschaft, mit der ich das Vergnügen hatte, arbeiten zu dürfen. Ich habe so ein Glück, bei Penguin Random House zu sein!

Danke für meine fantastischen Aussie-Verleger Allen & Unwin, dafür, dass ihr meinen lebenslangen Traum davon wahr gemacht habt, meine Bücher in den heimischen Buchläden zu sehen! Ein ganz besonderer Dank an Jodie Webster, Sucheta Raj und Sophie Eaton.

Danke, Andrew. Dieses Buch ist dir nicht nur gewidmet, weil dank dir *dieses* Plot-Problem gelöst wurde, sondern auch, weil du ruhig bist wie der Ozean und stark wie die Flut. Danke für deine grenzenlose Unterstützung, deine Geduld und diese fantastischen Kapitelüberschriften!

Mom und Dad, danke dafür, dass ihr im Laufe der Jahre immer hinter mir und meinen Träumen gestanden habt. Es ist wunderbar, wie begeistert ihr von meiner Schriftstellerei seid. Auch wenn es mir wirklich lieber wäre, ihr würdet nicht immer wieder bei Goodreads vorbeischauen! Ist echt gruselig dort!

Eine dicke Umarmung für alle Angelz! Danke dafür, dass ihr in guten und in stressigen Zeiten für mich da seid. Ich könnte mir keine besseren Agentengeschwister vorstellen. Wir müssen uns unbedingt bald mal treffen, ja?

Meine liebe Amie Kaufman, ich bin ja so froh, dass ich dich kenne. Danke für deine Weisheit und deine freundlichen Worte. Danke an Sarah Glenn Marsh, Beth Revis und Kerri Maniscalco für die fantastischen Werbetexte für *Four Dead Queens.* Ein großer Dank gilt außerdem *The YA Room, What Lucie's Reading, A Cup of Imagination, Claire Eva reads,* OwlCrate, Midnight Pages, The YA Chronicles, Cre8tive Inspir8ions, @life books me, *Reading Anonymous* und das Australian Writers' Centre – um nur ein paar zu nennen. Vielen Dank an Jay Kristoff, Stephanie Garber, Adrienne Young und Dill Werner für eure Unterstützung. Und an meine Aussie-YA-Writing-Crew: Katya, Ella und Sophie – danke für eure feierlichen Mittagsweinchen!

Die Reaktionen meiner Freunde und meiner Familie erinnern mich beständig daran, wie viel Glück ich habe, dass es euch in meinem Leben gibt. Ein besonderer Gruß an die TC-Mädchen und meine US-Entourage Jessica Ponte Thomas und Shannon Thomas, ihr seid die besten Cheerleader und Freundinnen.

Grüße und Küsse an meine Goldschatz-Katzen Lilo und Mickey, die bei jedem Entwurf, bei jeder Überarbeitung und bei jeder Deadline an meiner Seite sind. Eines Tages schreibe ich ein Buch für euch.

In meiner Danksagung von *Four Dead Queens* habe ich auch Walt Disney genannt, weil er mich inspiriert hat. Dieses Mal möchte ich Disneyland nicht unerwähnt lassen, das mir seit meinem ersten Besuch im Babyalter fortwährend als Inspirationsquelle dient. Ganz zufälligerweise habe ich dort auch die zweite Überarbeitung durchgeführt. Ein bisschen was von der Disney-Magie ist sicher auch mit in die Seiten geflossen!

Und zu guter Letzt möchte ich *euch* danken, liebe Leser. Ohne eure phänomenale Unterstützung von *Four Dead Queens* würde ich diese Danksagung nicht schreiben. Ich wollte schon immer Schriftstellerin werden, und die Vorstellung, dass Menschen, denen ich noch nie begegnet bin, nun dieses Buch in Händen halten, ist jedes Mal wieder genauso verblüffend wie Furcht einflößend für mich. Danke dafür, dass mein Lebenstraum in Erfüllung gehen durfte. Ich schulde euch was. Im Gegenzug habe ich vor, noch viele, viele Jahre Geschichten zu schreiben.

Hoffentlich hat euch dieses Buch auf eine Reise mitgenommen, die gleichzeitig aufregend, herzzerreißend, erschreckend und wunderschön war – was auch den Schreibprozess ganz gut zusammenfasst!

Bis zum nächsten Mal!